BASTEI
LÜBBE
TASCHENBUCH

Über den Autor:

Timothy Lewis, Autor und Dramatiker, hat zahlreiche Theaterstücke, Musicals und Gedichte geschrieben und unterrichtet kreatives Schreiben an einer Universität in Texas. Außerdem arbeitet er als Redner, Schauspieler und Songwriter. Zu seinem Debütroman *ZEILEN DEINER LIEBE* haben ihn die Postkarten inspiriert, die sich sein Großonkel und seine Großtante über sechzig Jahre hinweg geschrieben haben.

Timothy Lewis

ZEILEN DEINER LIEBE

Roman

Aus dem amerikanischen Englisch von
Sabine Schilasky

BASTEI
LÜBBE
TASCHENBUCH

BASTEI LÜBBE TASCHENBUCH
Band 17203

Dieser Titel ist auch als E-Book erschienen

MIX
Papier aus verantwortungsvollen Quellen
FSC® C014496

Vollständige Taschenbuchausgabe

Deutsche Erstausgabe

Titel der amerikanischen Originalausgabe: »Forever Friday«
Originalverlag: WaterBrook Press
This translation was published by arrangement with WaterBrook Press,
an imprint of the Crown Publishing Group,
a division of Random House LLC.

Textredaktion: Dr. Ulrike Brandt-Schwarze, Bonn
Titelillustration: © shutterstock/Masson
Umschlaggestaltung: Cornelia Niere, München
Satz: Urban SatzKonzept, Düsseldorf
Gesetzt aus der Garamond
Druck und Verarbeitung: GGP MediaGmbH, Pößneck
Printed in Germany
ISBN 978-3-404-17203-0

5 4 3 2 1

Sie finden uns im Internet unter
www.luebbe.de
Bitte beachten Sie auch: www.lesejury.de

Für Dinah:
meine Frau, meine Seelenverwandte

Die Hoffnung ist weder ein gewährter Wunsch noch ein erwiesener Gefallen; nein, sie ist weit mehr als das. Hoffnung ist die verrückte, unberechenbare Abhängigkeit von einem Gott, der uns gerne so überrascht, dass wir aus den Socken kippen.

Max Lucado, *God came near*

Prolog

Sommer 2006 – Adam Colby

Manche großen Romanzen, die es wert wären, erzählt zu werden, bleiben unbemerkt. Wie die Liebenden verschwinden sie leise in den Rissen vergangener Zeiten und werden einfach mit dem alten Plunder weggeworfen. Als Besitzer eines kleinen Maklerbüros war ich im Lauf der Jahre auf die Spuren der Liebesgeschichten vieler Paare gestoßen. Als ich anfing, mich durch die Berge vergessener Erinnerungen zu graben, merkte ich bald, dass sich ein genauerer Blick lohnte ... und sei es, um meinen Schmerz zu lindern.

So entdeckte ich die Postkarten.

Die Schnäppchenjäger und Schatzsucher, die sich schon früh durch die schwere Haustür von Gabe und Pearl Alexanders geliebtem Heim drängten, warfen nur einen kurzen Blick in das Haus, bevor sie zum nächsten Geheimtipp weitereilten. Die Antiquitätenhändler, die meist etwas aufmerksamer hinsehen, fanden die Alben mit den Karten nicht, weil sie sich zwischen mehreren Dutzend gleich aussehender Fotoalben aus braunem Kunstleder verbargen. Nur befanden sich in den besagten Alben nicht die üblichen verblassten Familienschnappschüsse, sondern Hunderte bunter Ansichtskarten, auf denen neben abgestempelten Briefmarken sechs Jahrzehnte Eheglück in Versen festgehalten waren.

In den Alben anstelle von Fotos Postkarten mit Gedichten zu finden, hatte mich überrascht, und so fing ich an, sie zwischen den Hausführungen und den Gesprächen mit meinen Kunden zu lesen. Ich war achtunddreißig, hatte mich früher einmal auf das »Bis dass der Tod euch scheide« eingelassen und war neugierig geworden. Was war das Geheimnis dieses Paares? Mit welchem übernatürlichen Zaubertrank hatten es Gabe und Pearl geschafft, in einer Fast-Food-Welt voller zerbrechlicher Beziehungen ihre Liebe zueinander über ein halbes Jahrhundert zu bewahren?

Ich las die Mittagspause hindurch bis zum schleppenderen Nachmittagsbetrieb. Ich bin nicht sicher, ob ich damals noch an die Liebe glaubte, insbesondere an eheliches Glück, aber die Postkarten verzauberten mich mit jeder Minute mehr. Obwohl die Alexanders all die Jahre gemeinsam in diesem Haus gelebt hatten, schickte Gabe von 1926 an diese Karten an seine Frau Pearl. Jede war mit »Für immer, Gabe« unterzeichnet, und die Kartenmotive bezogen sich auf gemeinsame Erlebnisse.

Vermutlich war Gabe Mitte der 1980er-Jahre gestorben, denn da hörten die Karten auf.

Eine der frühesten datierte vom 4. September 1927. Auf der Vorderseite war ein Bild von zwei farbenprächtigen Muscheln, und auf der Rückseite stand dieses Gedicht:

Zwei winzige Muscheln, Seite an Seite geborgen,
Wandern hin und her in der Flut am Morgen.
Zwei winzige Muscheln nahm ich in die Hand
Und legte sie zum Trocknen auf den glitzernden Sand.
Zwei winzige Muscheln, so stolz und so schön,
Zwei Werke des Schöpfers, der herrscht in den Höh'n.
Ich sende die winzigen Muscheln an dich,
Die du Gottes Wunder so liebst wie ich.
Für immer, Gabe

Ich fragte mich, ob er Pearl mit der Karte auch zwei richtige Muscheln geschickt hatte und, falls ja, was daraus geworden war. Pearl hätte sie bestimmt aufbewahrt, aber die einzigen Muscheln, die ich unter ihren Sachen fand, waren groß und stammten eindeutig aus einem Souvenirladen. Das Meer musste den beiden viel bedeutet haben, denn es gab zahlreiche Karten mit Segelbooten oder Strandszenen. Andererseits war es ja auch nicht weit nach Galveston.

»Was für ein Mann investiert so viel Zeit in seine Ehe?«, fragte ich mich laut und fühlte mich ein bisschen vorgeführt von einem Menschen, dem ich nie begegnet war. Die Liebe ist zwar kein Wettkampf, aber Gabe Alexander übertraf mich und die meisten anderen Männer bei Weitem. Männer, die ihre Frauen lieben oder zumindest *sagen*, dass es so wäre – obwohl sie sich oft nicht entsprechend verhalten.

Wenigstens war ich kein Heuchler.

Oder doch?

Kurz vor Ende der Besichtigung erschien ein Kunde, der sich mir als der direkte Nachbar vorstellte. Ich sprach ihn diskret auf die Begeisterung der beiden für das Meer an.

»Weiß ich nichts drüber«, sagte er und zuckte mit den Schultern. »Gabe ist gestorben, kurz nachdem ich mein Haus gekauft hab. Und Pearl hat manchmal am Gartenzaun mit mir geredet, aber sie hatte keine Lust auf eine ausführliche Unterhaltung.«

»Warum?«

»Schätze, sie hat Wert auf ihre Privatsphäre gelegt«, antwortete er und zuckte wieder mit den Schultern. »War in den letzten Jahren verwirrt und lebte in einem Pflegeheim.«

»Können Sie mir sonst noch was über das Paar erzählen?«, fragte ich.

»Pearl hatte einen ungewöhnlichen Spitznamen.«

»Einen Spitznamen?«

»Ja, klang wie ein Männername, aber ich kann mich nicht dran erinnern.« Der Nachbar schaute sich um. »Wissen Sie, was aus dem Wagen geworden ist? Ein großer 1940er Oldsmobile. Super in Schuss.«

Ich schüttelte den Kopf und fragte mich, ob Pearls Spitzname wohl auf einer der Karten stand.

»Wahrscheinlich hat das alte Mädchen das Geld gebraucht und ihn verkauft«, fuhr der Mann fort. »Jammerschade. Ich hätte ihn gekauft.« Er rieb sich das Kinn. »Ist noch was vom Werkzeug da?«

»Draußen in der Garage«, antwortete ich.

»Die Alexanders waren nette Leute«, sagte er im Gehen. »Schade, dass Sie sie nicht gekannt haben.«

Der Nachbar hatte recht. Ich war ihnen zwar nie begegnet, hatte aber von dem Anwalt, der mich beauftragt hatte, schon gehört, dass sie kinderlos gewesen waren und den Großteil ihres Vermögens für wohltätige Zwecke spendeten. Allerdings enthielt ihr Testament auch detaillierte Anweisungen, laut denen bestimmte Erinnerungsstücke an verschiedene Verwandte in der Gegend um Houston, Texas, gehen sollten. Normalerweise überließ ich solche Dinge einem Umzugsunternehmen, doch weil das Haus der Alexanders nur wenige Meilen von meinem entfernt lag und es sich um kleine Gegenstände handelte, beschloss ich, sie selbst zu den Erben zu bringen. Nachdem ich die Postkarten gelesen hatte, fühlte ich mich Gabe und Pearl auf seltsame Weise verbunden und wollte ihnen gerne diesen kleinen Dienst erweisen.

Im Laufe der nächsten Wochen lieferte ich die Erinnerungsstücke ab und stellte Fragen. Manche der Erben fanden es merkwürdig, dass ein Wildfremder solches Interesse an ihren Verwandten hatte. Andere erzählten mir freimütig alles, was sie wussten, und kramten sogar alte, vergilbte Briefe hervor. Egoistischerweise beschloss ich, die Alben mit den Postkarten nicht zu erwähnen, solange mich nicht jemand danach fragte. Und das tat keiner. Daraus schloss ich, dass sie geheim gehalten worden waren. In gewisser Weise kam es mir so vor, als wären die Karten für mich geschrieben worden. Dennoch konnte ich sie nicht behalten, jedenfalls nicht guten Gewissens. Am Ende meiner Nachforschungen würde ich sie zu einem Verwandten bringen und behaupten, man hätte sie »unabsichtlich übersehen«.

Gabes Schreibmaschine ging an Alice Davis, die Nichte der Alexanders. Alice hatte vor Kurzem ein neues Knie bekommen und war, wie sie sagte, »auf dem Wege der Besserung«. Ich verbrachte einen verregneten Nachmittag bei ihr und lauschte ihren bedächtigen Erinnerungen. Sie erzählte mir auch von Priscilla Galloway, der langjährigen Haushaltshilfe der Alexanders. Ihre Tochter Yevette hatte sich in Pearls letztem Lebensjahr um sie gekümmert. Ich schrieb Yevette eine E-Mail und schlug ihr ein Treffen in der folgenden Woche vor.

Ich glaube, mein großes Interesse an den Postkarten beruhte vor allem auf dem Zeitpunkt, zu dem ich sie gefunden hatte. Das stechende Gefühl der Einsamkeit nach meiner Scheidung klang noch nach, der dumpfe Schmerz einer gescheiterten Ehe. Als ich meine Bestätigungs-E-Mail an die eher widerstrebende Yevette schickte, fiel mein Blick auf einen Ordner mit Nachrichten von meiner Ex-Frau. Ich öffnete ihn und klickte die letzte Mail an. Obwohl die Nachricht fast zwei Jahre alt war, überkam mich beim Lesen eine solche Wehmut, als würde ich sie zum ersten Mal lesen.

Adam,
heute sind wir offiziell geschieden. Danke, dass du meine Wünsche respektiert hast. Falls du immer noch hoffst, ich würde meine Meinung ändern, lass es. Ich brauche mein eigenes Leben.

Du musst nach vorn schauen. Also bitte keine Fragen mehr. Wann ich aufgehört habe, dich zu lieben? Ich weiß es nicht genau. Ob es einen anderen gibt? Ja. Deshalb habe ich keinen Anspruch auf das Haus erhoben. Ich hatte nie die Absicht, dir wehzutun.
Haley

Die Worte »einen anderen« taten, wie nicht anders zu erwarten, noch am meisten weh.

Jemand anderes?

In den zwölf Jahren unserer Ehe hatten wir unsere Probleme gehabt, aber wer hatte die nicht? Ich hatte nie an unserer Liebe gezweifelt und mir ein Leben ohne Haley nicht vorstellen können. Was war, abgesehen von unvermeidlichen Dingen, schiefgegangen? Was hätten wir tun können, um die Katastrophe zu verhindern?

In jeder Stunde, die ich mich in die Postkarten der Alexanders vertiefte, fragte ich mich, ob ich je eine andere Frau lieben könnte. Schlimmer noch: Verdiente ich überhaupt eine zweite Chance, nachdem ich in meiner ersten Ehe so versagt hatte?

Ich wusste es nicht. Ich hatte geglaubt, mir stünde das Beste im Leben zu, bis mich die Frau, die ich liebte, verließ. Zuerst gab ich ihr die Schuld. Dann mir selbst. Eines aber war klar: Pearl und Gabe wussten etwas, das Haley und mir entgangen war. Ich machte mich auf die Suche nach der Quelle der Weisheit dieses Paares und wollte aus früheren Fehlern lernen. Mein Bauch sagte mir, dass die Zeit sowohl für als auch gegen mich war. Wenn meine Suche im Sumpf endete, würde meine Verzweiflung womöglich in Verbitterung umschlagen.

Vor Jahren hatte ich entdeckt, dass es mir half, meine Gedanken aufzuschreiben. Später half es mir, sie zu sortieren, wenn ich sie in den Computer hämmerte. Es half mir, die Dinge aufzuarbeiten. Als ich mich daranmachte, die Geschichte der Alexanders aufzuschreiben, hoffte ich, ihr Geheimnis zu lüften. Ich vermutete, dass das, worauf Gabe in seinen Gedichten als »Reduzierung auf den kleinsten gemeinsamen Nenner« anspielte, der Schlüssel zu ihrer langen, glücklichen Ehe gewesen war. Aber noch hatte ich reichlich Postkarten zu lesen, neben einigen ausgeliehenen Briefen und dem, was ich eventuell aus Yevette herausbekommen würde. Und sollte ich mich ganz mutig fühlen, würde ich die verbleibenden Lücken in der Geschichte eben mit meinen eigenen Deutungen füllen ... oder meinen Wunschvorstellungen.

Kann ein Mann umkehren, nachdem er über zwölf Jahre in die falsche Richtung marschiert ist?

Vorerst durfte ich nur darauf hoffen.

Eins

Bayshore-Pflegeheim, 2004 – Mrs. Alexander

Mrs. Alexander lag im Krankenhausbett im Bayshore-Pflegeheim und träumte sich mit offenen Augen fort. Sie war das fade Essen, ihr beige gestrichenes Zimmer und den ewigen Talkshow-Mist aus dem Fernseher an der gegenüberliegenden Wand des Raumes gründlich leid. In einem Haus voller alter Menschen zu leben, war, gelinde gesagt, eine Prüfung.

Und als wäre es noch nicht schlimm genug, führte man sie auf der Patientenliste auch noch als Pearl Garnet Alexander. Den Großteil ihrer neunundneunzig Jahre hatte sie den Namen gehasst. Nicht das Alexander. Das war seit 1926 ihr Nachname. Davor hatte sie Huckabee geheißen.

Pearl Garnet Huckabee.

Ein einzelner mit Schmuck besetzter Vorname mochte schon eine Zumutung sein, aber sie musste gleich zwei davon ertragen – den für Perle *und* den für Granat. Allerdings nur bis zu ihrem siebten Geburtstag, denn da beschloss sie, dass ihre Familie sie künftig Huck nennen sollte.

Huck Huckabee.

Ihre Mutter Annise weigerte sich anfangs und sagte, sie hätte viele kostbare Stunden mit der Suche nach hübschen Namen für jedes ihrer dreizehn Kinder verbracht. Und jetzt bestand ihre Jüngste auf einem schlichten Kurznamen wie Huck! Einem Jungennamen! Alle Leute würden an das arme Waisenkind aus Mark Twains Roman denken, das rauchte, trank und mit einem entflohenen Sklaven den Mississippi rauf und runter schipperte.

Aber Pearl hielt dagegen, dass die Sklaverei zum Glück im

letzten Jahrhundert abgeschafft worden sei und dass ein Name aus einem großartigen Buch wie *Huckleberry Finn* zwangsläufig auch sie selbst ein bisschen großartig erscheinen ließe.

Also trug sie, seit sie siebeneinhalb Jahre alt war, den Namen Huck.

Er haftete an ihr wie ein kleiner Klumpen Knetgummi: Anfangs war er weich und formbar, doch mit der Zeit wurde er immer härter. Irgendwann in diesem ersten halben Jahr fand die wunderbare Umbenennung statt, zuerst in der Familie, dann bei den Freunden. Bis Thanksgiving war es undenkbar geworden, ihren Taufnamen zu benutzen.

Huck setzte sich im Bett auf. Sie liebte den Namen Huck, weil dessen sorglose, abenteuerlustige Aura zu ihr passte. Lamar, ihr sechs Minuten älterer Zwillingsbruder mit dem sonnigen Gemüt, wollte auch einen Spitznamen haben, aber keine Version hielt sich lange, bis sie auf die Highschool kamen. Lamar erwies sich als Naturbegabung im Baseball, vor allem was das Schlagen der niedrigen Bälle anging. Und weil ein schneller niedriger Ball *daisy cutter* hieß, hatte Huck ihren Bruder umgehend in Cutter umgetauft. Ein paar von ihren Klassenkameraden versuchten boshafterweise, »Daisy« für Lamar durchzusetzen, jedoch ohne Erfolg. Er blieb für den Rest seines Lebens Cutter. Nach der Hochzeit von Huck und Gabe Alexander hatten die beiden Cutters Aufstieg von der unteren in die obere Liga verfolgt.

Wo steckte eigentlich Mr. Gabe Alexander? Es war Freitag. Da machte er früher Feierabend, und sie musste sich bereit halten. Die Schwestern hatten geschwindelt, als Huck sie nach der Karte von letzter Woche fragte. Sie hatten ihr gesagt, dass keine Post gekommen wäre. Aber später hatte Huck kleine Fetzen von ihrem Getuschel aufgeschnappt, die sie eindeutig der Flunkerei überführten. Und jetzt war wieder Freitag. Eine neue Karte mit einem reizenden Bild vorne drauf würde ankommen – und mit wunderschönen, nur für sie gedichteten Versen auf der Rückseite. In all den Jahren hatte Gabe nur einen einzigen Freitag verpasst – in der schrecklichen Woche, als er auf der Intensivstation lag.

Huck sah aus dem Fenster. Weiße und rosa Azaleen kündeten das Ende des milden Winters in Houston an. Lächelnd dachte sie an einen herrlichen Frühlingstag vor langer Zeit zurück. Als Verlobte von Clark Richards war sie in die Straßenbahn ein- und für Gabe schwärmend wieder ausgestiegen. An jenem Abend hatte sie sich am menschenleeren Strand von Galveston bis über beide Ohren in ihn verliebt. Jedes Mal, wenn er ihren Namen hauchte, funkelten seine Augen. Das war auch nach sechzig Jahren noch so, als er kaum noch Luft bekam.

Huck wandte den Blick vom Fenster ab und griff nach dem Telefon. Ein Glück, dass sie es wiederhatte! Die Schwestern hatten es ihr weggenommen, bis sie ihnen – und Yevette – versprach, künftig nur noch wohlüberlegte Anrufe zu tätigen. Es war beschämend, dass sie das gute Kind mit solch trivialen Angelegenheiten belästigen musste. Allerdings war ein ganzer Monat ohne einen Ausflug zu ihrem Friseur doch wirklich ein Notfall gewesen. Frisur und Haarfarbe waren schließlich das A und O einer wahren Dame.

Die gegenwärtige Postkartensituation war nicht minder bitter, was Yevette ihr gewiss bestätigen würde. Die private Post anderer Leute zu verstecken, grenzte an Diebstahl. Es war eine Straftat, und folglich blieb nur eines zu tun.

Zum zweiten Mal in dieser Woche wählte Huck Alexander die 911.

Minuten später hörte sie das Heulen der Sirenen. Sie lehnte sich zurück und lächelte ... sie erinnerte sich daran, wie sie Gabe zum ersten Mal gesehen hatte.

Zwei

Ein erster Blick, gewechselt scheu,
So strahlend schön, so rein, so neu.
Solange die Sehnsucht in uns blüht
Und das Feuer der Liebe nicht verglüht,
Sind zwei Herzen eng miteinander verbunden,
Heute, morgen und in fernen Stunden.
Für immer, Gabe

März 1926, Houston, Texas – Huck

»Verzeihen Sie, Sir. Haben Sie Austern?«

Der junge Mann hinter der Theke lächelte freundlich. »Austern? Selbstverständlich. Mit oder ohne Perlen?«

»Ohne«, antwortete Huck, die wegen ihres Namens noch nie Perlen gemocht hatte.

»Zu schwer zu beißen?«

Sie nickte. »Und noch schwerer zu schlucken.«

»Wie günstig, dass in Austern keine Diamanten wachsen.« Er schaute auf ihren Ringfinger. »Nicht, dass Sie welche bräuchten, oder gar wollten … ähm …« Er räusperte sich.

Huck musste sich ein Kichern über die Berechenbarkeit von Männern verkneifen. Der schlagfertige Verkäufer mit dem glattrasierten Lächeln gefiel ihr, auch wenn seine Bemerkung ein wenig zu persönlich gewesen war. Als Englischlehrerin an der angesehenen neuen Sidney Lanier Junior Highschool musste sie auf ihren Ruf achten. Und wenngleich sie keinen Diamanten trug, war sie sehr wohl verlobt.

Dann bemerkte sie seine Augen. Augen wie der Horizont. Augen im Farbton des Himmels, der das Meer berührt.

Sie hätte durch die offene Tür von Cecil's Fish Market & Seafood Emporium fliehen sollen. Ja, sie hätte zur Straßenbahnhaltestelle am Market Square laufen und nie wieder zurückblicken sollen. Das tat sie aber nicht. Gekonnt hätte sie es, aber sie wollte nicht.

Der Mann grinste wieder, und diesmal fiel es betörend schief aus. »Ich heiße übrigens Gabe Alexander.«

»Nun, Gabe Alexander, ich hätte gerne ein paar von Ihren Austern, bitte.«

Die meer-und-himmelfarbenen Augen musterten sie. »Ich hab Sie hier noch nie gesehen, Miss ...?«

»Frisch.«

»Ein Pint Austern für Miss Frisch!«, rief Gabe einem schmunzelnden Kollegen zu.

»Da hat wohl jemand einen kleinen Humorfisch geangelt, was?«, erwiderte Huck. »Welchen Köder haben Sie genommen?«

»Den allerschönsten.« Gebannt von ihrem Blick, steckte er das Glas mit den Austern in eine Papiertüte und schob es langsam über die emaillierte Theke.

Hucks Wangen wurden warm. »Was schulde ich Ihnen?«

»Ihren Namen. Danach verhandeln wir über den Preis.«

Sie öffnete ihre Handtasche, um ein wenig Zeit zu schinden. Was machte schon ein harmloses Geplänkel? Es wäre ihr erster und letzter Flirt. »Der ist Huck. Huck Huckabee.«

»Wie wäre es, wenn ich Sie heute Abend zum Essen einlade, Miss Huck Huckabee?«

Sie machte ihre Handtasche wieder zu, nahm die Tüte und lächelte. »Nun, Mr. Gabe Alexander, das haben Sie bereits.«

*

In den folgenden Wochen wich das stürmisch kühle Frühjahr dem lauen Aprilregen, und immer wieder drängte sich die Erinnerung an Gabe Alexander in Hucks Gedanken. Seine glatte, helle Stirn unter jungenhaften braunen Locken. Sein sanftes Gesicht mit dem kantigen Kinn. Doch es waren Gabes Augen, die ihr am meisten zu schaffen machten, weil sie sich in ihre Träume einschlichen. Nicht nur wegen ihrer Farbe, sondern weil sie Ehrlichkeit und Güte ausstrahlten. Ein Blick, so tief wie der von Mister Jack in ihrer Erinnerung, bei dem Herz auf Herz und Seele auf Seele traf.

Huck war zehn gewesen, als sie Mister Jack begegnet war. Ein paar Wochen zuvor hatte sie die kleine, im Wald versteckte Bucht am Ufer des Baches entdeckt, der zwischen dem Grundstück ihrer Eltern und der Heimat des texanischen Helden General Sam Houston verlief. In klares Sonnenlicht getaucht, wurde diese Bucht zu Hucks privater Shakespeare-Bühne. Auf dem ringförmigen, mit weichem Sauerklee bewachsenen Boden spielte sie Szenen aus dem *Mittsommernachtstraum* oder aus *Romeo und Julia* nach.

Eines Tages, nach einer besonders inbrünstigen Darbietung von Julias Sterbemonolog, erspähte Huck am Rande der Bucht einen kleinen Strauch voller blassrosa Blüten. Sie ging langsam darauf zu und wunderte sich, dass ihr dieser Strauch vorher nie aufgefallen war, denn seine schlichte Schönheit hatte etwas Bezauberndes.

»Das ist Orchideen«, sagte plötzlich eine freundliche Stimme von der anderen Seite.

Erschrocken drehte Huck sich um und sah sich einem Mann mit einem vertrauenswürdigen Gesicht und klaren Augen gegenüber. Unter seiner Latzhose trug er kein Hemd. Sie starrte ihn mit offenem Mund an.

Der Fremde nahm seinen breitkrempigen Strohhut ab und

lachte. »Hast keine Stimme mehr über, was, nach die vielen hochtrabenden Wörter von Mister Shakespeare?«

»Es heißt, *nach den vielen Wörtern*«, antwortete Huck. Sie wusste zwar, dass es unhöflich war, einen Erwachsenen zu verbessern, aber sie konnte nicht anders. »Und das *sind* Orchideen.«

»Sag ich doch!« Barfuß kam er über die kleine Lichtung und hockte sich vor die Orchideen. »Anacacho-Orchideen ist denen ihr Name. Nur, falls du das wissen willst.«

Er hatte einen Stock bei sich, in dessen blankgegriffenen Knauf die Kartensymbole Karo, Pik, Herz und Kreuz geschnitzt waren. Dabei humpelte er nicht einmal. Auf seinem kahlen Schädel glänzten Schweißperlen so dick wie Tautropfen.

Weil sie ein Mädchen war, hatte man Huck eindringlich ermahnt, niemals mit Fremden zu reden. Jedes Jahr nach der Ernte wurde ihr Vater vom Staatsgefängnis in der Nähe als berittene Wache angeheuert. »Ein Mann, den du nicht kennst, kann ein entflohener Sträfling sein«, hatte er gesagt. »Manche der Sträflinge sind Mörder, manche sind Geisteskranke, manche Vergewaltiger.« Als Huck ihn fragte, was ein »Vergewaltiger« sei, grummelte er etwas und murmelte: »Eine Kugel ist das Beste für die.« Huck beschloss, nicht weiter nachzufragen. Allerdings berichtete sie ihrem Zwillingsbruder von dem Gespräch. »Wahrscheinlich darf ich's dir gar nicht sagen«, hatte Cutter geflüstert, »aber ein Vergewaltiger ist ein Mann, der nichts anhat.«

Da der Fremde eine Latzhose trug, musste Huck sich also darum keine Sorgen machen. Es gab allerdings das Gerücht, dass sich ein seltsamer Mensch in der Gegend herumtreibe. Nur waren die Beschreibungen vage, und keiner wusste genau, wo er sich aufhielt.

Der Fremde zog einen roten Schal von seinem Strohhut. »Wie ich so alt war wie du, war mein Kopf voll mit Locken«, sagte er und wischte sich mit dem Tuch über den Schädel. »Hatten aber nicht dieselbe Farbe wie meine Augen. Dein Haar und deine Augen passen perfekt zusammen.«

Huck runzelte die Stirn. Ihr Haar war nicht bloß glatt, es war auch noch langweilig dunkelbraun. Und sie hätte doch zu gerne blaue Augen gehabt. »Wer sind Sie?«

»Schätze, ich bin so was wie ein Lehrer.«

»Ein Lehrer?«

»Vielleicht. Kommt drauf an, was du von mir lernen willst.« Sein freundlicher Mund verzog sich beim Kichern.

»Haben Sie einen Namen?«, fragte Huck.

»Einen Namen?«

»Wie nennen die Leute Sie?«

Wieder grinste er. »Die Leute geben mir alle möglichen Namen, aber die meisten sind nicht nett genug für die Ohren einer jungen Dame.«

»Das meinte ich doch gar nicht.« Huck rückte näher. »Welcher Name kommt bei Ihnen nach Mister?«

»Ach, der!« Er überlegte einen Moment. »Ich schätze, nach Mister kommt Jack. Ich bin Mister Jack.«

Huck beäugte den Gehstock. Er sah verdächtig nach Gefängnisarbeit aus, denn er war aus dem gleichen gelben Pinienholz, aus dem ein Sträfling ein Nudelholz für ihre Mutter gemacht hatte. »Was sollen die Spielkartenzeichen?«

»Ich dachte schon, du fragst nie.« Mister Jack betrachtete die Schnitzereien. »Dieser Stock hier erinnert mich dran, dass ich mit dem Blatt zufrieden sein soll, das ich ausgeteilt gekriegt habe. Ich soll meine beste Karte so lange behalten, wie ich kann, und nicht dem Geber die Schuld geben, wenn ich verliere. Kann aber ein bisschen haarig sein, die beste Karte zu erkennen. Die Frage ist ... wie weiß man, welche man behält und welche man abwirft?«

Wieder kam kein Laut aus Hucks offenem Mund. Sie begriff, dass Mister Jack nicht von Poker sprach, und war stolz, dass sie die Rätsel, in denen Erwachsene Kindern gegenüber sprachen, meistens entschlüsseln konnte. Anstatt Unwissenheit vorzutäuschen, wie sie es sonst tat und dabei fast immer ein Kichern unterdrücken musste, gab sie die Frage zurück. Diese Taktik benutzte ihr Vater, wenn er Geschäfte machte. »Den störrischen Esel umdrehen«, hatte Ethan, ihr Vater, es ihr einmal erklärt. »Das Hinterteil mag nicht hübsch sein, aber es bringt die Leute schneller in Gang.«

»Und woher weiß man, welche man behalten und welche man ablegen soll?«, fragte Huck.

Mister Jack zupfte eine Piniennadel aus dem smaragdgrünen Büschel vorn in seiner Latztasche und stocherte damit in seinen Zähnen. »Guck einem Mann tief in die Augen, und du kannst seine Hoffnungen und Träume sehen. Bei Frauen ist das auch so. Guck tief genug und lange genug, und du weißt, was ihnen die Zukunft bringt, genau wie alles Böse, was sie getan haben.«

»Alles Böse?«

»Oh ja, das ist immer da. Lauert in der Tiefe und versteckt sich hinter dem Guten. Jeder hat irgendwas ausgefressen. Sogar du.«

»Und was ist mit meiner Zukunft?«, fragte Huck. Die Taktik ihres Vaters war nicht in jeder Situation die beste, dachte sie.

»Hmm.« Mister Jack rieb sich das Kinn.

Es war die Frage, die sie Jahr für Jahr der Weissagerin auf dem Jahrmarkt stellte, auch wenn sie wusste, dass die Antwort vollkommener Unfug war. Keiner konnte die Zukunft voraussagen, zumindest kein *Mensch*.

»Deine Zukunft«, sagte Mister Jack schließlich, »hat was mit dem Anacacho-Orchideenbusch hier zu tun. Tatsache ist, dieser Busch und deine Zukunft sind Verwandte. So wie der Busch solchen Kleinen wie dir was gibt, gibst du mal deinen Kindern was von dir.«

»Da müssen Sie aber genauer hingucken, weil ich gar keine Kinder will.« Huck hatte so viele größere Geschwister, die an ihr herummeckerten – ausgenommen Cutter vielleicht –, dass sie davon träumte, ein Einzelkind zu sein. Ein Haus voller rotznäsiger Trolle war das Letzte, was sie sich wünschte, selbst wenn es ihre eigenen Sprösslinge wären.

Mister Jack inspizierte eine abgefallene Orchideenblüte und steckte sie behutsam vorn in seine Piniennadeltasche. »Bei deiner Zukunft geht's auch um Hoffnung, weil keiner für immer auf dieser Erde bleibt, und manchmal läuft es andersrum als eigentlich geplant.«

»Wie Kinder, die vor ihren Eltern sterben«, warf Huck ein und wünschte sich sofort, sie hätte es nicht gesagt. Der Tod war etwas, über das sie lieber nicht reden wollte.

»Tja, es gibt keine Garantie für ein langes Leben«, antwortete Mister Jack und fügte leise hinzu: »Nicht mal für Kinder.«

Er hatte recht, und das war der Hauptgrund, weshalb sie keine Kinder wollte. Einer ihrer Brüder war wenige Wochen nach der Geburt gestorben und eine Schwester mit acht Jahren an einem Blinddarmdurchbruch. An den Geburtstagen der beiden musste Hucks Mutter immer noch ab und zu weinen.

Mister Jack fuhr fort: »Aus den meisten Kleinen werden Erwachsene, aber bis dahin haben sie ihren Leuten ein paar Falten eingebracht.« Er grinste wieder.

»Oder ganz schön viele«, erwiderte Huck, die an ihre eigenen Eltern und manche Verwandte denken musste, deren Gesichter wie Dörrpflaumen aussahen. Falten bedeuteten »alt«, und damit wollte sie nichts zu schaffen haben. »Dann will ich nur ein Kind, das schon erwachsen ist, wenn ich es kriege.«

Aus dem Grinsen von Mister Jack wurde ein dröhnendes Lachen. »Was wird wohl dein künftiger Mann dazu sagen?«

Zum dritten Mal in ihren zehn Jahren, überdies am selben Nachmittag, war Huck sprachlos. Von ihrem Künftigen zu träumen war ihr größtes Geheimnis, und Mister Jack kannte es!

»Ein bisschen sehnsüchtig von deinem Seelenverwandten zu träumen, ist völlig in Ordnung.« Mister Jack strich über die Symbole an seinem Stock. »Sieh genau hin, und du findest deine beste Karte. Halt die Hoffnung fest, lass sie nie los. Und vergiss nicht, was ich dir über den Geber und das Spiel gesagt habe.« Wieder lachte er laut. »Jetzt mach den Mund zu, ehe noch Mister und Missis Hausfliege die Adresse wechseln.«

Als sie an jenem Abend im Bett lag, Stunden nachdem das Lachen verhallt war, starrte Huck aus ihrem offenen Fenster und dachte über Mister Jack nach. Sie hatte noch von keinem Mörder gehört, der etwas auf Augen, Shakespeare oder Blumen gab. Und jemand, der geisteskrank war, wäre nicht clever genug, um das Leben mit einem Kartenspiel zu vergleichen und Gott mit dem Geber, auch wenn Huck nicht sicher war, was der Allmächtige von diesem Vergleich hielt.

Ganz besonders fasziniert hatte sie das Wort *Seelenverwandter.* Sie hatte es zum ersten Mal gehört und war sofort bezaubert von seiner offensichtlichen Bedeutung. Nachdem sie es in dem dicken Familienlexikon – »ungekürzt« betitelt – nachgeschlagen hatte, nahm sie es fest in ihren Wortschatz auf und kam zu einem logischen Schluss: Wenn Mister Jack so viele geheime Dinge über sie wusste, ja, ihre verborgenen Gedanken kannte, war er nicht menschlich. Folglich musste er ein Engel sein. Ihr Schutzengel. Sie hätte nie gedacht, dass Engel Lehrer waren, die Spielkartensymbole in Gehstöcke schnitzten, Latzhosen trugen und Grammatikfehler machten. Und weil Engel – zumindest die guten – immer die Wahrheit sagten, brauchte Huck nicht mehr zu fürchten, eine alte Jungfer wie ihre große Schwester Molly Beninna zu werden. Es war allgemein bekannt, dass sich die meisten Ehemänner Kinder wünschten, und Huck war nach wie vor entschlossen, keine zu bekommen. Doch wenn Mister Jack wirklich der war, für den Huck ihn hielt, könnte er ihre Ansicht noch ändern. Jedenfalls hoffte sie es. Vielleicht war das die »Hoffnung«, von der er geredet hatte.

Beim Einschlafen hörte sie wieder Mister Jacks ungewöhnliches Lachen, diesmal hoch oben im Nachtwind. Hucks Mutter schwor, dass Gott Sinn für Humor besaß, weil er die Hühner erschaffen hatte. Und wenn Gott lachte, taten es seine Engel gewiss auch. Aber Huck und Mister Jack hatten weit ernstere Themen diskutiert als lustig aussehende Vögel. Vielleicht hatte sein Lachen noch eine tiefere, ermutigendere Bedeutung: ein himmlisches Grinsen, das den Spott des Bösen vernichtete.

In den nächsten zwei Jahren kehrte Huck oft zu ihrer geheimen Bucht zurück, sah dort aber weder Mister Jack noch die Anacacho-Orchideen wieder. Grundsätzlich erzählte sie Cutter alles, was in ihrem Leben passierte. Freundinnen waren zu unzuverlässig in ihrer Zuneigung, und Schwestern war schlicht nicht zu trauen. Aber was war, wenn ihr Zwillingsbruder sie für albern hielt oder, schlimmer noch, ihr nicht glaubte? Die Begegnung mit ihrem Schutzengel war viel zu persönlich gewesen, als dass sie riskieren durfte, sie veralbern oder gar als Unsinn abtun zu lassen. Huck beschloss also, dass einzig ihr Seelenverwandter diese Geschichte hören sollte, weshalb die Suche nach ihm absoluten Vorrang bekam.

Sie blieb ihrem Versprechen treu, doch während jeder grüne Sommer zu einem goldenen Herbst heranreifte, entwickelte sich ihr Leben in unterschiedliche Richtungen, und die Grenzen zwischen ihrer jugendlichen Realität und ihrem Kindheitsglauben verschwammen.

Mit sechzehn Jahren stürzte Huck vom ausgeklappten Notsitz eines fahrenden Wagens und brach sich das Schlüsselbein. Da man weitere innere Verletzungen befürchtete, brachte man sie eiligst ins Baptist Sanitarium and Hospital in Houston, wo es ein modernes Röntgengerät gab. Das Krankenhaus hatte sechs Etagen mit insgesamt hundertfünfzehn Betten. Oben über dem fünften Stock waren ein Dachgarten und eine Babystation, in der bis zu fünfzig Säuglinge versorgt werden konnten. Da man Huck zur Genesung viel frische Luft empfahl, lag sie oft oben in der Sonne, und das beständige Gurren, Kichern und Weinen der Babys neben dem Dachgarten brachte ihre Gedanken zurück zur Anacacho-Orchidee und Mister Jacks Worten der Hoffnung: »Du wirst mal deinen Kindern was von dir geben.«

Am Tag vor Hucks Entlassung überbrachte Molly Beninna ihr die Nachricht. »Die Ärzte sagen, dass du keine Kinder bekommen kannst«, sagte sie leise und mit Tränen in den Augen.

»Weine nicht, liebe Schwester«, antwortete Huck, die unbedingt stark sein wollte. »Mutter hat genug für uns beide ausgetragen.«

Sobald Molly Beninna gegangen war, rollte Huck sich in ihrem Krankenhausbett zusammen und weinte.

Nach der Begegnung mit Mister Jack hatte sie sich irgendwie mit der Möglichkeit angefreundet, Mutter zu werden. Dadurch erhielt sie seine hoffnungsvollen Worte am Leben, blieb ihr Schutzengel real.

Bis zu dem Unfall.

Warum war sie so leichtsinnig gewesen? Hatte ihren letzten Tag an der Junior-Highschool oben auf dem Notsitz eines zu schnell fahrenden Roadsters gefeiert und dabei getanzt wie eine waghalsige Flugartistin auf einem Doppeldeckerflugzeug?

An einem windstillen Morgen zwei Tage später machte Huck sich auf den Weg zu ihrer geheimen kleinen Bucht. Die träge

Sommersonne linste eben über die Baumkronen, als Huck dort ankam, sodass der hintere Teil noch in tiefem Schatten und feuchtem Dunst lag. »Zu Ihrer Information, ›Mister so was wie ein Lehrer‹«, flüsterte sie verbittert, »es wird keine Kinder geben.« Als sie eben hinzufügen wollte: »Und wohl auch keinen künftigen Ehemann«, bemerkte sie die vertrauten blassrosa Blüten. Es war das erste Mal seit ihrer Begegnung mit Mister Jack, dass sie die Blüten wiedersah. Während sie auf den Strauch zulief, kamen ihr seine Worte wieder in den Sinn: »Anacacho-Orchideen ist denen ihr Name. Nur, falls du das wissen willst.«

Vorsichtig pflückte sie eine vollkommene Blüte und hielt sie mit beiden Händen. Mehrere Momente vergingen, losgelöst aus der Zeit, und Huck verstand. Sie holte tief Luft und sagte feierlich: »So wie diese Orchidee, die ich halte, mir etwas von sich gibt, werde ich meinen Kindern etwas von mir geben.« Die Antwort von ihrem himmlischen »Lehrer« war die ganze Zeit da gewesen. Sie würde ihren Kindern etwas geben, indem sie Lehrerin wurde. Ja, sie würde eifrig lernen und das Lehren zu ihrem Beruf machen.

Und was hoffen?

Hoffen, dass die Trauer über ihre Kinderlosigkeit nicht ewig anhielt.

Hoffen, dass sie einen Mann kennenlernte, der es verstand.

Somit war das Dilemma um die Kinderlosigkeit gelöst, und Huck Huckabee wandte sich wieder ihrem Lieblingszeitvertreib zu, der Suche nach ihrem Seelenverwandten. Einem Zeitvertreib übrigens, von dem allein sie selbst und Mister Jack wussten.

Drei

Dein weibliches Lächeln
Verlockt die Männer,
Doch zu meinem Entzücken
Ist es eine zarte Spur,
Ein Geschenk des Himmels ...
Denn bald entzünden unsere Lippen
Das glimmende Feuer
Darin.
Für immer, Gabe

März 1926, Houston, Texas – Gabe

Gabriel Robert Alexander band die schmutzige Schürze ab und beobachtete, wie die aparteste Frau, die er je gesehen hatte, Cecil's Fish Market & Seafood Emporium durch die Eingangstür verließ. Er atmete tief ein, bezaubert von ihrem Duft. Wenn man viel Glück hatte, blieb das Parfum einer Frau noch ein oder zwei Sekunden hinter ihr zurück. Der Duft von Huck Huckabee lag noch in der Luft und erinnerte ihn an erste Frühlingsblüten. Er war so verlockend, dass Gabe es nie vergessen würde.

»Sie haben sie gehen lassen, ohne zu bezahlen«, sagte der junge Verkäufer ängstlich. »Wenn der alte Cecil nicht in Dallas wäre, würde er ...«

»Es dir vom Lohn abziehen, und das mit vollem Recht«, sagte Gabe und warf ihm seine Schürze zu. Der Fußboden war von Fischschuppen bedeckt. »Du hast mich nicht daran gehindert.«

»Aber ...«

»Keine Bange, Louie. Cecil interessiert sich weit mehr für die Hochzeit seines Enkels als für deine Nachlässigkeit.« Gabe klopfte dem Jungen grinsend auf die Schulter. »Ich bitte den Buchhalter, es hinzubiegen. Der macht das schon.«

»Mr. Alexander, Sie sind der Buchhalter.«

»Danke für die Schürze, Louie. Du könntest sie hin und wieder mal waschen.«

Gabe ging nach oben in sein Büro, als die große Uhr auf dem Market Square das Ende einer weiteren Arbeitswoche ankündigte. »Überflüssig, gutes Geld für eine modische Uhr rauszuschmeißen«, würde Cecil sagen. »Diese verdammte Turmuhr kann man bis San Antonio hören.«

Der alte Cecil, auch bekannt als Cecil Laborde, hatte seine Karriere mit dem Verkauf von frischem Fisch an gemieteten Ständen in der Stadthalle von Houston am Market Square begonnen. Nachdem er jeden Penny gespart hatte, kauften er und seine Frau Norma ein heruntergekommenes Gebäude zwei Blocks nördlich an der Ecke Main und Commerce am Buffalo Bayou. Es dauerte nicht lange, bis der Buffalo Bayou zum Houston Ship Channel ausgebaut wurde, und plötzlich lag Cecils Geschäft mitten im belebten Hafenzentrum. Der alte Herr gab sich gern als Geizkragen, dabei war er einer der großzügigsten Menschen, die Gabe kannte. Jede Woche wurde ein Teil der Einnahmen abgezweigt und für gute Zwecke gespendet.

Bevor er die Treppe zu seinem Büro hinaufstieg, kam Gabe an einem untersetzten Mann vorbei, der eine letzte Ladung Red Snapper in die große Kühlkammer hievte. Es war Freitag, und Cecil war gerne gut eingedeckt für den Ansturm am Samstagmorgen.

»Tag, Gabe.«

»Hallo, Charlie.« Gabe grinste. »Anscheinend gehen die Snapper gut.«

»Und wie die gehen! Die laufen mich noch in Grund und Boden.« Er knallte die dicke Holztür zu und wischte sich mit einem Taschentuch das Gesicht ab. »Hab schon mehr Kisten von den glitschigen Viechern reingeschleppt, als für eine Landratte gesund ist.«

»Nimm dir ein paar fette Burschen fürs Abendessen mit. Geht aufs Haus.«

Charlie nickte zum Dank, griff in die Brusttasche seines Hemdes und bot Gabe eine selbstgedrehte Zigarette an. »Worüber freust du dich denn so?«

Die Unterhaltung stockte kurz, als beide Männer sich ihre Zigaretten anzündeten und nach draußen auf die Laderampe gingen. Das Hupen und Rumpeln der Automobile im Stadtzentrum vermischte sich mit dem Tuckern der Boote auf dem nahen Kanal. »Schon mal länger über das Lächeln einer Frau nachgedacht, Charlie?«, fragte Gabe in die kühle Märzbrise hinein.

»Bloß ihr Lächeln?«

»Genau.«

»Von welcher Frau?«

»Irgendeiner.« Gabe blies den Rauch aus und sah ihm nach, als er kringelnd gen Himmel stieg.

»Kann ich nicht behaupten ... also nur über das Lächeln, meine ich.«

»Das Lächeln einer Frau ist ein Geschenk, Charlie. Das schönste Geschenk, das ein Mann kriegen kann.«

Charlie überlegte einen Moment und schnippte die Asche von seiner Zigarette. »Jedes Mal, wenn meine Frau lächelt, kocht sie ein tolles Abendessen, und wir kriegen noch ein Kind.«

Gabe lachte leise. Chloe, Charlies Frau, liebte das Essen und Kinder und hatte zum Beweis eine ganze Horde von heiseren, lockenköpfigen Jungen hervorgebracht. Chloe sah einfach nicht normal aus, wenn sie nicht schwanger war. Cecil hatte Gabe und

Charlie beide als Gehilfen eingestellt, als sie sechzehn waren. Und obwohl sie aus verschiedenen Welten stammten – Charlie war ein Stadtkind, Gabe kam vom Land –, hatten sie die gleiche Arbeitsmoral, und sie wurden schnell Freunde. Zwei Jahre später war Amerika in den Ersten Weltkrieg eingetreten, und die beiden hatten Seite an Seite in den gasgefüllten Schützengräben von Frankreich gekämpft. Von dort hatte Charlie seine französische Ehefrau mitgebracht.

Beide Männer hatten sich nach der öffentlichen Empörung über die Zimmermann-Depesche zum Militärdienst gemeldet. In einem verschlüsselten Telegramm hatte Arthur Zimmermann, Staatssekretär des Reichsaußenministeriums, den Amerikanern Folgendes mitgeteilt: Sollte sich Amerika in den Krieg einmischen, würde sich Mexiko mit den Deutschen verbünden und sich den Südwesten der USA, einschließlich Texas, zurückholen. Die Nachricht wurde von Briten entschlüsselt und war sofort in sämtlichen amerikanischen Zeitungen. Die USA reagierten sofort. Gabes Urgroßvater väterlicherseits hatte in Alamo sein Leben gelassen. Jede Armee, die sich einbildete, den Lone Star State zu erobern – oder den Rest der achtundvierzig Staaten –, durfte direkt in die Hölle marschieren! Doch während sich die meisten Männer in Texas umgehend zum Militärdienst meldeten, hatten Gabe und Charlie noch über ein Jahr warten müssen, bis sie achtzehn geworden waren.

Nach dem Krieg war Gabe zu Cecil zurückgekehrt und zum Buchhalter aufgestiegen. Charlie arbeitete als Fahrer für einen Fischgroßhandel, der den täglichen Fang an der Golfküste auslieferte. Seit fast einem Jahrzehnt rauchten und plauderten die beiden Freunde hier nun schon gemeinsam.

»Und?«, fragte Charlie. »Hat Miss Irgendwer auch einen Namen und eine Nummer?«

Gabe sah zum Himmel und zog ein letztes Mal an seiner Zigarette. »Sie heißt Huck Huckabee«, antwortete er. Ihr Name schwebte federleicht im Rauch. »Nach einer Telefonnummer hab ich nicht gefragt.«

Charlie rollte seine Zigarette zwischen Daumen und Zeigefinger. »Ungewöhnlicher Name für eine Frau. Aber er gefällt mir.«

»Mir auch«, sagte Gabe.

»Und wie lange kennst du Miss Huckabee schon?«

»Ich bin ihr vor ungefähr zehn Minuten begegnet. Sie kam rein, um Austern zu kaufen.« Gabe schnippte den Zigarettenstummel über den Rand der Rampe und drehte sich zu seinem Freund um. »Aber ich kenne sie schon mein ganzes Leben lang.«

»Besser, du würdest ihre Telefonnummer schon dein ganzes Leben lang kennen.«

Gabe zog zwei Zigaretten aus seiner Schachtel Lucky Strike. »Weißt du noch, wie ich drüben in Frankreich immer wusste, dass wir wieder nach Hause kommen?«

Charlie nickte.

»Dasselbe Gefühl hab ich jetzt. Ich *werde* Huck Huckabee wiedersehen ... und zwar bald.«

»Wenn, dann frag sie nach ihrer Telefonnummer.«

Die Männer zündeten sich die Zigaretten an und redeten übers Wetter. Wenn nicht gerade neue Prohibitionsgerüchte umgingen oder Wahlen anstanden, endeten ihre Gespräche mit der zweiten Zigarette. Nachdem sie also festgestellt hatten, dass das Frühjahr kälter war als sonst, schnappte sich Charlie sein Abendessen und fuhr los.

Gabe stieg die Treppe zu seinem Büro hinauf, um die Tageseinnahmen zusammenzurechnen. Der kleine Raum war nichts Besonderes: kahle Wände, zwei harte Drehstühle, ein paar Aktenschränke aus Eichenholz und ein abgenutzter Schreibtisch. Allerdings gab es ein großes Fenster, durch das man hinunter in den Laden sehen konnte. Und genau das hatte Gabe getan, nachdem er um exakt vier Uhr sechsundvierzig auf seine Taschenuhr geschaut und dann diese bemerkenswerte junge Frau entdeckt hatte, die durch die Verkaufsgänge schlenderte. Er war aufgesprungen, die Treppe hinuntergelaufen und hatte dem verblüfften Louie buchstäblich die Schürze vom Leib gerissen.

Wenn Gabe abends um sechs den Laden zumachte, ging er normalerweise zum Abendessen in das Café gegenüber und fuhr anschließend zwei Meilen mit der Straßenbahn nach Hause.

An diesem Abend war er jedoch nicht besonders hungrig und beschloss, bei dem schönen Wetter lieber zu Fuß nach Hause zu gehen, statt die überfüllte Straßenbahn zu nehmen. Außerdem mochte er den pulsierenden Betrieb in der Innenstadt und betrachtete gerne die Schaufenster.

An der Ecke Main und Franklin kam er an der First National Bank vorbei. Die Bank war schon hier, solange er sich erinnern konnte; hier hatten seine Eltern den Kredit für ihre »Viehzüchterträume« aufgenommen. John und Maggie Alexander hatten eine kleine Ranch in Fort Bend County auf der flachen Küstenebene gleich südwestlich von Houston. Sie träumten davon, mehr Weideland hinzuzukaufen, eine riesige Herde aufzubauen und ihren Reichtum einmal ihrem einzigen Kind zu hinterlassen. Als Junge hatte Gabe reiten gelernt, Vieh mit dem Lasso zu fangen und sogar am offenen Feuer zu kochen. Von der ersten bis zur achten Klasse besuchte er eine Dorfschule mit einem einzigen Unterrichtsraum, wo er sich im Schreiben und Rechnen hervortat. Er wollte es seinen Eltern recht machen, fand das Viehhüten jedoch eintönig und interessierte sich weit mehr für Poesie und Zahlen als Sauerteig und Kälber.

Als Gabe fünfzehn war, trieb ein wütender Bulle seinem Vater ein Horn durch die Lunge. John erholte sich nicht wieder und starb im Winter darauf an einer Lungenentzündung. Gabe sorgte sich um die Gesundheit seiner erschöpften Mutter und überredete sie, die Ranch zu verpachten und in die Stadt zu ziehen. Er war gerade mal einen Monat bei Cecil's Fish Market, als Maggie starb. Wenige Stunden vor ihrem Tod hatte sie ihren goldenen Ehering abgezogen und ihn ihrem Sohn in die Hand gedrückt. »Verwahre ihn in einer Tasche nah an deinem Herzen«, flüsterte sie sehr leise. »Gib ihn dem Mädchen deiner Träume. Ich habe ihn von dem Mann meiner Träume.« Gabe musste schlucken. Seit jenem Tag trug er den Ring immer bei sich.

Gabe ging weiter die Main Street hinunter, als ihm ein flüchtiger Blick auf ein Zeitungsfoto einen Schauer über den Rücken jagte. Auf der Titelseite des *Houston Chronicle* sah er das Bild einer hiesigen Tennisspielerin, und im ersten Moment glaubte er, es wäre Huck. Aber dann stellte er fest, dass sie es nicht war.

Ihre kurze Unterhaltung hatte etwas von einem Tennisspiel gehabt, dachte er. Als er ihr seine – fast schon unangemessene – Bemerkung zu den Austern servierte, gab sie den Volley zurück, ohne mit der Wimper zu zucken oder gar rot zu werden, und setzte das Gespräch mit intelligentem Witz fort. Vorteil – Huck. Und gerade, als er dachte, er hätte sie mit seinem Charme für ein Abendessen gewonnen, servierte sie ihm einen Schmetterball. Spiel, Satz und Sieg. Er lachte vor sich hin. Tennis war das einzige Spiel, bei dem es den Spielstand »Love« gab.

In der Ferne konnte Gabe das gigantische Rice Hotel sehen. An einem schwülen Sommerabend hatte er einmal eine junge Frau zum Tanz dorthin ausgeführt, weil das Rice Café das einzige Lokal mit Klimaanlage in der Stadt war. Als er ihr stolz erklärte, dass das Hotel an genau der Stelle stünde, an der sich einmal der Regierungssitz der Republik Texas befunden hatte, gähnte die junge Frau nur und sagte: »Gabe, mein Lieber, unser Regierungssitz ist in Austin.« Dann erklärte sie, ihr sei kalt, und bat ihn, ihre Stola zu holen. Gabe machte sich nicht die Mühe, ihr den Unterschied zwischen einer Republik und einem Bundesstaat zu erklären. Ebenso wenig machte er sich die Mühe, sie noch einmal auszuführen.

Ein Stück weiter die Main hinunter, im Fenster des Kaufhauses Foley Brothers, sah Gabe einige Schaufensterpuppen in der neuesten Flapper-Mode – kurze Röcke und kurzes Haar. Die Stadt Houston war berühmt für ihre schönen Frauen, und mit seinen sechsundzwanzig Jahren wollte Gabe sich gern eine von ihnen zum Heiraten suchen. Die meisten seiner weiblichen Bekanntschaften waren »Überraschungen«, die ihm von wohlmeinenden verheirateten Freunden vorgestellt wurden. Sie luden ihn zum Essen ein, und dann schneite eine von diesen Kandidatinnen mit einem Nachtisch herein, den sie nach einem alten Familienrezept perfekt zubereitet hatte. Gelegentlich schaffte es eine dieser jungen Damen, Gabes Aufmerksamkeit mehr als ein paar Stunden zu fesseln, aber es hielt nie lange. Am Ende wollten sie alle dasselbe: eine Familie. Und eine Familie bedeutete Kinder. Er fand nichts falsch daran, die Erde zu bevölkern, aber der Wunsch, Vater zu werden, stand für ihn nicht im Vordergrund. Zumindest noch nicht.

Gabe lehnte sich an einen Laternenpfahl und beobachtete ein junges Paar, das vorbeispazierte. Die beiden blieben vor einem Schaufenster mit Brautkleidern stehen und küssten sich, ehe sie weitergingen. Gabe zündete sich eine Lucky Strike an. Was er sich vor allem wünschte, war eine Romanze, die andauerte. Jene sinnliche Verliebtheit, die den meisten Ehepaaren, die er kannte, rasch abhandengekommen war. Paare, die als innig Liebende begonnen und sämtliche Kurven und Täler auf der großen Fernstraße des Ehelebens erkundet hatten. Nach etlichen von Kindern und Karriere verursachten Umwegen humpelten sie nur noch als platonische erschöpfte Weggenossen nebeneinanderher. Gabe nannte dieses Phänomen »die Reduzierung auf den kleinsten gemeinsamen Nenner«, denn es erinnerte ihn an das schriftliche Teilen in der Arithmetik, bei dem viele einzelne Schritte nötig waren, ein fortwährendes Dividieren und Multiplizieren, um den kleinstmöglichen Nenner zu erhalten. Soweit er es beurteilen konnte, war eine Ehe mit vielen Pflichten gespickt, welche die gemeinsame Zeit des Paares in immer kürzere Phasen aufteilten. Wurden diese mit den Jahren wieder länger, spalteten sich die einst geteilten gemeinsamen Leidenschaften in individuelle Interessen auf.

»Der kleinste gemeinsame Nenner.«

Gabe war sich zwar nicht ganz sicher, wie er es anstellen sollte, aber diese Entwicklung wollte er auf keinen Fall erleben. Dann würde er lieber gar nicht erst heiraten.

An der nächsten Ecke blieb er stehen, weil eine Straßenbahn vorbeifuhr. Auf der Seitenwand prangte die neue Lucky-Strike-Werbung für Frauen: »Greifen Sie zu einer Lucky statt nach Süßigkeiten!« Gabe lächelte. Zigaretten hatten ihn nie gereizt, bis er sich in eine Frau verliebte, die rauchte. Amelia Addison war der Grund, weshalb er zu rauchen angefangen hatte. Er übernahm sogar ihre Marke. Sie hatten sich im Iris Movie Theater kennengelernt, zwei Monate bevor er sich einschiffte, um in den Ersten Weltkrieg zu ziehen. Es war ein bitterkalter Samstagnachmittag gewesen, eine Seltenheit in Houston. Gabe hatte Besorgungen gemacht und war vor dem eisigen Nordwind in das Kino geflohen. Dort lief *The Accidental Honeymoon*, eine romantische Komödie, die er sich ohnehin anschauen wollte. In dem Film ging es um einen Mann und eine Frau, die sich zufällig begegneten und irrtümlich für Frischvermählte gehalten wurden. Durch eine Verkettung lustiger Umstände waren sie gezwungen, gemeinsam die Nacht zu verbringen. Sobald sich Gabes Augen an die Dunkelheit im Saal gewöhnt hatten, entdeckte er einen freien Platz in der hinteren Reihe auf dem Balkon. Es war der Raucherbereich. Das Mädchen neben ihm fiel ihm erst auf, als es ihm eine Zigarette anbot.

»Möchten Sie eine Lucky?«, flüsterte sie.

»Nein danke.« Er hatte noch nie eine attraktivere Blondine gesehen und ertappte sich dabei, dass er wünschte, er würde rauchen.

»Liebesgeschichten bringen mich zum Weinen, auch die lustigen. Peinlich. Es hilft mir, wenn ich rauche. Möchten Sie wirklich keine?«

»Meine Hände sind so kalt, dass ich sie wahrscheinlich fallen lassen würde.«

Die junge Frau lachte. »Ich wette, dass ich Sie noch umstimme, bevor der traurige Teil kommt.«

Als der Film zu Ende war, wusste Gabe, dass sie Amelia hieß, Rechtsanwaltsgehilfin war und fünf Jahre älter als er. Außerdem hatte er seine erste Zigarette geraucht, gleich nachdem sie seine Hand unter einem ihrer hübschen Beine gewärmt hatte. Hitzig und nervös schwitzte und hustete er sich durch die traurigen Filmszenen, während Amelia weinte. In den folgenden acht Wochen verbrachten Gabe und Amelia jede freie Stunde mit ihrer eigenen Zufallsgeschichte. Sie redeten, rauchten und küssten sich.

Als Gabe das Schiff nach Frankreich bestieg, konnten die Zigaretten keinen von beiden vom Weinen abhalten. Die Kriegstage waren hart, die furchtbaren Nächte höllisch. Gabe rauchte, um Amelias süße Lippen zu schmecken und das Feuer ihrer sanften Liebkosungen zu spüren. Der Tabak bewahrte ihn davor, den Verstand zu verlieren. Ein knappes Jahr später kehrte er mit seiner Infanterieeinheit nach Hause zurück, wo Cecil ihn am Bahnhof erwartete und ihm eine Nachricht übergab. Amelia hatte einen Anwalt aus New York geheiratet und wünschte Gabe alles Gute.

Ein schrilles Quietschen von Reifen riss Gabe aus seinen Erinnerungen. »Hey, Kumpel!«, brüllte ein Autofahrer. »Willst du auf der Straße stehen oder rübergehen?«

Gabe winkte ihm entschuldigend zu und eilte zur anderen Seite. Er seufzte. Der Schmerz wegen Amelia war längst abgeklungen, und er vermisste sie nicht mehr. Trotzdem dachte er von Zeit zu Zeit noch an sie und fragte sich, ob er jemals eine Frau finden würde, die er lieben konnte.

Bis zu diesem Tag.

Sein Bauchgefühl, dass er Huck wiedersehen würde, war lediglich der nächste Abschnitt einer wundervollen neuen Geschichte, die sich in seinem Leben entwickelte. Gabe klopfte an die Brusttasche seines Hemdes und war froh, dass er Amelia nicht den Ring seiner Mutter gegeben hatte.

Er schlenderte weiter zur nächsten Straßenecke, wo er bei Benny's Diner einkehrte, einem beliebten Lokal, in dem Gabe häufig frühstückte. An diesem Abend waren mehrere Sitznischen frei, und er wählte eine saubere am Fenster aus. Der Großteil der abendlichen Gäste hatte bereits gegessen und war wieder gegangen. Gabe zündete sich eine Lucky an und legte eine Fünf-Cent-Münze für einen Kaffee auf den Tisch.

»Tagesgericht ist Corned Beef mit Kohl«, erklärte eine Kellnerin, die Gabe nicht kannte. »Alles andere ist aus.«

»Nur Kaffee, bitte.«

»Ich habe gerade frischen aufgesetzt. Kommt gleich.«

Gabe sah der Kellnerin nach. Sie war etwa in seinem Alter und hatte offenbar geweint. Er wusste nicht genau, warum, aber weinende Frauen wollte er instinktiv retten – vor wem oder was auch immer sie verletzt hatte. Zweimal hatte er das in letzter Zeit schon versucht, und es hatte nicht geklappt. Das erste Mädchen hatte nicht geweint, sondern unter Heuschnupfen gelitten und schluchzte erst recht, weil er es bemerkt hatte. Die zweite junge

Frau weinte zwar tatsächlich, weil sie guter Hoffnung war, steigerte sich aber dank Gabes Fürsorge so richtig hinein. Danach schwor er sich, seine Nase, wenn möglich, nicht mehr in die Angelegenheiten anderer Leute zu stecken und *immer* nach einem Ring Ausschau zu halten. Die Kellnerin trug einen schmalen Ehering. Huck Huckabees Ringfinger war erfreulich nackt gewesen.

Die Kellnerin kam mit einer Tasse starkem Kaffee und einem matten Lächeln zurück. »Sagen Sie mir Bescheid, falls Sie doch noch das Tagesgericht wollen.«

Gabe atmete den satten Kaffeeduft ein. Schon bevor er laufen konnte, hatte er tiefschwarzen Cowboy-Kaffee von einem Teelöffel Zucker gelutscht. Eine seiner schönsten Kindheitserinnerungen war die an einen Ausflug mit seinen Eltern zu den Docks von Galveston. Wenn der Wind günstig stand, konnte er das Getreidearoma roher Kaffeebohnenladungen schon riechen, ehe die Schiffe anlegten. Um die Zeit, als sein Vater starb, trank Gabe bereits mehrere Tassen am Tag. Er röstete die Bohnen in einem eisernen Stieltopf und mahlte sie für jede Kanne frisch. Lange vor den Zigaretten war es der Kaffee, der ihm das Leben all die Mühe wert erscheinen ließ. Und nun hatte er ein Mädchen getroffen, dessen Haare und Augen genau dem exotischen Farbton seines Lieblingsgetränks entsprachen.

Er trank einen Schluck und schaute aus dem Fenster ... es dämmerte. Auf der anderen Straßenseite sah er die Fundamentarbeiten für das große neue Gulf Building. Wenn es fertig wäre, würde es ein Art-déco-Meisterwerk im schlossähnlichen gotischen Stil sein, der höchste und imposanteste Wolkenkratzer westlich des Mississippi. Gerüchten zufolge wollte die Gulf Oil Company eine ganze Schar von Buchhaltern einstellen. Da Gabe inzwischen so weit befördert worden war, wie es bei Cecil irgend ging, hatte er ein Bewerbungsformular ausgefüllt. Es war nie sein Traum gewesen, für eine der großen Ölfirmen zu arbeiten, aber

Gulf bezahlte exzellent. Und jeder vernünftige Mann sollte seine finanzielle Zukunft bestmöglich sichern. Vor allem ein Mann, der vorhatte, einer Frau wie Huck hübsche Dinge bieten zu können.

»Das Gulf Building wird ein tolles Ding, was?«, krächzte eine Stimme, die an einen Ochsenfrosch mit einem Kiesel in der Kehle erinnerte. Ein schmerbäuchiger Koch ließ sich Gabe gegenüber am Tisch nieder. »Hab gestern die Architektenzeichnungen im *Chronicle* gesehen. Sieht aus wie eine Super-Geburtstagstorte aus dem Mittelalter.«

»Setz dich doch, Benny.«

»Hab ich schon. Wünschte, die Plätze wären so breit, dass meine Hose mit reinpasst.« Er lachte.

Eine andere Kellnerin erschien mit der Kaffeekanne in der Hand. »Was Heißes dazu?« Ohne auf Gabes Antwort zu warten, schenkte sie ihm nach und Benny eine Tasse ein, ehe sie wieder verschwand.

»Wie ich sehe, machst du den Damen immer noch Angst.« Benny zog eine halbgerauchte Zigarette hinter seinem Ohr hervor und zündete sie an. »Wo hast du gesteckt, Gabe? Hast du neuerdings ein Mädel, das dir Frühstück macht?«

»Ich hab Doppelschichten geschoben. Cecil ist seit dem letzten Wochenende in Dallas. Sein Enkel heiratet.«

Benny runzelte die Stirn. »Passiert den Besten von uns ... und den Miesesten.«

»Sieht aus, als hättest du ein paar neue Mädchen eingestellt. Was ist mit meiner ersten Kellnerin los?«

»Die hat letzte Woche eine Ansichtskarte von ihrem Mann gekriegt. Der Mistkerl hat sie verlassen, nach acht Jahren. Ist mit einer anderen ab in die Karibik.«

Gabe nickte. »Ich dachte mir schon, dass sie geweint hat.«

»Würde wohl jeder.« Benny schlürfte seinen Kaffee, ohne die

Zigarette aus dem Mund zu nehmen. »Arbeitet heute zum ersten Mal. Starrt die ganze Zeit auf ihren Ehering. Den will sie einfach nicht abnehmen. Also hab ich ihr gesagt, sie soll früher nach Hause gehen. Ist ihre erste Stelle seit Jahren, und sie hat drei Kinder.«

Die zweite Kellnerin kam wieder. »Da ist ein Lieferbursche mit Eiern für morgen. Wo sollen die hin?«

Benny stand auf und zog seine Hose hoch. »Dahin, wo sie diesmal nicht alle kaputtgehen. Ich krieg hier nichts als angeknackste Eier und gebrochene Herzen.« Er schüttelte Gabe die Hand. »Komm bald wieder.«

Vor Benny's Diner wurde der Freitagabendverkehr dichter. Eine halbe Stunde noch, dann würde die Main Street zu einer lückenlosen Linie von hupenden Autos, die nach einem Parkplatz suchten – nicht unähnlich einer Herde muhender Kühe auf der Suche nach einem Schlafplatz. Gabe trank seinen Kaffee aus und ging. Die schweren Auspuffdämpfe vermischten sich mit dem säuerlichen Gestank der elektrischen Straßenbahnen. Unterhalb der bunten Neonreklamen von Restaurants und Filmtheatern nahm sich das weiße Licht der Straßenlaternen geradezu schüchtern aus. Die Läden in der Innenstadt blieben lange geöffnet, auf dass die spendierfreudigen Houstoner sich doch noch in sie verirrten.

Gabe fiel ein, dass er ein neues Farbband für seine Schreibmaschine brauchte, und so ging er in ein Schreibwarengeschäft. Er schrieb lieber mit der Maschine, obwohl man ihm oft sagte, dass er eine schöne Handschrift hätte. Als er an einem Aufsteller mit Postkarten vorbeikam, fiel ihm Bennys Bemerkung über die Kellnerin und deren Mann wieder ein. Eine achtjährige Ehe mit einer Postkarte zu beenden, war grausam. Der Mann war ein rückgratloser Feigling. Vermutlich hatte er ihr ein Bild von irgendeinem einsamen Strand geschickt, als Symbol, dass er sie verlassen hatte. Gut möglich, dass ihre zerbrochene Ehe ein weiteres Opfer der »Reduzierung auf den kleinsten gemeinsamen Nenner« war.

Eine Ansichtskarte stach Gabe ins Auge. Es war das Bild von einer hübschen jungen Frau, die erwartungsvoll in einen Briefkasten griff. Der Text dazu lautete: »Ob wohl eine Nachricht von meinem Liebsten da ist?« Gabe lachte leise. Natürlich würde eine Nachricht in dem Kasten sein, es sei denn, der Liebste dieses Mädchens war blind und dumm. Liebesbriefe waren der wertvollste Schatz jeder Frau. Nach dem Tod seiner Mutter hatte Gabe ein kleines Bündel Briefe gefunden, das mit einem Band zusammengeschnürt ganz hinten in der untersten Schublade ihrer Zedernholzkommode lag. Ein bisschen hatte er ein schlechtes Gewissen, als er sie las, obwohl die meisten nur von den Plänen seiner Eltern für die Ranch handelten. Einen Brief jedoch hatte seine Mutter eindeutig häufiger gelesen als die anderen, denn er war stärker ausgeblichen. Und dieser Brief enthielt ein Gedicht, das Gabes Vater selbst geschrieben hatte. Gabe hatte keine Ahnung gehabt, dass sein Vater jemals Gedichte verfasst hatte, und konnte sich nur noch an die letzten beiden Zeilen erinnern:

Draußen, wo die Kojoten und Wildhunde umherstreifen,
Werden wir uns mit Arbeit und Liebe ein Heim bauen.

*

Gabe lächelte. Der Mann, der so selten seine weiche Seite zeigte, hatte ein einfaches Liebesgedicht verfasst, an dessen schlichten Versen sich seine Frau über Jahrzehnte erfreut hatte. Was wäre gewesen, wenn er jedes Jahr ein Gedicht für sie geschrieben hätte? Wenn der Mann der Kellnerin ihr früher in ihrer Ehe ein paar romantische Postkarten geschickt hätte, wäre er ihr vielleicht nahe genug geblieben und hätte sich nicht nach anderen umgesehen. Ja, das ergab durchaus Sinn. Ein Mann, dessen Gedanken an seine Frau in schöne Worte einflossen, war wahrscheinlich weniger geneigt, sie zu betrügen.

Was wäre gewesen, wenn der Mann der Kellnerin jeden Monat eine Karte geschickt hätte?

Was wäre, wenn *sie* Huck Huckabee wäre und *er*, Gabe, der Ehemann, der Karten schickte?

Plötzlich durchfuhr Gabe Alexander ein wohliges Kribbeln, das ihn bis in die Tiefen seiner einsamen Seele wärmte. Er würde ihre Liebe mit Postkarten *und* Gedichten sichern. Nichts würde ihn und Huck Huckabee auseinanderdividieren. Gabe fing an, es sich auszumalen. Von der ersten Woche ihrer Ehe an würde er kurze Verse über ihre Liebe auf Ansichtskarten schreiben, deren Motive eine Bedeutung für sie beide hätten, und sie so abschicken, dass sie pünktlich zum Wochenende ankamen. An zweiundfünfzig Freitagen im Jahr würde sich ihr Band zu einer Million unzertrennlichen Verbindungen multiplizieren.

Nach einigem Suchen fand Gabe eine Postkarte, auf der sich ein Mann und eine Frau in die Augen blickten. Perfekt. Er hatte seinen Entschluss gefasst.

»Haben Sie gefunden, was Sie suchen?«, fragte ein Verkäufer.

»Oh ja. Es sei denn, Sie haben eine Karte mit Austern.«

»Austern, Sir? Zu welchem Anlass?«

Gabe lächelte. »Ich heirate.«

Vier

April 1926, Houston, Texas – Huck

Langsam klappte Huck den Deckel ihres Schmuckkästchens auf und sah hinein. Ihr Verlobungsring war noch da – natürlich.

Er wartete.

Geduldig.

Sie lauschte dem Ticken des Weckers auf ihrer Kommode und seufzte. Wie dumm von ihr, sich zu ärgern!

»Wie lange muss ich noch auf eine Antwort warten?«, flüsterte sie. Den regnerischen April über war sie nicht noch einmal in Cecil's Fish Market gewesen. Sie hatte Gabe bewusst gemieden und Gott um Rat gefragt, ob sie ihren Verlobten Clark Richards heiraten sollte. Sie hatte nicht erwartet, Mister Jack wiederzusehen, aber mehrmals täglich um Weisheit gebetet. Am Ende konzentrierte sie ihre Gedanken auf die angenehmen Zeiten, die sie mit Clark erlebt hatte. Schließlich war es sein Ring, der *manchmal* an ihrem Finger steckte.

Manchmal, weil sie Linkshänderin war, und wenn sie beim Unterrichten etwas an die Tafel schrieb, blieb leicht Kreide unter dem Ring hängen. *Manchmal*, weil sie ihn bei der Hausarbeit natürlich auch nicht trug. Es wäre albern gewesen, mit einem einkarätigen Diamanten am Finger Geschirr zu spülen oder zu putzen. Wie leicht könnte sie ihn da verlieren. Also lagerte der Ring sicher verwahrt in ihrem Zimmer in Mrs. Thompsons Pension, ausgenommen an jenen Tagen, an denen Clark zu Besuch kam. Unerwartet, wie an Tagen – eigentlich Abenden – wie diesem.

Es war Montag, und Huck war nach dem Unterricht noch in

der Schule geblieben, um ein paar Schülern Nachhilfe zu geben und Arbeiten zu korrigieren. Vor dem Schlafengehen musste sie nun noch die Zensuren in ihr Notizbuch eintragen und ihr Mittagessen für den nächsten Tag vorbereiten. Außerdem freute sie sich darauf, ausgiebig zu baden und sich die Haare zu waschen. Sie reichten ihr fast bis zu den Hüften und brauchten ewig, bis sie trocken waren. Doch als sie nach Hause gekommen war, hatte sie eine Nachricht gefunden, die mit einer Heftzwecke an ihrer Zimmertür befestigt war: Clark war geschäftlich in der Stadt und wollte sie um acht Uhr abholen. Er wollte unbedingt das elegante neue Restaurant ausprobieren, das Pickwicks.

»Da werde ich mir wohl ein andermal die Haare waschen müssen«, hatte Huck mit Bedauern gemurmelt.

Sie griff in ihr Schmuckkästchen. Der Ring fühlte sich schwer an, noch schwerer als an dem Nachmittag, als Clark ihn ihr geschenkt hatte. Huck hielt ihn ins Licht und betrachtete den funkelnden Stein mit seinen vielen Facetten. Er war wunderschön. Und obwohl sie wusste, dass ein Diamant unmöglich größer werden konnte, kam ihr alles andere in der Beziehung zu Clark geschrumpft vor, insbesondere ihre eigenen Gefühle. Clark prahlte ständig damit, von allem das Größte und Beste zu besitzen. Und manchmal benahm er sich, als würde er auch Huck besitzen.

Sie ließ den Ring über ihren Finger gleiten. Die materialistische Einstellung ihres Verlobten war wirklich frustrierend, aber in der Familie Richards wurde die Tiefe von Liebe und Hingabe eben an kostspieligen Geschenken festgemacht. Clark hätte ihr nie einen so teuren Diamanten geschenkt, wenn er sie nicht von ganzem Herzen liebte.

Sie blickte zur Uhr. Es blieben ihr noch dreiunddreißig Minuten. Also legte sie sich auf ihr Bett und stopfte sich zwei Kissen unter ihre Beine. Vielleicht war er ja diesmal anders. Er hatte sich nicht immer so ernst und seriös gegeben. Eigentlich kannte sie niemanden, der so witzig sein konnte wie er. Und er durchschaute sie besser als die gesamte Huckabee-Familie, sogar besser als Cutter. Sie seufzte. Clark merkte sofort, wenn sie nicht ehrlich war – oder nicht *vollkommen aufrichtig*. Dennoch hatte sie nie den Mut gehabt, ihm von ihrem Schutzengel zu erzählen.

Huck schloss die Augen. In Erinnerung an ihre Begegnung mit Mister Jack hatte sie sich gefragt, ob Clark vielleicht ihr Seelenverwandter war. Doch jetzt ging ihr die Zufallsbegegnung mit Gabe nicht aus dem Sinn. Hatte sie sich geirrt?

*

Huck und Clark waren beide im siebzig Meilen nördlich im pinienreichen Osten von Texas gelegenen Huntsville aufgewachsen. Sie waren gemeinsam eingeschult worden und in dieselbe Kirche gegangen. Anfangs hatte Clark ihr Dutzende von kleinen Liebesbriefen geschrieben. Aber etwas wahnsinnig Romantisches vollbrachte er erst in der siebten Klasse der Sonntagsschule. Es war an einem Tag, als sie Bibelverse auswendig lernen sollten. Mädchen und Jungen setzten sich jeweils zu zweit zusammen. Da die Geschlechter nicht gleich verteilt waren, schlug Clark vor, dass Huck und er sich zusammentaten. Dann flüsterte er ihr, anstatt den Psalm 33 zu lernen, einen besonders gewagten Vers aus dem Hohelied Salomos vor, in dem er ihre beiden Namen einsetzte, wodurch die sehr bildhaften Worte noch direkter wurden. Hätte Huck bei dem Wort »Brüste« nicht hörbar nach Luft geschnappt, wäre der alten Mrs. Hudge – »Methusalems Großmutter« genannt – nichts aufgefallen. Bis dahin dachten alle, ihr Gehör hätte sich um die Jahrhundertwende verabschiedet. Leider war dem nicht so, und deshalb bekam Clark zum Mittagessen anstelle des leckeren Brathühnchens eine gehörige Portion Laugenseife und einige Hiebe mit dem Wetzleder zum Nachtisch. Den Rest des Tages hielt er sich vor dem Klohäuschen auf, von dem sich zu entfernen nicht lohnte, weil ihn die Seife immer wieder hintrieb. Huck hatte nie davon gehört, dass in Walker County jemand bestraft worden war, weil er die Heilige Schrift zitiert hatte; allerdings hatte sie auch nicht gewusst, dass Gott das Wort »Brüste« kannte oder dass sich verheiratete Leute so benahmen. Folglich las sie das gesamte Hohelied im Mondlicht, nachdem die Familie schlafen gegangen war.

Auf der Highschool war Clark ein gefragter Linebacker. Muskulös und gut aussehend wie er war, wurde er zum hübschesten Jungen der Schule gewählt. Huck mit ihrer natürlichen Schönheit war Captain der Cheerleader und wurde zum schönsten Mädchen der Schule gewählt. Clark war ihr Freund und zugleich ihr Verehrer: sorglos, wagemutig und nie langweilig. Wenn die langsamen Güterzüge durch die Stadt rollten, sprangen die beiden manchmal in einen leeren Waggon und taten so, als wären sie Landstreicher. Sie hockten an der offenen Waggontür, Clark stahl sich ein oder zwei Küsse von Huck, und sobald der Zug schneller wurde, hielten sie sich an den Händen und sprangen ab. Einmal wurden sie von einem Mann erwischt, der drohte, die Bahnbehörde zu informieren. Da erfanden sie eine wilde Geschichte, nach der sie den weiten Weg von Tampa in Florida hergekommen wären, um ihre Familie zu suchen. Der Mann glaubte ihnen, gab ihnen einen Dollar und wünschte ihnen Glück. Danach kicherten sie noch tagelang wie verrückt, wenn Clark ihr »Tampa« ins Ohr flüsterte.

Am Sam Houston Normal Institute – oder SNHI, wie das örtliche College überall hieß – studierte Huck Erziehungswissenschaften und Clark glänzte als Sportler. Gemeinsam besuchten sie die Siegesfeiern nach den Spielen und sonstige College-Veranstaltungen. Schon bald galten sie als »das künftige Paar«, was Huck manchmal ebenso gefiel, wie sie es verärgerte. Clark konnte in einem Moment höflich sein und im nächsten grob. Und irgendwie beschattete er sie regelrecht, sogar in der Kirche. Als Huck endlich im letzten Collegejahr seinem offiziellen Werben nachgab, war ihre Mutter überaus beglückt.

»Er ist ein gebildeter junger Mann«, sagte Annise einmal, als sie nach dem Abendessen das Geschirr gespült hatten und wegräumten.

»Ich weiß, Mutter.« Huck stapelte mehrere Teller aufeinander und reichte sie ihrer Mutter. »Aber es gibt viele gebildete Männer.«

»Und – hier ist noch ein Fleck – und er ist ein Mitglied unserer Kirchengemeinde. Bruder Ralph Leggett sagt, solange er denken kann, habe Clark nicht einen Gottesdienst versäumt.«

Huck besah den beanstandeten Teller genauer. »Der Bruder Leggett, der vergisst, seine Hosenträger festzuknöpfen, wofür er letzten Sonntag einen hohen Preis zahlte, als alle ›Stand Up for Jesus‹ sangen?«

Annise ignorierte die Bemerkung. »Du weißt, was ich meine. Verhüte Gott, dass du einen Andersgläubigen heiratest. Denk an deinen Bruder.«

»Cutter ist nicht verheiratet, Mutter. Oder gibt's da etwas, das ich wissen sollte?« Huck sah lächelnd zu ihrer Mutter hinüber, die keine Miene verzog.

»Ich meine die Frau deines ältesten Bruders, Helen, meine einzige Schwiegertochter, die sich geweigert hat, ihre Kirchenzugehörigkeit zu wechseln, als sie die Wahrheit erfuhr.«

Huck schob den Teller unter den letzten Stapel. Er war nicht schmutzig, sondern nur ein wenig anders gemustert. Und was Helen anging, so stand sie Gott wohl näher als der gesamte Huckabee-Clan.

Es dauerte nicht lange, bis Clark anfing, von Heirat zu sprechen und jede Minute ihrer gemeinsamen Zeit zu verplanen. Für Huck stank ihre Beziehung förmlich nach Berechenbarkeit. Als der College-Abschluss näherrückte, trat Clark ihr gegenüber geschäftsmäßig auf, manchmal sogar herrisch. Und als wäre alles noch nicht kompliziert genug, begann Huck daran zu zweifeln, dass er ihr Seelenverwandter war, und sie erstickte alle seine Versuche, ihr einen Antrag zu machen, schon im Keim.

Nach dem Abschluss am SNHI zog Huck den Job an der Sidney Lanier an Land, und Clark wollte mit ihr wegziehen. Daraufhin bot ihm sein Vater, Leiter der First National Bank von Huntsville, rasch einen Posten in der Bank mit dem Gehalt eines stellvertretenden Geschäftsführers und dem entsprechenden Prestige an. Um diese Zeit kaufte Clark den großen Diamanten. Huck hatte eigentlich nie vorgehabt, seinen Antrag anzunehmen, doch er fragte sie vor der gesamten Huckabee-Familie, als sie am Nachmittag des Weihnachtstages Domino spielten. Ethan war eben im Begriff, mehrere Söhne, deren Frauen und einige Enkelkinder haushoch zu schlagen, als Clark plötzlich auf die Knie ging, den Ring an Hucks Finger steckte und ihr seine ewige Treue anbot. Bevor sie etwas antworten konnte, hatten ihre Mutter und die meisten anderen Clark schon in der Familie willkommen geheißen und in die Küche gezerrt, damit er das Dessert zur Feier des Tages aussuchte. Ihr Vater ließ seinen letzten Dominostein fallen und brummelte. Dann stopfte er sich einen Brocken Kautabak in den Mund und zog sich auf die vordere Veranda zurück, wo er in Ruhe kauen und spucken konnte. Cutter folgte ihm.

Huck sah, wie die Haustür zufiel. Ihr Vater und ihr Zwillingsbruder würden Clark irgendwann auch akzeptieren. Es würde nur Zeit brauchen – und vielleicht ein paar hundert Dominospiele. Jemand rief aus der Küche nach Huck. Sie stand auf und betrachtete den leeren Stuhl ihres Vaters. Davor lag verdeckt sein letzter Dominostein. Woher wusste er nur immer, welche Steine er behalten und welche er abgeben musste? Wie aufs Stichwort schweiften ihre Gedanken zu Mister Jack. Ihn hatte sie dasselbe gefragt. Als sie an seine Antwort dachte, fühlte sie sich plötzlich unbehaglich: »Guck einem Mann tief in die Augen, und du erkennst seine Hoffnungen und Träume.«

Huck fröstelte. Clark hielt dauernd große Reden über seine Hoffnungen und Träume. In seinen Augen hatte sie diese irgendwie noch nie gesehen.

*

Punkt acht Uhr erschien Clark in Mrs. Thompsons Pension, um Huck zum Dinner auszuführen. Sie fuhren zu einem restaurierten Gebäude in der Innenstadt und hielten vor dem Eingang. »In diesen alten Dinosauriern exquisite Restaurants einzurichten, ist schwer in Mode«, sagte Clark stolz, als ein Page Huck die Tür öffnete. »Und übrigens eine gute Geldanlage.«

Der edle Eingangsbereich des Pickwicks erinnerte Huck an Bilder, die sie in Reiseberichten über elisabethanische Herrenhäuser gesehen hatte. Und statt eines großen Speisesaals gab es mehrere kleine Räume, alle mit Kaminen, elegantem Mobiliar und dezentem Kerzenlicht.

»Es ist hinreißend«, sagte Huck, als sie an ihrem Tisch Platz genommen hatten. Auf einmal ergab auch der Name des Restaurants einen Sinn. *The Pickwick Papers* war Charles Dickens' erster Roman gewesen. Huck holte tief Luft. Vielleicht wurde dieser Abend besser als erwartet.

Ein Kellnerlehrling mit weißen Handschuhen servierte Eiswasser, während ein zweiter eine bestickte Serviette auf Hucks Schoß ausbreitete. Ein Kellner erschien mit den Speisekarten.

Seine Bewegungen wirkten ebenso steifgestärkt wie seine Uniform. »Lassen Sie sich gerne Zeit«, sagte er. »Die Spezialität des Hauses ist Hochrippe. Ich komme dann gleich wieder, um Ihre Bestellung aufzunehmen.«

Clark fixierte Hucks linke Hand. »Ich liebe es, nach Houston zu kommen und meinen Diamantring zu sehen«, sagte er wie nebenbei.

Huck sah nach unten. Bisher hatte sie den Ring für *ihren* gehalten. »Nur den Ring?«, fragte sie und zupfte die Serviette auf ihrem Schoß zurecht.

»Du weißt doch, was ich meine. Ich liebe natürlich auch die Frau, die ihn trägt.« Er lachte und blickte in seine Speisekarte.

»Eine äußerst müde Frau übrigens«, sagte Huck. »Bestimmt träume ich heute Nacht noch von Schulnoten. Meine Schüler mussten sich in den letzten zwei Wochen mit dem Satzbau beschäftigen. Ich hab versucht, es interessant für sie zu gestalten, aber ...«

»Wie wär's mit der Hochrippe?«, unterbrach Clark sie. »Sie wird mit neuen Kartoffeln und in Weißweinsauce serviert.«

»Ich hätte lieber ein kleines Beefsteak, durchgebraten. Und einen Salat.«

»Das bestellst du immer.«

»Hochrippe ist zu blutig für meinen Geschmack. Du weißt das.«

Clark reckte sein Kinn und lehnte sich vor. »Ich würde meinen, wenn ich mir schon die Mühe gemacht habe, dich hierher einzuladen, könntest du wohl meiner Empfehlung folgen.«

»Na schön.« Huck war zu müde zum Streiten. Und nach dem anstrengenden Tag war ihr ohnehin mehr nach Reden als nach Essen.

Der Kellner kam zurück, nahm ihre Bestellungen auf, drehte sich auf dem Absatz um und marschierte davon. Huck nahm ihr

Gesprächsthema wieder auf: »Wie ich schon sagte, habe ich meiner Klasse beigebracht, wie man Satzteile bestimmt.«

»Das ist nett, allerdings wird es ihnen im Leben nicht viel nützen.«

»Was meinst du damit?«

»Ach, Huck, reg dich nicht gleich auf! Wir leben im Zeitalter der Wissenschaft und Technik. Glaubst du, die Gebrüder Wright haben das Fliegen erfunden, indem sie Subjekte und Prädikate bestimmt haben?«

»Natürlich nicht, nur mussten sie hinterher über ihre Entdeckung schreiben«, erwiderte Huck. »Und wo wir schon beim Thema sind, wie fügt sich das Bankwesen in unsere modernen Zeiten?«

Er lachte. »Die Finanzwirtschaft kontrolliert alles. Ohne geeignete Kreditgeber würde es keine große Erfindung je aus dem Labor schaffen. Erfolgreiche Industriezweige verlassen sich nicht bloß auf Investoren, die an die Wissenschaft glauben, sondern auf uns geniale Bankiers, die clever genug sind, um für alle Beteiligten einen Gewinn zu erwirtschaften.«

Huck starrte an Clark vorbei und dachte an den großartigen Autor, nach dessen Erstlingswerk das Restaurant benannt war. Seine brillante Prosa lebte bis heute, ungeachtet der Beschränkungen des modernen Industriezeitalters, und erreichte die Herzen und Seelen der Menschen.

»Apropos Banken«, sagte Clark und zog die Brauen hoch. »Rate mal, was heute auf der Arbeit passiert ist!«

Huck runzelte die Stirn. »Ihr wurdet ausgeraubt, und es ist kein Geld mehr da für Wissenschaft und Technik?«

»Ganz sicher nicht.« Clark blickte sich rasch um und senkte die Stimme. »Bitte denk nach, bevor du so was sagst. So fangen Gerüchte an.«

»Clark, mein Lieber, es war doch nicht ernst gemeint.«

»Klar.« Er räusperte sich. »Und besonders klug war es auch nicht. Dreh dich nicht um, aber ich glaube, einer unserer Teilhaber ist eben hereingekommen. Er wird mich natürlich erkennen und sich an unserem Tisch sehen lassen.«

»Mach dir keine Sorgen«, sagte Huck mit einem süßen Lächeln. »Ich werde darauf achten, dass ich meine Wortwahl seiner Verständnisebene anpasse.«

»Sieh zu, dass du das tust.« Clark seufzte und schüttelte den Kopf.

Als der Mann nicht an ihrem Tisch erschien, verfinsterten sich Clarks Züge. »Du willst partout sarkastisch sein, wo ich doch umwerfende Neuigkeiten habe.«

Huck neigte sich vor. »Neuigkeiten?«

»Also ...« Er grinste. »Sie haben mich zum leitenden stellvertretenden Geschäftsführer ernannt.«

»Oh, Clark, das ist wunderbar!«

»Ich bekomme doppelt so viel Gehalt und mehr Vollmachten. Mit denen auch zusätzliche Aufgaben verbunden sind, versteht sich«, fuhr er fort und erklärte jede Aufgabe im Einzelnen, bis das Essen kam.

»Was bedeutet, dass wir früher heiraten können als geplant«, schloss er, sobald sie wieder allein waren.

Huck sah auf ihren Teller, und ihr wurde ein bisschen übel. »Ich wüsste nicht, dass wir ein bestimmtes Datum festgesetzt hätten.«

»Korrekt. Jetzt können wir's«, sagte Clark und begann zu essen.

Ein festes Datum war das Letzte, worüber Huck reden wollte, aber Clark war offenbar dazu entschlossen. Vermutlich war das der Hauptgrund, weshalb er auf dem gemeinsamen Dinner bestanden hatte. Vielleicht könnte sie das Thema wechseln.

»Also?«, fragte er zwischen zwei Bissen. »Wie wäre es ...«

Huck fiel ihm ins Wort. »Ich hatte mir überlegt, mir vor der Hochzeit die Haare abschneiden zu lassen.«

Er schluckte. »Deine Haare?«

»Ja, zu einem Bob. Das ist total modern.«

Clark wurde röter als sein Fleischstück. »Ich verbiete dir, auch nur eine einzige Strähne abzuschneiden«, sagte er streng.

»Du tust was?« In all den Jahren ihrer Kindheit und Jugend hatte sie nie gehört, dass ihr Vater ihrer Mutter irgendetwas »verboten« hatte. Er war manchmal vollkommen anderer Meinung als sie und führte zahlreiche Gründe dafür an, aber am Ende lag die Entscheidung bei Hucks Mutter.

»Meine zukünftige Frau wird nicht wie ein Flittchen aussehen«, fuhr Clark fort. »Das erlaube ich nicht.«

Langsam stand Huck auf, löste ihren Haarknoten und ließ ihr Haar offen über ihren Rücken fallen. Die Leute gafften.

»Was machst du denn?«, flüsterte Clark. »Du bringst mich in Verlegenheit. Ich verlange, dass du dich sofort wieder hinsetzt.«

»Nicht im Traum würde ich dich in Verlegenheit bringen wollen, Clark, mein Lieber.« Huck schüttelte ihren Kopf – sie sah nun aus wie eine wilde, vom Wind zerzauste Frau. »Siehst du? Jetzt wird es keine Frage mehr sein, was du erlaubst. Niemand wird deine künftige Frau für ein kurzhaariges Flittchen halten.«

»Du benimmst dich lächerlich. Ich verlange, dass du dich hinsetzt und leiser sprichst.«

»Und eines noch …« Huck umfasste eine Strähne ihres Haares und hielt sie auf Armlänge von sich. Dann zog sie mit Daumen und Zeigefinger ein einzelnes Haar heraus. »Ist es dieses, das du mir verbietest, abzuschneiden? Oder eins von den anderen?«

Clark schaute sich in dem Raum um, stand auf und sagte mit einem zischenden Flüstern: »Ich ziehe jetzt deinen Stuhl vor, und du wirst dich ruhig hinsetzen.« Er griff nach Hucks Stuhl, bekam aber stattdessen ihr Handgelenk zu fassen.

»Du tust mir weh. Lass mich los.«

»Zuerst lässt du dein Haar los«, erwiderte er in einem Ton, als wäre es ihm egal, dass er ihr wehtat.

Mit ihrer freien Hand griff Huck nach ihrem Steakmesser und durchtrennte die Strähne mit einem einzigen Schnitt. Clark zuckte zurück, was Huck die Chance gab, sich von ihm zu befreien. Er wich einen Schritt zurück.

»Deiner zukünftigen Frau gefällt es nicht, dass man ihr befiehlt, was sie zu tun oder zu lassen hat.« Huck legte das Messer ab und ging auf den verblüfften Clark zu. »Und was *uns* betrifft, nun, sagen wir, das Adjektiv zu deinem Nomen Zukunft hängt davon ab, wie *du* in die Gegenwart investierst. Eine schlechte Investition bedeutet, dass Gewinne aufgezehrt werden. Wie jeder gute Bankier weiß.« Sie ließ die abgeschnittene Strähne los. »Das ist simple Satzbau-Analyse, *mein Lieber.*«

Alle Leute im Raum konnten beobachten, wie Hucks abgeschnittenes Haar auf Clarks Teller herabschwebte.

Huck ging hinaus. Als Clark den Kellner gerufen und die Rechnung bezahlt hatte, war sie bereits mit der Straßenbahn auf dem Heimweg zu Mrs. Thompsons Pension.

Fünf

Sommer 2006 – Adam Colby

»Einen schönen Abend noch, Mr. Colby.« Die Drive-in-Bedienung mit den großen Augen reichte mir eine Cola und eine mit Fettflecken gesprenkelte Papiertüte. »Bis morgen und danke fürs Trinkgeld.«

Ich startete den Motor meines SUV, schaute in den Seitenspiegel und sah, wie sie zurück ins Restaurant skatete. »Einen schönen Abend?«, murmelte ich. »Irgendwann vielleicht.«

Es war eine mörderische Woche gewesen, aber endlich war der Verkauf des Gruver-Anwesens unter Dach und Fach, und so hatte ich wenigstens ein paar Tage Ruhe, bevor die Preisermittlung für das nächste Objekt anstand.

Das war das Langwierigste.

Den Preis zu schätzen.

Es war eine mühsame Arbeit, die Haley geliebt hatte ... als sie mich noch liebte.

Statt den Rückwärtsgang einzulegen, stellte ich den Motor wieder ab und angelte mir eine dünne Fritte aus der Tüte. »Sieht genauso mitleiderregend aus wie mein Leben«, sagte ich vage in Richtung des Autos neben mir.

Ich ließ die Fritte zurück zu den anderen Pommes in die Tüte fallen, trank einen Schluck Cola und sah auf mein Handy. Keine Anrufe von Yevette; auch keine Nachrichten. Sie hatte bereits zwei Treffen abgesagt, deshalb machte ich mir keine großen Hoffnungen, dass es mit dem dritten Termin klappen würde, auch wenn drei angeblich die magische Zahl war.

In der Nachricht, die ich Yevette wegen unseres ersten Treffens geschickt hatte, war ich nicht näher auf den Grund eingegangen; ich hatte ihr nur mitgeteilt, dass ich den Verkauf des Hauses regeln würde und einige Fragen hätte. Bei der Absprache des zweiten Termins war ich schon ein bisschen verzweifelt gewesen und hatte die Postkartenalben erwähnt. Ich stellte mir vor, dass die Frau, die Mrs. Alexander in ihren letzten Tagen betreut hatte, gerne über sie sprechen würde. Aber entweder wusste Yevette nichts von den Ansichtskarten, oder sie wollte nicht, dass sie gefunden wurden.

»Ich muss absagen«, hatte sie mir beide Male auf die Mailbox gesprochen. Kein Grund, nicht einmal ein »Tut mir leid«. Nur die drei Worte, genauso lauwarm wie mein Junkfood. Es war, als hätte sie geahnt, wann sie anrufen musste, um nur die Mailbox zu erreichen – während ich mit einem Kunden beschäftigt war.

Ich drehte den Schlüssel im Zündschloss und lauschte dem anspringenden Motor. Ich hatte versucht, nach vorn zu schauen, so wie es mir Haley und inzwischen auch andere geraten hatten. Aber zwei Jahre waren eine Ewigkeit für einen Verlorenen. Außerdem fiel es mir immer noch schwer, mir vorzustellen, ich sei nicht mehr verheiratet ... es war fast undenkbar.

Manchmal lähmte mich dieser Gedanke regelrecht, dennoch bemühte ich mich, mein Maklergeschäft am Laufen zu halten. An jedem finsteren Tag brütete ich in jeder freien Minute über den Postkarten, auf der Suche nach dem Geheimnis von Huck und Gabe Alexanders Glück. Die Abende verbrachte ich damit, ihre Geschichte in meinem Arbeitszimmer in den Computer zu tippen. Ich schlief sogar dort und durchquerte unser Schlafzimmer nur möglichst rasch, wenn ich zur Toilette musste. Ab und zu schrieb ich ein paar Zeilen darüber, wie mich die Alexanders an Haley und mich erinnerten, und bezahlte es jedes Mal damit, dass mir die Tränen über die Wangen liefen.

In meinen ruhelosen Nächten quälten mich immer noch viele

einsame Fragen, und ich schleppte sie unbeantwortet mit in den nächsten Tag. Wie bedeutsam es auch sein mochte, es erwies sich als schwierig bis unmöglich, die Verse auf den Postkarten zur Lebensgeschichte von Huck und Gabe zusammenzufügen. Es gab zu viele private Anspielungen, die ich nicht verstand, so viele ungeklärte Bezüge, die ich nicht herstellen konnte.

Als ich noch einen Schluck trank, klingelte mein Handy.

»Hallo, hier ist Adam.«

»Yevette Galloway.«

»Hi, wie schön, dass Sie anrufen!«

»Wollen wir uns im Starbucks treffen?«

»Gerne, in welchem?«

»Kennen Sie das am Town Square in Sugar Land?«

»Ja, klar, wann?«

»Morgen. Um zehn Uhr?«

»Abgemacht. Soll ich ...«

»Bis dann.« Yevette legte auf.

»... ein paar Karten mitbringen?«, beendete ich meine Frage und sah in den Rückspiegel. »Tja, wie es aussieht, treffe ich endlich Yevette«, flüsterte ich.

Sechs

Bayshore-Pflegeheim, 2004 – Yevette Galloway

Yevette betrat die protzige Eingangshalle des Bayshore-Pflegeheims durch die Glastüren im Eingang. Sie schluckte. Selbst in teureren Altenheimen roch es nach Desinfektionsmitteln und anderem, über dessen Ursprung sie lieber nicht weiter nachdenken wollte. Yevette ging an der Geschenkboutique vorbei und durch automatische Schiebetüren zur Pflegestation, wo sie der diensthabenden Schwester zulächelte. »Guten Morgen, Judy. Ich hab Ihre Nachricht bekommen.«

»Hi, Yevette. Irgendwo muss es ein schöner Sonntagmorgen sein.«

Ein Medizinstudent, der in der Nähe stand und Patientenakten durchsah, lachte leise.

Judy fuhr fort: »Mrs. Alexander war gestern sauer auf uns, weil wir ihr das Telefon abgenommen haben. Es war mal wieder ein Affentheater.«

»Bekommt sie es wieder?«, fragte Yevette.

»Nein, diesmal nicht.«

Es ärgerte Yevette, dass Huck die 911 gewählt hatte, vor allem, weil sie über die Folgen gesprochen hatten. »Tut mir leid.«

»Heute Morgen hat sie ihr Telefon schon wieder vergessen, aber sie behauptet, dass wir sie beklauen.«

»Die alte Dame hat Mumm«, sagte der Student. »Ich finde das gut.«

»Und ich fände es gut, wenn du unsere Patienten mit ein bisschen mehr Respekt behandelst und die Akten fertig machst«, erwiderte Judy und sagte leiser zu Yevette: »Mrs. Alexander schwört, dass ihre Post gestohlen wurde, und gibt unserem Personal die Schuld. Haben Sie eine Ahnung, was sie meint?«

»Das ist eine lange Geschichte. Sie glaubt, dass ihr verstorbener Mann ihr immer noch Ansichtskarten schickt.«

»Ach ja? Schickt denn überhaupt noch jemand welche?«

Yevette zuckte mit den Schultern.

Judy dachte nach. »Würden Sie Mrs. Alexander bitte klarmachen, dass keiner hier im Bayshore sie jemals bestehlen würde und vor allem nicht ihre Post klauen?«

»Klar. Danke, Judy.« Yevette ging den langen Korridor hinunter. Sie hatte nichts von Gabes wunderschönen Postkartengedichten gewusst, bis Huck sie gebeten hatte, ihr dabei zu helfen, die Karten in Alben zu sortieren. Das hatten sie in den letzten Monaten immer freitags getan. Yevette hatte mehr über die außergewöhnliche Beziehung von Huck und Gabe erfahren, als sie es je für möglich gehalten hätte. Nun aber war die Arbeit erledigt, und es gab keine weiteren Karten mehr. An manchen Freitagen hatten sie viel gelacht, an anderen mit den Tränen gekämpft. Und an dem Freitag vor zwei Wochen hatten sie das letzte Album zugeklappt und geweint. »Wir dürfen nicht traurig sein«, hatte Huck tapfer erklärt. »Gabe hat mir noch eine Karte versprochen, mit einem Gedicht, das noch schöner ist als all die anderen.«

Yevette war den Tränen nahe und ging auf eine leere Sitzgruppe in einer Nische zu, um ihre Gefühle in den Griff zu bekommen. Sie blieb vor einem großen Aquarium stehen. Als Gabe starb, war sie erst zwölf gewesen, doch sein großväterlicher Humor und seine verständnisvolle Art fehlten ihr bis heute. Wie Huck empfand, konnte sie gar nicht ermessen. Und obwohl Hucks Lieblingsmöbel – ein Zweiersofa und eine Kommode mit Marmorplatte – in ihrem Zimmer standen, betonte sie immer wieder, dass »das hier« nicht ihr Zuhause war und nie sein würde.

Yevette holte tief Luft und atmete langsam wieder aus. Sie hatte Huck an diesem Tag ohnehin besuchen wollen, weil ihr unzählige Fragen durch den Kopf gingen. Fragen über ihre Mutter. Besondere Fragen, die sie endlich zu stellen wagte. So nahe Huck und sie sich auch standen, waren manche Dinge bislang unausgesprochen geblieben. Doch Hucks Gesundheit schwand merklich, und Yevette konnte die Fragen nicht länger aufschieben. Hoffentlich war Hucks Demenz nicht schon zu weit fortgeschritten.

Bis zu ihrem frühen Tod war Priscilla sechsundzwanzig Jahre lang Hucks und Gabes Haushaltshilfe gewesen. Ursprünglich hatte sie davon geträumt, aufs College zu gehen und ihre eigene Firma zu gründen. Stattdessen hatte sie Rob Galloway geheiratet, einen Piloten der Air Force, der zwei Monate nach der Hochzeit bei einem Trainingsflug über Südvietnam abstürzte. Er hätte den Schleudersitz benutzen und vielleicht überleben können, doch er entschied sich, die trudelnde Maschine weg von einem besiedelten Gebiet zu bringen, und dann war es zu spät gewesen.

»Wenn er überlebt hätte und mir ein richtiger Vater gewesen wäre«, murmelte Yevette, »dann wäre ich nicht ich.«

Sie starrte in das friedliche Aquarium. Huck mochte die Skalare am liebsten, deren englischer Name wörtlich übersetzt »Engelsfisch« bedeutete. Yevette verstand das, denn Huck hatte ihr von ihrer Begegnung mit Mister Jack erzählt. Yevette hatte ihren eigenen Schutzengel nie getroffen, aber das machte nichts. Huck und Gabe hatten ihren tiefen Glauben an Gott geteilt, und das nicht bloß mit Worten, sondern mit der Art, wie sie Yevette geliebt hatten und einander zugetan waren.

»Ich wünschte, ich könnte einem Mann so vertrauen, wie

Huck Gabe vertraut hat«, sagte Yevette zu dem schönsten Engelsfisch. Sie war zweimal verlobt gewesen, aber keine Beziehung hatte gehalten. Sie nahm an, dass das Scheitern mit dem Misstrauen ihrer Mutter gegenüber Männern nach Robs Tod zu tun hatte. Solange Yevette zurückdenken konnte, hatte ihre Mutter sie ermahnt, nur auf das zu vertrauen, was echt und reell war. »Die meisten Männer sind es nicht«, hatte sie mindestens tausend Mal gesagt. »Männer wie dein richtiger Vater. Du bist noch zu jung, um das zu verstehen, aber ich hab nicht mal seinen Namen gekannt.«

Als Yevette bei Hucks Zimmer ankam, stand die Tür einen Spalt offen. Yevette klopfte leise an und spähte ins Zimmer. Huck saß in ihrem dunkelgrünen Bademantel auf dem Sofa und schlief. Da sie ohne Hilfe nicht aus dem Bett konnte, musste sich schon jemand um sie gekümmert haben. Ihr Frühstück stand unangetastet auf dem Tablett in ihrer Reichweite.

»Huck?« Yevette klopfte lauter.

»Gabe? Bist du das?«

»Nein, ich bin's, Yevette.«

»Ah, komm rein, meine Liebe. Ich hab auf Gabe gewartet, weil ich ihm von den gestohlenen Karten erzählen wollte, und da muss ich eingenickt sein.« Sie lächelte. »Er wird unsere sämtlichen Texas Rangers losjagen.«

»Es wurde nichts gestohlen.«

»Haben *sie* dich beauftragt, das zu sagen?« Hucks Lächeln verschwand.

»Wir haben die letzte seiner Postkarten vor zwei Wochen in ein Album geheftet, und dann habe ich die Alben versteckt.«

»Bei uns zu Hause?«

»Ja, so wie du vorgeschlagen hast. In Gabes Arbeitszimmer, zwischen den Fotoalben.«

»Und denkst du auch dran, was du tun musst, falls ich nicht mehr aus diesem furchtbaren Heim rauskomme?«

»Ja, ich denke dran.«

Yevette neigte den Kopf zur Seite. Huck hatte darauf bestanden, dass die Alben fertig waren, wenn Gabe wiederkam. Doch Yevettes Termine ließen es nicht zu, dass sie jede Woche an dem Projekt arbeiteten, und Huck war bald ungeduldig und gereizt geworden. Deshalb hatte Yevette sie vor ein paar Wochen behutsam daran erinnert, dass Gabe nicht mehr lebte.

»Er hat mir versprochen, dass er wiederkommt, und ich glaube ihm«, erwiderte Huck stur. »Wenn er nicht kommt, müssen die Karten vernichtet werden.«

»Hätte Gabe das gewollt?«, fragte Yevette, die sich wunderte, dass Huck so etwas wollen würde.

»Wir haben das in unserer Hochzeitsnacht besprochen. Keiner von uns möchte, dass sie in die falschen Hände geraten.«

In *welche* Hände, wollte Yevette fragen. Sie wusste, dass Huck an diesem Tag nicht klar genug bei sich war, um eine derart empörende Forderung aufzustellen, und sie war klug genug, nicht näher darauf einzugehen.

Stattdessen konzentrierte sie sich auf die gegenwärtige Situation. »Warum hast du dein Frühstück nicht gegessen?«

Huck klopfte auf den Platz neben sich. »Komm her und setz dich, meine Liebe.«

»Nicht, bevor du deinen Orangensaft getrunken hast.«

»Das Essen hier ist ungenießbar.«

»Der Saft nicht.« Yevette reichte ihr das Glas. »Er sieht frisch gepresst aus.«

»Du bist genauso starrköpfig wie Priscilla.« Huck nippte an dem Saft und gab ihr das Glas zurück. »Er ist lecker, aber mehr will ich nicht. Sag Priscilla, sie soll dir auch ein Glas pressen.«

»Meine Mutter ist gestorben«, sagte Yevette sanft und setzte sich neben Huck. »Weißt du nicht mehr?«

»Doch«, sagte Huck. »Sie ist übrigens tot. Priscilla.«

»Ich weiß.«

»Oh, das war tragisch! Wie ihr Wagen von einem Betrunkenen gerammt wurde, kurz nachdem Gabe gestorben war. Weißt du noch, wie gerne ich dich adoptiert hätte und dir versprochen hab, dass wir zusammenbleiben würden, *für immer*?«

»Ja, ich erinnere mich.« *Für immer* war zu einer festen Wendung zwischen ihnen geworden.

»Aber dann hat Priscillas Schwester Cynthia darauf bestanden, dass sie dich großzieht, und ich durfte dich nicht behalten.«

»Wir haben schon oft darüber gesprochen.« Yevette verstummte. Sie hatte bei ihrem Onkel und ihrer Tante in Dallas gelebt, bis sie volljährig war. Dann war sie zurück nach Houston gezogen. »Ich möchte dich etwas anderes fragen.«

»Nur zu, frag mich, was du willst.«

»Ist meine Mutter mal verreist, bevor ich geboren wurde?«

»Ich glaub schon. Wir haben ihr jedes Jahr einen Monat bezahlten Urlaub gegeben.«

»War sie mal in Big Spring?«

»Big Spring?« Huck überlegte einen Moment. »Ja, ich glaube, sie hatte dort Bekannte.«

»Und war einer dieser Bekannten ... ein Mann?«

Huck runzelte die Stirn. »Priscilla war immer viel zu nett, viel zu gutgläubig.«

»Wenn sie später dahin gefahren ist, hat sie mich nie mitgenommen. Warum nicht?«

»Es war praktischer für sie, dich bei Gabe und mir zu lassen. Hach, hatten wir nicht viel Spaß?«

»Praktischer? Oder ist sie nach Big Spring gefahren, weil da die psychiatrische Anstalt ist?«

»Gib mir bitte den Saft, meine Liebe. Mein Mund ist ganz trocken.«

»Du weichst mir aus, aber ich weiß die Antwort schon. Letzte Woche habe ich ein paar von Mutters Papieren durchgesehen und ihre Aufnahme- und Entlassungspapiere gefunden.«

»Verluste treffen manche von uns tiefer als andere. Obwohl dein Vater als Held gestorben ist, hat Priscilla immer wieder schwere depressive Phasen gehabt. Gabe bestand darauf, dass wir ihr einmal im Jahr die Untersuchungen und Behandlungen bezahlten.«

»Rob Galloway war nicht mein leiblicher Vater. Mutter hat es mir erzählt, weißt du nicht mehr?«

»Es war nicht gut, einem Kind so was zu sagen«, sagte Huck streng. »Priscilla konnte nicht gut Dinge für sich behalten.« Huck trank einen Schluck Saft und schaute aus dem großen Panoramafenster.

Yevette fuhr fort: »War die Sache zwischen ihr und meinem Vater eine einmalige Angelegenheit?«

»Das ist doch unwichtig, mein Liebes. Hauptsache, wir haben dich.« Huck gähnte und tätschelte Yevettes Hand. »Priscilla hatte eben einen schwachen Moment, aber Gott hat sie trotzdem gesegnet.«

Und sie mir dann weggenommen, dachte Yevette, *genau wie Gabe.* Sie sah in Hucks faltiges Gesicht und schluckte hart.

Eine Pflegerin klopfte und kam herein. »Es ist Zeit für Ihr Bad, Mrs. Alexander.«

Yevette umarmte Huck, ehe sie aufstand. »Ich bin jetzt für einen Monat verreist. Vergiss nicht, dass ich dich lieb habe.«

»Für immer«, ergänzte Huck und grinste. »Vielleicht ist Gabe wieder bei uns, wenn du zurückkommst.«

»Man kann nie wissen.« Yevette winkte ihr zum Abschied zu.

Als sie durch den Korridor zurückging, dachte sie an die letzten Momente mit ihrer Mutter. Die Erinnerung war noch glasklar.

»Versprich mir, nur auf das zu vertrauen, was echt ist«, hatte Priscilla gesagt, »nur auf das, was reell ist.«

»Versprochen.« Yevette musste lächeln.

Für immer.

Sieben

An jenem magischen Tag im Mai,
In der Straßenbahn waren wir zwei.
Da schlug das Schicksal eine Saite an,
Und das Lied der innersten Gefühle begann
Zur Feier,
Dass es dich gibt …
Für mich.
Für immer, Gabe

Mai 1926, Houston, Texas

Der Mai begann wolkenlos und mit einer frühlingshaften Kaltfront, die jede Feuchtigkeit direkt zurück aufs Meer trieb. Huck Huckabee stieg aus dem Bett, schloss die Augen und zog das Rollo in ihrem Zimmer in Mrs. Thompsons Pension hoch. Frisches Sonnenlicht fiel ihr aufs Gesicht. Es war Samstag, also musste sie nicht unterrichten. Tief atmete sie den süßen Duft der Magnolienblüten ein. Es war der erste Mai … der Tag der Liebenden.

Am Tag zuvor hatten ihre Schüler an der Sidney Lanier eine vorgezogene Maifeier veranstaltet und einen König und eine Königin gekürt. Sie waren um den Maibaum getanzt und hatten dabei bunte Bänder verflochten. Huck hatte die Zusatzstunde für Sonderaufgaben genutzt, um mit den Kindern die »typischen Bräuche« des Tages zu besprechen. Traditionell stellten die Männer in der Nacht zum ersten Mai einen Maibaum vor dem Haus ihrer Liebsten auf und tanzten bei Sonnenaufgang um ihn herum, um die Verrücktheit der Liebe zu feiern.

Huck öffnete die Augen. Keine Verrücktheit. Nur der Magnolienbusch.

Selbst wenn Clark Richards von dem Brauch wusste, würde er sich wohl nicht solche Umstände machen. Kurz nachdem er ihr letzte Weihnachten den großen Diamanten geschenkt hatte, war es mit der Romantik vorbei gewesen ... jedenfalls mit der wilden, spontanen Romantik. Er würde bestenfalls den größten Maibaum der Stadt bezahlen, aber niemals um ihn herumtanzen.

Auf den Zehenspitzen balancierend, wirbelte Huck im Zimmer herum und beobachtete, wie sich ihr Nachthemd aufbauschte.

Barfuß in der weichen Morgenluft zu tanzen, war herrlich. Es schenkte ihr eine frische Erregtheit, in der sie sich hübsch fühlte. Und frei. Sie empfand dieselbe Aufregung und Freiheit wie in jenem flüchtigen Moment mit Gabe Alexander.

Gabe Alexander. Seine Augen spukten immer noch in ihrem Herzen herum.

Huck drehte sich und blieb vor dem Fenster stehen. Fröstelnd zog sie die Schultern hoch. Solche gewagten Gedanken an einen anderen Mann schickten sich nicht für eine verlobte Frau. Und sie durfte nicht dumm sein. Schließlich kannte sie Gabe kaum. Außerdem hatte sie sich unzählige Male gesagt, dass ihre kurze Begegnung ohne Bedeutung war.

»Ich heirate Clark«, flüsterte sie. Selbst nach dem, was letzten Monat im Pickwicks passiert war. Wieder fröstelte sie. »Das ist nur richtig.«

Huck wollte weitertanzen, aber plötzlich fühlten sich ihre Beine schwer und plump an. Also lehnte sie sich ans Fensterbrett, um einen klaren Kopf zu bekommen.

Aber wenn es nun nicht richtig war, ihn zu heiraten? Nicht einmal ihre Eltern waren sich darüber einig.

Und wegen des Zwischenfalls in dem Restaurant gab es nach wie vor keinen Hochzeitstermin.

Der Abend hatte einen bitteren Beigeschmack hinterlassen, obwohl Clark sich später in aller Form entschuldigte – Mrs. Thompson ließ ihn eine Stunde nach Zapfenstreich in den Salon, weil er mit einem Dutzend roter Rosen in der einen Hand und einem Paar massivgoldener Ohrringe in der anderen erschienen war. Er hätte nachgedacht und würde ihr erlauben, sich die Haare abzuschneiden, weil er sie liebte; aber könnte man sich vielleicht auf einen Kompromiss einigen, zum Beispiel Schulterlänge?

Wieder schloss Huck die Augen und entschied, nicht weiter über den Vorfall nachzudenken. Doch sofort kam ihr Gabe in den Sinn. Und aus Fairness gegenüber ihrem Vater und ihrem Zwillingsbruder erlaubte sie sich, einen Moment lang darüber nachzudenken, warum sie Gabe so gerne näher kennenlernen würde. Der Moment verstrich, und Huck kam zu dem Schluss, dass sich ihre Seelen während der kurzen Begegnung irgendwie berührt hatten.

Sie öffnete die Augen. Wäre die Situation eine andere gewesen, dann hätte Gabe ihr vielleicht zwanzig Maibäume vors Fenster gestellt und wäre um jeden Baum herumgetanzt.

Huck ignorierte ihre Gewissensbisse, lächelte bei der verwirrenden Vorstellung und gestattete sich, diesmal einen ausgedehnten Moment lang darüber nachzudenken. Dann wandte sie sich ihren Plänen für den Tag zu.

Beim Aufwachen hatte sie beschlossen, einem mittelalterlichen Brauch zu folgen und den Tag mit der Suche nach Blumen und Zweigen zu verbringen, mit denen sie ihr Zimmer schmücken konnte. Auch wenn sie nicht viel tragen könnte und allein losziehen würde, hatte sie diesen Entschluss schon gefasst, als sie ihren Schülern die Worte von William Shakespeare vorlas: »Verliebte Gedanken liegen nirgends schöner, als unter einem grünen Thron-Himmel, auf Polstern von Blumen.«

Huck musste wieder lachen, als sie sich vorstellte, wie sie im Park vor dem Rathaus von Houston gemeinsam mit Gabe Blumen pflückte und Zweige von den Bäumen absägte ... eine gewagte Vorstellung, die ihr mit Clark niemals in den Sinn gekommen wäre. Sie flüsterte Shakespeares Worte vor sich hin und fragte sich, was ihr Verlobter ihr noch bedeutete. In seinem letzten Brief hatte er einen weiteren Besuch angekündigt. Er hatte sich einen 1926er Vertical Eight, eine elegante Limousine, gekauft, viel luxuriöser als sein Stutz Bearcat, und er konnte es kaum erwarten, ihr den Wagen vorzuführen. Zuerst dachte Huck, dass er am ersten Mai kommen wollte, doch nach einer langweiligen und ausführlichen Erklärung, dass er mit seinem Vater einen Jagdausflug machte, merkte sie, dass er den kommenden Samstag meinte. Huck war froh, denn nun hatte sie den ganzen Tag für sich.

Der Duft von frisch gebrühtem Kaffee zog aus Mrs. Thompsons Küche durch den Flur. An den Wochenenden durften die jungen Frauen sich selbst etwas kochen. Allerdings waren alle Untermieterinnen außer Huck bis Sonntagabend nicht da, und auch Mrs. Thompson würde bald aufbrechen, um ihre kranke Schwester bis zum nächsten Tag zu besuchen.

Huck wandte sich zur Küche. Sie war viel zu aufgedreht, um sich selbst Frühstück zu machen. Wie jedes Jahr am ersten Mai hatten zahlreiche Lebensmittelhändler auf dem Market Square ihre Stände aufgebaut, an denen sie Gratiskostproben anboten. Und Huck genoss es immer, zwischen den bunten Buden umherzuschlendern, die köstlichen Aromen zu riechen und von allem, was sie reizte, einen Happen zu probieren. Zudem wäre sie dann in der Nähe von Cecil's Fish Market & Seafood Emporium und könnte sich dort ein paar Dosen Anchovis als Vorrat kaufen. Und herausfinden, ob Gabe samstags arbeitete. Ob er sich noch an sie erinnerte. Es war über einen Monat her, seit sie ausgelassen seine Einladung zum Abendessen abgelehnt hatte. Sie hatte ihre Mitbewohnerinnen darüber schwatzen gehört, dass manche Männer es als Herausforderung nahmen, wenn eine Frau sie abwies, und sie immer wieder um eine Verabredung baten. Meistens wären das unsichere, arrogante Nervensägen. Andere Männer, erzählten die jungen Frauen, würden aus Stolz eine Art Gedächtnisverl[illegible]twickeln, wobei sie praktischerweise den Namen [illegible] vergaßen und so taten, als hätten sie nie gefragt.

»Auf Gabe trifft [illegible] noch das andere zu«, sagte Huck laut. Jedenfa[illegible] sagte das. Ihre Mutter hatte ihr beigebracht, dass eine gläubige Frau auf das hören sollte, was Gott ihr eingab. Das war nur anständig. Huck nickte respektvoll. In diesem Punkt stimmten sie hundertprozentig überein. Und auch wenn sie nicht einer Meinung waren, bewunderte Huck die Leidenschaft und den gesunden Menschenverstand ihrer Mutter. Wenn es eine Frau gab, die auf ihre Erfahrung und ihre Weisheit pochen durfte, dann war es Annise Huckabee.

Nachdem sie sich ihren Morgenmantel übergezogen hatte, griff Huck sich einen Waschlappen und ihre Zahnbürste. Das Bad lag direkt gegenüber von ihrem Zimmer. Da sie am Vorabend gebadet hatte, brauchte sie nicht lange, um sich das Gesicht zu waschen und die Zähne zu putzen.

Zurück in ihrem Zimmer suchte sie ein dünnes, blassgelbes Kleid mit tief sitzender Taille aus. Die meisten Frauen mittleren Alters und älter, die Huck kannte, fanden diese tiefe Taille ungehörig. Huck schmunzelte. Die armen altmodischen Damen. Wenn sie doch nur begreifen würden, dass man unter solch einem Kleid nun mal keinen Unterrock tragen konnte, sondern nur einen geschmeidigen modernen Schlüpfer! Huck schlüpfte aus ihrem Nachthemd und zog das Kleid über den Kopf. Es saß perfekt und passte wunderbar zu ihren neuen Schuhen und der Handtasche.

Sie setzte sich vor ihre Frisierkommode, fasste ihr Haar zu einem ordentlichen Knoten zusammen und steckte ihn fest. Sie betrachtete ihr Spiegelbild und schob noch eine Haarnadel ein. Wieder kam ihr das unerfreuliche Gespräch übers Haareschneiden in den Sinn, und ihre Miene verfin[illegible] sich. Clark würde ihr *erlauben*, sich die Haare auf Sc[illegible]ge abzuschneiden, weil er sie liebte? Eher würde sie es [illegible] Hacken wachsen lassen, bevor sie einem Kompromiss zus[illegible]mte, bei dem sie sich bevormundet fühlte.

Und was war mit Make-up und Parfum? Clark hatte sich bereits abfällig über die aufregenden neuen Farben und die geheimnisvollen orientalischen Düfte geäußert. Huck riss eine Schublade auf und legte rubinroten Lippenstift, reichlich Rouge und einen Hauch Jasminduft auf – ihr neues Lieblingsparfum. Den letzten Schliff bot ihr Schmuckkästchen: eine lange modische Kette mit funkelnden Glasperlen.

In nicht einmal fünf Minuten wäre es acht Uhr. Die Geschäfte rund um den Market Square hatten schon geöffnet, darunter der Blumenladen, der sich auf Pflanzen aus der Region spezialisiert hatte und gewöhnlich nach ein paar Stunden ausverkauft war. Wenn Huck sich beeilte, konnte sie die nächste Straßenbahn von der Bissonnet Street zum Monrose Boulevard nehmen, dann einen Block nach Osten gehen und mit der Main-Street-Bahn bis ins Zentrum fahren.

Als Huck an der Bissonnet Street einstieg, war die Straßenbahn nur halb voll, sodass sie problemlos einen Sitzplatz fand. In der Main-Street-Linie hatte sie weniger Glück. Die Fahrgäste drängten und schoben sich in jede verfügbare Ecke. Frauen balancierten Kinder auf ihrem Schoß, die Männer standen im Gang und auf den Stufen oder hinten auf der Plattform, um zu rauchen. Huck teilte sich eine schmale Sitzbank mit einer Frau, die ein Baby und Zwillingsjungen im Kleinkindalter bei sich hatte. Das Baby strampelte und sabberte, und die kleinen Jungen versuchten, einen zerdrückten Schokoladenriegel auszuwickeln. Die Mutter sah müde aus und schien ihre Umgebung kaum wahrzunehmen. Dass sie ihre drei Kleinen zum Einkaufen mitnahm, ließ darauf schließen, dass sie sich keinen Babysitter leisten konnte. Huck seufzte. Mit solchen Problemen würde sie sich nie herumschlagen müssen.

Das Bild von Mister Jack kam ihr in den Sinn. Es erschien ihr wie eine Ewigkeit, seit sie ihm begegnet war. Mit jedem Jahr wurde es schwieriger, zwischen dem wirklichen Geschehen und dem zu unterscheiden, was ihre kindliche Fantasie hinzugedichtet hatte. Lebenserfahrung und Reife sagten ihr, dass er wahrscheinlich eher ein verwirrter Landstreicher gewesen war, und nicht ihr Schutzengel. Aber ihr Herz und ihre Seele lehnten das vehement ab.

Ihre geheime kleine Bucht, in der sie an jenem Tag mit Mister Jack gesprochen hatte, war kurz nach ihrer Eingebung, sie müsse Lehrerin werden, zerstört worden. Als sie um Sam Houstons altes Wohnhaus einen Park anlegten, hatten Huntsville und der Bundesstaat Texas Bulldozer geschickt und den Bach umgeleitet. Seit die kleine Bucht verschwunden war, träumte Huck häufiger von Mister Jack und der Anacacho-Orchidee. Es waren zwei Träume: In dem ersten stand er mit ausgebreiteten Armen in der Mitte der Lichtung, die Handflächen mit jeweils einer Orchideenblüte nach oben gerichtet. Im zweiten Traum, den Huck in der Nacht hatte, nachdem sie Gabe kennengelernt hatte, war das Szenario am Anfang gleich, nur führte Mister Jack seine Hände zusammen, sodass sich die Blüten berührten. Er sagte nie etwas, und sein Gesicht war verschwommen, bis auf das breite weiße Grinsen.

»Tommy, Jimmy, nein!«

Der bestürzte Ausruf der erschöpften Mutter riss Huck aus ihren Gedanken, aber es war zu spät. Die beiden Kleinen hatten ihr neues Kleid über und über mit Schokolade beschmiert.

»Es tut mir so leid«, sagte die Frau. »Sie wollten sich die Schokolade teilen. Ich hab den Riegel aus meiner Handtasche gekramt, um sie zu beschäftigen. Das Papier klebte daran fest, und ich dachte, sie bekommen die Schokolade gar nicht raus.« Sie zog sich ein Spucktuch von der Schulter, und das Baby fing an zu schreien. »Wenn wir ein bisschen Wasser hätten, könnte ich ...«

»Ist schon gut«, entgegnete Huck, während die Straßenbahn ruckelnd anhielt. »Sie brauchen es dringender als ich.« Sie nickte dem einen der kleinen Jungen zu. »Tommy hat seinen Bruder angemalt.«

»Sie meinen Jimmy«, sagte die Mutter.

»Natürlich.« Als Huck an der Ecke Main und Preston ausstieg, weinten alle drei Kinder.

Sie verkniff sich ein verärgertes Stöhnen und lief über die Main zur Haltestelle gegenüber, wobei sie sich bemühte, die Schokoladenflecken, so gut es ging, mit ihrer Handtasche abzudecken. Das Kleid hatte sie eigens für diesen ersten Mai ausgesucht und gewollt, dass Gabe sie darin sah, vorausgesetzt, sie würde ihn zufällig treffen. Und nun musste sie wieder nach Hause hetzen und es einweichen, obwohl die Flecken wohl bleiben würden. Besser, wenn auch unmöglich, wäre es gewesen, das Kleid in der nächsten Reinigung abzugeben. Nur hätte Huck dann in ihrem Schlüpfer über die Main Street schlendern müssen; und da Clark schon kurzes Haar flittchenhaft fand, wollte Huck sich lieber nicht vorstellen, was er davon hielt. Sie brachte ein kleines Lächeln zustande. Es wäre beinahe reizvoll, Clark von dieser Überlegung zu erzählen und seine völlig entsetzte Miene zu genießen. Andererseits, nach der Haarschneide-Episode und so wie er ihr beim Zupacken wehgetan hatte …

Sie schauderte.

Vielleicht behielt sie solche Gedanken doch lieber für sich.

Huck stellte sich in die Warteschlange für die nächste Straßenbahn. In Zukunft würde sie besser achtgeben, wo sie sich hinsetzte. So unüblich es für Damen auch sein mochte, sich in den Gang oder auf die Plattform zu stellen, war es allemal einem Platz neben klebrigen Kleinkindern vorzuziehen. Langsam atmete sie ein und aus. Bis sie zu Hause wäre, ihr Kleid eingeweicht, gewaschen und zum Trocknen aufgehängt hätte – von Bügeln ganz zu schweigen –, hätte der Blumenladen geschlossen. Der Tag hatte so vielversprechend begonnen, mit Tanzen und schönen Plänen. Wobei die Möglichkeit, Gabe wiederzusehen, der gefährlichste Tanz hätte werden können. Sie besah die schokoladigen Fingerabdrücke unter der Handtasche. Wenigstens würde er sie nicht in diesem peinlichen Aufzug sehen.

Sie schaffte es, sich in die nächste Straßenbahn zu zwängen, zusammen mit mehreren anderen Fahrgästen, die sich hinter einer matronenhaften Frau mit einer großen Einkaufstasche und einigen Hutschachteln hineinquetschten. Die Frau ließ sich auf den letzten freien Sitz fallen. Huck konnte nicht besonders viel sehen, aber sie hörte, wie die Frau einem Mann auf dem Gang befahl, ihre Hutschachteln zu halten, während sie etwas aus ihrer Tasche hervorkramte. Sobald sich die Straßenbahn in Bewegung setzte, entschied Huck, dass die Plattform weit angenehmer wäre als der stickige Mittelgang, und bahnte sich vorsichtig ihren Weg nach hinten. Es war nicht einfach, die Handtasche über die Flecken und gleichzeitig die Balance zu halten.

»Verzeihung«, sagte Huck, während sie durch den Gang manövrierte.

Das Gesicht des Mannes mit den Hutschachteln war nicht zu sehen. Er stand ein Stückchen vor ihr und versperrte Huck den Weg.

»Entschuldigen Sie«, sagte sie wieder. Die matronenhafte Frau, die immer noch herumkramte, schimpfte so laut, dass niemand sonst es hörte.

Als die Bahn schneller wurde, verlagerte der Mann sein Gewicht ein wenig zu Huck. Plötzlich schwenkte der Wagen leicht und ruckte, sodass Huck das Gleichgewicht verlor. Sie ließ ihre Handtasche fallen und wollte sich am nächsten Sitz festhalten, rutschte jedoch ab und fiel rückwärts auf den Mann. Und schon hockte sie inmitten verbeulter Hutschachteln auf dem Gang … und auf dem Schoß eines Wildfremden.

»Meine Hüte!«, schrie die Frau. »Sie haben meine Hüte ruiniert!«

Jemand half Huck auf. »Es tut mir sehr leid«, sagte sie zu der Frau. Dann wandte sie sich an den Fremden und fragte: »Alles in Ordnung mit Ihnen?« Huck schaute nach unten. Der Mann mit den außergewöhnlich blauen Augen sah sie grinsend an.

»Hübsches Kleid«, sagte Gabe Alexander gelassen. »Ich habe eine Schwäche für … ähm … Schokolade.«

*

An diesem Samstagmorgen war Gabe zeitig aufgewacht und hatte nicht wieder einschlafen können. Er lag im Schlafzimmer seiner kleinen Wohnung über der Garage und sah auf seinen Wecker. Vier Uhr. Normalerweise waren es Sorgen, die ihn so früh aufweckten, und dann wälzte er sich stundenlang grübelnd hin und her. Manchmal, wenn er sich sehr anstrengte, seinen Verstand nicht zu unruhig werden zu lassen, gelang es ihm, seine Gedanken auf etwas Angenehmes zu lenken und wieder einzuschlummern. Aber diesmal war das Etwas ein Jemand gewesen – Miss Huck Huckabee, um genau zu sein. Und so hatte er eine ganze Weile wach gelegen und im Rhythmus des tickenden Weckers mit den Fingern getippt, bis er zu dem Schluss kam, dass er ebenso gut aufstehen konnte. Er hatte zwar frei, aber es wäre vielleicht klug, ein bisschen Zeit in seinem Büro zu verbringen und Ausschau nach Huck zu halten. Samstag gingen die meisten Frauen einkaufen, und zwar zeitig.

Gabe warf die Bettdecke von sich, setzte sich auf die Bettkante und kratzte die Stoppeln an seinem Kinn. Eigentlich hatte er wenig Lust dazu, aber er war mit seinem Freund Charlie zu einem späten Frühstück in der Stadt verabredet. Er rieb sich die Augen und seufzte. Viel lieber hätte er sich mit Huck getroffen.

Nachdem er in die Küche geschlurft war, setzte Gabe Wasser auf, duschte, rasierte sich und putzte sich die Zähne. Währenddessen liefen in seinem Kopf mehrere Gedankenspiele ab, in denen es darum ging, warum Huck nie wieder zu Cecil's gekommen war. Er legte ein bisschen Rasierwasser auf und dachte, dass es über einen Monat her war, seit sie sich getroffen hatten. Er zog saubere Unterwäsche, Socken und ein frisches Hemd an und kochte sich eine Kanne Kaffee. Er trank zwei Tassen, die erste schwarz, die zweite mit Milch. Zwischen den Schlucken fragte er sich nicht zum ersten Mal, ob er Huck mit seiner Bemerkung über die Austern abgeschreckt hatte. Womöglich hatte sie schon einen Diamanten … und einen jungen Mann dazu.

Er spülte die Kaffeekanne und die Tasse aus und schlüpfte in einen grauen Leinenanzug. Dann griff er nach der Flasche Wildroot Hair Tonic, die auf der Spiegelkommode stand. Er hatte das

Haarwasser am Tag zuvor gekauft. Angeblich half es, »wenn Ihre Romanze nur noch um Haaresbreite entfernt ist«.

»Welche Romanze?«, murmelte Gabe seinem Spiegelbild zu. Er rieb einen Spritzer Tonikum in sein Haar und kämmte es in Form.

Als er kurz vor sieben die Treppe von seiner Wohnung hinabstieg und in der kühlen Morgenbrise stand, war er froh, dass er seinen Hut und das Jackett anhatte. Mr. Blane, sein Vermieter, war ebenfalls schon auf und bastelte am Motor eines rostigen Model-T-Fords. Der Wagen stand in der Garage unter Gabes Wohnung, und seine Fehlzündungen erschütterten das ganze Gebäude. Dennoch war die Wohnung ganz okay und reichte für Gabes Ansprüche und die seiner Mutter. Gabe hatte jedoch vor, die kleine Ranch seiner Eltern irgendwann zu verkaufen und sich ein hübsches Haus in einem der neueren Wohnviertel von Houston anzuschaffen.

Gabe trat möglichst leise auf, in der Hoffnung, dass Mr. Blane ihn nicht bemerkte. Der Mann war erbarmungslos schwatzhaft, und sobald sich die unschuldigen Opfer im Spinnennetz seiner Worte verfangen hatten, langweilte er sie mit seinen immer gleichen alten Geschichten zu Tode.

Gabe gelang die Flucht, und er eilte die Straße hinunter zur nächsten Straßenbahnhaltestelle. Das stotternde Ächzen, gefolgt von einem ohrenbetäubenden Auspuffknallen des Model T, ließ nicht lange auf sich warten. Gabe hatte überlegt, sich einen eigenen Wagen zuzulegen, war jedoch zu dem Entschluss gekommen, dass er mit den öffentlichen Verkehrsmitteln zurechtkommen würde, bis er die richtige Frau gefunden hätte. Jetzt stellte er sich vor, wie er Huck ein paar von den schönen Dingen des Lebens bot. Sofern er sie jemals wiedersehen würde.

Als Gabe am Market Square aus der Straßenbahn stieg, herrschte zwischen den Verkaufsständen bereits reger Betrieb.

Seine Stimmung hob sich. Er ging einen Block weit zu Cecil's, betrat den Laden durch die Hintertür und stieg unbemerkt die Treppe zu seinem Büro hinauf. Normalerweise rauchte er nicht vor dem Frühstück, doch heute zündete er sich eine Lucky an und schaute durch das Fenster hinunter in den Verkaufsraum. »Da unten ist keine Single-Frau, die ihr auch nur entfernt ähnelt«, stellte er laut fest. »Und auch keine verheiratete.« Er verzog das Gesicht über seinen dummen Scherz, und die Hoffnung, die er gerade neu geschöpft hatte, verschwand wie die Luft aus einem nicht richtig verknoteten Luftballon eines Kindes. Wie idiotisch von ihm, zu glauben, dass er Huck an diesem Tag sehen würde, und das auch noch von seinem Bürofenster aus. Er wusste doch genau, dass es unmöglich war, einen magischen Moment wiederzubeleben. So funktionierte das Leben nun mal nicht. Andererseits war es genau hier gewesen, als er zum ersten Mal von ihrer Schlagfertigkeit und ihrem klaren Intellekt angezogen worden war, von ihrer Schönheit ganz zu schweigen. Vielleicht war sie wie ein Blitz und schlug nie zweimal an derselben Stelle ein.

Um acht Uhr gab Gabe auf und ging die Main hinunter zu Benny's Diner. Am Abend zuvor hatte Charlie beim gemeinsamen Rauchen auf der Laderampe vorgeschlagen, dass sie sich am nächsten Morgen zum Frühstück treffen sollten. Er erklärte nicht, warum – das tat er nie. Wahrscheinlich wollte er bloß für eine Weile dem Trubel zu Hause entkommen. Hin und wieder trafen sich die beiden Männer am Samstagmorgen zu einem deftigen Frühstück nach typischer Südstaatenart: Brötchen mit geröstetem Speck, die in Bratensoße ertranken. Meistens unterhielten sie sich beim Essen über irgendeinen interessanten Artikel im *Chronicle* vom Freitagabend.

Schon eine Straßenecke vor Benny's konnte Gabe den gebratenen Speck riechen. So wie die Sauerteigbrötchen, die im

Schmortopf bräunten, hatte dieser Geruch immer etwas Beruhigendes für ihn gehabt, wie ein Zeichen, dass in seiner Welt alles stimmte. Aber das war, bevor er den Kontakt zu der Frau seiner Träume verloren hatte. Ein Mann, der zu erbärmlich war, um sie nach ihrer Telefonnummer zu fragen, hatte jemanden wie Huck nicht verdient.

Er betrat den verrauchten Innenraum des Lokals, hängte seinen Hut auf und entdeckte Charlie in einer Ecknische. Die von ihrem Mann verlassene Kellnerin war nirgends zu sehen, und Gabe fragte sich, ob sie je wieder zur Arbeit erschienen war. Benny sah er auch nicht, hörte ihn aber irgendwo im Hintergrund Befehle brüllen.

»Hey, sieh dir das hier an«, sagte Charlie und schaute grinsend von der Zeitung auf, als Gabe sich ihm gegenüber hinsetzte. »Was ist los?«

»Wieso?« Gabe drehte eine auf dem Kopf stehende Kaffeetasse um und schob sie an den Tischrand.

»Du siehst mitgenommen aus.«

»Ich hab nur schlecht geschlafen, sonst nichts.« Es ärgerte ihn, dass er seine Besessenheit von Huck nicht abschütteln und sie zumindest lange genug vergessen konnte, um das Frühstück mit seinem besten Freund zu genießen. Aber sie nicht wiederzusehen, fühlte sich für ihn an, als hätte er eine Zwanzig-Dollar-Goldmünze in einem Meer von Pennys verloren.

Eine hübsche Kellnerin brachte eine Kanne mit dampfendem Kaffee. »Braucht ihr Jungs eine Speisekarte?« Sie schenkte Gabe ein und füllte Charlie nach.

»Nein, wir wissen schon, was wir wollen«, antwortete Charlie. »Zweimal Eier, von beiden Seiten gebraten, Wurst, Brötchen und Bratensoße.«

Sie sah Gabe an. »Und Sie, Sir?«

Stille.

»Sir? Wissen Sie, was Sie möchten?«

»Ich dachte, ich wüsste es.«

»Hören Sie nicht auf den verwirrten Burschen.« Charlie zwinkerte der Kellnerin zu. »Er kennt die ganze Speisekarte in- und auswendig. Bringen Sie ihm dasselbe wie mir, nur mit Bacon statt Würsten.«

Die Kellnerin sah wieder zu Gabe.

Er nickte.

Charlie schaute ihr nach, als sie davonging. »Herrlicher Tag«, flüsterte er. »Findest du nicht auch?«

»Was?«

»Okay.« Charlie lehnte sich nach vorn. »Was ist los mit dir? Irgendwas muss doch passiert sein.«

»Nichts ist passiert. Es ist schon ein ganzer Monat vergangen, und *nichts* ist passiert!«

»Ah, jetzt kapier ich's! Du jammerst immer noch wegen Miss Huckabee. Ich dachte, das hätten wir schon geklärt ... und nicht nur einmal.«

Gabe runzelte die Stirn. Sie hatten überhaupt nichts geklärt, sondern bloß draußen auf der Laderampe geredet, bis Gabe Charlies Patentlösungen gründlich leid war. Warum glaubten verheiratete Männer immer, dass Hunderte von außergewöhnlichen Frauen nur darauf warteten, jedem ledigen Mann die eine besondere Frau zu ersetzen, mit der es nicht geklappt hatte?

»Und, was soll ich mir angucken?«, fragte Gabe, um das Thema zu wechseln. Er hob seine Kaffeetasse an und nahm einen Schluck. Die Farbe war dieselbe wie die von Hucks Haaren und Augen.

»Ach ja. Hier, lies das.« Charlie reichte ihm die Zeitung. »Der Leitartikel, ungefähr in der Mitte der Seite. Ist von irgendeinem Bischof.«

»Ich bin wirklich nicht in der Stimmung, um über Prohibition zu reden.«

»Darum geht's auch nicht.« Charlie grinste. »Das lenkt dich ab, garantiert.«

»Dann lies es mir vor.« Gabe gab ihm die Zeitung zurück. Auf einmal hatte er es nicht mehr eilig, sich ablenken zu lassen. »Ich hab schlecht geschlafen, schon vergessen?«

Charlie senkte die Stimme. »Rate mal, was heute ist.«

»Ich weiß, was heute ist.«

»Mal was vom Internationalen Schönheitswettbewerb gehört?«

»Willst du dich bewerben?«

»Jetzt beantworte einfach die Frage.«

Gabe schüttelte den Kopf. »Nie davon gehört.«

»Ich auch nicht, und zwar, weil die in diesem Jahr den Namen geändert haben.«

»Wer sind die?«

»Leute, die genauso denken wie meine eifersüchtige Frau.«

»Wieso interessiert Chloe sich für Schönheitswettbewerbe?«

»Weil dieser hier«, antwortete Charlie spöttisch, »zu einer schlimmen Tradition geworden ist, die das weibliche Anstandsgefühl verletzt.«

»Redest du von der Bademodenschau in Galveston?«

Charlie nickte heftig. »Und von der Eröffnung der Badesaison, Splash Day, umwerfende Weiber.«

»Ich war mal da, schon lange her. Damals gab es ein ganz schönes Theater deswegen.« Gabe stellte seine Kaffeetasse ab. »Dabei gibt's da nichts Besonderes zu sehen, nur ein paar Mädchen aus der Gegend, die die neueste Bademode vorführen. Man sollte meinen, bei dem ganzen Glücksspiel und der Schwarzbrennerei da unten kriegen die Leute von so einem kleinen Schönheitswettbewerb gar nichts mit.«

»Tja, dieses Jahr wird jedenfalls wieder ein Riesenrummel darum gemacht.«

»Wie kommt's?«

»Weil nicht mehr bloß die Mädchen aus der Gegend antreten.« Charlie räusperte sich. »Und es gibt viel weniger Stoff, du verstehst, was ich meine? Es soll Paraden und Feuerwerk geben und …« Charlie verstummte und grinste breit.

»Und …?«, fragte Gabe.

Charlie nahm die Zeitung und sprach noch leiser. »Dieser Herr Bischof will den Damen ausreden, mit ihren von Gott geschenkten Gaben zu prahlen. Er sagt, und ich zitiere«, er schaute in die Zeitung und las vor: »›Wenn Sie herkommen, wird man von Ihnen verlangen, nur in einem Badeanzug vor einer ungehobelten Menge umherzustolzieren und sich aus nächster Nähe betrachten zu lassen.‹« Charlie machte große Augen. »Weißt du, was das heißt?«

»Dass die Tradition noch schlimmer geworden ist?«

»Das heißt, dass man aus nur wenigen Metern Entfernung Weltklasse-Dekolletés zu sehen kriegt. Und einige von den Mädels werden diese französischen Badeanzüge anhaben, bei denen man das ganze Bein sieht.«

»Und was ist mit dem anderen Bein?«, sagte Gabe und gluckste.

»Ja, mach du nur Witze, aber die Gewinnerin bekommt 2500 Dollar in bar. Das sind mächtig teure Schenkel, die da auf der Uferpromenade von Galveston dekoriert werden.«

»Willst du, dass wir da hinfahren?«

Charlie verzog das Gesicht. »Na klar! Ich rufe mal eben Chloe an und sage ihr, dass ich heute Nachmittag nicht nach Hause komme, weil ich vierzig halb nackten jungen Frauen dabei helfe, ihr weibliches Anstandsgefühl zu vergessen. Weißt du nicht mehr, was passiert ist, als ich das letzte Mal einer Frau geholfen habe?«

»Du hast ihr weibliches Anstandsgefühl verletzt?«

»Sehr witzig! Du weißt, dass ich sie nur zu einer Autowerkstatt gebracht habe.«

Gabe nippte an seinem Kaffee. Charlie schaute jedem Rock nach, doch er würde Chloe nie betrügen. Vor ein paar Jahren hatte sie ihm eine Affäre unterstellt und ihm angedroht, dass er in seinem Lastwagen schlafen müsste – dem Ort des Verbrechens –, bis er sie von seiner Unschuld überzeugt hatte. In Wahrheit hatte er wirklich nur eine junge Frau mitgenommen, die eine Wagenpanne gehabt hatte. Und aus Dankbarkeit hatte ihm besagte junge Dame einen Kuss auf die Wange gegeben und dabei versehentlich Lippenstift auf seinen Hemdkragen geschmiert.

Grinsend schleuderte Charlie die Zeitung über den Tisch. »Was nicht heißt, dass *du* nicht hinfahren und mir hinterher alles in sämtlichen reizvollen Einzelheiten erzählen kannst. Also, sei pünktlich. Es fängt um zwei an.«

Gabe seufzte. »Ich würde ja gerne, aber da gibt's ein paar Dinge im Büro, die meine ungeteilte …«

»Vergiss das stinkende Büro!«, fiel Charlie ihm ins Wort. »Geh und kauf dir einen Strohhut und verbring deinen freien Tag am Strand von Galveston. Da warten die schönen Frauen.«

»Ja«, erwiderte Gabe nachdenklich. »Da warten die schönen Frauen.« Er wiederholte die Worte, als hörte er sie zum allerersten Mal und müsste sie erst richtig begreifen. »Da warten die schönen Frauen«, sagte er zum dritten Mal. Zahlenbegeistert wie er war, hatte ihn das Gesetz der Wahrscheinlichkeit schon immer fasziniert. Wenn man eine Münze warf, stand die Chance fünfzig zu fünfzig, dass man richtig getippt hatte, welche Seite oben liegen würde. Keine große Wahrscheinlichkeit. Aber eine relativ sichere Wette, wie bei einem guten Pokerblatt, war eine andere Sache. Da vervielfachten sich die Gewinnchancen.

Und dann traf es ihn wie ein Schlag. Ein neuer Plan. Ein traditionsreicher Plan mit weit besseren Erfolgsaussichten. Statt zu versuchen, einen magischen Moment wieder einzufangen, würde er einen neuen schaffen.

Er musste Huck dort suchen, wo sich die meisten Frauen aufhielten. Aus seinem Bürofenster zu starren, war wie das Werfen einer Münze gewesen. Sich auf der Main Street umzuschauen, wäre quasi ein Royal Flush auf der Hand.

Die Kellnerin kam mit einem Tablett, lud mehrere heiße Teller ab und schenkte Kaffee nach.

»Benny sagt, er gesellt sich gleich zu euch beiden Halunken.« Sie lächelte. »Ihr ruft einfach, wenn ihr noch was braucht.«

Als sie zur nächsten Sitznische ging, stand Gabe auf und warf mehrere Münzen auf den Tisch.

»Willst du nichts essen?«, fragte Charlie.

»Gib Benny meinen Teller.«

»Also willst du jetzt nach ...«

»Dahin, wo die schönen Frauen sind«, unterbrach Gabe ihn. »Das ist Tradition.« Er holte seinen Hut von der Garderobe und ging zur Tür.

»Ich will Einzelheiten!«, rief Charlie ihm nach. »Und denk an den Strohhut. Mit einer breiten Krempe scheint dir die Sonne nicht in die Augen, und du kannst besser sehen.«

Die Uhr am Market Square schlug dröhnend neun, als Gabe auf die nächste Straßenbahnhaltestelle zuging. Am Morgen hatte er sich noch vorgenommen, von seinem Büro aus nach Huck Ausschau zu halten, weil Samstag bei den meisten Frauen der feste Einkaufstag war.

Wo die schönen Frauen sind, wiederholte er im Stillen und beschwor Hucks Bild herauf: ihr glattes, ovales Gesicht, ihre vollen Lippen, ihren exotischen Duft. Auf der Main Street gab es unzählige Geschäfte, und deshalb standen die Chancen gut, dass er sie irgendwo auf dieser Straße entdecken würde. Sie wäre hübsch angezogen, mit Einkaufstaschen beladen und würde hoffentlich sein Angebot annehmen, ihr tragen zu helfen.

Also würde er mit der Straßenbahn rauf- und runterfahren, bis er sie fand. Wenn es sein musste, den ganzen Tag. Und sollte er sie nicht sehen, würde er es am nächsten Samstag genauso halten. Und den danach. Und den nach dem danach. Er hatte das Gewinnerblatt in der Hand, und er würde ganz sicher nicht passen.

Gabe stieg an der Ecke Main und Rusk in eine Straßenbahn, zahlte für die Fahrt und drängte sich durch die Menge zur hinteren Plattform durch. Dort konnte er rauchen und dabei mit Leichtigkeit die Gehwege zu beiden Seiten der Straße überblicken. Mitten im Gang ließ ein alter Mann seinen Gehstock fallen, und Gabe hob ihn wieder auf. Er reichte dem Mann seinen Stock, als eine recht korpulente Frau, beladen mit einer großen Einkaufstasche und einem Berg Hutschachteln, auf den Sitz ein Stück neben ihm plumpste. Bevor Gabe sich weiterbewegen konnte, schwang die Frau ihm ihre Hutschachteln entgegen.

»Halten ... Sie die mal ... junger Mann«, forderte die Frau ihn schnaufend auf. »Die sind teuer ... also nicht fallen lassen.«

»Ja, Ma'am«, antwortete Gabe und hielt die Hutschachteln hoch genug, dass sie die sitzenden Fahrgäste nicht bedrängten.

Die Frau kam wieder zu Atem und fing an, in ihrer Einkaufstasche zu kramen. »Ich such die Quittung für diese Hüte«, erklärte sie. »Ich glaub, die haben mir zu viel berechnet. Die Verkäuferin hat gesagt, sie wären zwanzig Prozent herabgesetzt. Aber jetzt, wo ich darüber nachdenke, haben sie für den, den ich morgen tragen will, den vollen Preis berechnet. Eine Frau bei ihrer Sonntagskleidung zu beschummeln, ist genauso böse, wie den lieben Herrgott zu beschummeln, und diese Verkäuferin sollte …«

Die Straßenbahn fuhr an, und Gabe fragte sich, wie lange er noch in dem Gang feststecken würde, mit Pappschachteln vor dem Gesicht und dem Gemecker einer verrückten Frau lauschend. »Typisch für mich«, murmelte er. Huck könnte an der nächsten Ecke stehen, und er würde sie verpassen.

Der Waggon war eines der älteren Modelle, die bedenklich in den Schienen schwankten und laut ächzten, sobald sie schneller fuhren. Gabe stellte die Füße weiter auseinander, um das Gleichgewicht zu halten, und wünschte, er wäre draußen auf der Plattform. Auch als er noch nicht rauchte, hatte er lieber draußen gestanden und beobachtet, wie die Stadt vorbeiglitt. Dort hielten sich auch die interessanten Menschen auf, die viel lachten, und die feuchte Brise kühlte einem das Gesicht.

Ohne Vorwarnung kam die Straßenbahn mit einem metallenen Kreischen zum Stehen und ruckelte sofort wieder nach vorn. Plötzlich ertönte ein mädchenhafter Aufschrei. Im nächsten Moment fand Gabe sich auf dem Mittelgang sitzend vor, eine wohlproportionierte junge Dame auf seinem Schoß. Anstelle der kalten Pappe der Hutschachteln spürte er die leichte Wölbung ihres zarten Halses, und dieser frühlingshafte Duft …

Überwältigend.

Vertraut.

Bezaubernd.

Er legte seine Hände um ihre zarte Taille, während jemand anderes ihr aufhalf. Und noch ehe sie sich zu ihm umdrehte, wusste er es.

Endlich hatte er die Frau seines Lebens wiedergefunden!

ACHT

Unter den Sternen um Mitternacht
Liebkost vom leichten Frühlingswind
Zwei Liebende schlenderten
Hand in Hand.
Die Wellen glitten auf den Sand,
Als Seelen sich verbanden.
Für immer, Gabe

MAI 1926, HOUSTON, TEXAS

Nachdem sie die Hüte aufgesammelt und der Frau versichert hatten, dass einzig die Schachteln Schaden genommen hatten, stiegen Huck und Gabe rasch aus der Straßenbahn. Gabe bot ihr seinen Arm an, als sie auf den Gehweg traten.

»Ich dachte, Sie würden ...«

»Ich hatte gehofft, Sie sind ...«

Beide sprachen gleichzeitig, lachten und blieben stehen, um einander anzusehen.

»Arbeiten«, fuhr Huck fort. »Ich dachte, Sie würden arbeiten.« Ihr wurde bewusst, dass sie ihre Handtasche nicht mehr vor die Flecken hielt, aber immer noch Gabes Arm umfasst hielt. Sein Arm war so weich und muskulös zugleich, wie sie es noch nie bei einem Mann bemerkt hatte. Sie hielt ihn noch eine ganze Sekunde länger fest, bevor sie ihn losließ.

»Ich habe an den Wochenenden frei«, sagte Gabe.

»Das ist aber sehr schade.«

»Ach ja?«

»Ja, weil ich vorhatte, bei Cecil's vorbeizugehen und Anchovis zu kaufen.«

»Wirklich?«

»Es sei denn, die Austern haben die Sardellen aufgegessen.«

Beide lachten wieder.

Die nächste Straßenbahn hielt an und spie einen Schwall von Fahrgästen aus. »Gehen wir ein Stück«, schlug Gabe vor. »Hier wird's ein bisschen voll.«

Während sie den belebten Bürgersteig entlangspazierten, hielt Huck ihre Handtasche wieder vor die Schokoladenflecken. Gabe ging an der Seite zur Straße hin. Obwohl Huck diesen Mann, ihre erste Begegnung eingeschlossen, noch nicht länger als ein paar Momente kannte, fühlte sie sich wohl dabei, neben ihm herzugehen. Er musste deutlich über einen Meter achtzig groß sein und hatte ebenso lange, kräftige Beine wie die Huckabee-Männer, und dennoch passte er sich ihren sehr viel kleineren Schritten mühelos an. Clark war ein paar Zentimeter kleiner als Gabe, brachte aber nie Geduld auf, wenn sie gemeinsam zu Fuß unterwegs waren, sondern zerrte Huck mit sich mit.

Sie sah Gabe an. »Ich dachte, Sie würden arbeiten, und Sie hatten gehofft, dass ich ...?«

»Dass Sie zum Einkaufen gehen«, antwortete er grinsend. »Stand außer Anchovis noch was anderes auf Ihrer Liste?«

»Oh, ich hatte große Pläne, bis ein Kind in der Straßenbahn beschloss, sich als Modeschöpfer zu betätigen.« Sie sah auf die Flecken und seufzte. »Bis ich zu Hause bin und die Schokolade rausgewaschen habe, haben sich meine Pläne erledigt.«

»Das ist wunderbar!«

»Wunderbar?« Huck blieb stehen. »Wäre *ziemlich blöd* nicht viel passender?«

»Nein, dann schon eher *fantastisch*.« Gabe drehte sich zu ihr und grinste sie auf seine schiefe, unbedingt liebenswerte Art an.

»Ich finde es fantastisch, dass wir diesen wundervollen Tag zusammen verbringen können. Das heißt, wenn Sie es möchten.«

»Dann wissen Sie Bescheid über heute? Über die Tradition?«

»J-ja, ich glaub schon«, stammelte Gabe. »Das war ein beliebtes Thema beim Frühstück, wenn auch ein wenig umstritten.«

»Umstritten? Weshalb?« Huck wusste, dass es Leute gab, denen der erste Mai gleichgültig war, aber sie wäre nicht im Traum darauf gekommen, dass jemand ein Problem damit hätte.

Gabe lachte. »Fragwürdig wäre wohl der passendere Ausdruck. Wie auch immer, mein Freund Charlie war so aufgeregt, dass er kaum essen konnte.«

Huck kicherte. »Ich freue mich jedes Jahr darauf.«

»Tatsächlich?« Er grinste wieder, eher neugierig als schockiert. »Nehmen Sie an der Tradition teil, oder schauen Sie lieber zu?«

»Natürlich mache ich mit«, antwortete sie und runzelte die Stirn. »Wer hat eigentlich etwas dagegen?«

»Irgendein Bischof«, sagte Gabe und zuckte mit den Schultern. »Aber wahrscheinlich ist der gegen alles. Gehen wir weiter.«

Sie kamen an einem Trupp Straßenbauarbeiter vorbei. Das Dröhnen der schweren Maschinen und das Klirren und Hämmern der Spitzhacken machten jede Unterhaltung unmöglich. Bei jedem Schritt wurde Huck von einer kribbelnden Aufregung angetrieben. Ob es sich gehörte, Zeit mit einem Mann zu verbringen, obwohl man mit einem anderen verlobt war, darüber konnte man streiten, aber nicht über den ersten Mai. Doch selbst ein sauertöpfischer Bischof müsste einsehen, dass eine Verlobung nicht dasselbe war wie ein Eheversprechen. Es war das gute Recht einer Frau, ihre Meinung über wen auch immer wann auch immer zu ändern, was beides erstaunlich und wunderbar war.

Einen Moment lang überlegte sie, Gabes Angebot anzunehmen und den Tag mit ihm zu verbringen. Ganz besonders nach der Haarepisode mit Clark.

Als sie an der nächsten Ecke stehen bleiben mussten, um die Straße zu überqueren, verebbte der Lärm, und Huck fasste einen Entschluss. Sie hob ihre Handtasche hoch, sodass die Schokoladenflecken in ihrer ganzen Pracht zu sehen waren. »Ich kann unmöglich den ganzen Tag in diesem Kleid herumlaufen. Und wenn es ruiniert ist, muss ich mir ein neues kaufen.«

»Großartige Idee!«, sagte Gabe und schob die Hände in die Taschen. »Es ist nicht weit zu Foley Brothers, und ich wollte sowieso dahin, um mir einen neuen Hut zu kaufen. Sie könnten sich ein anderes Kleid aussuchen und die Verkäuferin bitten, das mit der Schokolade zu Burkharts Laundry zu bringen. In der Wäscherei können sie es vielleicht retten.«

Huck spürte, dass sie rot wurde. Sie hatte nicht gemeint, dass sie sich *jetzt gleich* ein neues Kleid kaufen wollte. »Aber, Mr. Alexander ... ich habe noch nie in Begleitung eines Mannes ein Kleid gekauft.«

Gabe lachte. »Keine Sorge, wir werden uns in verschiedenen Abteilungen aufhalten.« Dann beugte er sich zu ihr und sagte leiser: »Und ich würde vorschlagen, Miss Huckabee, dass Sie mich Gabe nennen, weil ...« Er stockte mitten im Satz, während sein Blick sie näher lockte.

»Ja?«

»Wenn wir im selben Geschäft etwas zum Anziehen kaufen, könnte jemand uns für ein Ehepaar halten.«

»Ach du liebe Güte.« Huck schluckte. »Das wäre ein Irrtum.«

»Wäre es?«

»Wäre es nicht? Es sei denn ...« Ihre Worte wurden zu einer

Flut unausgesprochener Gedanken, jeder einzelne gefangen in Gabes meerblauen Augen.

»Was wollten Sie sagen?«

»Es sei denn ... Sie nennen mich Huck.«

Beide lächelten, und Huck hakte sich bei Gabe ein. Dann gingen sie weiter. Clark bekam genau das, was er verdiente.

»Sehen Sie's mal so, Huck. Zuschauerin zu sein, mag nicht ganz dem entsprechen, was Sie vorhatten, aber immerhin werden wir das bestgekleidete Paar auf Galveston Island sein.«

»Zuschauerin auf Galveston Island?«

»Die Tradition, wissen Sie nicht mehr? Splash Day? Der internationale Schönheitswettbewerb?«

Sie drückte seinen Arm und lachte. »Kann es sein, Gabe, dass Sie mich eben ausgetrickst haben, damit wir nach Galveston fahren und uns irgendeinen Schönheitswettbewerb ansehen?«

»Eigentlich ist es ein Bademoden-Schönheitswettbewerb, und wir müssen da nicht hin. Man kann noch viele andere Dinge unternehmen, und die Tanzveranstaltungen dauern bis Mitternacht.«

»Ich soll mir die neueste Bademode auf einer Insel entgehen lassen, die meine Mutter einen Pfuhl der Verderbtheit nennt?« Sie gab ihm einen spielerischen Klaps auf den Arm. »Das möchte ich um nichts in der Welt verpassen. Und bis Mitternacht zu tanzen, wäre wirklich eine aufregende Art, den ersten Mai zu feiern. Die meisten Männer wissen nicht mal, dass dieser Tag etwas Besonderes ist.«

Gabe räusperte sich. »Ich schäme mich, zuzugeben, dass Sie recht haben, aber wir lernen dazu.«

Bis zum Bekleidungsgeschäft Foley Brothers waren es nur zehn Minuten. Auf dem Weg dorthin, den sie beide genossen, unterhielten sich angeregt. Sie sprachen über ihre Arbeit und ihre Familien, Dinge, über die sich Leute auf einer Dinnerparty austauschten. Huck erzählte, sie sei Englischlehrerin, unterrichte an der Sidney Lanier, wohne in einer Pension für berufstätige Damen und wäre in Huntsville aufgewachsen. Gabe fragte, ob sie auch schon in Huntsvilles bekanntester Einrichtung gewesen wäre. Huck bejahte es und kicherte, weil Gabe sie mit gespieltem Entsetzen anstarrte.

»Ich wusste gar nicht, dass sie dort auch weibliche Insassen haben«, sagte er.

Wieder gab sie ihm einen Klaps auf den Arm – ein bisschen fester als beim ersten Mal – und erzählte weiter: dass ihr Vater Farmer und Gefängniswärter wäre, das Land ihrer Eltern direkt an Sam Houstons altes Zuhause grenze und sie und ihr Zwillingsbruder die jüngsten von dreizehn Geschwistern wären.

Bei Foley Brothers begleitete Gabe sie bis zum Eingang der Damenabteilung. Eine Schaufensterpuppe präsentierte ein modisches, nicht tailliertes Kleid, dessen fließender Stoff in unterschiedlichen Pastelltönen gemustert war.

»Wie wäre es mit diesem?«, fragte Gabe und dirigierte Huck zu der Puppe.

»Oh, das ist ein Etuikleid.« Huck lachte leise. »Ich liebe diese neuen Schnitte.« Sie ließ Gabes Arm los und strich über den Stoff. »Und die schönen Farben. Das Kleid passt genau zu meiner Handtasche und den Schuhen.«

»Kann ich Ihnen helfen?«, fragte eine eifrige Verkäuferin in einem Sommerkostüm und mit einem breiten Lächeln.

»Die Dame würde gern dieses Etuikleid anprobieren«, sagte Gabe lässig. »Meiner Meinung nach passt es perfekt zu ihrer Tasche und den Schuhen.«

Bevor Huck etwas sagen konnte, drehte sich die Verkäuferin zu ihr um und fragte: »Hat Ihr Mann vielleicht zufällig unverheiratete Brüder?«

»Wie bitte?«

Die Verkäuferin lachte. »Ich möchte nicht aufdringlich sein, aber die meisten Männer trauen sich nicht einmal in die Nähe der Damenabteilung, und von Farben oder Stil verstehen sie gleich gar nichts.«

»Keine Brüder«, sagte Huck und warf Gabe einen fröhlichen Blick zu. »Zum Glück ist er ein Einzelkind.«

»Ich gehe dann mal ... ähm ... einen Hut aussuchen«, brachte Gabe mühsam heraus.

*

Eine Stunde später saßen Huck, Gabe und dreißig weitere Passagiere im Zug nach Galveston und brausten dem Splash Day und dem umstrittenen Schönheitswettbewerb entgegen. Gabe trug einen neuen Strohhut und Huck das Etuikleid. Das Kleid mit den Flecken war schon in der Wäscherei, und mit ihm hatte Huck auch so gut wie jeden Gedanken an Clark hinter sich gelassen. Aber noch immer regte sich ab und zu ihr schlechtes Gewissen.

»Das ist der Dickinson Bayou«, sagte Gabe und zeigte aus dem Fenster. »Er fließt in der Nähe unserer Ranch vorbei. Als Jugendlicher hab ich mir ein kleines Segelboot gebaut und jeden freien Augenblick damit verbracht, in dem Wasser zu fischen.«

»Mir war nicht bewusst, dass ich neben einem Captain sitze.« Huck warf einen Blick auf Gabes kantiges Profil. Mit seinem tadellosen grauen Anzug und dieser Aura von Selbstvertrauen hatte er tatsächlich etwas von einem Kapitän.

»Eher eine Mischung aus Cowboy und Bayou-Captain«, entgegnete Gabe. »Jedes Jahr haben sich ein paar von unseren Kühen ans Ufer verirrt, und ich musste sie suchen.« Er lachte. »Ich glaube, mein Vater wusste, dass ich das Segeln interessanter fand, als den ganzen Tag im Sattel zu sitzen.«

»Klingt aufregend, Vieh von einem Segelboot aus zu hüten.«

»Die Kühe waren zahm wie Haushunde, weil meine Mutter sie verhätschelte. Ich brauchte nichts weiter zu tun, als mit den Armen zu wedeln und zu rufen, und schon trotteten sie wieder nach Hause.«

»Ich würde gerne mal richtig segeln«, sagte Huck mit einem kleinen Seufzer und fragte sich, wie es wohl wäre, erster Maat unter Captain Gabe zu sein. Sie kicherte leise, als ihr plötzlich Mister Jack und das Wort einfielen, das sie vor so vielen Jahren von ihm übernommen hatte: Seelenverwandter.

»Ah, die Dame wünscht also ein Abenteuer auf dem Meer?« Gabe rückte näher. »Dann werden wir eines Tages die sieben Meere befahren … oder zumindest die seichten Gewässer der Galveston Bay, und zwar auf einem Boot namens ›Cleopatra‹.«

»Cleopatra?«

Er lachte. »Die Ägypter haben das Segeln erfunden, also wäre es nur passend.«

»Aye, aye, Captain!« Huck salutierte fröhlich.

»Dann trinken wir Rum aus der Flasche, essen Schiffszwieback und lassen Meuterer über die Planke gehen.«

»Aber, Captain … Was ist mit den Piraten?«

»Piraten?« Gabes Augen blitzten. »Nun, Kumpel, das wäre dann wohl Jean Lafittes Geisterschiff. Manche sagen, er spukt immer noch hier herum und sucht nach seinem verlorenen Schatz.«

»Und wenn wir den Schatz finden und er mich gefangen nimmt?«

»Eher sterbe ich«, sagte Gabe laut genug, dass die Leute zu ihnen hinübersahen.

»Würden Sie?«, fragte Huck leise. Erst jetzt bemerkte sie, dass ihre Beine sich berührten.

»Ich werde Sie niemals mehr hergeben.« Sanft ergriff er ihre

Hand. Als ihre Finger sich ineinander verschränkten, spürte Huck eine wunderbare Wärme. Eine leidenschaftliche Wärme, mit der sich ein Glücksgefühl verband, wie sie es noch nie empfunden hatte.

*

Der Bahnhof von Galveston befand sich in der Twenty-First Street, nur wenige Blocks vom Strand entfernt. Beim Aussteigen wehten ihnen mit der salzigen Meerluft köstliche Aromen von den Kirmesbuden entgegen, von saftigem Grillfleisch, gerösteten Nüssen und buttrigem Popcorn. Sogar die Zuckerwatte und die Salzwasser-Toffees konnte Huck riechen.

»Die Parade über den Broadway fängt an!«, rief jemand, als Huck und Gabe aus dem Bahnhofsgebäude traten und in das Getümmel der feiernden Splash-Day-Besucher eintauchten. »Mit Neptun als Zeremonienmeister!«

»Schauen Sie nur all die Leute«, sagte Huck über den fröhlichen Lärm hinweg. Sie überquerten eine belebte Kreuzung und schlenderten Hand in Hand durch eine etwas ruhigere Seitenstraße. »Hier müssen Tausende sein.«

»Einer Quelle zufolge werden mehrere Hunderttausend erwartet. Da wir schon auf dem Weg zum Broadway sind, wie wär's, wenn wir uns die Parade ansehen? Vorausgesetzt, wir finden noch einen Sitzplatz. Die Tribünen sind bestimmt überfüllt.«

»Sie sind der Cowboy-Captain. Und hatten Sie nicht von einem Schönheitswettbewerb gesprochen?«

»Hatte ich.« Gabe blieb stehen und sah sie an. »Aber da müssen wir wirklich nicht hin.«

»Warum nicht? Ich war noch nie bei einem. Es wäre interessant.«

Gabe räusperte sich. »Ist Ihnen bekannt, dass diese Stadt den Ruf hat ...«

»Ein breites Spektrum an Unterhaltung zu bieten?«

Er nickte.

Im Geiste sah Huck Clarks strenge Miene vor sich. »Der Schönheitswettbewerb hört sich fabelhaft an.«

Gabe lachte. »Sie sind ein faszinierendes Mädchen, Huck. Gibt es irgendwas, das Sie nicht interessiert?«

»Engstirnige und herzlose Menschen«, antwortete sie nachdenklich. »Möchten Sie sonst noch etwas wissen?«

»Sagen Sie immer die Wahrheit?«

»Selbstverständlich!« Sie drückte seine Hand. »Es sei denn, es wäre nicht zu meinen Gunsten.«

Sie spazierten noch einen Block weiter, bis die Musik der Blaskapelle den Takt ihrer Schritte vorgab. »Beeilen wir uns«, sagte Huck aufgeregt. »Die Parade fängt an.«

Sie zog Gabe mit sich in die dichte Menge. Wie er schon befürchtet hatte, waren die Tribünen voll besetzt, doch Huck bezirzte einen beleibten älteren Herrn, und so durften sie auf Bänken sitzen, die eigentlich für den Jacht-Club reserviert waren.

»Abgesehen von der Ehrlichkeit, bekommen Sie eigentlich immer, was Sie wollen?«, fragte Gabe, kaum dass sie Platz genommen hatten.

»Natürlich. Aber ein passendes Lächeln ist hilfreich.«

»Es sei denn, es wäre nicht zu Ihren Gunsten?«, ergänzte er.

»Nennen wir es das Vorrecht der Frauen.« Mit einem verlegenen Lächeln versank sie wieder einmal in dem Blick seiner unglaublich blauen Augen und dachte, welch ein Fehler ihre Verlobung mit Clark Richards sei. Plötzlich wollte sie Gabe alles erzählen. Ihrer Mutter müsste sie es irgendwann auch sagen, doch mit Annise Huckabee würde sie schon fertig werden.

Huck sah der vorbeiziehenden Parade zu und fröstelte. Die Verlobung aufzulösen, würde schlimm werden. An dem Abend im Restaurant hatte sie wirklich Angst vor Clark gehabt. Nicht nur, weil er sie so grob angefasst hatte, dass ihr der Arm wehtat. Da war noch etwas anderes. Zunächst rang ihr Verstand mit ihrem Herzen, sie wollte sich die Wahrheit nicht eingestehen. Doch jedes Mal, wenn sie an den Abend zurückdachte, sah sie Clarks Augen vor sich. Auf dem Höhepunkt ihres Streits war ein dunkler Schatten über seine Pupillen gehuscht. Etwas Undurchsichtiges und Unheimliches. Dann war es wieder verschwunden.

»Was ist aus dem passenden Lächeln geworden?« Gabes sanfter Ton beruhigte Huck und holte ihre Gedanken in die Gegenwart zurück.

»Das Lächeln ist noch da und bereit, sein nächstes Opfer zu betören.«

»Ich glaube, das hat es schon«, sagte Gabe leise.

Nach der Parade bedankten sie sich bei dem freundlichen älteren Herrn, der Hucks Hand ergriff, als wäre sie seine verloren geglaubte Tochter, und gingen hinunter zum Strand. Der internationale Schönheitswettbewerb sollte um Punkt zwei beginnen, und mehrere hundert Zuschauer sowie einige Polizisten standen entlang der über fünf Meter hohen Kaimauer. Auf dem breiten Sandstrand darunter hatte man eine Holzbühne errichtet, auf der im Schatten einer Sonnenplane fünf Klappstühle auf die Juroren warteten. Rechts von der Bühne befand sich ein großes, gelbgestreiftes Zelt mit einem Banner über dem Eingang, auf dem »Umkleidebereich – Nur für Teilnehmerinnen« stand. Zur Linken gab es eine kleine Orchestermuschel samt Klavier und fünf Musikern, die Dixieland-Jazz spielten.

»Ich bin eindeutig nicht die einzige Zuschauerin.« Huck sah sich um, während Gabe und sie einen guten Platz auf der Kaimauer zu ergattern versuchten. Sie hatte von Bademodenschauen gehört, und die Vorstellung hatte sie fasziniert. »Tatsächlich gibt's hier eine Menge interessierter Frauen.«

»Genau wie Sie, weil sie Schönheit zu schätzen wissen.« Gabe stellte sich hinter Huck, beugte sich vor und legte dabei leicht eine Hand an ihre Taille. »Schönheit verdient nämlich Beachtung.«

Sie drehte den Kopf halb zur Seite und kicherte. »Haben Sie die Frauen direkt hinter uns bemerkt? Sie sehen nicht aus, als ob sie ...« Sie verstummte, weil sein frischer Duft sie unvorbereitet traf.

»Als ob sie was?«, flüsterte Gabe nahe an ihrem Ohr.

Sein warmer Atem an ihrem Hals ließ Huck erschauern. »Als ob sie gerne hier sind. Sie sehen aus, als wären sie über irgendwas wütend. Besonders die Älteste. Sie ist anscheinend ihre Anführerin.«

Bevor Gabe etwas antworten konnte, steigerte sich die Musik zu einem lauten Crescendo, das in einem Tusch endete. Dann stieg der Conférencier, ein schlaksiger Mann in einem lavendelblauen Nadelstreifenanzug, auf die Bühne und rief ins Megafon: »Meine Damen und Herren, willkommen beim alljährlichen Internationalen Schönheitswettbewerb!« Applaus brandete auf, als eine Reihe von Badenixen aus dem Zelt auf die Bühne geschritten kam.

»Dirnen!«, schrie eine der Frauen aus der Gruppe hinter Huck und Gabe.

»Flittchen!«, brüllten einige andere.

Die verbalen Proteste dauerten nur dreißig Sekunden, denn der Conférencier gab den Polizisten rasch ein Zeichen, woraufhin drei Uniformierte die Frauen außer Hörweite brachten. »Ich bitte um Verzeihung, meine Herrschaften«, sagte der Conférencier und wandte sich an das Orchester. »Meine Herren, ein Tusch bitte!« Nach einem zweiten Tusch und einer weiteren Begrüßung brach die Menge in noch lauteren Applaus aus.

»Was war das denn?«, flüsterte Huck.

»Alle klatschen, weil es gleich anfängt.«

Sie rümpfte die Nase. »Das hab ich nicht gemeint, wie Sie sehr wohl wissen.«

Gabe beugte sich noch näher zu ihr, sodass seine Lippen beinahe ihr Ohr streiften. »Es gibt offenbar widersprüchliche Ansichten über das weibliche Anstandsgefühl.«

»Wie albern«, sagte Huck. »Der Anstand einer Frau geht nur sie etwas an, solange sie gegen kein Gesetz verstößt.«

Das Orchester stimmte ein ruhiges Medley bekannter Lieder an, während der Conférencier erklärte, nach welchen Kriterien Schönheit *und* Pose der Teilnehmerinnen bewertet würden. Dann stellte er jede der neununddreißig Teilnehmerinnen einzeln vor. Sie waren zwischen achtzehn und fünfundzwanzig Jahre alt und trugen die allerneueste Bademode. Die ärmellosen Badeanzüge waren farbenfroh und eng anliegend; manche hatten kurze Röcke, die man abnehmen konnte, um im Wasser beweglicher zu sein. Viele der Mädchen waren aus Texas, aber einige waren auch aus anderen Bundesstaaten, teils aus Kalifornien und New York angereist. Und es gab sogar eine Teilnehmerin aus Kuba, zwei aus Kanada und ein Mädchen aus Frankreich. Die Juroren wählten zehn Finalistinnen, die dann, zum Entzücken des Publikums, unterschiedliche Posen einnehmen mussten. Als das Orchester sein letztes Stück spielte, zählten die Preisrichter ihre Punkte aus und bestimmten die Gewinnerin … eine schlanke Südstaatenschönheit aus Mississippi. Nachdem der Conférencier ihr den Geldpreis überreicht hatte, setzte er ihr eine Krone auf, und sie stolzierte mit der amerikanischen Flagge in der Hand über die Bühne.

*

Ein paar Minuten später schlenderte Gabe mit Huck im warmen Sonnenschein die Uferpromenade entlang. Am aufregendsten fand er, dass sie von sich aus wieder seinen Arm genommen hatte. Nur wenige Stunden zuvor hatte er hilflos unter einem Berg Hutschachteln in einer Straßenbahn auf dem Gang gehockt. Und jetzt spazierten sie über die breite Betonmauer zwischen Land und Meer. Es war einer seiner absoluten Lieblingsplätze.

»Mutter sagt, die hübschesten Frauen kommen aus dem tiefen Süden«, sagte Huck. »Aber sie stammt auch aus Alabama.«

Es hatte keine weiteren Proteste mehr gegeben, und das Publikum hatte sich zerstreut. Die Diskussion über die moralische Fragwürdigkeit des internationalen Schönheitswettbewerbs hatte sich erledigt – bis zum nächsten Jahr.

Gabe betrachtete das entzückende Mädchen an seinem Arm. Er hatte recht gehabt, was sie betraf; in seinen Augen wurde sie mit jeder Minute vollkommener. »Ihre Mutter scheint eine kluge Frau zu sein, und dennoch muss ich ihr widersprechen. Das schönste Mädchen, das ich kenne, geht neben mir ... und kommt aus Texas.«

»Oh nein!«, sagte Huck. »Jetzt haben wir ein Problem.«

»Haben wir?« Gabe fing an zu schwitzen und blieb stehen. Soweit er es beurteilen konnte, war sie nicht verärgert, aber vielleicht hätte er mit seinen Komplimenten diskreter sein sollen. Das Letzte, was er wollte, war, sie zu verschrecken. Er griff nach einer Lucky, hielt jedoch inne, als ihm bewusst wurde, dass er sie nicht gefragt hatte, ob es ihr etwas ausmachte. Der Tabakgeruch, der Qualm oder auch beides waren manchen Leuten unangenehm. Außerdem hätte er sich von Huck wegdrehen müssen, um die Zigarette anzuzünden, und dann ließ sie womöglich seinen Arm los.

»Da ist etwas, das Sie wissen sollten«, sagte Huck. »Bevor wir noch eine weitere Minute gemeinsam verbringen, möchte ich Ihnen reinen Wein einschenken.«

»Weil Sie immer die Wahrheit sagen?« Gabe zog ein Taschentuch aus seiner Gesäßtasche und tupfte sich die Stirn.

»Ich schätze, es ist der Fluch der Huckabees.« Sie lachte. »Haben Sie nicht gerade gesagt, dass Sie anderer Ansicht sind als meine Mutter?«

»Ich würde es lieber eine kleine Meinungsverschiedenheit nennen.«

»Gabe, mein Lieber, das ist das Problem: Ohne das Geheimnis zu kennen, hat noch niemand Mutter jemals erfolgreich widersprochen.«

»Danke für die Warnung.« Lächelnd steckte er sein Taschentuch wieder ein. Huck hatte ihn gerade »mein Lieber« genannt!

»Möchten Sie das Geheimnis nicht erfahren?«

»Nur, wenn es zu meinen Gunsten ist.«

»Sehr witzig, Sie Schlauberger. Zu Ihrer Information, ich bin das Einzige ihrer Kinder, das von dem Geheimnis weiß, und es hat mir eine Menge Kummer erspart. Ich bin dahintergekommen, indem ich Papa beobachtet habe.«

Sie gingen weiter, und Gabe war froh, dass sie sich in seiner Gegenwart entspannt genug fühlte, um über ihre Eltern zu scherzen. Überdies bedeutete es, dass sie eventuell vorhatte, ihn ihrer Familie vorzustellen.

Huck fuhr fort: »Bei gewissen Themen ist Mutter sehr starrsinnig, besonders, was Erziehung und Religion betrifft. Wenn sie Ihnen also eine Frage stellt und Sie nicht ihrer Meinung sind, tappen Sie nicht in ihre Falle. Formulieren Sie Ihre Antwort vage, und dann wenden Sie Ihre wahre Ansicht zu Ihrem Vorteil – genau wie es ein ehrlicher Politiker tun würde. Sie sagen Ihre Meinung, während Sie allmählich das Thema wechseln. Das macht Spaß!«

»Hmm«, antwortete Gabe. »Ich habe zwar noch nie von einem *ehrlichen* Politiker gehört, aber ich werde Ihre Methode ausprobieren.« Er räusperte sich übertrieben und sagte mit sonorer, gekünstelter Stimme: »Meine liebe Miss Huckabee, ist es nicht verblüffend, dass selbst die schönsten Frauen in Texas auf Wurzeln im tiefen Süden verweisen können, vor allem in Alabama, jenem Staat, der für seinen femininen Charme und seine feine Küche berühmt ist?« Er grinste und sprach im normalen Ton weiter. »Also, wie wäre es, wenn wir einen Happen essen?«

Huck legte nun auch ihre andere Hand auf Gabes Arm und lehnte den Kopf an seine Schulter. »Wir denken derart ähnlich, dass es schon unheimlich ist.«

»Meinen Sie, wir wären vorhersehbar?«

»Niemals«, erwiderte Huck und runzelte die Stirn. »Vorhersehbar ist ein Adjektiv, das auf uns nicht zutrifft.«

Uns. Gabe kostete das Wort aus, bevor er hinzufügte: »Und welches Adjektiv träfe dann auf uns zu, verehrte Lehrerin?«

»Hungrig«, antwortete Huck. »Ich hab den ganzen Tag noch nichts gegessen.«

*

Sie saßen unter einem großen Sonnenschirm im Mermaids, einem offenen Restaurant am Ende eines langen Piers, das mit dem Slogan »Im Freien über der Tiefe dinieren« warb. Ein übereifriger Kellner teilte ihnen mit, dass die Mittagszeit längst vorüber sei und sie daher nur Shrimps-Cocktail oder Krabbeneintopf bestellen könnten. Aber die Bar sei geöffnet, und er wäre gleich mit ihren Drinks wieder da.

»Und was ist mit der Prohibition?«, fragte Huck, sowie der Kellner fort war. Das einzige alkoholische Getränk, das sie je gesehen hatte, war der bernsteinfarbene Whiskey, den ihr Vater an Weihnachten trank. Huck wusste, wo er die Flasche versteckte – oben auf dem Heuboden unter einem losen Dielenbrett. Als Kind war sie manchmal hinaufgeschlichen, hatte die einmal im Jahr benutzte Flasche hervorgeholt, so getan, als würde sie einen Schluck trinken, und war dann herumgeschwankt, als wäre sie betrunken. Als sie elf war, hatte sie die Flasche einmal fallen gelassen und einen feinen Haarriss unten am Boden bemerkt. Vor lauter Schreck hatte sie Papas »Weihnachtssünde« nie wieder angerührt.

»Angeblich gilt die Prohibition auf dieser Insel nicht«, sagte Gabe. »Und Sie dachten, der Strand würde all die Massen anlocken.«

»Meinen Sie, wir können Champagner rosé bestellen?« Huck beugte sich mit verschwörerischem Blick vor. »Ich hab gelesen, dass es Leute gibt, die Champagner-Frühstücke veranstalten. Das klingt so verwegen.«

»Fürs Frühstück ist es ein bisschen spät«, sagte Gabe lachend. »Und weil jetzt die Zeit zwischen Lunch und Supper ist, nennen wir unsere Mahlzeit einfach ›Lupper‹.«

»Champagner-Lupper«, antwortete Huck. »Hört sich nicht ganz so romantisch an, jedenfalls nicht das ›Lupper‹, aber der Champagner würde mir gefallen.«

Als der Kellner wiederkam, bestellte Gabe zwei Shrimps-Cocktails, zwei Schälchen Krabbeneintopf mit Reis dazu und eine Flasche Rosé-Champagner. Da sie nichts Bestimmtes vorhatten, aßen und tranken sie in aller Ruhe und unterhielten sich dabei über ihre Leibgerichte, ihre Lieblingsbücher und -filme, während hoch über ihnen Federwolken über den Himmel zogen und gischtgekrönte Wellen unter ihren Füßen hindurchrollten.

»Ich glaube, meine Taub wird nase«, sagte Huck schließlich und kicherte.

»Ich denke, die Lady hatte ein bisschen zu viel von dem Blubberwasser.« Gabe griff nach einer Zigarette. »Stört es Sie, wenn ich rauche?«

»Ganz und gar nicht.« Schon als Kind hatte Huck den aromatischen Geruch von Tabak gemocht. An Gabe hatte sie ihn zum ersten Mal gerochen, als sie im Zug saßen, und dann beim Schönheitswettbewerb, als er ihr ins Ohr geflüstert hatte. Sie lachte leise, als sie sich daran erinnerte.

»Was ist so witzig?«

»Papa hat früher geraucht«, sagte Huck. »Aber dann hat Mutter darauf bestanden, dass er seinen Anzug in die Wäscherei brachte. Am nächsten Sonntag hat er ihn nach fünf Minuten wieder ausgezogen. Er hat behauptet, der Anzug stinke nach Petroleum, und ihn in ihren Waschbottich geworfen. Sagte, er hätte ihn ›getauft‹, was Mutter überhaupt nicht witzig fand. Und dann ...« Huck verstummte. Der Rest ihrer Geschichte verlor sich in champagnerseliger Benommenheit.

»Und dann hat Ihre Mutter ihn umgebracht?« Gabe zog den Aschenbecher auf seine Tischseite und klappte ein Streichholzheftchen auf.

»Nein, Sie Spaßvogel.« Huck kicherte wieder. »Mutters Art ist die langsame Folter.« Huck sah in ihr leeres Champagnerglas. »Wo war ich gerade?«

»Ihr Papa hat seinen Anzug in den Waschbottich getunkt.«

»Ach ja. Und danach hat er nie wieder geraucht. Hat angefangen, Tabak zu kauen, und geflucht, weil der Petroleumgeruch nicht mehr aus seinem Anzug rausging. Papa machte sich Sorgen um Feuer und hatte Angst, dass der entflammbare Dunst auch in seine Hemden und seine Latzhosen eingedrungen war.«

Gabe lachte. »Warum nicht einfach ein paar neue Sachen kaufen?«

»Wie bitte? Und noch vollkommen tadellose Kleidung wegwerfen?«, erwiderte Huck schmunzelnd. »Je abgetragener sie sind, desto mehr liebt Papa seine Sachen. Davon hat ihn Mutter auch nach fast fünfzig Ehejahren nicht abbringen können.«

»Hört sich an, als wären sie so ähnlich wie meine Eltern.« Gabe zündete seine Zigarette an und blies den Rauch weg von Huck. »Und was hatte Ihr Vater dann an dem Sonntag, als er seinen Anzug getauft hat, in der Kirche an?«

»Ach, Papa geht nicht hin. Ist er noch nie. Sagt, er hätte nichts gegen Gottes Gemeinde, aber er müsse nicht ins Gotteshaus gehen, weil er zu Hause genug Predigten hört. Wenn Mutter und der Rest der Familie sonntags in die Kirche gehen, zieht er seinen Anzug an, setzt sich hin und liest in der Bibel. Dann legt er sie zur Seite und ›denkt nach‹, während er Tabak kaut und von der Veranda spuckt.«

»Ich glaube, ich mag Ihren Vater.« Gabe wirkte für einen Moment nachdenklich. »Ich würde wetten, dass er gern im Psalmenbuch liest.«

»Ja, das ist sein liebstes.«

»Und er spricht gern über seine Gedanken? Besonders mit Ihnen?«

Sie zog eine Braue hoch. »Woher wissen Sie das?«

»Der lyrische Ton in Ihrer Stimme.«

Huck spürte, dass sie rot wurde. »Mutters Lieblingsbuch ist das der Sprüche. Ich habe mehr als einen Spruch auswendig gelernt.«

»Meine nächste Vermutung.«

»Weil ich so weise bin?«

»Meine nächste Antwort.«

Sie lachten.

»Eine weise Frau, die sagt, was sie denkt, verdient unbedingte Hochachtung«, sagte Gabe.

»Ist das ein Sprichwort?«

Er zuckte mit den Schultern. »Ich dachte an Ihre Mutter. Sie würde ich sicherlich auch mögen.«

Huck lächelte. Dieser Nachmittag wurde immer angenehmer.

Gabe winkte dem Kellner. »Zwei Kaffee, bitte.«

»Woher wissen Sie, dass ich Kaffee liebe?«, fragte Huck und überlegte, ob Papa sich genauso beschwingt fühlte, wenn er Whiskey trank.

»Ich hab drauflosgeraten.« Er grinste. »Und außerdem, bekommt die Lady nicht immer, was sie will?«

Huck lächelte zurück. Auch wenn der Champagner ihren Verstand benebelt hatte, spürte sie doch eindeutig, dass ihr Herz nach Gabe Alexander verlangte. Und alle Bedenken über die Auflösung ihrer Verlobung mit Clark hatten sich in Wohlgefallen aufgelöst – einschließlich der Frage, wie und wann sie es ihrer Mutter sagen würde.

*

Mehrere Stunden später, nachdem sie in diversen Souvenirläden gestöbert und einer Truppe von Akrobaten auf der Pier applaudiert hatten, saßen sie an einem Strandabschnitt, den sie ganz für sich allein hatten. Sie schauten zu, wie die Sonne unterging, und aßen gesalzene Erdnüsse und gezuckertes Popcorn. Irgendwann zwischendurch hatte Huck Gabes Hut beschlagnahmt, was in eine fröhliche Verfolgungsjagd mündete, bis beide vor lauter Lachen außer Atem waren. Sie deponierten ihre Schuhe und Strümpfe neben einem einsamen Stück Treibholz und spazierten am Wasser entlang. Die Brandung umspülte ihre Knöchel, und über ihnen schrien die Möwen.

»Ich habe Durst«, verkündete Gabe und zeigte auf ein rustikales Strandhaus auf Pfählen. »Ich wette, da gibt's eine Zisterne, und die Verandaschaukel sieht ziemlich gemütlich aus.«

»Ja, es wäre schön, einen Schluck Wasser zu trinken und sich ein paar Minuten hinzusetzen«, sagte Huck. »Es scheint niemand zu Hause zu sein. Meinen Sie, die Leute hätten etwas dagegen?«

»Bestimmt nicht.« Gabe schmunzelte. »Es ist eine Tradition im Westen, müde Reisende oder, in diesem Fall, Strandwanderer aufzunehmen. Was bedeutet, dass es auch in Ordnung wäre, ihr Klohäuschen zu benutzen.«

»Ich hatte gehofft, dass Sie das sagen«, antwortete Huck und lief auf das kleine Häuschen zu. Der »Lupper«-Champagner und der Kaffee wollten wieder heraus, und Huck war bereits drauf und dran gewesen, hinter einer hohen Düne zu verschwinden.

»Seien Sie vorsichtig«, rief Gabe. »Klopfen Sie vorher kräftig an, falls besetzt ist.«

Sie wusste, dass er auf Ungeziefer anspielte. Ihre Mutter hatte auch immer vor »ungeladenen Gästen« gewarnt, als sie zu Hause noch auf das Klohäuschen draußen angewiesen gewesen waren. Huck hatte das immer lustig gefunden, denn das bedeutete ja auch: »Geladene Gäste« wären willkommen. Und niemand bei klarem Verstand würde Gäste in ein Klohäuschen einladen.

Wenig später löschten sie ihren Durst, indem sie beide aus der blechernen Schöpfkelle tranken, und setzten sich dann auf die verwitterte Schaukelbank, während vor ihnen der Mond aufging und eine breite Silberspur auf den ruhigen Golf von Mexiko malte. »Ist zwar kein frisches Quellwasser, aber das aus einer sauberen Zisterne tut es auch«, bemerkte Gabe und reichte Huck sein Taschentuch. »Sie müssen ein Loch im Kinn haben. Ihr Kleid ist vorne nass.«

»Wie bitte?« Huck tupfte die feuchten Flecken ab und gab

ihm das Taschentuch zurück. »Sie haben gegen die Kelle gestupst.«

»Wenigstens ist es Wasser und keine Schokolade.« Wieder zeigte sich ein Grinsen auf seinem Gesicht.

»War das erst heute?« Huck dachte an die kleinen Jungen in der Straßenbahn. Es kam ihr vor, als läge der Morgen in Houston eine halbe Ewigkeit zurück. Sie war glücklich, dass die Zwillinge mit ihren Schokoladenfingern ihre Zukunft vorgezeichnet hatten.

»Wenn es nicht heute war, muss ich in diesem Anzug geschlafen haben«, sagte Gabe augenzwinkernd.

Huck lachte. »Ich bin seit dem Morgengrauen auf und müsste eigentlich müde sein, aber ...« Sie stand auf und drehte sich auf ihren nackten Zehenspitzen, sodass sie im Mondlicht einen munter wirbelnden Schatten warf. »Der Mai-Feiertag geht noch bis Mitternacht. Tanzen Sie mit mir.« Sie streckte eine Hand aus und zog Gabe hoch.

Barfuß bewegten sie sich auf dem bleichen Sand zum sanften Rhythmus der Wellen und hielten einander in den Armen, während Abermillionen Sterne zum Leben erwachten. Nach Hunderten sorgenfreier Tänze teilten sie sich noch eine Kelle Wasser und setzten sich wieder auf die Schaukel. Leise zählte Gabe eine Reihe von »Was wäre wenn«-Fragen auf.

Was wäre, wenn diese Verabredung zu einer weiteren führte?

Was wäre, wenn er künftig ernsthaft um sie werben würde?

Huck trug zu dieser weitestgehend einseitigen Unterhaltung nur bei, indem sie hin und wieder einwarf: »Das würde mir gefallen« oder »Klingt wundervoll«. Doch als Gabe dann innehielt, um sich eine Zigarette anzuzünden, prallten die Antworten auf ihren Verstand ein wie ein melodischer Kontrapunkt. Fest stand, dass ihre Achterbahnromanze mit Clark zu Ende war, ganz gleich, ob Gabe sie um eine weitere Verabredung bat. Und als er die Möglichkeit – wie hatte er gesagt? – »künftiger Begegnungen« erwähnte, war sie von der Vorstellung begeistert gewesen, mehr Zeit mit ihm zu verbringen. Sie sehnte sich danach, mit Gabe zusammen zu sein, und bei seinen Worten über das »ernsthafte Werben« hatte sie sich sofort ausgemalt, wie es wäre, wenn sie heirateten. Auch wenn ihre Fantasie ein bisschen weit vorgriff, hatten Gabes Worte sie unvorbereitet getroffen und ihr Herz in größte Aufregung versetzt. Sie konnte nicht anders, als zu lachen.

»Erzählen Sie sich selbst Witze?«, fragte Gabe, dessen Zigarettenspitze orange in der Dunkelheit leuchtete.

»Nein, ich bin nur glücklich.« Sie lehnte ihren Kopf an seine Schulter. Sein frischer Duft war nun vermengt mit den angenehmen Noten von Wind und Meer. Ihre Gedanken wirbelten durcheinander, als sie sich fragte, wann sie sich in ihn verliebt hatte. War es am Morgen gewesen, als sie in der Straßenbahn auf ihn gefallen war? Oder an jenem windigen Märztag, als sie sich zum ersten Mal gesehen hatten ... die Bemerkung über die Austern ... diese meerblauen Augen?

Huck lauschte der Brandung und maß den Puls ihrer Gefühle. Neben dem bloßen Gefühl lag in ihrer Verliebtheit ein besonderes Erkennen: ein sorgfältig gehütetes Erkennen, untermauert von der Freundlichkeit, die Seelenverwandte verbindet. Das schenkte ihr Sicherheit und die Freiheit, ihre verborgenen Ängste und innersten Wünsche mitzuteilen, ohne Spott oder Zurückweisung fürchten zu müssen. Sie schmiegte sich enger an Gabe, und eine Freudenträne rollte ihr über die Wange, als sie begann, Gabe ihre Geschichte und ihre Geheimnisse zu erzählen. Während sie sprach, streichelte Gabe ihr Haar. Sie erzählte ihm von Mister Jack und den ungewöhnlichen Anacacho-Orchideen. Und schließlich erzählte sie ihm von Clark Richards, davon, dass ihre Verlobung ein Irrtum gewesen war, und von ihrer Entscheidung, sie zu lösen.

»Es überrascht mich nicht, dass es einen anderen gibt«, sagte Gabe liebevoll. »Wirklich nicht. Welcher Mann würde nicht mit Ihnen verlobt sein wollen?«

Anstatt zu antworten, schmiegte Huck sich noch enger an Gabe, der weiter über ihr Haar strich. Einen Moment lang schwiegen beide. Dann, nachdem sie einige Male tief durchgeatmet hatte, erzählte sie ihm auch von dem unseligen Unfall, der es ihr unmöglich machte, Kinder zu bekommen. »Deshalb bin ich Lehrerin geworden«, sagte sie zum Schluss. »Das ist meine Berufung im Leben.«

Gabes Hand auf ihrem Haar hielt inne. »Ich muss Ihnen etwas gestehen.«

Huck sagte nichts, spürte, wie sich seine Brustmuskeln anspannten, und bekam Angst. Hatte sie sich geirrt, was ihr inneres Erkennen betraf? Oder hatte der Alkohol sie zu kühn gemacht? Sie wollte Gabe ansehen, fürchtete aber, dass sie zu viel von sich preisgegeben hatte. Nicht, was Mister Jack oder Clark Richards anging. Engel existierten, wie die Bibel bestätigte, und die Verlobung mit einem anderen konnte gelöst werden. Aber keine Kinder bekommen zu können, war etwas vollkommen anderes. Huck schloss die Augen und wappnete sich für das Schlimmste.

»Erinnern Sie sich, dass Sie heute Nachmittag gesagt haben, wir wären einander so ähnlich, dass es schon unheimlich ist?«

»Ja?«

»Also … Ich bin vor Jahren zu dem Schluss gekommen, dass Paare ihr Glück nicht allein auf die Kinder stützen sollten, die Gott ihnen schenkt … oder nicht schenkt. Es hat etwas mit dem Prinzip des ›kleinsten gemeinsamen Nenners‹ zu tun.«

»Klingt nach einem mathematischen Problem.«

»Es ist eher ein Ehe-Dilemma«, erwiderte er. Dann erklärte er ihr seine Theorie: Der Druck des Berufslebens, multipliziert mit den nie enden wollenden Pflichten, die immer feiner unterteilt würden und dem Paar beständig mehr gemeinsame Zeit raubten, führte am Ende dazu, dass aus leidenschaftlich Liebenden duldsame Fremde würden. »Solange ich keine Goldmine erbe, muss ich arbeiten, um meinen Lebensunterhalt zu verdienen.« Gabe räusperte sich und lachte leise in sich hinein. »Finden Sie es unrealistisch, sich eine dauerhafte Liebe zu wünschen?«

»Natürlich nicht.« Huck wollte von der Schaukel springen und noch hunderte Male mit ihm im Mondschein tanzen. Gabe hatte ihr nicht nur ihre größte Angst genommen, er hatte außerdem angedeutet, dass sie zusammenkommen könnten. »Bei diesem Plan können Sie auf mich zählen.«

»Wo wir schon beim Geheimnisseverraten sind«, fuhr er fort, »da gibt es noch mehr, was ich sagen sollte.« Er erzählte ihr von seiner Beinahe-Verlobung mit seiner Freundin Amelia Addison, und dann von der furchtbaren Pflicht, dem Vaterland im Ersten Weltkrieg in Übersee zu dienen. Huck spürte, wie er zitterte, als er auf den frühen Tod seiner Eltern zu sprechen kam.

Sie setzte sich auf und sah ihn an. Tränen glänzten in seinen Augen.

»Ich liebe dich, Gabe Alexander.« Huck wusste, dass es sehr früh war, so etwas zu sagen, aber die aufrichtige Zärtlichkeit zwischen ihnen und die feste Überzeugung, dass er der Seelenverwandte war, den sie seit ihrem elften Lebensjahr suchte, ließen die Worte aus ihr hervorsprudeln. Sie legte die Arme um seinen Hals und fühlte sich wunderbar leicht, weil ihr die Sorge wegen der Kinderlosigkeit genommen war. »Möchtest du wissen, *warum* ich dich liebe?«

»Sag es mir.« Gabe wischte sich mit dem Handrücken über die Augen.

»Weil wir uns eben unsere Seelen zum ersten Mal in den frühen Morgenstunden entblößt haben. Und weil du keine Angst hattest, deine Gefühle zu zeigen.«

Gabe grinste. »Alle Cowboys weinen, jedenfalls die echten. Und Bayou-Captains schlagen quasi regelmäßig leck.« Er wurde einen Moment still, als müsste er überlegen. »Weißt du, warum ich dich liebe?«

»Tust du das?«

Er lächelte. »Möchte[illegible], warum?«

Sie nickte.

»Weil du gesagt h[illegible] hätten uns ›zum ersten Mal‹ zu nachtschlafender Zeit unsere Seelen entblößt. Was bedeutet, dass es noch viele wundervolle gemeinsame Nächte geben wird.«

»Wie kannst du da so sicher sein?«

Mit beiden Armen zog Gabe sie an sich und presste seine Lippen auf ihre. »Heirate mich, Huck.« Er griff in seine Hemdtasche und zog einen schlichten Goldring hervor. »Dieser Ring hat meiner Mutter gehört. Sie hat mir geraten, ihn immer bei mir zu tragen, damit ich ihn dem Mädchen meiner Träume geben kann.«

»Ach, liebster Gabe!«

Er steckte Huck den Ring an, und sie küssten sich innig. Diesmal war es Huck, der die Tränen kamen.

Sie blieben noch eine Weile in der [illegible] sitzen, hielten einander in der zögerlichen Art junge[illegible] tauchten in tiefe, glückliche Küsse ein. Dann, nac[illegible]tzten Besuch auf dem Abtritt, gingen sie zurück, sa[illegible]en ihre Schuhe und Strümpfe ein und spazierten über den Strand zurück zu der Treppe, die auf die breite Ufermauer führte, und von dort zur Straße. Gabe hielt eine Straßenbahn an, die noch voller betrunkener Splash-Day-Besucher war. Der angeheiterte Fahrer sang Liebeslieder, so verzückt war er, ein unübersehbar frisch verliebtes Paar zum Bahnhof zu kutschieren. Um zwei Uhr morgens stiegen Huck und Gabe in den letzten Zug aufs Festland.

»Sehen wir wirklich so verliebt aus?«, fragte Huck, die Gabes Arm umfasst hielt und den Kopf auf seine Schulter gelegt hatte.

»Laut dem singenden Straßenbahnfahrer schon. Ich vermute, das macht dich zu meinem liebestrunkenen Schätzchen«, antwortete Gabe und gähnte.

»Ich auch«, stimmte Huck ihm zu und gähnte ebenfalls. »Ich meinte das Gähnen. Aber du bist auch *mein* liebestrunkenes Schätzchen.« Sie lachte leise, als sie daran dachte, wie sie am Morgen mit wilden Fantasien darüber aufgewacht war, was dieser Tag wohl bringen würde. Im Traum hätte sie sich nicht vorstellen können, dass sie fast vierundzwanzig Stunden später mit einem anderen Mann verlobt wäre. Einem Mann, der ohne jeden Zweifel ihr Seelenverwandter war.

»Wir sind mal ein Paar, was?« Gabe verdrehte lächelnd die Augen. »Bleiben schon bei der ersten Verabredung die halbe Nacht auf. Dein Vater würde mich standrechtlich erschießen lassen.«

»Da hätte er keine Chance. Mutter würde dich vorher zu Tode foltern, schon vergessen?«

Ihr unbeschwertes Geplänkel dauerte über die gesamte Zugfahrt an und wurde nur unterbrochen, wenn sich Gabe alle paar Meilen in dem dämmrig beleuchteten Zugabteil einen Kuss stahl. Huck war bewusst, dass sie sich noch viel weiter hätte einlassen können. Ihnen beiden war bestimmt, ein Liebespaar zu sein, und Liebespaare waren nun einmal gerne so intim wie möglich. Doch bevor die Hitze ihres Verlangens außer Kontrolle geriet, wich Gabe zurück.

Einmal, als Clark und sie noch auf dem College gewesen waren, hatte er mehr körperliche Leidenschaft gewollt, als sie zu geben bereit war. Er hatte sich ihr unangenehm aufgedrängt, bis sie ihn endlich überzeugen konnte, es zu lassen. Am nächsten Tag hatte er sich schroff und gottesfürchtig gegeben und sie beschuldigt, seine Schwäche ausgenutzt zu haben. Danach hatte sie sich wochenlang geweigert, ihn zu sehen, bis er eines Tages mit einem Silberarmband aufgetaucht war. Wie nach dem Streit im Restaurant und vielen, vielen anderen, glaubte dieser Mann, dass sich alles mit teuren Geschenken wieder geradebiegen ließe. Huck seufzte, als sie sich endlich eingestand, dass ihre Probleme mit Clark nicht allein seine Schuld waren. Sie hatte die Geschenke ja jedes Mal angenommen.

»Die nächste Station ist der Bahnhof von Houston«, unterbrach Gabe ihre Gedanken. Er sah auf seine Taschenuhr. »Es ist fast drei. Wir müssen wohl einen Sammelbus nehmen – die Straßenbahnen fahren nicht mehr.«

»Ich dachte, diese Busse wären seit zwei Jahren verboten.«

»Solange sie den Straßenbahnen nicht das Geschäft streitig machen, drücken die Behörden beide Augen zu. Die meisten Fahrer sind frühere Kriegskameraden und sowieso mit den Cops befreundet.« Er lachte. »Ich hab selbst mal daran gedacht, in das Geschäft einzusteigen. Nach dem Krieg haben viele meiner Armeekumpels ihre alten Wagen in Kleinbusse umgebaut.«

»Ich würde mit dir fahren«, sagte Huck, der auffiel, wie gut Gabe mitten in der Nacht aussah.

Am Bahnhof stiegen sie aus dem Zug und in einen wartenden Kleinbus. Obwohl der Wagen Platz für acht Fahrgäste bot, saßen Gabe und Huck allein darin. Huck rief ihre Adresse über das Motordröhnen hinweg, und Gabe bezahlte den Fahrer.

»Ich wohne nur wenige Blocks von deiner Pension entfernt«, sagte Gabe, als der Wagen lautstark lostuckerte. »Ich gehe dann von dort zu Fuß nach Hause. Diese Kiste pfeift sowieso aus dem letzten Loch.«

Huck lachte. »Mein großer Bruder Andrew hat früher immer

ein Lied über diese Autos gesungen.« Die kühle Nachtluft erfrischte sie trotz ihrer Müdigkeit. »Irgendwas über einen Fahrer namens Gasoline Gus, der dem Teufel die Frau gestohlen hat.«

»Entschuldige meine Ausdrucksweise, aber sie muss eine *höllische* Frau gewesen sein.« Gabes Gesicht besaß dieselbe Strahlkraft wie die Sterne, die tief am Himmel über ihnen funkelten. »Ich erinnere mich an die Melodie, aber nicht mehr an den Text. Singst du es mir vor?«

»Hier?«

»Ich wette, du singst besser als der betrunkene Straßenbahnfahrer.«

»Na gut. Wenigstens bin ich nüchtern. Und ich weiß nur noch den Refrain.«

Gabe lachte leise. »Wie passend, diesen Tag mit einem Lied zu beenden.«

Als sie bei Mrs. Thompsons Pension ankamen, lachten sie beide wie verrückt, dachten sich lustige Reime aus und ermahnten sich gegenseitig, leiser zu sein, während Gabe die zweite Stimme zu Hucks Melodie sang.

»Gut, dass keiner zu Hause ist.« Gabe stieg aus dem Wagen und reichte Huck die Hand, um ihr hinauszuhelfen. »Hoffentlich haben wir die Nachbarn nicht geweckt.«

»Das sind alles alte Leute. Die würden es nicht mal hören, wenn eine Dampflok durch ihren Garten fährt.« Huck sprang aus dem Wagen und ließ Gabes Hand los, als der Kleinbus davonfuhr. Sie drehte sich im Kreis. »Tanz mit mir bis zur Tür«, forderte sie ihn vergnügt auf, »zur Melodie von Gasoline Gus.«

Mehr kichernd als singend tanzten sie über das taufeuchte Gras und hüpften die Holzstufen zur Veranda hinauf.

»Es war ein entzückender Tag«, sagte Huck, schlang ihre

Arme um Gabe und blickte in seine meerblauen Augen, die im ersten Morgenlicht glänzten.

»Unsere Tage fangen gerade erst an, mein Liebling.« Er neigte den Kopf, um sie zu küssen, als die Verandaschaukel in der Dunkelheit quietschte.

»Wer ist das?«, fragte eine barsche Stimme.

Huck erschauderte.

Die Stimme im Dunkeln gehörte zu Clark Richards.

Neun

Aus dem Mondschein tanzten wir lachend hinein
In den grauen Schatten, kalt wie Stahl.
Die wütende Eifersucht schliff noch die schneidende
Wahrheit,
Ein Kampf auf Leben und Tod, doch der Liebe
verzweifelter Schrei
Konnte den Wahnsinn vertreiben …
Ein Wunder!
Und wir für immer zusammenbleiben.
Für immer, Gabe

Mai 1926, Houston, Texas

Eine Sekunde später spürte Huck den eisernen Griff von Clarks Hand. Grob drehte er ihr den Unterarm zur Seite und riss sie aus Gabes schützender Umarmung.

»Ich hab gefragt, wer das ist!«, wiederholte Clark und fluchte. Das helle Mondlicht spiegelte sich in der blanken Klinge des Jagdmessers in seiner rechten Hand. »Antworte mir, Huck. Wer ist dieser lachende Trottel?«

»Clark! Nicht!« Huck versuchte, sich von ihm loszureißen. »Du verstehst das nicht.«

»Ich verstehe sehr gut.« Clarks Augen quollen hervor und funkelten dunkel vor rasender Eifersucht. Er hob das Messer hoch.

»Ich bin Gabe Alexander«, sagte Gabe kühl und blieb auf Abstand zu Clark und dessen Waffe. »Lassen Sie sie los. Setzen Sie sich mit mir auseinander.«

»Halt's Maul!« Clark zerrte Huck näher zu sich und umklammerte sie fest mit seinem linken Arm.

»Clark, bitte.« Hucks Stimme zitterte, und heiße Tränen liefen ihr über die Wangen. Sie wusste, dass Clark besitzergreifend und unbeherrscht war, doch nicht einmal in ihren wildesten Träumen hatte sie sich vorgestellt, dass er so etwas Wahnsinniges tun würde. »Bist du verrückt geworden?«

»Verrückt?« Clark lachte hämisch. »Ich hab meinen Jagdausflug abgebrochen, um meine Verlobte zu überraschen. Bin gleich hergefahren, um ihr von meiner Beförderung an eine große Bank in Chicago zu erzählen.« Er wurde lauter. »Wahnsinnig? Ich warte seit Stunden und hab mein Messer gewetzt, um die Zeit rumzubringen. Jetzt bin ich froh, dass die Mühe nicht umsonst war.«

Huck spürte, dass sein Griff noch fester wurde. »Lass mich es dir bitte erklären.«

»Das Privileg verdienst du nicht«, sagte Clark und grinste höhnisch.

»Es ist ein einfaches Missverständnis, mehr nicht.« Gabe sprach in ruhigem Ton.

»Einfach? Meine Verlobte hat sich offensichtlich die ganze Nacht mit einem Fremden rumgetrieben, grölt auf der Rückbank in einem billigen Kleinbus alberne Lieder und tanzt herum wie eine Betrunkene.«

»Lassen Sie sie los, bevor jemand verletzt wird.«

»Ich entscheide, wer verletzt wird!« Clark ließ Huck los und stürzte sich auf Gabe. Das Messer fuhr durch Mondlicht und Schatten.

Gabe wich aus, sodass ihn die Klinge verfehlte. Er machte Huck ein Zeichen, weiter wegzugehen. Dann konzentrierte er sich ganz auf Clark. Sieben Jahre war es her, seit er in den gasverseuchten Schützengräben gekämpft hatte. Sieben Jahre, seit er zuletzt das aufputschende Entsetzen des Tötens oder Getötetwerdens erlebt hatte. Er hatte die Technik gut gelernt, sich mehr als einmal selbst das Leben gerettet. »Lassen Sie das Messer fallen«, sagte er mit ruhiger, fester Stimme. »Machen Sie keine Dummheiten.«

»Der Dummkopf sind eindeutig Sie.« Clark baute sich breitbeinig vor Gabe auf, und beide Männer bewegten sich seitwärts im Kreis.

»Hör auf, Clark.« Hucks Stimme überschlug sich vor Angst. »Du hast ja den Verstand verloren.«

»Schon gut«, sagte Gabe, um sie zu beruhigen, ohne den Blick von Clark abzuwenden. »Vertrau mir. Alles wird gut.« Obwohl er seit fast vierundzwanzig Stunden auf war, sorgte sein Kampfgeist dafür, dass alle seine Sinne hellwach waren. Blitzschnell überlegte er, wie er sich verteidigen konnte. Clark war körperlich stark, aber offensichtlich ungeübt im Kampf Mann gegen Mann. Sollte er sich wieder auf ihn stürzen, würde Gabe die Sache beenden. Es würde nicht zu einem Kampf kommen. »Lassen Sie das Messer fallen, dann können wir reden.«

»Reden ist was für Feiglinge. Kein Mann fasst meine Verlobte an.« Clark sprang nach vorn und zielte mit aller Kraft auf Gabes Gesicht. Gabe duckte sich in einer Seitwärtsdrehung und boxte seinem Angreifer kräftig in den Bauch. Clark krümmte sich keuchend zusammen und ließ das Messer fallen. Rasch kickte Gabe das Messer von der Veranda und drehte Clark den Arm nach hinten, sodass er bäuchlings auf dem Holzboden landete.

»Ich bin nicht ... deine Verlobte ... Clark«, schluchzte Huck. »Nicht mehr ... nie mehr.«

Clarks wütend angespannte Muskeln erschlafften, und er begann, leise zu wimmern. Gabe richtete sich auf und trat einige Schritte zurück. Ohne Clark aus den Augen zu lassen, zog er sein Jackett aus und legte es auf die Verandaschaukel. Er musste heftig schlucken. Dasselbe Verhalten hatte er auf dem Schlachtfeld gesehen, wenn ein überwältigter Feind glaubte, sein Leben wäre verwirkt. Seltsamerweise hatte er Mitleid mit Clark. Huck zu verlieren, musste für jeden Mann schwer zu ertragen sein, wenn nicht gar unmöglich.

Clark setzte sich auf und rieb seinen Arm. »Ich liebe dich, Huck«, flüsterte er mit zitternder Stimme. »Ich bete dich schon an, seit wir Kinder waren. Hast du das vergessen?« Er sah hinüber zu Gabe und lehnte sich an das Bein eines Glastisches.

Huck wischte sich schniefend die Augen. Am liebsten hätte sie sich in Gabes Arme geworfen, aber erst musste sie die Sache mit Clark bereinigen. »Vielleicht hast du mich angebetet, Clark, aber ...« Sie machte eine kurze Pause und sprach dann mit kräftigerer Stimme weiter. »Aber du hast mich nie *geliebt*. Und jetzt willst du mich nur kontrollieren. Ich habe versucht, ehrlich zu dir zu sein, doch du wolltest mir nicht zuhören.«

»Das ist nicht wahr! Ich habe dich immer geliebt ... und ...« Er stützte sich auf dem Tisch ab und stand auf. »Und ich weiß, dass du mich immer noch liebst.« Wieder sah er zu Gabe. »Er hat dich durcheinandergebracht, stimmt's? Komm mit mir nach Chicago, und alles wird gut. Mein neuer Wagen steht gleich um die Ecke, und ich kaufe dir zur Hochzeit genau so einen.«

»Nein!« Huck trat auf Clark zu. Sie hatte genug von dieser Farce. Wieder brannten ihr die salzigen Tränen auf den Wangen, aber sie kümmerte sich nicht darum. »Ich werde heiraten, aber nicht dich.« Sie hielt ihre linke Hand mit dem schimmernden Goldring in die Höhe. »Mein Herz gehört Gabe.«

»Niemals!«, brüllte Clark. »Das erlaube ich nicht.« In einem neuen Wutanfall schleuderte er den Tisch in Hucks Richtung, sodass die Glasplatte zersprang. Bevor sie auch nur aufschreien konnte, sah Huck, dass Gabe mit einem Satz bei ihr war und sie zu Boden warf. Sie schlugen mit einem dumpfen Knall auf und rollten weg von den rasiermesserscharfen Scherben. Huck schnappte nach Luft, als sie verschwommen wahrnahm, dass Clark mit seinem Jagdstiefel gegen Gabes Kopf trat. Benommen versuchte Gabe, sich aufzurichten, aber Clark versetzte ihm einen weiteren kräftigen Tritt, der Gabe fast von der Veranda katapultierte. Gabe stöhnte auf und blieb regungslos liegen.

Huck schrie. Clark stand über ihr. Wie im Restaurant lag auch jetzt ein dunkler Schatten in seinen Augen. Aber statt des einfachen Steakmessers hielt er zu Hucks Entsetzen jetzt eine lange, spitze Scherbe in der Hand, mit der er direkt auf ihr Herz zielte.

Huck öffnete den Mund, brachte jedoch keinen Ton heraus. Plötzlich zerriss ein gellender Schrei – wie sie ihn noch nie von einem Menschen gehört hatte – die Luft. Das Geräusch war beängstigend und vollkommen fremd, aber zugleich auch vertraut und voller Gefühl.

Ehe sie sich's versah, lag Gabe auf ihr und schützte sie mit seinem Körper. Irgendwie hatte er die Kraft aufgebracht, sich schreiend zwischen Huck und die Scherbe zu werfen. Er hatte sein Leben riskiert, um sie vor dem Zorn eines Wahnsinnigen zu beschützen. Es folgte ein leiseres Klirren, dann rannte Clark weg. Bald darauf knallte in der Ferne eine Autotür zu und Reifen quietschten. Warum Clark die Scherbe fallen gelassen hatte und davongelaufen war, wusste Huck nicht.

Gabe stieß ein kehliges Stöhnen aus und rollte sich zur Seite. »Er ist weg«, sagte er leise. »Alles in Ordnung mit dir?«

»Ja, mir geht's gut.« Sie kämpfte wieder mit den Tränen, als sie sich aufsetzte und den Mann ansah, der ihr gerade das Leben gerettet hatte. Als sie nach dem unglaublichen Schrei fragen wollte, bemerkte sie das Blut. »Oh, Gabe, du blutest im Gesicht.« Sie beugte sich vor und tupfte seine Stirn mit dem Saum ihres Kleides ab.

Gabe setzte sich ebenfalls auf. »Schokolade auf dem einen

Kleid und Blut auf dem anderen. Wann macht die Reinigung auf?«

»Mach keine Witze. Du könntest ernsthaft verletzt sein.«

»Glaub mir, es ist bloß ein Kratzer.« Er berührte die Wunde. »Siehst du, es hört schon auf zu bluten. Gut, dass ich so einen Dickschädel habe.«

»Wir sollten dich ins Krankenhaus bringen.« Huck stand auf. »Beweg dich nicht. Ich gehe rein und rufe einen Krankenwagen.«

»Nein, Huck ... bitte.« Gabe gelang es, schwankend aufzustehen. Dann ließ er sich auf die Verandaschaukel fallen. »Mir ist nur ein bisschen schwindelig. Und ich war schon schlimmer verletzt. Alles, was ich brauche, ist eine Zigarette.« Er griff in seine Jackentasche und holte die Schachtel heraus.

»Aber vielleicht hast du eine Gehirnerschütterung.« Huck setzte sich neben ihn. »Papa ist mal von einem Muli gegen den Kopf getreten worden und hat tagelang alles doppelt gesehen.«

Gabe grinste. »Ich kann mir nichts Schöneres vorstellen, als dich doppelt zu sehen.« Er strich ein Streichholz an, und in dem Licht erkannte Huck, dass die Wunde lang, aber ungefährlich aussah.

»Zünde deine Zigarette an und sei still«, befahl Huck. »Ich hole ein bisschen Wundalkohol ...« Sie verzog das Gesicht, als sie daran dachte, wie sehr der Alkohol brennen würde. »Und Verbandszeug.«

Huck eilte ins Haus, schaltete die Lampen an und suchte nach Mrs. Thompsons Verbandszeug. Sie erinnerte sich vage, dass ihre Vermieterin erwähnt hatte, sie bewahre es nicht im Bad, sondern in einem Schrank hinten im Haus auf. War es im hinteren Flur?

Hucks Gedanken wollten zu den schrecklichen Ereignissen der letzten Minuten zurückkehren, doch ihr Herz weigerte sich.

Clark Richards war Vergangenheit. Er würde nach Chicago ziehen, und sie bräuchte ihn nie wiederzusehen. Natürlich würden ihre Mutter und der Rest der Familie bald von dem Bruch erfahren. Es würde überall in Huntsville bekannt werden, und nichts von den Gerüchten würde auch nur annähernd der Wahrheit entsprechen. Clark wäre nie so dumm, jemandem zu erzählen, was tatsächlich vorgefallen war. Schon gar nicht würde er zugeben, dass er einen Tobsuchtsanfall gehabt hatte. Wahrscheinlich sollte sie die Polizei rufen und ihn anzeigen, doch solange Gabe nicht darauf bestand, wollte sie diese hässliche Geschichte lieber vergessen.

Huck fand den Schrank und nahm Verbandsmull, ein Fläschchen Wundalkohol und Pflaster heraus. Sie lächelte. Der Mann, den sie schon ihr Leben lang gesucht hatte, saß draußen auf der Veranda. Und jetzt wusste sie, dass seine Gefühle für sie mehr als bloße Schwärmerei waren. Er liebte sie. Das hatte er ihr bewiesen, als er, ohne zu zögern, sein Leben für sie aufs Spiel gesetzt hatte. Darum war es bei Gabes verzweifeltem Schrei gegangen. Der musste von ihm gekommen sein, auch wenn er ganz anders geklungen hatte als seine sonst so sanfte Stimme. Viel tiefer. Huck hatte Geschichten über Liebende gelesen, die in Momenten der Gefahr ungewöhnlichen Mut und ganz besondere Stärke zeigten, sich hinterher aber nicht mehr erinnerten, was sie getan hatten.

Huck fröstelte.

Der Schrei in der Nacht und Clarks plötzliche, unerklärliche Flucht grenzten wahrlich an ein Wunder. Huck fragte sich, ob Gabe sich auch nicht erinnern würde … es sei denn …?

Von Gefühlen überwältigt, begann Huck zu zittern und ließ das Verbandszeug fallen. Weinend sank sie auf die Knie. Aber diesmal flossen ihre Tränen wegen einer plötzlichen Erkenntnis, einer freudigen Einsicht, ja, einer Erleuchtung.

Der Schrei in der Nacht hatte Clark in die Flucht getrieben und Hucks und Gabes Leben gerettet. Sie hatte angenommen, es wäre das verzweifelte Aufstöhnen Gabes gewesen, der ihr zu Hilfe kam. Sie hatte den Schrei für ungewöhnlich, aber menschlich gehalten.

Was er nicht war.

Er kam von einem Engel.

Die Stimme, die durch die Nacht gedrungen war, hatte zu Mister Jack gehört.

Zehn

Sommer 2006 – Adam Colby

Ich hatte exakt siebzehn Minuten gewartet, als ich die enttäuschende SMS von Yevette bekam. Yevette war meine größte Hoffnung, die vielen Lücken in der Geschichte der Alexanders zu füllen, die in den Postkarten offengeblieben waren. Es war das dritte Mal, dass sie ein Treffen mit mir abgesagt hatte. Ich trottete hinüber zur Theke und bestellte einen doppelten Espresso, mein Lieblingsgetränk bei Selbstmitleid, weil es symbolisch für die Bitterkeit des Lebens stand.

»Klappe, die dritte«, murmelte ich und kehrte zu meinem Ecktisch im überfüllten Starbucks am Town Square zurück. Eines der Postkartenalben war aufgeschlagen, weil ich gerade Gabes Gedicht über »den verzweifelten Schrei der Liebe« gelesen hatte. Ich klappte das Album zu. »Ich geb's auf«, sagte ich laut.

Mindestens eine Nanosekunde lang sahen alle im Raum zu mir. Vor Scham traten mir Schweißperlen auf die Stirn. Ich wischte sie mit einer Serviette weg, als eine Frau, ungefähr Anfang dreißig, mit rotbraunen Haaren auf mich zukam. »Sie müssen Adam Colby sein.«

Bevor ich antworten konnte, stellte sie sich als Yevette Galloway vor und ging zur Theke, um sich ein Italian Soda ohne Zucker zu bestellen. Außer einem schwarzen Opalanhänger sah ich keinen Schmuck. Yevette war gertenschlank, trug handbestickte Westernstiefel, Designerjeans und eines dieser engen Jeanstops mit hübschen Stickereien. Sogar in den Stiefeln bewegte sie sich mit der Anmut einer Ballerina. Zum ersten Mal seit zwei Jahren ertappte ich mich dabei, dass ich sie anstarren wollte. Schöne Frauen gab es überall, und die meisten Männer sahen sie auch an, manche etwas diskreter als andere. Es gehörte bei Männern schlicht zum Job. So funktionierte das Spiel. Doch seit Haley und ich uns getrennt hatten, war dieser Mechanismus bei mir gestört. Ich hatte einfach kein Interesse mehr daran gehabt, Frauen anzusehen oder wieder bei dem Spiel mitzumachen …

Bis jetzt.

Das gefiel mir nicht, und deshalb starrte ich lieber in meinen Espresso und nahm einen großen Schluck, sodass ich mir prompt die Zunge verbrannte. Als Haley und ich noch zusammen waren, hatte ich nichts dabei gefunden, andere Frauen – aus der Ferne – zu bewundern, weil es nichts bedeutete. Nun fragte ich mich, ob mein früheres Interesse am anderen Geschlecht eine verborgene Bedeutung gehabt hatte, wie eine Bedrohung, die im Unbewussten lauerte. Hatte mein schweifender Blick negative Schwingungen erzeugt, die Haley nach und nach forttrieben? Ich sah zu Yevette, dann in meine Tasse, schlug die Beine übereinander und stellte sie wieder nebeneinander, während die brutale Realität das Gebräu in meinem Magen durchrührte.

Yevette kam an den Tisch, stellte ihr Soda hin und setzte sich mir gegenüber. »Die Postkarten«, sagte sie sachlich wie ein Anwalt, der ein Beweismittel vorlegt. »Ich hätte sie auf jeden Fall mitnehmen sollen.«

»Auf jeden Fall? Gehören sie Ihnen?«

Yevette schüttelte den Kopf. »Nein, Huck wollte, dass sie nach ihrem Tod vernichtet werden.«

»Warum?«

Yevette streckte eine Hand über den Tisch und strich mit dem Finger über das Album. »In ihrem letzten Jahr war sie die meiste

Zeit über ziemlich verwirrt. Ich glaube, sie wollte eigentlich nicht, dass die Postkarten verbrannt werden. Wie dem auch sei, ich hab es nicht fertiggebracht.«

»Haben Sie sie deshalb zwischen den Fotoalben versteckt?«, fragte ich und betrachtete ihr herzförmiges Gesicht.

»Ja, ich dachte, da würden sie übersehen und mit allem anderen weggeworfen.«

»Das wäre auch beinahe passiert.« Ich schluckte. »Es gab nur einen Besichtigungstag, und an dem habe ich zwischen den Kundengesprächen angefangen, das zu sortieren, was wir als *Containerinventar* bezeichnen.«

»Müll«, sagte sie nüchtern.

Ich hätte ein kleines Grinsen oder sogar ein Kichern erwartet, aber da kam keines.

Ich räusperte mich und fuhr fort: »Manche Leute lassen sich gern mit Filmstars, Sportgrößen oder sogar Präsidenten fotografieren. Vor dem Aussortieren habe ich ein paar Alben durchgeblättert.«

»Das hab ich nun davon, dass ich nicht auf Huck gehört habe«, seufzte Yevette. »Sie können nichts dafür.«

Meine Hand zitterte ein bisschen, als ich meinen Espresso umklammerte. »Also, obwohl die Ansichtskarten nicht Ihnen gehören, wollten Sie nicht, dass jemand sie findet. Haben Sie deshalb dreimal unser Treffen abgesagt?«

Sie nickte, als wäre sie tief in Gedanken.

»Aber heute sind Sie trotzdem gekommen.«

»Ja«, antwortete sie nur, sonst nichts.

Das Zischen des Milchaufschäumers im Hintergrund ließ das Schweigen nur noch deutlicher hervortreten. Ich überlegte mir gerade eine weitere Frage, als Yevette mir zuvorkam.

»Ich habe endlich aufgehört, mich gegen das Unvermeidliche zu wehren«, sagte sie frei heraus. »Und ich habe beschlossen, dass es okay ist, wenn jemand anderes alles erfährt. Aber zuerst musste ich Sie sehen, Sie heimlich beobachten und mich davon überzeugen, dass Sie reell sind.«

Es dürfte das erste Mal seit Wochen gewesen sein, dass ich lachte. »Und wie lange beobachten Sie mich schon?«

»Lange genug, um Ihnen eine SMS zu schicken und es mir anders zu überlegen.«

»Bin ich denn reell?«

»Soweit ich es beurteilen kann.« Yevette lehnte sich vor, und ihre Augen wechselten von Mittelbraun zu Grün. Sie legte einen gekrümmten Finger an ihre Lippen und lehnte sich zurück.

»Na gut«, sagte ich und wollte lachen, weil es so absurd war. Anscheinend war *diese Frau* irgendwo am Rande der Realität gefangen, nicht ich. Und die Sache mit der Augenfarbe war mir ein bisschen unheimlich, auch wenn das sicher nur am Licht hier drinnen lag. Ich beschloss, zum Wesentlichen zu kommen, bevor sie sich wieder umentschied. »Wie ich schon am Telefon sagte, gibt es einige Einzelheiten über Mr. und Mrs. Alexander, die ich wissen muss.«

»Müssen oder wollen?«

»Muss«, antwortete ich ruhig, denn sie wirkte auf mich wie jemand, mit dem man sich ernsthaft unterhalten konnte. »Meine Frau und ich haben uns vor ein paar Jahren scheiden lassen. Ich *muss* wissen, was wir falsch gemacht haben.«

»Okay«, sagte Yevette langsam.

»Es ist so, als ich Gabes Gedichte las … mir ist klar, dass sich das jetzt verrückt anhört … aber ich … Mir kam es vor, als hätten sie eine Art Geheimnis gelüftet.«

»Ein Geheimnis?«

»Ja. Das von dauerhafter Liebe.«

»Und welches soll das sein?«

Ich starrte auf das Album mit den Postkarten und fragte mich, ob ich das mit dem »kleinsten gemeinsamen Nenner« erwähnen sollte. »Sie haben sich füreinander geopfert und hatten nur Augen für den anderen. Beim Lesen der Gedichte wurde mir bewusst, was alles in meiner Ehe schiefgelaufen ist.« Dass ich so offen mit Yevette sprach, verunsicherte mich. Andererseits brauchte ich sie wirklich, um die vielen Lücken in der Geschichte der Alexanders zu füllen.

Ich sah sie an. »Wissen Sie, ich glaube, wenn ich verstehe, warum ihre Ehe funktioniert hat, könnte ich …« Ich brach ab und räusperte mich wieder.

»Es irgendwann noch mal versuchen?«, beendete sie den Satz für mich.

»Vielleicht. Wenn es nicht zu spät ist.«

»Ihre Motive scheinen mir ehrlich zu sein.« Yevette lächelte.

»Sind Sie Anwältin?«, fragte ich ironisch.

Sie schüttelte den Kopf. »Vor ihrem Tod hat Huck mir alles erzählt.«

»Ich dachte, sie wäre verwirrt gewesen«, sagte ich und bereute es sofort, denn Yevettes Lächeln verschwand.

»Sie wurde in ihren späten Neunzigern verwirrt«, antwortete Yevette leicht gereizt.

»Alzheimer?«

»Nein, eine Form von Demenz, die durch Depressionen ausgelöst wird. An manchen Tagen, vor allem an Freitagen, dachte Huck, Gabe wäre noch am Leben. Sie hatte sogar Halluzinationen, dass er sie besuchen kam. An anderen Tagen war sie klarer.«

»Darf ich Sie nach Ihrer Mutter fragen?«, wechselte ich das Thema.

»Okay.«

»Wie lange hat Priscilla für die Alexanders gearbeitet?«

»Sechsundzwanzig Jahre.«

»Wusste sie von den Karten?«

»Nein, ich denke nicht. Die wurden unter Verschluss gehalten«, sagte Yevette in sanfterem Ton. »Ich habe selbst erst wenige Monate vor Hucks Tod davon erfahren. Da lebte sie schon im Bayshore-Pflegeheim.«

»Hat sie Ihnen die Karten gezeigt?«

»Ja, und ich hab ihr geholfen, sie in die Alben zu sortieren. Es war ihre Idee. Angeblich wollte sie das schon seit Jahren machen. Wir waren erst ein paar Wochen fertig, als sie die 911 angerufen hat.«

»Wie bitte? Mrs. Alexander hat von ihrem Zimmer im Pflegeheim aus den Notruf gewählt?«

»Ja, zweimal in einer Woche.«

»Aus welchem Grund?«

»Das erste Mal wollte sie unbedingt zu *ihrem* Friseur.«

Ich lachte. »Und das zweite Mal?«

»Da meinte sie, ihr wäre die Post gestohlen worden.« Yevette machte eine Pause und dachte nach. »Es ist übrigens okay, wenn Sie Huck sagen. Wie die meisten Leute.«

»Und, ist die Polizei gekommen?«

»Beide Male, mit Blaulicht und Sirene.«

»Wurde Mrs. Alexanders … ich meine, Hucks Post wirklich gestohlen?«

»Für sie war es die einzige logische Erklärung. Es war Freitag, und sie dachte, jemand hätte Gabes wöchentliche Karte unterschlagen. Tatsächlich hatte sie schon seit seinem Tod achtzehn Jahre vorher keine mehr bekommen.«

»Und wo bewahrten sie und Gabe die Karten auf, ehe Sie ihr geholfen haben, sie in die Alben zu sortieren?«

»In einem Geheimfach in einer Kommode mit Marmorplatte. Die hatten sie in einem ihrer Urlaube gekauft, weil sie um die

Mitte des 19. Jahrhunderts von Sklaven geschreinert worden war. Ich erinnere mich, dass meine Mutter mir erzählt hat, dass die Kommode sehr wertvoll war. Das Geheimfach wurde für Briefe über die Underground Railroad genutzt, das geheime Netzwerk für Sklavenbefreiung.«

Ich lächelte. Ein Großneffe der Alexanders hatte also ein wunderschönes, historisch bedeutsames Möbelstück geerbt. Vermutlich hatte er keine Ahnung, dass die Kommode, in der einst Briefe versteckt waren, die symbolisch für die menschliche Freiheit standen, auch die Symbole von Hucks und Gabes Liebe geschützt hatte.

»Ich habe den Schlüssel für das Fach behalten«, sagte Yevette. »Wahrscheinlich finden Sie das komisch, aber er gehört zu den wenigen Dingen, die ich unbedingt haben wollte.«

Ich wusste nicht, was ich darauf antworten sollte, und so geriet unsere Unterhaltung ins Stocken. Ich hatte eine Theorie, warum sie den Schlüssel behalten hatte, aber die äußerte ich lieber nicht. Es war, als würden wir vor einer nicht beschilderten Weggabelung in der Wildnis stehen. Ich hätte liebend gern gefragt, warum Huck ihr gegenüber ein über siebzig Jahre lang gehütetes Geheimnis gelüftet hatte. Aber dann fiel mir ein, dass Yevette zuvor bei diesem Thema abwehrend reagiert hatte.

»Huck hatte ihre Gründe, mir von jeder Karte zu erzählen«, sagte sie schließlich und lächelte. »Ihr Gesicht sieht aus wie ein riesiges, leuchtendes Fragezeichen.« Sie trank einen Schluck Limonade, beugte sich über den Tisch, sah mich mit ihren grünen Augen an und flüsterte: »Ich werde Ihnen erzählen, was ich weiß. Die Karten ergeben keinen Sinn, solange Sie nichts über Mister Jack wissen.«

Dann berichtete sie mir von allen Ereignissen, die Hucks Kindheit geprägt hatten. Es war, als würde sie einen kunstvoll gearbeiteten Quilt vor mir ausbreiten. Sie erzählte mir von

Hucks Familie, der verborgenen Bucht, den Anacacho-Orchideen und dem geheimnisvollen Mister Jack. Und sie schilderte, wie Mister Jack Dinge über Huck enthüllt hatte, die niemand sonst wusste, weshalb Huck zu dem Schluss gekommen war, dass er ihr Schutzengel sein musste.

Yevette holte kurz Luft und legte dann wieder den gekrümmten Finger an ihre Lippen. »So, wie Sie aussehen, glauben Sie nicht an Engel. Gibt's einen Grund dafür?«

»Ja. Sie verwandeln sich in Teufel und verlassen ihre treuen Ehemänner«, antwortete ich frostig und zog eine Grimasse. »Dieser Tage bin ich nicht sicher, ob ich überhaupt noch an irgendetwas glaube.«

»Engel eingeschlossen.« Yevette blinzelte zweimal. Ihre Augen waren immer noch grün.

»Das war ein Scherz.« Ich lachte leise. »Glauben Sie nicht an Humor?«

»Nur wenn er witzig ist.« Sie lächelte. »Das war auch ein Scherz.«

Unweigerlich musste ich grinsen. Diese Frau hatte etwas Geheimnisvolles. Etwas Faszinierendes. Etwas Überzeugendes. Und ich fragte mich, wofür sie sich interessierte, wie sie ihre Zeit verbrachte. Arbeitete sie? Oder war sie unabhängig und vermögend? Meine Neugier war geweckt.

Yevette rührte in ihrem Glas und fuhr mit ihrer Geschichte fort. Sie erklärte, wie sehr Huck der Begriff »Seelenverwandter« beeindruckt hatte und dass sie schon als Kind entschlossen gewesen war, keine eigenen Kinder zu bekommen. Dass sie mit siebzehn einen Autounfall hatte, der diesen Entschluss unwiderruflich machte, was Huck dazu brachte, Lehrerin zu werden. Gleichzeitig fürchtete sie seitdem, nie einen Ehemann zu finden.

»Glauben Sie an Seelenverwandtschaft, Mr. Colby?«

»Sagen Sie Adam. Und warum stellen Sie mir solche ernsten Fragen?«

»Weil, Adam ... ohne ernsthafte Fragen bekommt man nur seichte Antworten.«

Ich zuckte die Schultern. Es war sinnlos, dieser Frau mit Einwänden zu kommen. Und ich brauchte schließlich Antworten. Soweit ich wusste, war Yevette die Einzige, die sie mir geben konnte. »Ich glaube, die Alexanders waren seelenverwandt.«

Yevette nickte zustimmend und erzählte weiter: von Hucks erster Verlobung mit ihrem Freund aus Kindertagen, Clark Richards. In der nächsten halben Stunde redete Yevette ohne Punkt und Komma. Sie erzählte mir von jedem romantischen Detail, angefangen mit Gabes Scherz über die Austern, über den Splash Day bis hin zu Mister Jacks wildem Schrei in der Nacht.

Schließlich verstummte sie und sah auf ihre Uhr, ehe sie ihr Glas austrank, in dem inzwischen fast nur noch geschmolzenes Eis war. Ich saß da und war sprachlos. Plötzlich ergaben Gabes Gedichte einen neuen Sinn. Große Lücken in der Geschichte der Alexanders waren gefüllt. Bald würde ich anfangen können, die Dinge zu verknüpfen. Aber der Schrei in der Nacht? Meinte Yevette das ernst, oder hatte sie es sich ausgedacht?

»Ich muss rennen – buchstäblich –, und Sie haben eine Menge, über das Sie nachdenken können.« Yevette stand auf.

»Rennen?«

»Ich reite Rennpferde. Meistens Quarter Horses, aber auch einige Vollblüter.« Sie schmunzelte. »Haben Sie noch nie einen weiblichen Jockey gesehen?«

»Nein, nicht dass ich wüsste. Apropos nie, Sie haben mir nicht verraten, warum Sie ... ähm ... sich zum Bleiben entschieden haben«, sagte ich. »Abgesehen davon, dass ich reell zu sein scheine und meine Motive ehrlich wirken.«

»Ich bin geblieben und habe ihnen von den Alexanders erzählt, weil ich gespürt habe, dass Sie an Hoffnung glauben.«

»Und, lagen Sie richtig?«

»Absolut. Jedenfalls ist alles, was ich erzählt habe, auf den Karten angedeutet. Aber das wissen Sie ja bereits.«

»Aber was ist mit dem Rest? Es gibt noch so viele Leerstellen, die Sie füllen müssten.«

Yevettes Augen waren wieder haselnussbraun. »Rufen Sie mich einfach an.«

Bevor mir eine intelligente Antwort eingefallen war, ging sie durch die Vordertür hinaus und verschwand auf dem Parkplatz.

Ich bestellte mir eine Latte macchiato und kehrte an meinen Ecktisch zurück. Erst da bemerkte ich, dass die Gäste an den anderen Tischen gewechselt hatten. Wie oft waren in den letzten paar Stunden Leute gegangen und neue gekommen? Wie oft würde ich diese ungewöhnliche Frau noch treffen, bis ich die Antworten auf alle meine Fragen beisammen hatte?

*

Ich konnte kaum glauben, dass seit meinem Treffen mit Yevette bei Starbucks zwei Wochen vergangen waren. Inzwischen hatte ich den ersten Teil von Hucks und Gabes Geschichte aufgeschrieben, die passenden Postkarten wieder und wieder gelesen und die Leerstellen ausgefüllt, so gut ich konnte.

Ich war nach wie vor unsicher, ob Mister Jack tatsächlich existiert hatte, Hucks blühender Fantasie entsprungen war oder ein bisschen von beidem. Es gab eine hauchdünne Chance, dass er ein entflohener Sträfling war, denn das Staatsgefängnis befand sich nahe dem Haus der Huckabees. Aber zumindest in Filmen entfernen sich Sträflinge nach gelungenem Ausbruch möglichst schnell möglichst weit vom Gefängnis. Wahrscheinlicher ist, dass Mister Jack ein einfacher Landstreicher war und Hucks geheime kleine Bucht sein Lagerplatz, einschließlich der seltenen Anacacho-Orchideen. Andererseits schufen sich Kinder imaginäre Freunde. Nur hätte Huck mit ihren vielen Geschwistern noch einen zusätzlichen Spielkameraden nötig gehabt? So oder so war das Entscheidende, dass Mister Jack nachhaltig Hucks Selbstwertgefühl gestärkt und in ihr die Hoffnung geweckt hatte, ihren Seelenverwandten zu finden.

Als Yevette mir versichert hatte, dass ich an Hoffnung glaubte, dachte ich erst, ich wüsste, was sie meinte. Bis zu unserem Treffen hatte ich unter Hoffnung eher eine Erfahrung als eine Überzeugung verstanden. Ich *hoffte* immer noch, wieder zu lieben, auch wenn ich unsicher war, ob es nicht mehr zu einem verzweifelten Wunsch geworden war. Laut Yevette hatte Mister Jack zu Huck gesagt, sie solle »die Hoffnung packen und nie wieder loslassen«. Ich wusste, dass Huck vor allem hoffte, ihren Seelenverwandten zu finden. Doch nach intensivem Grübeln schien mir Mister Jacks Definition von Hoffnung eine tiefere, möglicherweise völlig andere Bedeutung zu haben.

Ich musste zugeben, dass ich, bis ich die Postkarten entdeckte, davon überzeugt gewesen war, Seelenverwandtschaft gäbe es nur in Märchen. Und dass manche Paare zwar »bis ans Ende ihrer Tage« zusammenlebten, der Teil mit dem »glücklich und zufrieden« jedoch eine glatte Lüge war. Daraus ergab sich die Frage: Wurden Seelenverwandte zu Liebenden oder Liebende zu Seelenverwandten? Oder, anders gesagt: War es Huck und Gabe bestimmt, für immer zusammenzubleiben, oder sorgten sie dafür, dass sie es blieben?

Gabes Theorie von der »Reduzierung auf den kleinsten gemeinsamen Nenner« hatte viel mit dem Erfolg der Beziehung der Alexanders zu tun. Ich war überzeugt, dass manche Männer als Romantiker geboren wurden, wohingegen andere als Sportler oder Musiker auf die Welt kamen. Welche Frau würde ihre Seele nicht für einen Mann hergeben, der ihr sechzig Jahre lang jede Woche ein für sie geschriebenes Liebesgedicht schickte? Selbst Männer, denen es an Gabes Kreativität mangelte, sollten diese Idee in irgendeiner Form für ihre Ehe übernehmen.

Bisher hatte ich über die Karte, die Gabe in der Hochzeitsnacht geschickt hatte, weder geschrieben noch sie Yevette gegenüber angesprochen. Die aussagekräftigste Zeile in jenem Gedicht war *Zwei Herzen, in Hingabe vereint*... Als ich mir vorzustellen versuchte, wie sie diese Vorstellung in ihren ersten Tagen ihrer Liebe umsetzten – dass jeder die Bedürfnisse des anderen über seine eigenen stellte –, gelangte ich zu dem Schluss, dass sie gemeinsam den Grundstein für lebenslange Selbstlosigkeit legten. Haley und ich hatten egoistisch die Hingabe des jeweils anderen *gefordert*, schon vor unserer Heirat. Folglich hatten wir nie im Dienst unserer Beziehung gestanden. War es also der Altruismus von Huck und Gabe, der die »Reduzierung auf den kleinsten gemeinsamen Nenner« verhindert hatte? Vermutlich kannte ich die Antwort schon, aber es gab noch eine Menge zu bedenken.

Yevette und ich hatten uns für den nächsten Nachmittag in einem Steakhouse in einem der älteren Viertel von Houston verabredet. Sie wollte mir etwas zeigen. Wir wollten weiter über die Postkarten reden, woraus sich für mich wahrscheinlich ebenso viele neue Fragen wie Antworten ergeben würden. Irgendwie hatte ich das Gefühl, dass Yevette mir etwas verschwieg – etwas Wichtiges.

Mir ging es besser, auch wenn ich an den meisten Tagen funktionierte wie eine verwirrte Schnecke bei einem Hundert-Meter-Sprint. Wenigstens hatte ich einen Anfang gemacht, und jetzt wollte ich die ganze Strecke schaffen. Derweil hoffte ich, dass ich unterwegs nicht den Mut verlor. Und vielleicht … ganz vielleicht … würde ich das Geheimnis einer dauerhaften Ehe lüften.

Elf

Bayshore-Pflegeheim, 2004 – Mrs. Alexander

»Oh Gabe, musst du schon gehen? Können wir heute nicht die Postkarte lesen?«, flüsterte Huck.

Sie wusste, dass es Morgen war, weigerte sich aber, die Augen zu öffnen. Ebenso weigerte sie sich, die Tränen abzuwischen, die ihr über die Schläfen ins silbergraue Haar rannen. Tränen der Trauer, die zu solchen der Freude wurden. Tränen der langersehnten Vorfreude. Den dritten Freitag in Folge war ihr Gabe unmittelbar vor Tagesanbruch erschienen. Er war in ihr Zimmer gekommen, hatte sich auf die Bettkante gesetzt und sie mit seinen wunderbaren blauen Augen angesehen.

Sie lächelte.

Bei seinem ersten Besuch hatte er sich dafür entschuldigt, dass er nicht früher gekommen war. Und er hatte sie liebevoll wegen des Notrufs geneckt. Als sie es erklären wollte, hatte er erst gegrinst und war dann in Lachen ausgebrochen. »Ich wette, die Gesichter der Schwestern waren es wert!«, hatte er immer wieder gesagt, bis seine Worte und sein Lachen mit dem Morgengrauen verklangen.

Dann war er fort gewesen.

Huck öffnete ein Auge, sah, dass es langsam hell wurde, und seufzte. War das nicht typisch für Gabe? Ihn kümmerte kein bisschen, dass ihre kostbaren Karten gestohlen wurden. Huck spielte mit dem absurden Gedanken, ihm seine Sorglosigkeit übel zu nehmen, aber das hatte noch nie funktioniert. Sie beschloss, stattdessen an seinen Besuch vom vorherigen Freitag zu denken. Daran, wie wunderbar es gewesen war, die vertraute

Wärme seines Atems auf ihren Lippen zu spüren, als sie aus einem traumlosen Schlaf erwachte. Sie hatte ihn fragen wollen, ob er eine Karte mitgebracht hätte, doch dann war es in ihrem kurzen Gespräch nur um Yevette gegangen. Gabe war begeistert von den Alben gewesen und fand es wunderbar, dass Huck alles erzählt hatte. Wie hatte er noch gesagt? Ah ja! »Jedes Detail der strahlenden Hoffnung unserer Liebe.«

Huck öffnete das andere Auge und lächelte bei dem Gedanken an seinen zweiten Besuch. Ihr fürsorglicher Mann konnte wahrlich mit Worten umgehen. Er hatte gewusst, dass Yevette noch mit den Gespenstern zweier gescheiterter Beziehungen rang und Rat brauchte. Und obwohl die Alben fertig waren, hatte er Huck gebeten, Yevette weiterhin alles zu erzählen, woran sie sich erinnerte.

Huck blinzelte ein paar Mal und musterte dann ihre karge Umgebung: die sterilen Wände, das Fenster ohne Aussicht, die schlichten Vorhänge. Außer dem frischen Strauß mit gelbem Sonnenhut von Yevette waren die Blumen in ihrem Zimmer künstlich. Huck hätte diese scheußlichen Plastikdinger am liebsten weggeworfen – ebenso wie die hässliche Reproduktion von Van Goghs *Sternennacht* –, nur gehörten die Sachen dem Pflegeheim.

Huck drückte einen Knopf an ihrem Bett, der das Kopfteil hochfuhr, bis sie aufrecht saß. Sie berührte ihr Gesicht und fühlte noch eine letzte Freudenträne auf ihrer faltigen Wange. Am Morgen war Gabe mit dem ersten Licht des Sonnenaufgangs erschienen. Wie schon zuvor, war er jung und gesund gewesen und hatte denselben grauen Leinenanzug an wie bei ihrer ersten Verabredung. Doch im Gegensatz zu den letzten beiden Besuchen hielt er diesmal eine bunte Postkarte in der Hand.

»Ah, liebster Gabe, du hast es nicht vergessen!«

»Ich wollte schon lange, dass du diese Karte siehst«, sagte

Gabe leise. »Aber darf ich dir vorher noch etwas anderes zeigen?« Obwohl Huck in ihrem Bett lag, sah sie Gabe auf einmal mitten auf ihrer kleinen geheimen Lichtung stehen. Derselbe runde Kreis, von Sauerklee bewachsen; dasselbe strahlend blaue Sonnenlicht. Es war der Ort, an dem sie Mister Jack begegnet war.

Gabe lächelte. Er war nicht mehr in der Bucht, sondern saß wieder auf ihrer Bettkante. »Lass uns am nächsten Freitag zur Bucht gehen. Ich weiß, dass es einer von deinen Lieblingsplätzen ist.«

»Aber, Gabe, sie lassen mich nicht aus diesem Zimmer. Und ich kann nicht aus dem Bett, ohne ...« Huck fing an zu weinen.

»Ich weiß, mein Liebling.« Gabe lehnte sich näher zu ihr, und das Licht seines Lächelns strahlte bis in Hucks Seele. »Deshalb werde ich, wenn sie nicht hinsehen, herkommen und dir die Karte vorlesen.« Gabe stand vor ihrem Bett, und seine attraktive Erscheinung löste sich in einem schillernden Flimmern auf. »Und dann trage ich dich zu der Bucht ... auf meinen Armen.«

Zwölf

In dieser Nacht
Erkunden wir ein süßes Geheimnis …
Die ewig währende Kunst,
Den »kleinsten Nenner« zu umgehen
Mit den zarten Berührungen der Liebe,
Und mehr noch mit zwei Herzen,
In Hingabe vereint …
An unserem ersten Freitag.
Für immer, Gabe

Mai 1926, Houston, Texas

Huck und Gabe heirateten heimlich an dem Freitagabend nach Mister Jacks wildem Schrei in der Nacht. Ihre einwöchige Verlobungszeit war voller Vergnügen, aber auch hektisch gewesen. Sie mussten sich eine Heiratserlaubnis besorgen, Ringe aussuchen, Hucks Habe einpacken und in Gabes Wohnung bringen. Und sie hatten sich sogar einen blitzblanken neuen Oldsmobile gekauft, den sie sofort »Blue Norther« tauften, weil er azurblau war und schnell wie der Nordwind.

Am Freitag ihres »Durchbrennens« unterrichtete Huck in ihrem neuen bunten Kleid an der Sidney Lanier, während Gabe in seinem grauen Leinenanzug die Buchhaltung bei Cecil's erledigte. Um Punkt fünf Uhr wählte er in dem Blumenladen in der Nähe ein Dutzend perfekter rosa Rosen aus und fuhr quer durch die Stadt, um seine Braut abzuholen. Eine Stunde später knieten sie im bunten Licht der Kirchenfenster in der Christ

Church, wo sie ein korpulenter Pfarrer zu Mann und Frau erklärte. Seine gerührte Gattin bestand darauf, dass sie anschließend zu einem Festessen, bestehend aus Hähnchenschnitzel und Bananenpudding, ins Pfarrhaus kamen.

»Die zweite Portion Nachtisch war ein Fehler«, sagte Gabe, als sie vom Pfarrhaus aus durch die schwüle Abenddämmerung nach Hause fuhren. »Ich will kein fetter verheirateter Mann sein.« Er lachte.

»Dann versprechen wir uns gegenseitig, auf unsere Linie zu achten«, erwiderte Huck und dachte an die vielen Paare, die kurz nach der Hochzeit an Gewicht zugelegt hatten.

»Es wird mir ein Vergnügen sein, auf die ihre zu achten, Mrs. Alexander.«

»Ich liebe meinen neuen Namen.« Huck rutschte zu Gabe hinüber, küsste ihn auf die Wange, und der Blue Norther schlingerte ein bisschen.

»Anscheinend mag es Mrs. Alexander, dicht neben einem zu sitzen und gefährlich zu leben.« Gabe grinste.

»Stimmt. Von jetzt an ist mein fester Platz neben dir. Deiner ist hinter dem Steuer.«

»Aber was ist, wenn ich abgelenkt werde und wir einen Unfall bauen?«

Huck rückte noch näher und klammerte sich an Gabes Arm. »Das wird Mrs. Alexander nicht zulassen … Ich meine, das mit dem Unfall.« Lachend lehnte sie den Kopf nach hinten, während sie im Stillen wie ein verliebtes Schulmädchen ihren neuen Namen in allen erdenklichen Varianten wiederholte:

Mrs. Alexander.

Mrs. Gabe Alexander.

Huck Alexander.

Sie fragte sich, ob sie durch den Übergang von »Miss« zu

»Mrs.« das Gefühl hatte, alt zu sein. Hatte sie nicht. Es fühlte sich einfach nur warm an. Warm und wunderbar.

Oben durch die Windschutzscheibe sah sie ein paar Sterne am dunklen Himmel. Genau wie an ihrem ersten Abend schienen sie vor Aufregung zu funkeln. »Ich liebe dich ... Mr. Alexander.«

»Küss mich noch mal und beweise es.« Gabe trat so fest auf die Bremse, dass die Reifen quietschten. Dann küssten sie sich innig, bis jemand hupte. Mit einem entschuldigenden Winken legte Gabe den Gang ein und fuhr weiter.

»Warum sagen Pfarrer bei Trauungen eigentlich immer, ›Sie dürfen die Braut jetzt küssen‹?« Huck ließ Gabes Arm lange genug los, dass er in den nächsten Gang schalten konnte.

»Wolltest du denn nicht geküsst werden?« Gabe wandte den Kopf und sah sie an. Diesmal wären sie um ein Haar in den Gegenverkehr geraten.

»Du schaust auf die Straße, und ich schaue auf dich«, antwortete Huck. »Und was deine Frage betrifft ... natürlich wollte ich geküsst werden. Aber seit ich ein kleines Mädchen war, frage ich mich, warum es nicht heißt, ›Sie dürfen den Bräutigam jetzt küssen‹.«

»Ich will keinen Bräutigam küssen.«

»Das hab ich nicht gemeint, und das weißt du auch.«

An der Ecke Louisiana Street und Texas Avenue bog Gabe vor dem neu erbauten Lancaster Hotel ein. Sie hatten sich mehrere Hotels angesehen und für dieses entschieden, weil es mit seinen zwölf Stockwerken und dem Zwischengeschoss zwar recht klein, dafür aber das edelste und romantischste Hotel in der Stadt war. Nach dem Einchecken folgten sie einem Pagen zur »Honeymoon-Suite« auf der obersten Etage. Dort stellte er ihr Gepäck ab, doch anstatt die Tür aufzuschließen, grinste er nur. »Alles ist genau so hergerichtet, wie Sie es bestellt haben, Sir.

Schöne Flitterwochen.« Bevor Gabe ihm ein Trinkgeld geben konnte, war der Page weg.

»Was hast du bestellt, Mr. Alexander?«, fragte Huck und schlang die Arme um Gabes Hals. Seine Augen funkelten wie eine ganze Galaxie.

»Warum machen wir nicht auf, Mrs. Alexander? Dann erfahren Sie es.« Gabe drehte den Schlüssel, und die Tür schwang auf.

»Oh Gabe ... Wann hast du ...? Wie hast du ...?«

»Ich hab meine Beziehungen«, antwortete Gabe, und seine Stimme spiegelte die Aufregung, die in seinen Augen stand. »Der Hotelbesitzer ist jetzt einer von Cecils zufriedensten Kunden.«

Huck war nach Lachen und Weinen zugleich. Das Wohnzimmer erstrahlte im Licht hunderter Kerzen, die auf kleinen Balsaholzstückchen in Punsch-Schalen aus Bleikristall schwammen und Regenbögen auf die Wände und die Decke warfen. Die Perserteppiche und eleganten Möbel waren beiseitegeräumt worden. Auf dem Fußboden hatte man eine große Plane ausgebreitet und weißen Sand darauf geschüttet. In der Mitte des Raumes hing eine verwitterte Schaukel in einem Holzrahmen, an deren Enden smaragdgrüne Morgenmäntel für »sie und ihn« hingen. Die Schaukel sah aus wie die, auf der sie sich in der Nacht zusammengekuschelt hatten, in der ihre Liebe geboren wurde. Ein großer Picknickkorb und ein modernes Grammophon rundeten das Bild ab.

Huck schleuderte ihre Schuhe von sich und wirbelte im Kreis herum. »Oh Gabe, du hast unseren Strand nachgebaut! Komm, tanz mit mir. Tanz mit der glücklichsten Frau der Welt!«

Gabe zog seine Schuhe und Socken aus und kurbelte das Grammophon an. Die ersten Takte des »Donauwalzers« klangen durch den Raum, diese entzückende und mitreißende Zigeunermelodie. Gabe ging auf Huck zu und legte die Arme um sie.

»Es ist unglaublich, dass du dich daran erinnert hast.« Huck sank in seine Umarmung, während sie sich mit der Musik bewegten. »Aber das hast du.«

»Es ist erst eine Woche her, mein Schatz.«

»Ich rede nicht von dem Strand. Du hast dich erinnert, dass ich den ›Donauwalzer‹ liebe.«

»Dazu sind Verandaschaukeln und Geheimnisse doch da«, sagte Gabe leise. »Dass ich mich an die Dinge erinnere, die ich von dir erfahre.«

»Und an was willst du dich ... heute Nacht erinnern?«

Gabe blieb stehen, zog Huck ganz dicht an sich und senkte den Kopf. Seine Lippen strichen über ihre, als er antwortete: »Heute Nacht sind wir die Musik. Wir sind der Rhythmus. Heute Nacht sind wir das Geheimnis.«

*

Nach einer Weile zogen sie die smaragdgrünen Morgenmäntel an und setzten sich nebeneinander in die Schaukel. Huck schmiegte sich an Gabe und erschauerte vor Wonne. Nur in einem Morgenmantel neben einem Mann zu sitzen, der ebenso spärlich bekleidet war, hatte an sich schon etwas Gewagtes, selbst wenn er ihr Ehemann war. Sie lachte.

»Was ist so lustig?«

»Meine Eltern.«

»Deine Eltern?« Gabe steckte sich eine Zigarette an. »Wie kommt eine junge Braut ausgerechnet in den Flitterwochen auf ihre Eltern?«

Huck strich über die zarte Seide auf ihrem weichen Körper. »Mama würde lieber sterben, als zuzulassen, dass Papa sie in solch einem Aufzug sieht ... und umgekehrt.«

Gabe lachte. »Ich gestehe, dass ich mir deine Eltern auch nicht ganz so vorgestellt habe.« Er zog an der Zigarette und blies den Rauch aus. »Und, wann erzählen wir es ihnen?«

»Das mit den schönen Morgenmänteln? Niemals!«

»Von uns«, entgegnete Gabe leise und sah Huck in die Augen. »Ich kann es nicht erwarten, die beiden Menschen zu sehen, die dafür verantwortlich sind, dass es dich gibt.«

»Ich habe Hunger«, sagte Huck und rutschte nach vorn, um aufzustehen. »Was für Köstlichkeiten verbergen sich in diesem Korb?«

»Wovor hast du Angst?«, Gabe legte sanft eine Hand auf ihr Bein. »Ich bin ein liebenswerter Mann.«

»Und wie.« Huck seufzte und rutschte wieder zurück. Ihr Magen verkrampfte sich. »Du bist mein liebenswerter Mann, und das allein zählt.« Sie schwieg und kämpfte mit ihren heimlichen Befürchtungen. »Wir erzählen es Mutter, wenn der richtige Moment da ist.«

»Wegen der Sache mit der Kirche?«

»Bitte, Gabe, lass uns nicht jetzt darüber sprechen.« Eine Träne lief ihr über die Wange. Sie schluckte heftig, um nicht wegen der religiösen Sturheit ihrer Mutter zu weinen, obwohl ihr schon den ganzen Abend das Herz vor Gefühlen überging. »Wer weiß, was sie schon über dich gehört hat.«

»Wegen Clark?«

»Ach Gabe, es ist unsere Hochzeitsnacht! Wir wollen sie nicht verderben.«

»Du hast recht.« Gabe drückte seine Zigarette aus, nahm Huck in die Arme und wischte ihr die Träne mit dem Saum seines Bademantels ab. »Ich glaube, dein liebenswerter Kerl muss noch lernen, wann er seiner Frau Fragen stellen darf.«

Huck drückte ihre Wange an Gabes Brust und schniefte: »Die wichtigste Frage hast du schon gestellt … und ich hab ja gesagt.«

Ihre Lippen begegneten sich wieder, diesmal mit dem unauslöschbaren Feuer erneuter Eintracht. Als die Glut immer heißer brannte, entflammten beide leidenschaftlicher denn je. Nach und nach wurde die Musik langsamer, bis schließlich der letzte Ton verklang.

Kurz vor Mitternacht klopfte es an der Tür. »Telegramm!« Es war die Stimme des Pagen, der ihr Gepäck heraufgetragen hatte.

Gabe sprang auf.

»Liebster, vergiss deinen Morgenmantel nicht.« Huck kicherte und bedeckte sich. »Wer verschickt denn um diese Zeit ein Telegramm?«

»Wer weiß überhaupt, dass wir hier sind?« Gabe schlüpfte in seinen Morgenmantel und ging zur Tür.

»Mr. Alexander! Telegramm für Sie!«

Ein Dutzend Gründe, von denen einer tragischer als der andere war, kamen Huck in den Sinn. Um diese Uhrzeit wurden nur schlechte Nachrichten zugestellt.

Gabe öffnete, dankte dem Pagen und drehte sich zu Huck, während hinter ihm die Tür zufiel. Tränen schwammen in seinen Augen.

»Gabe? Was ist?«

»Es ist kein Telegramm, sondern eine Postkarte.«

»Eine Postkarte? Von wem?« Huck merkte, wie ihre Stimme zitterte. »Willst du sie nicht lesen?«

Gabe blieb stocksteif stehen. »Ich weiß schon, was draufsteht.«

»Wirklich? Aber wie kannst ...«

»Ich hab sie geschrieben«, fiel er ihr ins Wort und grinste breit. »Einen glücklichen ersten Freitag von vielen, für immer!«

»Ich sollte dir den Kopf abreißen, dass du mich so erschrickst.« Huck warf sich den Morgenmantel über und lief zu ihm. »Was fällt dir denn ein, mir eine Postkarte zu schicken, wo es fast Mitternacht ist?«

»Ich habe vor, das für den Rest unseres Lebens an jedem Freitag zu tun, vorausgesetzt, mir wird nicht der Kopf abgerissen.« Er reichte ihr die Karte. »Und natürlich in der Hoffnung, dass die Post künftig für eine Zustellung zu normalen Geschäftszeiten sorgt.«

Huck las stumm.

»Oh, mein genialer Mann steckt voller Überraschungen«, flüsterte sie und warf die Arme um ihn. »Ich wusste gar nicht, dass du ein Poet bist!«

»Habe dieses Talent wohl von meinem Vater geerbt.« Er überlegte. »Hältst du mich wirklich für genial?«

»Natürlich, du Dummkopf. Ich liebe die Verse *›zwei Herzen, in Hingabe vereint‹*. Und für deine Theorie über die ›Reduzierung auf den kleinsten gemeinsamen Nenner‹ solltest du den Nobelpreis bekommen.«

Gabe lachte. »Ein Nobelpreis für die Liebe. Also das nenne ich auch mal eine geniale Idee. Vielleicht solltest du einen Nobelpreis für die Erfindung einer neuen Nobelpreis-Kategorie bekommen.« Er küsste sie zärtlich. »Sieh dir das Liebespaar vorne auf der Karte an.«

Huck hielt die Karte ins Kerzenlicht und betrachtete das schöne Paar. »Sie sind perfekt – jung, schön, glücklich. Er sieht in ihre Augen, sie in seine. Das könnten wir sein.«

»Genau dasselbe hab ich gedacht, als ich sie kaufte.«

»Oh Gabe! Postkartengedicht an jedem unserer Freitage. Sie werden unser liebstes Geheimnis sein, das nur wir kennen.«

»Und dann sicher in unseren Herzen verwahren.« Gabe zog Huck an sich und küsste sie, als ihr Magen laut knurrte.

»Huch!« Sie lachte. »Das war nicht mein Herz, und es war nicht damenhaft. Ich bin wirklich sehr hungrig ... und durstig«, sagte sie und sah zu dem Picknickkorb. Dabei musste sie an ihr spätes Mittagessen im Mermaids in Galveston Beach denken. »Da sind nicht zufällig Shrimps-Cocktails drin?«

»Liegen auf Eis für dein mitternächtliches Essvergnügen«, antwortete Gabe und zog die Brauen hoch. »Es war ein bisschen umständlich, aber ich konnte noch was anderes für den Korb ergattern. Etwas, das man geheim *und* auf Eis hält.«

»Hat es mit meinem mitternächtlichen Trinkvergnügen zu tun?«

»Eher mit deinem angenehm perligen Wesen.«

Huck lächelte und erinnerte sich daran, wie beschwipst sie von dem Champagner rosé gewesen war. Vor allem aber dachte sie an ihren kindlichen Schwur, die tiefsten Geheimnisse ausschließlich mit ihrem Seelenverwandten zu teilen.

Auf einmal konnte Huck nicht mehr aufhören zu lachen.

Ihre geheimen Freitagspostkarten waren die reinste Freude.

Dreizehn

Die Morgenfrische, hell und schön,
Erinnert mich an mein geliebtes Mädchen.
Die frühe Stunde mit ihr zu erleben,
Sie festzuhalten ist mein Bestreben …
An diesem Morgen unserer Liebe.
Für immer, Gabe

Juni 1926, Houston, Texas

Huck stand hinter ihrem Lehrerpult und sah, wie ihre vierundzwanzig Schüler aus dem Klassenraum drängten, kaum dass es zum letzten Mal geläutet hatte und ein weiteres Schuljahr an der Sidney Lanier zu Ende war.

Endlich Sommer, dachte sie … nun ja, beinahe.

Auch wenn Huck inzwischen erwachsen war, rief diese Jahreszeit immer noch die sorglose Freude ungehemmter Freiheit in ihr wach. Freiheit vom stumpfen Lernen und Kreidestaub. Freiheit, barfuß einen warmen Sandweg entlangzulaufen. Freiheit, ihre Zeit mit dem Seelenverwandten ihrer Mädchenträume zu verbringen.

Voller kribbelnder Vorfreude blickte sie zur Uhr. Halb vier. Nur noch anderthalb Stunden, dann würde Gabe sie abholen und ihr Wochenende offiziell beginnen. Huck lächelte. Es war Freitag, und sie konnte es nicht erwarten, nach Hause zu kommen und in den Briefkasten zu schauen.

Sie streifte ihre Schuhe ab, ließ sich auf ihren Stuhl fallen und ging im Geiste durch, was sie am kommenden Montag zu erledigen hatte. Es wäre der letzte Arbeitstag für Lehrer: ein ganzer Tag, um Noten zu verteilen und die Klassenräume für das nächste Schuljahr vorzubereiten. Die Kühle der polierten Eichendielen war eine Wohltat für ihre müden Füße. Huck schob einen Stapel benoteter Schüleraufsätze zur Seite und ließ ihre Gedanken wieder zu Gabe schweifen.

Fast ein Monat war seit ihrer Hochzeitsnacht vergangen. Und die Ehe mit ihm war genauso wundervoll, wie sie es sich ausgemalt hatte. In der Woche sprang er aus dem Bett, sobald der Wecker klingelte, und setzte den Kessel auf, sodass Huck noch ein wenig länger schlummern konnte. Kurz darauf lag er wieder neben ihr unter der Decke, rieb ihr sanft den Rücken, und auf dem Nachttisch dampften zwei Tassen Admiration-Kaffee. Dann lehnte Huck ein paar Federkissen gegen das Kopfteil des Bettes, damit sie sich aufsetzen, Kaffee trinken und sich aneinanderschmiegen konnten, während im Osten die Sonne am Himmel aufging. Nach einigen Kaffeeküssen ging Gabe sich rasieren und anziehen. Inzwischen bereitete Huck ein Frühstück zu, von dem Gabe behauptete, es wäre »eines texanischen Viehbarons würdig«. Anschließend band er sich eine von ihren Schürzen um und wusch ab, während sie sich fertig machte. Dann liefen sie die Treppe von ihrer Wohnung hinunter und brausten mit dem Blue Norther davon.

Huck schmunzelte. Mit Rüschenschürze sah ihr Cowboy-Captain ziemlich albern aus. Irgendwie erinnerte es sie an den Tag, an dem sie sich bei Cecil's begegnet waren. Damals hatte Gabe sich eine Schürze über den Anzug gebunden. Hucks Schürzen waren allerdings gestärkt und nicht mit Fischschuppen gesprenkelt.

Sonntags besuchten sie den Elf-Uhr-Gottesdienst in der Christ Church. Bei schönem Wetter packten sie vorher ein Picknick zusammen und fuhren nach der Kirche direkt zum Hermann Park. Bevor sie sich über ihr gebratenes Hähnchen und eine Auswahl an frischem Obst hermachten, dankten sie Gott für seine reichlichen Gaben. Beim Essen sprachen sie über die Predigt. Dann verstauten sie ihren Picknickkorb im Blue Norther und schlenderten durch den Zoo. Ihre Lieblingstiere waren das indische Elefantenpaar, Nellie und Hans. »Na, das ist mal ein Paar, das auf großem Fuß lebt«, sagte Gabe.

Huck schlug ihr Zensurenbuch auf und fragte sich, ob jede Woche ihres Ehelebens eine Eins plus bekommen würde. Ein paarmal hatte es »gemeinsame Feinabstimmungen« gegeben, wie sie es seit ihrer ersten Meinungsverschiedenheit nannten. Inzwischen war Huck bewusst, wie kindisch sie sich benommen hatte … und Gabe ebenfalls. Keiner von ihnen hatte wie ein Erwachsener argumentiert. Obwohl ihr Zwillingsbruder Cutter nur sechs Minuten älter war, galt sie als die jüngste Huckabee, von der alle anderen in der Familie behaupteten, sie würde erwarten, dass sie immer ihren Willen bekam. Und Gabe war ein Einzelkind.

»Für diese eine Woche vielleicht nur eine glatte Eins«, murmelte Huck. Sie waren erst zehn Tage verheiratet, als Huck erklärt hatte, sie wolle auf der rechten Bettseite schlafen, weil sie die schon immer vorgezogen hätte. Sie war gerade aus dem Bad gekommen, wo sie ihre Zähne geputzt hatte, als Gabe die Decken aufschlug.

»Ich wusste gar nicht, dass es eine *verkehrte* Seite gibt.« Er lachte und hüpfte ins Bett.

»Gabe, ich wollte auf der Seite liegen.«

»Was macht es denn für einen Unterschied?« Er zog sich die Überdecke über den Kopf.

»Offensichtlich einen großen.« Huck versuchte, ihm die Decke wegzuziehen, und als ihr das nicht gelang, schlug sie mit einem Kissen nach ihm. »Du bist gemein!«

»Aber ich schlafe immer auf dieser Seite«, sagte Gabe und linste unter der Decke hervor.

»Ich auch.« Huck ließ das Kissen fallen, verschränkte die Arme vor der Brust und wunderte sich, wie egoistisch er war. Ihr war klar, dass sie nahe daran waren, sich gegenseitig zu verletzen, aber sie wollte nicht nachgeben. Ihre Wangen wurden heiß. »Bevor wir geheiratet haben, hast du hier alleine gewohnt. Das heißt, dass du immer in der Mitte geschlafen hast.«

»Prima Idee.« Gabe rollte sich in die Mitte.

»Ich kann nicht glauben, was du da tust«, sagte sie.

Einen Moment lang sprachen sie beide nicht.

»Und ich kann nicht glauben, dass *du* den Badewannenabfluss mit deinen langen Haaren verstopfst.« Er runzelte die Stirn.

»Das ist eine lächerliche Unterstellung, typisch Mann, und sie hat rein gar nichts damit zu tun, wer lieber auf welcher Seite schläft.«

»Willst du damit sagen, dass ich unfair bin?«

»Wem der Zehennagel passt, der ziehe ihn an.«

»Der Zehennagel?«

»Genauer gesagt, die Zehennägel. Deine. Es ist nämlich nicht bloß mein Haar, das den Abfluss verstopft.« Huck stampfte ins Bad zurück und schloss die Tür hinter sich ab. Eigentlich hatte sie keine Zehennägel von ihm in der Badewanne gefunden, aber irgendwo musste er sie sich ja schneiden. Mehrere Minuten vergingen in vollkommener Stille. Sie hatte die Hand schon am Schlüssel, um die Tür wieder zu öffnen, sich dann aber dagegen entschieden. Stattdessen hockte sie sich auf den Toilettendeckel und verschränkte die Arme mal so herum, mal andersherum. Sicher wusste Gabe, dass sie sich nicht richtig stritten, oder stritten sie doch?

Langsam stand sie auf, schlich zur Tür und horchte. Nichts.

War er weggegangen? Plötzlich wurde unten auf der Straße ein Motor angelassen. Huck griff nach dem Türknauf, während ihr Bilder von ihrem Ehemann durch den Kopf jagten, der in einer Auspuffwolke verschwand. »Oh Gabe!« Sie riss die Tür auf.

»Ich bin ein egoistischer Dummkopf.« Gabe stand direkt vor der Tür. »Es ist alles meine Schuld.«

»Nein, meine! Meine Gefühle waren verletzt, und ich habe mir die Geschichte mit den Zehennägeln ausgedacht.« Sie sank in seine Arme. »Mir ist egal, auf welcher Bettseite ich schlafe, solange ich neben dir liege.«

»Und sollte ich jemals etwas so Widerwärtiges tun, wie meine Zehennägel in der Badewanne schneiden«, flüsterte Gabe, »verbiete es mir. Nein, das tue ich sowieso nicht. Ich kaufe mir einfach größere Schuhe.«

Sie lachten, hielten sich in den Armen und küssten sich wie Liebende, die einander lange aus den Augen verloren hatten.

»Was hast du die ganze Zeit hier gemacht?«, fragte Huck.

»Das verrate ich nicht.« Gabe grinste. »Was hast du da drinnen gemacht?«

»Das verrate ich auch nicht.« Sie lachte.

»Musst du nicht. Ich hab dich durchs Schlüsselloch beobachtet.«

»Gabriel Robert Alexander! Du gehörst ausgepeitscht!«

»Ließe sich das in ein Rückenkraulen umwandeln?«

*

Bei der Erinnerung an ihre erste »Feinabstimmung« musste Huck laut lachen, was ihre Gedanken zurück in den Klassenraum lenkte. Sie war so wütend gewesen, dass sie Gabe die Augen auskratzen wollte, doch am Ende hatte sie ihm den Rücken gekrault. Und am Morgen hatte ihr eine Kollegin erzählt, dass Männer, denen täglich der Kopf gekrault wurde, nie kahlköpfig würden. Das würde Gabe gefallen.

Huck sah in ihr Zensurenbuch und klappte es zu. Sie überlegte, was sie als Nächstes tun könnte. Sie wollte lieber über Gabe nachdenken als über Noten für Aufsätze. Außerdem hatte sie schon vorgearbeitet, sodass sie am Montag nur noch wenig erledigen müsste. Sie zog ihre Pultschublade auf und nahm einen Taschenspiegel und eine kleine Bürste heraus. Ihr Haar sollte nicht zerzaust sein, falls Gabe früher kam. So wie letzten Freitag ... da war er früher gekommen.

Als sie mit ihrem Haar zufrieden war, packte sie Spiegel und Bürste wieder weg. Sie ging hinüber ans Fenster und schaute hinaus. Der Blue Norther war nirgends zu sehen.

»Wenigstens haben wir heute Abend«, sagte Huck laut. Sie hatten keine festen Pläne, vielleicht eine Spätvorstellung im Kino, aber im Grunde war es gleich. Die Hauptsache war, dass sie einen gemeinsamen Freitagabend verbrachten. Wieder stellte sie sich vor, was sie zu Hause im Briefkasten erwartete, und spürte ein wohliges Kribbeln.

»Ich wünschte, der heutige Abend würde nie enden und wir könnten den Tag morgen absagen«, murmelte sie. Für den morgigen Samstag hatten sie sich vorgenommen, nach Huntsville zu fahren, denn Gabe hatte ihre Familie noch nicht kennengelernt. Sie hatten vor, nach dem Mittagessen dort anzukommen, dann die Nacht bei ihren Eltern zu verbringen und am Sonntag mit ihnen in die Kirche zu gehen, sofern alles gut verlief. Falls nicht, würde Huck ihre Arbeit vorschieben, damit sie früher zurück nach Houston fahren konnten.

Huck hatte ihrer Mutter einen langen Brief geschrieben, in dem sie zwar die Hochzeit nicht direkt erwähnt, aber angedeutet hatte, dass sie Gabe begegnet war und es ihr Leben verändert hatte. Annise hatte rasch geantwortet. Kein Wort über Gabe.

Aber da keines ihrer Kinder mehr in Huntsville lebe, schrieb sie, wäre es wunderbar, ihre Jüngste endlich einmal wieder von Angesicht zu Angesicht zu sehen.

Von Angesicht zu Angesicht bedeutete ein Gespräch unter vier Augen, was Huck unbedingt vermeiden wollte. Dennoch hätte der Brief schlimmer ausfallen können. Clark wurde nicht erwähnt, also hatte er vielleicht keine Gerüchte über die heftige Auflösung der Verlobung durch Huck ausgestreut, zumindest keine solch gemeinen, um die Stadt in Aufruhr zu versetzen. Und es gab sogar eine gute Nachricht: Cutter würde ebenfalls zu Hause sein. Huck war fest davon überzeugt, dass er ihren frischgebackenen Ehemann anbeten würde. Also, vielleicht nicht direkt *anbeten*, aber bestimmt wäre er so froh über ihre Trennung von Clark, dass er Gabe wahrscheinlich mit Saisonkarten belohnen würde. Vor zwei Jahren hatte Cutter bei den Beaumont Exporters unterschrieben, dem Spitzenreiter unter den Baseball-Teams der Regionalliga. Normalerweise hatte er an den Sommerwochenenden keine Zeit, aber ausnahmsweise war er an diesem frei.

Ein Wagen, der dem Blue Norther ähnelte, fuhr draußen vor Hucks Klassenzimmerfenster vor und hupte. Sie wusste, dass es nicht Gabe sein konnte – er hielt es für ungezogen, nach Frauen zu hupen –, sah aber trotzdem auf die Uhr. Erst zehn Minuten waren vergangen. Der Anfang ihres wunderbaren Abends musste noch ein wenig warten.

Sie kehrte an ihr Pult zurück. So schön es auch sein würde, ihre Familie wiederzusehen, fürchtete Huck sich doch davor, wie es ausgehen könnte. Die ganze Sache machte ihr Bauchschmerzen.

*

Als Gabe zehn Minuten zu früh bei der Sidney Lanier ankam, wartete Huck schon draußen auf ihn. Er gab ihr einen kleinen Kuss und hielt ihr die Beifahrertür auf.

»Du hast mir heute gefehlt«, sagte Gabe, als er den Blue Norther vom Parkplatz lenkte.

»Nicht so sehr wie du mir.« Huck beugte sich hinüber und küsste ihn auf die Wange. »Ist es zu fassen, dass die Schule für den Sommer vorbei ist?«

»Soll ein ziemlich heißer Sommer werden«, sagte Gabe. »Ich finde, wir sollten einen Swimmingpool bauen.«

»Klingt erfrischend, Schatz, aber von welchem Geld?«

»Also ...« Er rieb sich das Kinn. »Wir stehen ganz gut da, und wir haben die Ranch meiner Eltern verkauft.«

»Aber Gabe, wir hatten doch abgemacht, etwas von dem Geld für ein Haus auszugeben, einiges zu sparen und einen Teil anzulegen.«

»Dann ist es keine gute Idee?«

»Ich hätte lieber ein Haus.« Sie sah ihn prüfend an. »Was hast du vor? Du weißt doch genauso gut wie ich, dass wir keinen Swimmingpool auf gemietetem Grund bauen dürfen. Unser Hausbesitzer wäre ...« Sie verstummte. »Warum fahren wir nach Norden?«

Er zuckte mit den Schultern. »Ich lasse den Blue Norther die Richtung wählen, und er hat sich für diese entschieden.«

»Gabe Alexander, wo fahren wir hin?«

»Du wirst gerade entführt«, antwortete er lachend. »Ich dachte, wir machen uns gleich heute Abend auf den Weg nach Huntsville. Ich war schon zu Hause und habe alles eingepackt, was wir brauchen.«

»Oh Gabe, nein!« Hucks Unterlippe bebte. »Ich kann einen Nachmittag und vielleicht eine Nacht mit Mutter aushalten, aber nicht zwei. Und außerdem ist es *unser* Freitag.«

»Ich hab gesagt, dass wir uns auf den Weg machen, nicht, dass wir tatsächlich dort ankommen. Jedenfalls nicht heute Abend.« Sein Mund verzog sich zu einem verschmitzten Grinsen.

Huck seufzte. Sie war erleichtert, dass die Konfrontation mit ihrer Mutter erst am nächsten Tag bevorstand. »Wenn ich dir schon erlaube, mich zu entführen, bestehe ich darauf, Genaueres zu erfahren.« Nach ihrer überwältigend romantischen Hochzeitsnacht wusste Huck nicht, was sie erwartete.

»Okay, ungefähr auf halber Strecke zu deiner Familie gibt es ein schickes Landhotel, das gerade restauriert wurde und neuerdings einen französischen Koch hat. Ich habe darüber im *Chronicle* gelesen und dachte, wir könnten nett zu Abend essen und die Nacht bleiben ... zum Feiern.«

»Feiern?« Huck holte tief Luft. »Liebster, ich weiß, dass ich gesagt habe, man könne mit Mutter auskommen, und das kann man auch, aber wenn sie hört, dass ihre jüngste Tochter geheiratet hat ...« Sie verstummte, weil sie merkte, dass Gabe nicht zuhörte.

»Die Gulf Oil Corporation hat mir eine Stelle angeboten«, sagte Gabe. »Ab dem 18. Juli.«

»Gabe!« Huck warf die Arme um ihn. »Ich glaub es nicht!«

»Vorsicht! Das letzte Mal, als du mich so angefallen hast, hätte es beinahe gerumst.«

»Jetzt hab ich keine Angst mehr.« Sie küsste ihn auf die Wange. »Wenn ich dich als leitenden Angestellten in einer Ölfirma vorstelle, wird meine Mutter sofort versöhnlicher gestimmt sein.«

»Buchhalter«, korrigierte Gabe. »Kleiner Buchhalter.«

»Macht nichts. Mutter kennt sich mit dem Ölgeschäft nicht aus. Und in dem Moment, in dem ich dich vorstelle, werde ich Gulf Oil erwähnen, dann ist Papa beeindruckt.«

»Klingt ein bisschen schmierig.«

»Sehr witzig.«

»Was ist mit dem Gespräch unter vier Augen, von dem deine Mutter geschrieben hat?«

»Ich kann nur beten, dass es glimpflich verläuft.«

Gabe runzelte die Stirn. »Hmm, ich möchte wetten, dass deine Mutter ebenfalls mächtig gebetet hat. Auf wessen Seite wird Gott sich wohl schlagen?«

»Wir sind beide auf *seiner* Seite«, sagte Huck.

»Eine kluge Feststellung, mein weises Weib.«

Huck lächelte. Hoffentlich kam es gar nicht erst zu dem Gespräch unter vier Augen.

»Gibt es noch einen Rat, den du mir für deinen Vater geben kannst?«, fragte Gabe.

Huck küsste ihn wieder auf die Wange und schmiegte sich näher an ihn. »Bist du gut im Dominospielen?«

»Nicht, wenn ich es lieber nicht sein soll.«

»Dann wirst du bestens zurechtkommen. Papa wird entzückt sein, wenn du ihn um ein Spiel bittest.«

»Wie steht es mit Cutter? Ist er gut?«

»Gegen Papa?«

Gabe nickte.

»Seit Jahren nicht mehr.«

Bei der Ankunft in dem Landhotel stellte Huck fest, dass Gabe ihre gesamte Garderobe in den Blue Norther gestopft hatte, zusammen mit all ihrem Make-up, Schmuck, Schuhen und allem, was sie sonst noch brauchen könnte. Es war lächerlich viel Gepäck für ein Wochenende, doch Gabe wollte, dass sie die freie Auswahl hatte, und sie fand seine Fürsorge rührend. Er hatte sogar ihre Freitagspostkarte mitgebracht und ließ sie vom Ober zusammen mit ihrem flambierten Kirschdessert an den Tisch in ihrer abgeschiedenen Nische bringen.

Huck las die Karte, noch ehe die Flammen erloschen waren. »An diesem Morgen unserer Liebe«, wiederholte sie leise.

»Möge das Feuer bis spät in den Abend brennen«, ergänzte Gabe.

»Eine doppeldeutige Metapher.«

Er nahm ihre Hand und küsste sie. »Ich liebe es, mit einer Englischlehrerin verheiratet zu sein.«

*

Am nächsten Morgen bestellten sie sich zum Frühstück Kaffee und Zimtbrötchen. Danach machten sie einen Schaufensterbummel, und nachdem sie über eine Stunde in einem Buchantiquariat gestöbert hatten, aßen sie in einem Café eine Kleinigkeit zu Mittag.

»Dieses Wochenende nenne ich ›Entführungsüberraschung‹«, sagte Huck, als sie Hand in Hand zum Gasthof zurückgingen.

»Das gefällt mir«, antwortete Gabe. »Bezieht sich die Überraschung auf das, was nachher in Huntsville folgt?«

Sie verzog das Gesicht. »Es ist ein zu schöner Tag, als dass irgendetwas schiefgehen kann. Halte du dich ans Domino, und ich bändige Mutter. Vertrau mir.«

»Immer«, sagte er.

Als sie am Nachmittag bei den Huckabees ankamen, stellte Huck Gabe sofort als ihren Ehemann vor und erzählte, dass er für Gulf Oil arbeitete.

»Mich laust der Affe!«, sagte Ethan. »Ein Ölmann in der Familie!«

Gabe schüttelte Ethan die Hand und grinste. »Freut mich sehr, Sie kennenzulernen, Sir.«

»Ganz meinerseits«, entgegnete Ethan.

»Sie auch, Ma'am.« Gabe lächelte Annise an. »Ich konnte es kaum erwarten, meine neue Verwandtschaft zu sehen.«

Annise starrte Huck mit ausdruckslosem Gesicht an. »Ich hatte so ein Gefühl, dass du geheiratet hast.«

Hucks Lächeln verschwand.

»Du hattest schon immer deinen eigenen Kopf. Aber das ist kein Grund, deiner Mutter nicht zu verraten, dass du heiraten willst.«

Für ein paar Sekunden untermalten die Grillen das betretene Schweigen.

Huck spürte, wie ihr Schweißperlen auf die Stirn traten. Ihr Plan, Gabe als erfolgreichen Ölmann vorzustellen, war gescheitert. »Tut mir leid, Mutter«, sagte sie schließlich.

»Wir wollten Sie überraschen«, fügte Gabe hinzu.

»Das ist euch gelungen«, sagte Ethan.

Annise trat auf Huck zu und umarmte sie. »Nach dreizehn Kindern habe ich gelernt, mit Unberechenbarkeiten zu rechnen, ganz besonders von meinem dickköpfigsten Kind.«

»Bist du sicher, dass du weißt, worauf du dich einlässt?«, fragte Cutter seinen neuen Schwager.

Huck warf ihrem Bruder einen übertrieben strengen Blick zu.

»Absolut.« Gabe schüttelte Cutter die Hand. »Aber worauf ich mich vor allem gerne einlassen würde, wäre eine Runde Domino. Huck hat mir erzählt, dass ich hier genau richtig dafür bin.«

»Bereite den Tisch vor, mein Sohn«, sagte Ethan. »Heißen wir diesen Burschen in der Familie willkommen.«

Huck umarmte ihre Mutter, während die Männer auf die Veranda gingen.

*

»Wie wäre es, wenn wir Fruchtpastete und Limonade servieren?«, schlug Annise eine Weile später vor. »Die Pfirsiche sind in diesem Jahr so süß wie noch nie.«

Es war ein warmer Nachmittag, und Huck saß mit ihrer Mutter auf der breiten vorderen Veranda, jede in einem bequemen Schaukelstuhl. Am anderen Verandaende hatte Cutter einen Kartentisch aufgebaut, und das Spiel war in vollem Gange. Das Klappern und Klickern der Steine war ein beruhigendes Geräusch, genauso wie Ethans triumphierendes »Gewonnen!«.

»Da würden sie bestimmt nicht nein sagen«, antwortete Huck. Es hieß allerdings, dass sie mit ihrer Mutter allein in der Küche sein würde – Annises bevorzugtem Ort für vertrauliche Gespräche. Bisher hatte sich ihre Unterhaltung auf die Neuigkeiten über Nachbarn und Familienmitglieder beschränkt.

»Möchtet ihr Männer eine Erfrischung?«, rief Huck, als sie ihrer Mutter nach drinnen folgte.

»Ja und mehrere Paar Socken«, antwortete Gabe. »Aus meinen werde ich ein ums andere Mal herausgehauen.«

»Und ich hab vielleicht bald kein Hemd mehr an.« Cutter lachte. »Gut, dass Papa eine andere Größe hat.«

Ethan knallte einen Dominostein auf den Tisch. »Fünfzehn«, sagte er.

Die Frauen banden sich Schürzen um und wuschen ihre Hände in einer Wasserschüssel auf der Spüle. Huck sah aus dem Küchenfenster. »Sieht so aus, als hätte es ganz ordentlich geregnet.« Der Garten ihrer Mutter war so schön wie eh und je.

»Wir waren gesegnet«, sagte Annise und holte Zitronen aus einer Eiskiste. »Die hier waren heute auf dem Markt im Angebot und müssen weg.« Sie legte sie auf die Emailplatte des Arbeitstisches.

»Mir fehlt ein Garten«, sagte Huck. »Eines Tages werden Gabe und ich einen genauso großen haben.«

»Na, er hat dir nicht gefehlt, als du für mich Bohnen pflücken musstest.«

»Davon tut mir immer noch der Rücken weh.« Huck nahm sich ein Messer und fing an, die Zitronen zu schneiden. »Wie hast du es bloß mit mir ausgehalten?«

»Als du auf die Welt gekommen bist, waren Papa und ich völlig fertig. Deshalb bist du so verwöhnt.« Sie zog ihre Brauen hoch.

»Und Cutter nicht?«

»Denk dran, er ist sechs Minuten älter als du. Bei ihm hatten wir noch mehr Kraft.«

Sie lachten. Annise holte fünf Schalen aus dem Schrank und stellte sie auf den langen Küchentisch.

»Gabe ist ein Einzelkind. Ich glaube, das habe ich schon in dem Brief geschrieben.«

Annise öffnete den Küchenschrank und nahm die Pfirsichpastete heraus.

Stille.

Huck schnitt eine weitere Zitrone. »Mutter? Hast du mich gehört?«

»Habe ich.«

»Und?«

»Es war ein langer Brief.« Sie stellte die Pastete neben die Schalen und begann, sie zu füllen.

»Ich hatte viel zu erzählen.« Huck hielt inne. »Ich dachte, du magst Briefe mit vielen Neuigkeiten.«

Annise räusperte sich gleich zweimal.

Hucks Magen zog sich zusammen. Das war ein eindeutiges Zeichen, dass es jetzt unangenehm wurde.

»Wo wir gerade über Neuigkeiten reden, am Sonntag vor ein paar Wochen habe ich zufällig Florence Richards getroffen«, sagte Annise.

»Na, wenn das kein Zufall ist! Ihr geht ja erst seit über vierzig Jahren in dieselbe Kirche.«

»Werd nicht frech, Huck.« Annise räusperte sich wieder.

»Falls du über Gabes und meine christliche Konfession reden willst, wir sind Episkopale«, sagte Huck ruhig.

»Glaubst du, dass ich deshalb allein mit dir reden wollte?«

»Nicht?«, fragte Huck, der ein bisschen schwindlig wurde.

»Meine diesbezüglichen Wünsche habe ich ja wohl deutlich genug gemacht, oder?«

»Ja, Ma'am.«

»Und meine erwachsenen Kinder haben das gute Recht, anderer Meinung zu sein, ebenso wie ihre Ehefrauen oder -männer, nicht wahr?«

Huck nickte.

»Selbst wenn wir unterschiedlichen Konfessionen angehören, glauben wir nicht alle an Christus?«

»Natürlich.« Hucks Knie wurden weich, deshalb setzte sie sich auf einen Hocker.

»Dann wäre das ja geklärt. Jetzt zurück zu dem, was ich gesagt habe.«

Huck bemühte sich, ihre Fassung wiederzufinden. Worüber *hatten* sie gesprochen?

»Florence Richards ist genauso schockiert wie ich wegen dir und Clark. Was ist passiert?«

»Ich vermute, ich bin ihm entwachsen.«

»Das habe ich nicht gemeint.«

»Was dann, Mutter?«

»Den Streit zwischen Clark und Mr. Alexander vor der Pension.«

»Nenn ihn bitte Gabe.« Huck schnitt noch eine Zitrone. »Warum soll ich dir erklären, was du offensichtlich schon weißt?«

»Ich möchte deine Sicht der Dinge hören.«

»Spielt das eine Rolle?«

»Natürlich, Kind.« Annise zeigte auf einen Stuhl. »Komm, setz dich.«

»Danke, ich stehe lieber.«

»Dann setze ich mich hin. Hast du einen gewalttätigen Mann geheiratet?«

»Was?« Huck hätte sich fast den Finger abgesäbelt.

»Ist das ein Ja?«

»Nein!«

»Natürlich hat Clark seine Mutter gebeten, es keinem zu erzählen, weil er deinen Ruf nicht ruinieren wollte.«

»Meinen Ruf?« Huck merkte, dass ihre Stimme schrill wurde, doch das war ihr egal. »Clark ist derjenige, der sich um einen angeschlagenen Ruf sorgen sollte.«

»Und seit wann hält es eine von *meinen* Töchtern, noch dazu eine verlobte, für anständig, die ganze Nacht mit einem anderen Mann zu verbringen?«

»Der andere Mann ist mein Ehemann!«, brüllte Huck. »Und gerade Florence sollte sich hüten, Lügen zu verbreiten!«

»Halte deine Stimme im Zaum«, sagte Annise streng. »So reden wir in diesem Haus nicht. Du magst erwachsen sein, aber ich verbiete dir diesen respektlosen Ton.«

Huck ging zur Spüle und starrte aus dem Fenster.

»Komm und setz dich«, sagte Annise. »Bitte.«

Huck wischte sich die Hände ab und setzte sich Annise gegenüber. »Clark hat angefangen.« Eine Träne stahl sich aus ihrem Auge. »Falls du es wissen willst, er hat praktisch versucht, Gabe umzubringen.«

»Jetzt werde nicht rührselig, Liebes. Clark würde sich niemals so aufführen. Vielleicht erinnerst du dich nicht mehr richtig.«

»Ich soll mich nicht mehr erinnern?« Hucks Stimme zitterte.

»Ich denke doch, dass ich mich daran *erinnere*, dass ein Mann, den ich mein ganzes Leben lang kenne und von dem ich geglaubt habe, dass ich ihm vertrauen kann, ein Messer gezogen hat.«

»Du warst betrunken«, erwiderte Annise.

»Was?« Huck sprang auf und nahm die Schürze ab.

»Beruhige dich, Tochter.«

»Nein, Mutter. Und ich war *nicht* betrunken. Die nüchterne Wahrheit, ob du sie hören willst oder nicht, ist, dass Clark auch mich verletzen wollte. Und wäre Gabe nicht gewesen, hätte er es auch getan.«

Annise stand ebenfalls auf. »Vielleicht habe ich mich geirrt. Ich wollte immer nur das Beste für dich.«

»Und du denkst, das wäre Clark Richards? Mutter, er wäre das Schlimmste gewesen. Ich will ihn nie wiedersehen.«

Huck ging nach draußen. Das Spiel war vorbei, und die jungen Männer rauchten, während Ethan seinen Kautabak genoss.

»Ich hatte eigentlich Fruchtpastete erwartet«, sagte Cutter.

»Oder wenigstens ein Paar Socken«, fügte Gabe hinzu und sah Huck an. »Was ist los?«

»Wir fahren«, antwortete Huck.

»Wo ist Mutter?«, fragte Cutter.

»Verteilt Pfirsichpastete auf Schälchen, nehme ich an.« Huck legte eine Hand auf Gabes Schulter. »Ich hatte dir doch gesagt, dass ich bis Montag noch einiges für die Schule erledigen muss. Weißt du noch?«

Gabe nickte stumm.

»Aber ihr seid doch gerade erst gekommen.« Cutter kratzte sich am Kopf. »Hast du dich mit Mutter gestritten?«

»Halt dich da raus«, sagte Ethan. »Wenn ein Mann sich in einen Kampf von Wildkatzen einmischt, kratzen sie ihm beide die Augen aus.«

»Ich liebe dich, Papa, aber ich mag diese negativen Vergleiche nicht«, sagte Huck.

Ethan grinste. »Seht ihr, was ich meine?«

Als Gabe den Motor anließ, sah Huck, dass ihre Mutter auf die Veranda kam. Sie winkte Huck verhalten zu, und Huck winkte leicht zurück.

»Ich versteh das nicht«, sagte Gabe, nachdem sie bereits einige Meilen gefahren waren. »Ihr zwei habt euch offensichtlich gestritten, und …«

»Und wir lieben uns immer noch«, unterbrach Huck ihn. »Sehr.«

Nach einigem Schweigen fragte Gabe: »Möchtest du darüber reden, mein weises Weib?«

Hucks Miene verfinsterte sich. »Machst du dich über mich lustig?«

»Selbstverständlich nicht. Ging es um die Kirche?«

»Nein, eigentlich nicht.«

»Worum dann?«

Huck antwortete nicht.

»War es wegen … Clark?«

»Ach Gabe, lass uns nicht darüber reden.«

Sie griff nach seinem Arm und spürte, dass er sich versteifte.

»Was hat sie gesagt?«, fragte er.

»Mutter hat Gerüchte gehört, die nicht stimmen. Und ich habe ihr den Kopf gerade gerückt.«

»Für mich sah sie immer noch ziemlich krumm aus.«

Huck ließ seinen Arm los. »Ist alles für dich ein Witz?«

»Entschuldige«, sagte Gabe. »Bitte.« Er nahm ihre Hand.

»Ich habe ihr – ziemlich dramatisch – versichert, dass du der Richtige für mich bist.«

»Das freut mich.«

Gabe ließ ihre Hand los, legte einen Arm um sie, und Huck rückte näher zu ihm.

»Willst du wissen, was ich denke?«, fragte er.

»Sag's mir.«

»Ich kann mich nicht erinnern, dass ich jemals zwei so famosen Männern begegnet bin wie deinem Vater und deinem Zwillingsbruder. Ich bin stolz darauf, sie kennengelernt zu haben.«

»Ich wusste, dass ihr euch verstehen würdet. Und es war nicht zu übersehen, dass sie dich auch mochten.«

»Und was ist jetzt mit deiner Mutter?«, fragte Gabe.

»Sie hat versucht, sich zu entschuldigen, aber ich war zu wütend. Jetzt fühle ich mich furchtbar.« Huck überlegte einen Moment. »Ich denke, ich schreibe ihr einen Brief. Das wäre das Beste. Und nach Montag habe ich jede Menge Zeit.«

»Stimmt«, sagte Gabe. »Also … meinst du, sie wird mich jemals in den Huckabee-Clan aufnehmen?«

»Ich vermute, bei unserem nächsten Besuch wird sie deine glühendste Bewunderin sein.«

»Gut.« Gabe atmete langsam aus. »Warte mal. Ich dachte, du wärst …«

Huck zwickte ihn zärtlich. »Deine innigste *Geliebte*, mein Schatz. Und wenn wir schon beim richtigen Wortgebrauch sind, wäre *leidenschaftlich* das beste Adjektiv für uns.«

»Einverstanden, meine liebe Englischlehrerin«, sagte Gabe. »Du bist und bleibst ein weises Weib.«

Vierzehn

Ein Haus, gebaut aus Holz und Stein,
Wird erst zu einem richtigen Heim,
Wenn der Glaube die Zimmer mit Liebe erfüllt,
Denn heißer noch als von Kessel und Herd
Wird Wärme von dankbaren Herzen beschert.
Eine Orchidee blüht auf in voller Pracht,
Ein Geschenk der gütigen himmlischen Macht.

Juni 1926, Houston, Texas

Eine ganze Woche war seit der Fahrt nach Huntsville vergangen. Huck saß an dem kleinen Küchentisch in der Garagenwohnung und grübelte. Die Schule war bis September geschlossen, Gabe war eine Stunde zuvor zur Arbeit gefahren, und Huck hatte die morgendlichen Hausarbeiten erledigt.

Sie stand auf und streckte die Arme. Ihre Muskeln waren noch verspannt, weil sie viele Kisten aus ihrer Klasse mit nach Hause genommen hatte; dabei hatte Gabe die schwersten geschleppt. Die Schule sollte über den Sommer renoviert werden, sodass Huck all ihre Unterrichtsmaterialien aus dem Klassenzimmer räumen musste.

Sie schenkte sich Kaffee nach, nahm einen Stift und Briefpapier und plumpste wieder auf ihren Stuhl. Ihre Idee, Gabe als »Ölmann« vorzustellen, hatte Annise nicht von dem unangenehmen Vier-Augen-Gespräch abhalten können. Und nun musste Huck ihrer Mutter schreiben und sich entschuldigen. Sie konnte es nicht länger hinauszögern.

Huck nahm einen Schluck Kaffee und seufzte. Das Aufschieben hatte ihr eine miserable Laune beschert, und das war Gabe gegenüber nicht fair. Andererseits hatte sie auch gar keine Zeit zum Schreiben gehabt. Am Montag war sie noch in der Schule gewesen; am Dienstag und Mittwoch hatte sie alles sortiert und weggepackt, was sie mit nach Hause gebracht hatte. Und am Tag zuvor hatte sie Wäsche gewaschen und Essen eingekauft. Ihr Mann verdiente ja wohl saubere Hemden und ein warmes Abendessen, oder nicht?

Sie spitzte ihren Bleistift und schalt sich für ihre Lustlosigkeit. Gabe hatte sich bemüht, sie aufzumuntern, und sie hatte ihn mehr als einmal schroff angefahren. Es war Freitag, was bedeutete, dass sie wieder eine Karte mit der Post bekäme. Zudem wollten sie, wenn Gabe von der Arbeit zurück war, auf Haussuche gehen. Eigentlich hätte Huck begeistert sein sollen.

»Vielleicht schreib ich erst mal die Adresse auf den Umschlag«, sagte Huck laut. Sie griff nach einem Briefumschlag, schrieb die Adresse, die ihr ewig vertraut sein würde, und klebte eine Briefmarke darauf. *Spitze ich lieber noch mal den Bleistift*, dachte sie. Sie wollte schon aufstehen, doch dann zog sie den obersten Briefbogen aus der Schachtel und begann zu schreiben.

Mutter,
verzeih mir bitte meine Respektlosigkeit am letzten Samstag. Das war nicht richtig von mir, und es tut mir leid. Du wolltest keinen Streit, aber ich habe Dir nicht zugehört. Natürlich willst Du nur das Beste für Deine Kinder, das weiß ich. Aber verstehe bitte: Clark ist nicht mehr das Beste für mich. Es gab eine Zeit, in der ich glaubte, Gott hätte ihn für mich ausgewählt und wir wären füreinander bestimmt. Aber, wie Du immer sagst, »Menschen verändern sich, die Wahrheit bleibt«. Gabe Alexander ist ein gottgläubiger Mann und das Wahre für mich. Vor allem,

Mama, ist er mein Seelenverwandter. Wenn Du ihn erst einmal richtig kennst, wirst Du nicht von ihm enttäuscht sein.
In Liebe,
Huck

*

Die Uhr am Market Square schlug zwei. Gabe kam gerade aus Cecils Laden, als Charlie mit seinem Lieferwagen vorfuhr.

»Wie wär's mit einer Zigarette?«, rief Charlie.

»Geht nicht!«, brüllte Gabe zurück. »Hab noch was vor.«

»Mit dem Frauchen, wette ich.« Charlie schüttelte den Kopf. »Das ist es ja immer.«

Gabe grinste und stieg in den Blue Norther. Und ob er noch etwas vorhatte!

Er winkte Charlie zu, ließ den Motor an und fuhr auf die Main. Es war schon bis jetzt ein herrlicher Freitag gewesen. Gabe hatte sich ein Reimwörterbuch bestellt, das Anfang der Woche in seinem Büro angekommen war. Es machte das Gedichteschreiben sehr viel leichter. Hätte er geahnt, wie schwierig es war, jede Woche ein originelles Gedicht zu verfassen, hätte er sich vielleicht etwas anderes ausgedacht. Aber jetzt hatte er ja seinen *Verseschmied* … und damit eröffneten sich ihm zahllose dichterische Möglichkeiten.

Er kam sich vor wie E. E. Cummings.

Vor ihm wurde der Verkehr dichter, deshalb bog er in eine Seitenstraße ab und trat aufs Gas. Er wollte mit Huck auf Haussuche gehen, allerdings hatte er auch ein schickes Damenbekleidungsgeschäft unweit vom Rice Institute entdeckt. Im Schaufenster war eine dieser neuen Segeltuchhosen ausgestellt, für die auch in der Zeitung Reklame gemacht wurde. Er hatte immer davon geträumt, seiner Frau schicke Sachen zu kaufen, und es war ein guter Tag dafür, besonders nach Hucks Gespräch mit Annise. Gabe kannte nur wenige Männer, die sich für die Garderobe ihrer Frauen interessierten, geschweige denn etwas von Farbe und Stil verstanden. Sie strengten schlicht ihren Grips nicht an. Ein Mann musste doch nichts weiter tun, als auf die Werbeanzeigen zu achten. Für Gabe war es ein weiteres Verbindungsglied, um die »Reduzierung auf den kleinsten gemeinsamen Nenner« abzuwenden. Außerdem gab es für ihn nichts Schöneres, als Huck strahlen zu sehen.

Als Gabe um kurz nach zwei vor der Garagenwohnung ankam, saß Huck auf der Treppe und summte vor sich hin.

»Na, was sagt man dazu?«, rief er noch vom Fahrersitz aus. »Am Briefkasten klemmt ein Brief, den der Postbote mitnehmen soll. Bist du deshalb so fröhlich?«

»Mir geht's viel besser.« Sie stand auf und drehte sich im Kreis, dass ihr Kleid aufflog.

»Machst du das bitte noch mal?«

Sie lächelte. »Ganz bestimmt nicht!«

Bevor er aussteigen und ihr die Beifahrertür aufhalten konnte, war sie schon eingestiegen. »Als ich erst mal angefangen hatte, war's gar nicht so schwer, Mutter eine Entschuldigung zu schreiben.«

Gabe setzte rückwärts aus der Einfahrt und schmunzelte.

»Sieht so aus, als hättest du auch einen schönen Tag gehabt«, sagte sie.

»Stimmt.« Er fuhr zum Rice Institute.

»Ich dachte, wir wollen uns Häuser ansehen.«

»Ja, und ich dachte, dass wir drüben beim Rice anfangen. In diesem Viertel, Boulevard Oaks, gibt es ein paar schicke neue Häuser.«

»Meinetwegen«, antwortete Huck. »Haben sie da nicht lauter neue Bäume am Straßenrand gepflanzt?«

»Ja, und eines Tages werden sich die Äste über die Straßen spannen.«

*

Sie fuhren eine breite Allee hinunter, bis Gabe langsamer wurde und vor einer Ladenzeile hielt. »Mir tut das Bein weh«, sagte er.

»Welches?«

»Weiß nicht. Beide vielleicht.«

Huck sah ihn prüfend an. Sie wusste, dass Gabe etwas im Schilde führte. »Was ist los, Mr. Alexander?«

»Ich muss mir bei der Arbeit heute Morgen einen Muskel gezerrt haben.«

»Bei der Buchhaltung? Das kann ja wohl nicht sein.«

»Hast du was dagegen, ein bisschen herumzulaufen?«

Sie stiegen aus und spazierten an einigen Schaufenstern vorbei. Plötzlich blieb Huck stehen und zeigte auf eine kopflose Schaufensterpuppe. »Gabe, sieh nur!«

»Was ist mit ihrem Kopf passiert?«

»Das doch nicht! Sie trägt eine Hose.«

»Das ist ja ein Ding!« Er riss die Augen übertrieben weit auf. »Wenigstens braucht sie sich nicht um einen passenden Hut zu sorgen, so ohne Kopf.«

Huck lachte. »Hosen für Frauen sind der letzte Schrei, aber ganz schön gewagt.«

»In der Stadt vielleicht. Die Frauen auf den Farmen tragen seit Jahren die Hosen ihrer Männer. Wer will schon von morgens bis abends im Kleid auf einem Pferd sitzen und mit dem Vieh arbeiten?«

»Stimmt. Aber diese Hosen sind auf Figur geschnitten. Ein paar von den Lehrerinnen haben in der Schule über diese Hosen gesprochen. Sie nennen sie ›Entenhosen‹.«

»Weil Frauen darin watscheln?«

»Sehr lustig. Nein, der Stoff heißt ›weiße Ente‹. Mutter würde einen hysterischen Anfall kriegen.«

»Warum probierst du sie nicht mal an?«

Huck lächelte bei der Erinnerung an ihren ersten gemeinsamen Tag, als Gabe sie ruckzuck überredet hatte, sich bei Foley Brothers ein neues Kleid zu kaufen. Wenig später stand sie in der Umkleidekabine. Gabe suchte eine rosa Matrosenbluse aus, die ihr perfekt passte.

»Manchmal begleiten Männer ihre Frauen hierher«, sagte die junge Verkäuferin, als sie an der Kasse standen, »aber sie können es gar nicht abwarten, wieder zu gehen.«

»Hab ich versucht«, flüsterte Gabe. »Aber ich stehe gegen meinen Willen unter dem Bann ihrer Schönheit. Können Sie mir helfen?«

Die Verkäuferin lachte und reichte Huck ihre Tüten. »Das wird Ihre Frau gewiss nicht wollen.«

Huck fühlte, dass sie rot wurde. »Wenn Sie ledig sind, seien Sie vorsichtig. Sie können nie wissen, *wer* Sie mit Kleidern für sich zu gewinnen versucht.«

Nachdem sie das Geschäft verlassen hatten, kauften sie sich zwei Hörnchen mit Schokoladeneis in der Eisdiele nebenan und stiegen wieder in den Blue Norther. Dann fuhren sie an vielen hübschen Häusern vorbei, die zum Verkauf angeboten wurden, aber keines entsprach ihren Vorstellungen.

»Vielleicht wissen wir einfach nicht, was wir wollen«, sagte Gabe, während sie langsam durch eine verschlafene Wohngegend fuhren.

»Wir erkennen es, wenn es das Richtige ist«, erwiderte Huck.

»Meinst du, wir werden schlauer, wenn wir in der Nähe einer Universität wohnen?« Er leckte an seinem Eis.

»Natürlich!«, antwortete Huck und wünschte, sie wäre

schlau genug gewesen, ihr Eis langsamer zu essen. »Denk dran, wo ich aufgewachsen bin.« Sie lachte.

»Lieber sehe ich dich an.« Gabe drehte sich zu ihr und riss wieder weit die Augen auf.

»Lass das! Wir müssen nach Verkaufsschildern Ausschau halten. Und übrigens hast du Schokolade am Kinn.« Sie lehnte sich hinüber und küsste ihm das Kinn sauber. »Achte auf die Straße, Mister.«

»Huch!« Gabe schmierte sich Eiskrem an die Wange. »Jetzt habe ich Schokolade an der Wange.«

»Zu schade, denn ich bin satt und hab Kopfweh. Da wirst du dich wohl selbst küssen müssen.«

»Man kann von keinem Mann verlangen, ein Haus zu suchen, wenn sein Gesicht voll ...«

»Gabe, sieh nur!« Sie zeigte auf ein braunes Backsteinhaus im Tudorstil. »Halt an.«

Gabe brachte den Blue Norther zum Stehen. Sofort sprang Huck heraus und lief auf das Haus zu. Es lag in einem hübschen Garten und hatte ein grünes Ziegeldach. Mehrere sanfte Bögen rahmten die Veranda und die Fenster ein, ehe sie sich zur Seite streckten und dort den Toreingang zum Garten bildeten. Mitten im Vorgarten stand eine Anacacho-Orchidee in voller Blüte.

»Oh Gabe, sieh doch!« Huck rannte in den Garten. »Anacacho-Orchideen. Das hier muss unser Zuhause sein!«

»Aber ... Liebling ...« Gabe holte sie ein. »Wir stehen in dem Vorgarten von irgendjemand. Hier ist kein ›Zu verkaufen‹-Schild.«

»Weil niemand sonst dieses Haus finden sollte.« Huck eilte zu einem Fenster. Ein Anflug von Furcht überkam sie. Was, wenn Gabe recht hatte? Nein, das konnte nicht sein. Die Orchideen waren ein Wink des Schicksals. Sie schirmte ihr Gesicht mit beiden Händen ab und spähte durchs Fenster.

»Du schaffst es noch, dass wir erschossen werden.«

»Nein, werden wir nicht. Es steht leer. Komm her und sieh selbst.«

Die nächsten Minuten verbrachten sie damit, in jedes Fenster zu gucken. Huck konnte nicht alles erkennen, aber doch, dass die Bodendielen und Wandvertäfelungen sehr gut gearbeitet waren. Die Garage war riesig und bot ausreichend Platz für den Blue Norther, eine Werkbank und Werkzeuge. Da stand sogar ein Segelboot mit einer kleinen Kajüte, aufgebockt auf einer Holzkonstruktion.

»Schau dir das an«, sagte Gabe. »Es ist wie das Boot, mit dem ich als Junge gesegelt bin, nur größer.«

Ein Wagen hupte und bog in die Einfahrt.

»Das müssen die Besitzer sein.« Huck strich ihr Kleid glatt. »Lass uns das Haus heute noch kaufen.«

»Vor Aufregung habe ich unseren Wagen mitten auf der Straße stehen lassen.« Gabe grinste. »Hoffen wir, dass es nicht die *neuen* Besitzer sind.«

»Los, such einen Parkplatz für den Blue Norther«, befahl Huck ihm strahlend. »Dann komm zurück und schließ den Kaufvertrag für mein neues Zuhause ab.«

Es war nicht der Besitzer, sondern ein Makler, der ein Schild im Garten aufstellen wollte. Erfreut führte er sie durchs Haus und erklärte, dass das ältere Paar, dem das Haus gehörte, unerwartet umziehen musste und zu einem fairen Preis verkaufen wollte. Auch für das Segelboot hatten sie keine Verwendung mehr – es war im Kaufpreis eingeschlossen.

*

Die warme Sommerdämmerung legte sich über die Stadt, als Huck und Gabe zu ihrer Garagenwohnung zurückkehrten. Seit dem Eis hatten sie nichts mehr gegessen, und das war inzwischen Stunden her. Trotzdem konnten die beiden nicht aufhören, vor sich hin zu lächeln.

»Ich verhungere gleich«, sagte Gabe beim Aussteigen. »Wie wäre es, wenn wir das Ganze mit einem Abendessen bei Benny's feiern?«

»So schmuddelig, wie ich mir vorkomme, müsste ich erst baden.«

»Ja, ich bin auch ein bisschen verschwitzt.« Er wischte sich das Gesicht mit seinem Taschentuch. »Was hältst du von einem Sandwich und Zwiebelringen am Pig Stand? Da bräuchten wir nicht mal aus dem Wagen zu steigen.«

»Eine wunderbare Idee!« Huck lief zum Briefkasten. »Zum Kochen bin ich sowieso viel zu aufgeregt.«

»Ich geh rasch zu unserem Vermieter und teile ihm die Neuigkeit mit. Bestimmt ist er enttäuscht«, sagte Gabe und zwinkerte Huck zu. »Ich wette, es ist Post für uns da.«

»Was könnte das nur sein?«, entgegnete Huck, während Gabe an Mr. Blanes Hintertür klopfte.

Der Briefkasten stand vorne an der Straße. Huck zog ihre Schuhe aus, um das kühle Gras unter ihren Füßen zu fühlen. Was war das für ein Tag gewesen! Zuerst hatte sie endlich an ihre Mutter geschrieben – eine große Erleichterung –, und dann kam das unerwartete Einkaufsabenteuer. Huck lachte. Es war schon ein wenig paradox, dass sie sich bei Annise entschuldigte und sich dann ausgerechnet eine *Hose* kaufte. Und das perfekte Zuhause mitsamt Anacacho-Orchideenstrauch zu finden? Ihre neue Adresse wäre 3315 Glen View Lane – mit den Orchideen könnte es ebenso gut 3315 *Secret Glen* View Lane heißen, in Anspielung auf ihre geheime Bucht.

Seit sie den Orchideenstrauch gesehen hatte, ging ihr Mister Jack nicht mehr aus dem Sinn. Hatte er irgendwie mit allem zu tun? Sie hatte mit Gabe darüber gesprochen. Er sagte, er wolle die Vorstellung zwar nicht ganz von der Hand weisen, tippe aber eher auf einen Zufall. Na gut, Mister Jack war schließlich auch ihr Schutzengel und nicht seiner. Es wäre schön gewesen, aber sie konnten eben nicht alles teilen.

Huck erreichte den Briefkasten und holte die Post heraus. Es war schon fast dunkel, aber sie sah, dass die erwartete Ansichtskarte dabei war, die sie lieber drinnen bei richtigem Licht lesen wollte. Außerdem waren noch ein paar Rechnungen gekommen sowie ein Brief. Von wem mochte er sein? Mutter könnte geschrieben haben, aber sie benutzte nicht solche Umschläge. Und ihre Geschwister schrieben meist nur zu Weihnachten. Natürlich könnte es auch ein Brief für Gabe sein, aber ...

Als sie die Handschrift erkannte, verjagte ein kalter Schauer ihre ausgelassene Freude.

Der Brief war von Clark.

Fünfzehn

Wie sich Finger der Seelen,
Die eins sind, verweben
Zu vollem Vertrauen,
Wächst im Gestern und Heute ein Geschenk uns heran,
Wie's im Morgen nicht größer und schöner sein kann.
Liebende sind wir ...
Und einer des anderen »bester« Freund.
Für immer, Gabe.

Juli 1926, Houston, Texas

Ein blank polierter Messingkessel flötete sein munteres Lied, während Huck das Frühstücksgeschirr abtrocknete und forträumte. Die moderne Gestaltung ihres neuen Heims mit den drei Schlafzimmern war genau das, was Gabe und sie sich gewünscht hatten – einschließlich Kamin, Wohn- und Esszimmer, einer großen Küche mit einer gemütlichen Frühstücksecke. In dem größten Schlafzimmer hatten sie ein Himmelbett aufgestellt und die beiden kleineren als Arbeitszimmer eingerichtet. Und dann gab es da noch ihr kleines Privatwohnzimmer ... einen nur von Kerzen erhellten Raum mit frischen Blumen, ihren Lieblingsbüchern, einem rosafarbenen kleinen Sofa und natürlich mit den Postkarten.

Huck lächelte.

Die Idee mit dem privaten Wohnzimmer hatte sie schon mit sechzehn gehabt, an jenem Nachmittag, als ihre geheime kleine Bucht von Bulldozern zerstört worden war. Mitten in dem Lärm der großen Maschinen hatte sie sich geschworen, eines Tages einen besonderen Platz für sich und ihren künftigen Ehemann zu schaffen. Es sollte ein schöner Raum sein, abgeschieden und tabu für die meisten Besucher. Und sie würde lieber sterben, als *diesen* Ort zerstört zu sehen.

Von der Bucht wanderten ihre Gedanken nach Huntsville und zu dem Entschuldigungsbrief an ihre Mutter, auf den Annise versöhnlich geantwortet hatte. Seither hatten sie sich noch ein paar Mal geschrieben und ihre Differenzen aufrichtig in einem Waffenstillstand beigelegt.

Clarks Brief war etwas ganz anderes. Hucks Lächeln verschwand, denn sie hatte Gabe noch nichts davon erzählt. In ihrer ersten Nacht damals hatten sie ihre Herzen geöffnet und sich versprochen, niemals Geheimnisse voreinander zu haben. Aber in all der Aufregung und dem Trubel des Umzugs hatte Huck es immer wieder aufgeschoben. Clark war ein unangenehmes Thema, über das Gabe wahrscheinlich lieber nicht reden wollte. War er eifersüchtig auf ihren früheren Verehrer? Ja. Und er würde erst recht wütend werden, wenn er erfuhr, dass es einen Brief gab, von dem sie ihm nichts gesagt hatte.

Huck trocknete das Silberbesteck gründlich ab und untersuchte es auf Wasserflecken. Als sie Clarks Brief aufmerksam las, hatte Huck begriffen, dass er sich auf seine stolze Art bei ihr entschuldigte und sie sogar um Verzeihung bat. Er schrieb, dass er in Chicago ein Mädchen geheiratet hätte, von dem er schwor, sie wäre sein »Goldtopf am Ende des Regenbogens«. Huck fand diesen Ausdruck ein bisschen seltsam, wenn nicht gar beleidigend, doch vor allem war sie froh, dass Clarks romantisches Interesse nicht mehr ihr galt.

Am letzten Wochenende hatte sie eigentlich vorgehabt, den Brief nach dem Frühstück beiläufig zu erwähnen. Daraus wurde nichts, weil das schöne Sofa, das sie für ihr Privatwohnzimmer bestellt hatten, angeliefert wurde. Also hatten sie sich frischen Kaffee gekocht und den restlichen Vormittag auf dem Sofa verbracht. Sie hatte nichts gesagt, um Gabe die Freude nicht zu verderben.

»Dieses private Wohnzimmer ist genial, aber irgendwie auch unsozial«, hatte Gabe scherzhaft gesagt. »Kein Gästezimmer, keine Wochenendgäste.«

»Das nehme ich mal als Kompliment.« Huck zwickte ihn in die Wange. »Die Wochenenden gehören uns. Und du wirst sicher auch nicht dein Arbeitszimmer für die ganze Verwandtschaft räumen wollen.«

Gabe lachte. »Touché! Und das *ist* ein Kompliment.«

Huck konzentrierte sich wieder darauf, eine zarte Porzellantasse und die passende Untertasse abzutrocknen. Seit zwei Wochen das gute Porzellan auf den Tisch zu stellen, das bis dahin in ihrer Aussteuertruhe gelagert hatte, war so ... befriedigend. Noch erfreulicher war die Art, wie Gabe sie ansah, wenn er sich morgens in die Frühstücksecke mit den Ahornmöbeln setzte. Sein sanftes Gesicht strahlte vor Wohlgefallen. Das Schönste aber waren seine langen Abschiedsküsse, die Huck zeigten, dass sie für ihn der wichtigste Mensch auf der Welt war. Ihre Küsse waren eine Art »Lippensprache«, eine romantische Sprache ohne Worte.

Die wohlige Vorfreude zauberte Huck wieder ein Lächeln ins Gesicht. Dieser Tag war Gabes letzter bei Cecil's. Und dann hätten sie fünfzehn Sommertage nur für sich, bevor er seine Stelle bei Gulf antreten würde. Um das zu feiern, hatte Huck zwei Überraschungen vorbereitet.

Die erste hatte es am Abend zuvor gegeben: ein entspanntes Essen in Benny's Diner mit Gabes engsten Freunden. Lieber hätte sie das Ganze in ihrem neuen Zuhause veranstaltet, aber ihr Mobiliar bestand nur aus der Frühstücksecke, dem Bett und dem kleinen Sofa. Bis auf zwei kleine Beistelltische mit Erinnerungswert und ein paar Bücherregale hatten sie alles aus der Garagenwohnung an einen Gebrauchtmöbelhändler verkauft. Von nun an wollten sie sich hochwertigere Möbel anschaffen. »Das bedeutet zwar, dass wir immer erst ein paar Monate sparen müssen, bevor wir uns ein neues Stück leisten können«, hatte Gabe immer wieder betont, »aber dafür werden die Möbel uns beide überleben. Außerdem wäre es doch peinlich, wenn unser Bett unter unserer heftigen Leidenschaft zusammenbricht.«

Huck trocknete einen silbernen Servierlöffel ab und betrachtete ihn prüfend. *Feurig* traf ihre Schlafzimmeraktivitäten weitaus besser als *heftig*. Sie wischte einen letzten Wasserflecken weg und besah den Löffel. Darin spiegelte sich ihr Gesicht auf dem Kopf. Sie lachte. Gabe stellte wahrlich ihre Welt auf den Kopf!

Sie räumte das restliche Besteck und Porzellan fort, warf das Geschirrtuch auf einen Stapel schmutziger Tischdecken. Dann gab sie ein paar Löffel gemahlenen Kaffee in einen Filter und goss kochendes Wasser darauf. Während der Kaffee durchlief, holte Huck eine große Rührschüssel und einen Holzlöffel aus dem Schrank. Sie suchte Eier, Mehl und Backpulver zusammen und dachte daran, wie viel Spaß sie beim Abendessen mit Gabes Freunden gehabt hatte.

Benny, der Huck an einen schlecht gelaunten Koch erinnerte, wie sie oft Viehtrucks begleiteten, hatte sie »eine hübsche kleine Färse – ziemlich widerspenstig« genannt. Cecil strahlte die unaufdringliche Freundlichkeit eines Südstaaten-Gentleman aus, aber er hatte traurige Augen. Seine Frau, Norma, war »nicht ganz auf der Höhe« gewesen und hatte sich entschuldigen lassen. Und Charlie? Der war witzig, eigensinnig und riss einen Witz nach dem anderen. Manche waren ein bisschen zweideutig. Seine

Frau Chloe lachte meist lauthals los, erschrak dann plötzlich und gab Charlie einen Klaps auf den Mund.

Bei dem Gedanken an Gabes unterschiedliche Freunde schüttelte Huck schmunzelnd den Kopf. Dann stellte sie den Gasherd an. Zu ihrer zweiten Überraschung gehörte es, einen Mokka-Schokoladenkuchen zu backen, Gabes Lieblingskuchen. Das Rezept war in seiner südtexanischen Familie von Generation zu Generation weitergereicht worden, und zu Gabes Entzücken hatte Huck diesen Kuchen gleich in der ersten Woche ihrer Ehe gebacken. Die Hauptzutat war Kakao, und dann kamen noch eine Tasse starker Kaffee, Zimt und brauner Zucker hinein. Die Glasur bestand aus den gleichen aromatischen Zutaten, und das Ganze wurde mit gerösteten Pekannuss-Hälften verziert.

Mit dem Holzlöffel verrührte Huck Butter und braunen Zucker, gab die trockenen Zutaten hinein und zum Schluss den Kaffee und die Eier. Als Kind hatte sie gelernt, dass ein Kuchen besonders saftig wurde, wenn man die Eier einzeln in den Teig rührte. Das machte zwar mehr Arbeit, doch das Ergebnis lohnte die Mühe allemal.

Während der Kuchen im Ofen war, nahm Huck einen Stift und ihre Liste, die sie in ihrem Rezeptbuch versteckt hatte. Damit setzte sie sich an den Tisch und hakte die letzten Vorbereitungen für ihre zweite Überraschung ab.

Kuchen: erledigt.

Essen und Trinken: eingepackt.

Bettzeug: eingepackt.

Badesachen: eingepackt.

Seit ihrem Ausflug zum Splash Day, bei dem sie über ein gemeinsames Segelabenteuer gesprochen hatten, träumte Huck davon, mit ihrem Seelenverwandten die Buchten und Anlegestellen rund um die Galveston Bay zu erkunden. Dass sie ein Haus inklusive eines Segelbootes gekauft hatten, war Vorsehung gewesen – die man keinesfalls ignorieren durfte. Also hatte Huck eine ganze Woche lang ihren Ausflug mit dem Boot geplant. Tagsüber würden sie ruhig über das Wasser gleiten, abends ein Lagerfeuer am Strand machen und sich unter den klaren texanischen Sternen eng umschlungen halten.

Lächelnd wandte Huck sich wieder ihrer Liste zu.

Boot: klar zum Segeln.

Ohne Gabes Wissen hatte sie einen Bootsbauer beauftragt, Rumpf, Ruder, Tampen und Segel zu prüfen. Die kleine Schaluppe bestand die Inspektion mit Glanznoten. Und als Teil der Abmachung hatte der Bootsbauer zugesagt, das Boot auf einem Hänger zur Küstenstadt Seabrook zu transportieren. Das Einzige, was noch nicht in dem Boot verstaut war, waren der Kuchen und einige persönliche Dinge.

Mit einem zufriedenen Seufzer hakte Huck »Boot nach Seabrook« ab. Wie verabredet, war der Bootsbauer am Morgen erschienen, wenige Minuten nachdem Gabe im Blue Norther weggefahren war. Nun musste Huck nur noch Kleidung für sie beide packen.

*

»Willst du weglaufen und dich zur Marine melden?«, fragte Gabe später am Nachmittag. Nach seinem letzten Tag bei Cecil war er nach Hause geeilt, wo er Huck auf den Stufen der Vorderveranda hockend vorfand. Sie lächelte und hielt eine Kuchenform mit Deckel auf den Knien.

Er pfiff.

Die Frau seiner Träume trug die weiße Segeltuchhose und die rosa Matrosenbluse. Noch nie hatte sie reizvoller ausgesehen. »Oder posierst du für eine Modezeitung?«

»Mit einem Kuchen auf dem Schoß?«

»Hmm, wohl nicht.« Gabe nahm seinen Hut ab, setzte sich neben Huck und zündete sich eine Zigarette an.

»Willst du mich nicht fragen, was für einen Kuchen ich gebacken habe?«

»Muss ich nicht. Hier, halt mal meine Zigarette.« Er reichte sie Huck und schnappte sich den Kuchen.

»Gib ihn mir wieder! Er gehört zu einer Überraschung.«

»Noch eine ... für mich?«

»Tja, du wechselst ja nicht jeden Tag die Stellung. Und diese Überraschung wird dir wirklich gefallen.«

»Nicht leicht, das Essen gestern Abend bei Benny zu übertreffen.« Grinsend sah er auf den Kuchen. »Darf ich wenigstens riechen, was drin ist?«

»Einmal kurz, aber nicht ganz aufmachen!«

Gabe öffnete den Deckel einen Spalt weit und schnupperte. »Mmm. Genau das, worauf ich gehofft hatte ... Mokka-Schoko. Und wann erfahre ich den Rest deines Plans?«

»Jetzt gleich.« Sie gab ihm die Zigarette zurück. »Du und ich ziehen in ein Abenteuer.« Huck kicherte.

»Großwildjagd?«

»In diesem Aufzug?«

»Okay. Tiefseetauchen?«

»Gabe, sei ernst.«

Er neigte sich zu ihr und küsste sie auf die Stirn. Draußen zu sein, sie so angezogen zu sehen, den frischen Duft ihres Haars zu atmen ... all das machte ihn verrückt. »Kein Mann kann klar denken, wenn er in Gesellschaft einer wunderschönen Frau ist, die eine enge Hose trägt«, flüsterte er. »Vor allem nicht in der ersten Stunde seiner joblosen Freiheit, wenn er nichts anderes will, als zu feiern.«

»Oh Gabe, Liebling.« Huck schmiegte sich an ihn. »Es ist deine erste Stunde Freiheit. Und da du diese Bluse ausgesucht und gesagt hast, dass ich schön bin …« Sie hielt inne und küsste seinen Hals. »Ich nehme an, wir könnten reingehen und feiern, indem wir ein bisschen … du weißt schon …« Wieder verstummte sie und knabberte an seinem Ohrläppchen.

»Ja, ich denke, das wissen wir beide«, flüsterte Gabe.

»Dann bist du sicher?«

»Und ob.« Er drückte seine Zigarette aus.

»Gut.« Sie kicherte. »Essen wir ein bisschen Kuchen. Mach den Deckel auf.«

Gabe schob die Unterlippe vor, setzte sich gerade hin und nahm den Deckel ab. Auf einem Meer aus Schokoguss und gerösteten Pekannüssen segelte ein Boot, auf dessen Rumpf der Name *Cleopatra* stand.

»Sieh sich einer das an!« Gabe lachte. »Das hatte ich vollkommen vergessen. An unserem ersten Tag haben wir davon gesprochen, eines Tages auf einem Boot namens *Cleopatra* zu einem verwegenen Abenteuer aufzubrechen.«

»Eines Tages«, bestätigte Huck mit einem Kopfnicken.

Gabe stutzte, betrachtete wieder den Kuchen, stand auf und zeigte auf die Garage. »Du meinst heute? Mit unserem neuen Boot?«

»Mit der *Cleopatra*. Aber sie ist nicht hier.«

»Wie bitte?«

»Sie liegt drüben in Seabrook am Steg, klar zum Segeln und beladen mit Vorräten für eine Woche«, verkündete Huck lachend. »Ich musste irgendwas Aufregendes tun, solange du gearbeitet hast. Und jetzt, wie Mister Jack mir gesagt hat, als ich zehn war: Mach den Mund zu, bevor Mister und Missis Hausfliege die Adresse wechseln.«

*

Huck brauchte nicht lange, um ein »alter Seebär« wie Gabe zu werden. Rasch begriff sie den Unterschied zwischen Bug und Heck, Back- und Steuerbord. In nicht einmal zwei Tagen lernte sie, die Segel der *Cleopatra* zu setzen und einzuholen, das Ruder zu übernehmen und im Wind zu kreuzen. Um schwierige Navigationsmanöver brauchten sie sich nicht zu kümmern, weil das Land immer in Sicht war. Jeden Abend ankerten sie in Ufernähe.

Frühstück und Mittagessen bereiteten sie in der kleinen Kombüse der *Cleopatra* zu. Das Abendessen kochten sie am Strand über einem Lagerfeuer aus Treibholz und beobachteten, wie die orangenen und blauen Flammen rasch in den glühenden Scheiten verschwanden. An manchen Abenden wirbelten die Windböen Funken auf, die wie hunderte rotfunkelnder Katzenaugen über den leeren, dunklen Strand wehten. An diesen einsamen Stellen verzichteten Gabe und Huck auf Badeanzüge, schwammen im warmen, flachen Wasser und wickelten sich hinterher in eine Decke ein. Nachdem sie ihre tiefsten Geheimnisse dem Mond und den Sternen anvertraut hatten, wandelten sich ihre sanft gemurmelten Worte in ruhige Liebesakte, die bis in die frühen Morgenstunden andauerten. Danach kehrten sie müde auf die *Cleopatra* zurück und ließen sich von den zarten Wellen in den Schlaf wiegen.

Die Tage verbrachten sie mit Erkundungen und Entspannen. Immer gab es Kaffee ihrer Lieblingsmarke Admiration zu trinken und Interessantes zu bereden. Ein bevorzugtes Thema war die »Reduzierung auf den kleinsten gemeinsamen Nenner« und wie sie am besten vermieden werden könnte.

Zunächst einmal war da ihr starker Glaube – der vorhanden war – zusammen mit gegenseitiger Achtung. Und was die Hausarbeit anging, so beschlossen sie, dass das Geschlecht keine Rolle spielen sollte. Sie wollten alle Aufgaben außerhalb ihrer beruf-

abend am Lagerfeuer beschlossen, Gabe den Brief nicht zu zeigen. Als Gabe unterwegs war, um noch etwas Treibholz zu sammeln, hatte sie Clarks abschließende Worte verbrannt. Clark war glücklich, und er gehörte nicht mehr zu ihrem Leben. Wozu sollte es also gut sein, Gabe damit zu behelligen? Außerdem würde die Tatsache, dass sie den Brief so lange zurückgehalten hatte, ihn noch tiefer verletzen. Gabe und sie hatten einander zwar versprochen, ihre tiefsten Geheimnisse zu teilen, aber dieses war bestenfalls ein oberflächliches geworden.

Huck sah zu, wie die Apfelschale ins Wasser plumpste. Sie würde Gabe erzählen, dass Clark geheiratet hatte. Das wäre gut. Auch wenn sie dabei ein ganz klein bisschen schwindeln müsste.

Huck beobachtete, wie mehrere Fische heranschossen und nach der Apfelschale schnappten. Dabei bemerkte sie etwas Schimmerndes auf dem sandigen Meeresboden.

»Gabe, komm schnell! Wir haben Geld gefunden!«

»Wo?«

Sie zeigte mit dem Messer auf ein halbes Dutzend runder Objekte. »Münzen. Glaubst du, es sind spanische Dublonen?«

»Möglich wär's.« Gabe rieb sich das Kinn. »Der Legende nach hat Jean Lafitte seinen Schatz in dieser Gegend vergraben. Einen Schatz, der nie gefunden wurde.« Er sah hinunter auf die Münzen. »Das Wasser müsste so vier, fünf Meter tief sein. Und die Sonne steht genau im richtigen Winkel, damit wir die Münzen überhaupt sehen können.«

»Vielleicht ist es ein Piratenschatz«, sagte Huck und zwinkerte verschwörerisch.

»Könnte sein. Oder es sind menschenfressende Haie auf der Jagd nach gierigen Menschen. Ich habe schon gehört, dass sie Münzen als Köder benutzen.«

Huck ignorierte die Bemerkung. »Jedenfalls müssen wir es

uns genauer ansehen. Vielleicht ist es ein bedeutender historischer Fund.«

»Oder einer der Fischer von hier hatte ein Loch in der Hosentasche.«

Sie verspeisten den Apfel und kamen überein, dass Gabe hinuntertauchen und die Münzen holen würde. »Wenn ich von einem Hai gefressen werde, kümmere dich gut um den Blue Norther«, bat er sie grinsend.

»So was darfst du nicht mal andeuten!«

»Na gut, dann kümmere dich eben nicht um den Wagen. Ich bekomm es ja eh nicht mit.« Er tauchte ins Wasser.

»Gabe Alexander!«, schimpfte Huck. Über einen gefährlichen Hai in diesem Teil der Bucht war nichts bekannt, aber man konnte nie wissen, wann das Schicksal zuschlug. Ein eisiger Schauer kroch ihr über den Rücken, als sie Gabe in die Tiefe tauchen sah. »Mutter sagt immer, man darf nicht den Teufel an die Wand malen«, sagte sie laut. »Also werde ich es auch nicht.« Trotzdem war ihr unheimlich zumute.

Fünfzehn Sekunden später hatte Gabe die Münzen eingesammelt und bedeutete ihr durch Winken, dass er wieder nach oben käme. Huck stieß einen tiefen erleichterten Seufzer aus.

Fünf Sekunden später war er immer noch unten. Es vergingen nochmals fünf Sekunden. Was machte er denn da bloß? »Das ist jetzt nicht der Moment, mir zu beweisen, wie lange du die Luft anhalten kannst«, rief Huck, als sie sah, wie Gabe die Münzen aus der Hand fielen. Warum ließ er …? Nein! Er kämpfte, hing irgendwo fest. Er versuchte, sich zu befreien!

Huck griff nach dem Obstmesser und sprang vom Boot. Für einen kurzen Augenblick verlor sie die Orientierung und hätte beinahe Wasser geschluckt, dann sah sie Gabe. Als Kind war sie eine gute Schwimmerin gewesen, aber die kleinen Flüsse im Osten von Texas waren schmal und flach gewesen.

Schwimm schneller, schrien ihr Verstand und ihr Herz gleichzeitig.

Nicht so. Nimm beide Hände. Klemm dir das Messer zwischen die Zähne, so wie früher, wenn du mit Cutter Pirat gespielt hast. Tauch tiefer!

Ihre Augen brannten.

Ihre Ohren gingen ploppend zu.

Tiefer!

Ihre Lunge drohte zu bersten.

Schon wurden ihre Finger zu schwach, um das Messer festzuhalten.

Und dann packte Gabes starke Hand die ihre und fuhr mit der Klinge durch ein riesiges Knäuel verhedderter Angelschnur.

Alles wurde schwarz.

Das Nächste, was Huck sah, war der Umriss von Gabes Gesicht im strahlenden Sonnenschein. »Ich dachte … ich hab dich verloren«, sagte er. Es war kaum mehr als ein Flüstern.

Huck wollte etwas sagen, musste aber husten, und ein brennender Schmerz strömte aus ihrer Brust in ihre Nase.

»Bleib ruhig liegen. Wir sind wieder an Bord. Alles wird gut.«

Huck hustete wieder und versuchte, sich aufzusetzen.

Gabe nahm sie in seine Arme. »Alles wird gut«, wiederholte er.

Eine halbe Stunde später saß Huck, in eine Decke gewickelt, mit einem heißen Tee mit Honig im Cockpit. Ihre Muskeln waren so geschwächt, dass sie zitterte, und ihre Nasennebenhöhlen waren wie wund, aber es wurde allmählich besser.

»Du hast mir das Leben gerettet … unser gemeinsames.« Gabe streichelte ihre Wange mit dem Handrücken. »Wie du mich mit dem kleinen Obstmesser aus dem Angelschnurknäuel befreit hast, werde ich nie …« Eine Träne lief ihm über die Wange.

»Aber ich bin ohnmächtig geworden. Du hast mich gerettet!«

»Zuerst du mich«, konterte Gabe.

Sie lachten.

»Wie gut, dass du so lange die Luft anhalten konntest.« Huck nippte an ihrem Tee.

»Das hab ich im Krieg gelernt. Unsere Gasmasken funktionierten oft nicht richtig.« Er lächelte und zündete sich eine Zigarette an. »Als du mit dem Messer da unten erschienen bist, hätte ich höchstens noch ... na, sagen wir ... ein oder zwei Stunden durchgehalten.«

»Wenn ich nicht so erschöpft wäre, würde ich dich verhauen.«

»Ah, das hätte ich fast vergessen.« Gabe hielt eine glänzende Silbermünze in die Höhe. »Die habe ich in meiner Badehose gefunden. Sie ist tatsächlich spanisch.«

»Eine Dublone?«

»Leider nein.« Er gab sie Huck. »Sie stammt von 1891, und vorne drauf ist ein Bild von König Alfons XIII. Der ist bis heute König, wie ich aus der Zeitung weiß.«

Huck rieb mit dem Daumen über das Konterfei des Monarchen. »Ist das nicht der König, der sich und seine Braut vor einem Attentat an ihrem Hochzeitstag gerettet hat?«

Gabe nickte, zog an seiner Zigarette, schaute einen Moment nachdenklich aufs Wasser und blies dann den Rauch wieder aus. »Wahrscheinlich vor einem eifersüchtigen Verlobten.«

»Wahrscheinlich.« Huck lächelte. »Hab ich dir erzählt, dass Mutter in ihrem letzten Brief geschrieben hat, dass Clark verheiratet ist und in Chicago lebt?«

»Schön. Ich hoffe, das bleibt auch so.«

»Dass er verheiratet ist oder dass er in Chicago wohnt?«

»Beides.« Gabe runzelte die Stirn, schnippte seine Zigarette ins Wasser und stand auf. »Was hältst du davon, wenn ich in die

setzt hatten. Ein Gespräch, aus dem sich neue Fragen ergaben … manche davon schwer zu verdauen.

*

Wir hatten uns im Braided Rein – »Der geflochtene Zügel« – getroffen, einem verrauchten Steakhouse, das damit warb, das zarteste Rindfleisch südlich vom Nordpol zu servieren. Niedliche Cowgirls mit Pferdeschwänzen gossen aus kühlen Steingutkannen das Bier in Krüge mit dicken Griffen. Es hieß, wenn ein Gast sich über das Essen beschwerte, wurde ihm tatsächlich ein geflochtener Zügel – oder ein anderes Stück Zaumzeug – ausgehändigt, und zwar perfekt gegrillt. Eine Live-Band animierte die Gäste zum Tanzen, und die Damen konnten gern ein paar Schritte Boogie auf dem Tresen der uralten Bar vorführen.

»Ich bin überrascht, dass Sie mich gerade hier treffen wollen«, hatte ich über das Wummern von Schlagzeug und Bassgitarre hinweg zu Yevette gesagt.

»Wieso? Ich liebe ein gutes Steak.«

Ich nippte an meinem Bier. Die Tanzfläche war leer, aber um fünf Uhr nachmittags war es wohl noch ein bisschen zu früh für den klassischen texanischen Two-Step. »Und, möchten Sie etwas zu essen bestellen?«

»Zu früh. Aber Sie können gerne.«

»Ich hab keinen Hunger.« Ich trank noch einen Schluck, während die Band »Cotton-Eyed Joe« anstimmte.

»Mir gefällt die Atmosphäre hier«, sagte sie schließlich und zog die Brauen zusammen. »Aber wir müssen nicht bleiben, wenn es Ihnen nicht gefällt.«

»Äh … nein. Schön hier. Es ist bloß nicht die Art von Lokal, in die Haley gehen würde«, antwortete ich achselzuckend. »Wir waren nie hier. Aber fassen Sie das bitte nicht als Beleidigung auf.«

»Tue ich nicht.« Sie lächelte. »Huck und Gabe waren sehr gerne hier.«

»Hier?«

»Das Lokal ist eines der ältesten in Houston, auch wenn die Betreiber natürlich mehrfach gewechselt haben. Während der Prohibition war es eine Flüsterkneipe.« Sie machte eine Pause. »Wissen Sie, was Huck an diesem Lokal angezogen hat?«

»Champagner rosé?«

»Der und die Tatsache, dass es hier spukt.«

»Das ist ein Witz.«

»Nein, ein reicher Viehzüchter hat dieses Haus als Saloon im späten 19. Jahrhundert gebaut. Er nannte es ›Bull on the Bayou‹ oder so ähnlich.«

»Vielleicht ›Cow on the Canal‹?«, warf ich ein und kicherte.

Yevettes Mund verzog sich zu einem Schmunzeln, aber sie fuhr fort, ohne darauf einzugehen. »Der Legende nach vergnügte sich der Viehzüchter regelmäßig mit einem der Saloon-Mädchen im oberen Stockwerk. Eines Abends kam seine eifersüchtige Frau hereinmarschiert und schoss mit einer Buffalo-Flinte auf ihn.«

»Und das hat er nicht überlebt?« Ich leerte meinen Bierkrug.

»Körperlich nicht.«

In dem Moment glitten Fingernägel über meinen Rücken, und ich zuckte zusammen.

Yevette lachte.

»Verzeihung, Sir.« Ein blondes Cowgirl hievte eine große Kanne auf den Tisch. »Da ist ein glitschiger Fleck auf dem Boden, und ich hätte fast das Gleichgewicht verloren. Wir kratzen unseren Gästen eigentlich nicht den Rücken, außer, sie geben ein großes Trinkgeld.« Sie kicherte und füllte unsere Krüge nach. »Sagen Sie Bescheid, wenn Sie noch eine Runde wollen.«

»Geschieht Ihnen recht.« Yevettes Augen wechselten von Hellbraun zu Grün.

»Wollen Sie sagen, dass Huck an Gespenster geglaubt hat?«

»Am meisten wohl an das ›Gespenst‹ des Vergnügens.« Jetzt kicherte Yevette. »Aber ich schätze, sie war enttäuscht, weil sie hier nie eins gesehen hat.«

»Und was ist mit Gabe?«

»Das hat Huck nie erzählt. Ich weiß allerdings, dass er an ihre blühende Fantasie glaubte.«

»Und Mister Jack? Hat Gabe geglaubt, Huck hätte ihn erfunden?«

Yevette holte eine glänzende Münze aus ihrem Portemonnaie. »Über Mister Jack reden wir gleich. Zuerst möchte ich Ihnen die hier zeigen.« Sie schob die Münze über den Tisch.

»Sieht ausländisch aus.« Ich las das eingeprägte Datum. »1891. Alt und ausländisch.«

»Lesen Sie den Namen.«

»Alfons XIII. War der nicht König von Spanien?«

»Woher wissen Sie das?«

Ich lächelte. »Leute, die sich wie ich mit Haushaltsauflösungen beschäftigen, interessieren sich automatisch für Geschichte. Wir können nicht anders.«

»Leuchtet mir ein. Und jetzt lesen Sie mal, was da noch eingraviert ist.«

»*Por la G. De Dios.* Von Gottes Gnaden?«

»Genau.« Yevette machte vor Aufregung große Augen.

»Warum hat man in Spanien das Wort *Gracia* abgekürzt?«

»War wohl nicht genug Platz für alle Worte, schätze ich. Aber das spielt keine Rolle. Wichtiger ist, was passierte, als Huck diese Münze gefunden hat.«

»Erzählen Sie.« So gut hatte ich mich nicht mehr gefühlt, seit Haley mich verließ. Yevette taute mehr und mehr auf. Wenn wir lange genug redeten, würde ich vielleicht den Mut aufbringen, sie zum Tanzen aufzufordern.

Yevette trank ihr Bier aus, faltete die Hände und lehnte sich über den Tisch zu mir. »An dem Tag, an dem Huck diese Münze fand, wären sie und Gabe um ein Haar gestorben.«

»Wirklich? Wie?«

»Sie wären fast ertrunken.« Yevette legte eine Pause ein, als müsste sie überlegen, was sie als Nächstes sagte.

»Und? Lassen Sie mich nicht so hängen!«

»Zu diesem Teil ihrer Geschichte komme ich noch, weil sie mit Mister Jack zu tun hat, aber zuerst sollten Sie wissen, was 2004 in dem Monat passiert ist, nachdem Huck die 911 angerufen hatte.«

»Okay, nur vergessen Sie die Sache mit dem Ertrinken nicht.«

»Ich sagte, *fast* ertrunken.« Yevette seufzte, lehnte sich zurück und fuhr fort: »Wie Sie wissen, war Huck in dem Bayshore-Pflegeheim so gut wie ans Bett gefesselt und ...«

Ich zog die Augenbrauen hoch.

Yevette holte tief Luft. »Sie hat mir erzählt, dass Gabe sie bei drei verschiedenen Gelegenheit besucht hat.«

»Das ist nicht Ihr Ernst. Er war seit, warten Sie, achtzehn Jahren tot!«

»Sie schwört, dass er da war.«

Ungläubig kratzte ich mich am Kopf. »Huck hatte offensichtlich Halluzinationen.«

»Vielleicht. Es sei denn, Sie glauben wie die Alexanders daran, dass die Macht der Liebe nicht durch Zeit und Raum beschränkt ist.«

»Seien Sie mir nicht böse, aber ich habe mit zehn aufgehört, an den Weihnachtsmann zu glauben ... wenn Sie verstehen, was ich meine?«

»Klar.«

»Und was ist dann passiert? Ich bin so gespannt auf die Geschichte vom Fast-Ertrinken.«

In der nächsten Stunde erzählte Yevette alles, woran Huck sich in Bezug auf Gabes Besuche im Pflegeheim erinnert hatte: ihren Hochzeitstag, die Hochzeitsnacht auf der Verandaschaukel, das erste Zuhause, *Cleopatra* und schließlich … wie sie knapp dem Tod durch Ertrinken entkommen waren.

Die Geschichte war derart fesselnd, dass ich vergessen hatte, Yevette zum Tanzen aufzufordern. Und genau wie bei unserem ersten Treffen bei Starbucks endete ihre Erzählung wieder mit Mister Jack. Beim letzten Mal war es sein lebensrettender Schrei gewesen. Diesmal war es seine Wunderwirkung unter Wasser.

»Mein Verstand sagt mir, dass Gabe das Messer gegriffen und sie beide aus der verworrenen Angelschnur befreit hat«, sagte ich. »Vor allem, nachdem er es geschafft hatte, so lange die Luft anzuhalten. Die Todesgefahr hat ihn so unter Stress gesetzt, dass er sich an nichts mehr erinnerte.«

»Genau das dachte Huck auch, bis sie die Prägung auf der Münze las. Für sie war die Inschrift *Von Gottes Gnaden* eine göttliche Botschaft, die bewies, dass Mister Jack eingegriffen hatte.«

»Dachte Gabe das auch?«

»Irgendwie schon. Seine Gedanken zum Tod sind auf der letzten Postkarte angedeutet.«

»Tatsächlich? Ich erinnere mich nicht, gelesen …«

»Sie haben diese Karte nicht.« Yevette stand auf. »Sie hat nie zu der Sammlung gehört.«

»Warum nicht?«

Sie lächelte. »Diese Postkarte gehört mir. Bei unserem nächsten Treffen werde ich Ihnen alles darüber erzählen.«

»Okay«, brachte ich heraus. »Wo und wann?«

Yevette warf einen Zwanziger auf den Tisch. »Ich melde mich.«

*

Der nächste Blitz brachte meine Gedanken in mein trostloses Arbeitszimmer zurück. Ich hatte den heimlichen Verdacht gehabt, dass Yevette etwas Wichtiges verbarg.

Nun wusste ich, was es war: Gabes letzte Karte.

Manchmal kam es mir vor, als würden wir Poker spielen: Mein gesamtes Geld lag auf dem Tisch, und Yevette war die mit dem Gewinner-Ass. Wenn sie nicht bluffte, warum zögerte sie dann, mir ihr Blatt zu zeigen? Vor allem begriff ich nicht, warum sie die letzte Postkarte als ihre betrachtete, die anderen aber nicht.

Nach unserem Treffen im Braided Rein hatte ich haarklein aufgeschrieben, was Yevette erzählt hatte. Haley und ich hatten uns gut verstanden, aber wir waren keine Freunde gewesen, schon gar nicht »beste« Freunde. Und uns Problemen offen zu stellen, war einfach nicht unsere Art gewesen – nicht dass wir je darüber gesprochen hätten, was denn »unsere Art« war. Das Unbequeme höflich zu ignorieren, war ... bequem. Ich fing an, zu verstehen, dass unsere Ehe wie eine ungeöffnete Limonadenflasche gewesen war, die immer wieder geschüttelt wurde, bis sie kurz vor dem Explodieren stand. Wären wir doch nur so klug gewesen, ab und zu ein bisschen Druck abzulassen.

Einerseits war es deprimierend gewesen, über die Ehe der Alexanders zu schreiben, eine ungewöhnliche Beziehung im heutigen zynischen Zeitalter. Andererseits war diese – und ich hasse es, dieses Wort zu benutzen – »Magie«, die diese beiden Menschen verband, genau das, was ich mir so verzweifelt wünschte. Das Verstörende, abgesehen von den Engeln, bestand darin, dass ihr Glück durch Körper *und* Seele geknüpft wurde, eine Tiefe der Spiritualität, wie sie die meisten Paare gar nicht erst erwägen, geschweige denn verstehen. Huck und Gabe erkannten eine höhere Macht an, die weit größer war als sie, und dieser Glaube verlieh ihnen Halt.

Das Schmerzlichste war König Alfons. Für Huck war die Münze ein Symbol göttlichen Beistands. Doch für mich brachte sie den dreifachen Reichtum ihrer Beziehung zum Ausdruck: vollkommenes Vertrauen, ein unzerreißbares Band, Ganzheit. Es tat weh, aber ich fing an, die Stärken ihrer Ehe gegen die Schwächen meiner eigenen abzuwägen.

Haley und ich hatten nie Zeit und Mühe investiert, eine »Münze« zu finden. Folglich war unser anfängliches Vertrauen rasch verpufft und die Ganzheit angeschlagen, schon bevor wir heirateten. Im Grunde genommen waren wir einander nicht im eigentlichen Sinne untreu. Wir hatten nur, wie ich bereits eingesehen hatte, jeder eine Liebesaffäre mit unserer Selbstsucht. Und unter dem zwölf Jahre andauernden Druck, das Ich zufriedenzustellen, war unser Band schwächer geworden, bis es schließlich riss.

Es war noch nicht lange her, dass ich mich gefragt hatte, ob Seelenverwandte zu Liebenden würden oder Liebende zu Seelenverwandten. Eine Antwort, die mir einfiel, war die, dass es nicht um den Weg geht, den wir zum Gipfel wählen, solange wir oben ankommen. Aber jetzt ging mir durch den Kopf, dass der Weg selbst der Schlüssel ist. Es war nicht Romantik, die Huck und Gabe vor der »Reduzierung auf den kleinsten gemeinsamen Nenner« bewahrte. In Wirklichkeit war ihre Liebe zueinander einfach der Ausdruck ihrer Bereitschaft, immer wieder den anderen über den eigenen Egoismus zu stellen.

Zwei Herzen, in Hingabe vereint.

Und so war meine neue Frage: Gab es für mich noch die Möglichkeit, es mit einer neuen Gefährtin bis zum Gipfel zu schaffen, obwohl ich auf meiner ersten Reise vom Weg abgekommen war? Oder war es mein Schicksal, den einsamen Weg durchs Tal entlangzuwandern, verfolgt von einer einzelnen Fußspur ...

Meiner eigenen.

Siebzehn

Nach dem Schwarzen Freitag kamen Tage,
Da stellten wir unsere Liebe in Frage.
Die Zeit verging, getrennt und stumm.
Dann kam der Tag, als das Schicksal sich wandte
Und jenes Grummeln, Brüllen, Rauschen uns sandte …
Bumm!
Unsere Liebe ist eine sprudelnde Quelle!
Für immer, Gabe

August 1931, Houston, Texas

Der Samstagmorgen begann strahlend und vielversprechend. Huck saß auf dem kleinen Sofa und trank ihre zweite Tasse Admiration-Kaffee. Gabe war nach nebenan in sein Arbeitszimmer gegangen, weil das Telefon geklingelt hatte. Für diesen Tag hatten sie sich vorgenommen, zur Gärtnerei zu fahren und Zwiebeln für Herbstblumen auszusuchen. Huck war dem kleinen elitären Hobbygärtnerverein der Stadt beigetreten und begeistert, wie viel sie bereits gelernt hatte.

Gabe kehrte auf das Sofa zurück und zündete sich eine Zigarette an.

»Wer hat es gewagt, unseren Vormittag zu stören?«, fragte Huck lachend.

»Chuck Browning.«

»Dein Chef?«

»Ach, Liebling. Ich hasse es, uns den Tag zu verderben, aber ich muss heute Nachmittag nach Kilgore.«

»Nach Kilgore? Warum?«

»Unser Buchhalter dort war in irgendwelche Probleme verwickelt, deshalb mussten sie ihn abziehen.«

»Probleme? Was für welche?«

»Das hat Chuck nicht gesagt. Er lässt dir übrigens ausrichten, es täte ihm leid, dass es so plötzlich kommt.«

»Muss es nicht. Es ist deine Pflicht, hinzufahren.«

»Na ja, ich … Du überraschst mich immer wieder. Die meisten Ehefrauen hätten was dagegen, weil sich da so viel Gesindel rumtreibt. Geld ist wirklich die Wurzel allen Übels, besonders in einer Boomtown.«

»Ach, Gabe, Kilgore war das ganze letzte Jahr Thema im Lehrerzimmer. Es ist so verdorben. Und so abenteuerlich.« Huck lächelte. »Kilgore also. Für wie lange?«

»Fünf Tage, vielleicht länger. Gulf hat ein paar unabhängige Bohrlöcher gekauft, und sie brauchen mich, um die Buchhaltung zu erledigen. Ich will dir keine Angst machen, aber Chuck hat mir geraten, eine Waffe zu tragen.«

»Damit du dich gegen die Freudenmädchen wehren kannst?« Huck lachte.

Gabe runzelte die Stirn. »Gestern Abend stand im *Chronicle*, dass die Texas Ranger El Lobo Solo hingeschickt haben.«

»Wen?«

»Den Einsamen Wolf. Sein richtiger Name ist Manuel Gonzaullas, ein Ranger, bei dem jeder Ganove zweimal nachdenkt, ob er sich mit ihm anlegt. Er hat geschworen, sämtliche Spielhöllen, Opiumhöhlen und Schwarzbrennereien zu schließen.«

»Kann er das?« Huck kuschelte sich näher an Gabe.

»Natürlich. Er hat das Kriegsrecht verhängt. Und er glaubt auch, dass Gott ihn dazu berufen habe, Verbrechen zu bekämpfen, und ihn schützt.« Gabe starrte auf die wachsende Aschenspitze an seiner Zigarette. »Er bringt Bibeln mit, in denen er die

Stellen über Sünde und Vergebung angestrichen hat, und verteilt sie an Kriminelle.«

»Das klingt wie etwas, das Mutter tun würde.«

»Allerdings hat deine Mutter kein Maschinengewehr auf ihren Beifahrersitz montiert.«

»Aber nur, weil sie kein Auto hat«, erwiderte Huck lachend und stand auf. »Ich fange besser mal an zu packen.«

»Packen?«

»Es sei denn, du willst, dass uns Einsamer Wolf wegen Erregung öffentlichen Ärgernisses verhaftet.«

Gabe drückte seine Zigarette in dem gläsernen Aschenbecher aus. »Du kommst nicht mit, Liebling. Es ist viel zu gefährlich.«

»Sei nicht albern. Ich habe noch einen ganzen Monat Sommerferien. Jede Frau, die neun Monate im Jahr mit Achtklässlern fertig wird, kann ein paar Tage mit raubeinigen Bohrarbeitern aushalten.«

»Ich spreche nicht von den gesetzestreuen Arbeitern. Es hat Schießereien auf den Straßen gegeben. Und außer Kriminellen gibt es da hunderte gierige Herumtreiber, die mit Freuden eine schöne junge Frau entführen würden, um Lösegeld von der Firma zu erpressen. Wenn die Bevölkerung einer Stadt über Nacht von wenigen hundert auf über zehntausend explodiert, dann ist sie nicht voll von Sonntagsschullehrern.«

»Du wirst mich beschützen.«

»Jederzeit.« Sein Gesicht blieb ernst. »Aber ich habe nein gesagt.«

Huck traute ihren Ohren nicht und spürte, wie ihre Wangen heiß wurden. Sie kämpfte mit den Tränen. »Wir waren noch nie einen einzigen Tag getrennt, von fünf ganz zu schweigen. Und mehr wäre eine Ewigkeit.«

»Hast du nicht gesagt, es wäre meine Pflicht?«

»Wenn es so gefährlich ist, dann ist es *meine* Pflicht, mit dir zu gehen. Wir haben uns immer allem gemeinsam gestellt.« Huck war bewusst, dass sie egoistisch war. Aber Gabe ebenfalls.

»Ich habe keine Wahl, Liebling«, sagte Gabe ruhig.

»Keine Wahl? Du bist ein hervorragender Buchhalter, und Gulf würde es nicht wagen, dich zu feuern, wenn du dich weigerst. Sie würden einfach jemand anderen schicken.«

»Bis sich die Wirtschaft wieder erholt«, fuhr Gabe fort, »müssen wir dankbar sein, dass wir überhaupt Arbeit haben.« Er zündete sich noch eine Zigarette an. »Die Jungs in der Stadt sagen, dass die Wirtschaftskrise erst noch schlimmer wird, ehe es wieder aufwärtsgeht.« Er schüttelte den Kopf. »Man weiß nie, was passiert, erst recht nicht an einem derart gesetzlosen Ort wie Kilgore.«

Eine Weile sagte keiner von beiden ein Wort. Huck hatte Gabe den Rücken zugekehrt und ignorierte sein finsteres Schweigen, obwohl ihre anfängliche Aufregung schon nachließ. Sie hatte nicht richtig über die Gefahren nachgedacht, und was ihre Arbeit anging, hatte Gabe recht. Nach dem Zusammenbruch der Börsen am Schwarzen Freitag zwei Jahre zuvor gab es überall in Amerika bis heute Tausende von Menschen, die in Güterzügen schliefen und vor Suppenküchen Schlange standen. Houston war kaum betroffen gewesen. Die meisten Texaner hatten Glück gehabt.

»Was unsere Arbeit angeht, stimme ich dir zu«, sagte Huck schließlich. »Und du hast recht: Wir wissen nicht, was als Nächstes passiert.« Sie drehte sich zu ihm um und fügte mit bebender Stimme hinzu: »Und deshalb muss ich dich begleiten. Was ist, wenn etwas ... passiert?«

»Wird es nicht.« Gabe richtete sich gerade auf. »Du kommst nicht mit, und dabei bleibt es.«

»Kümmern dich meine Gefühle denn gar nicht?«

»Nicht so sehr wie du.«

»Aber ich *bin* meine Gefühle!«, schrie Huck, deren Angst sich in Wut verwandelte. »Was ist mit unserer Abmachung?«

»Welcher Abmachung?«

»Dass wir immer über unsere Probleme reden und gemeinsam eine Lösung finden.«

»Haben wir. Und die Antwort ist nein.«

»Aber das haben wir nicht gemeinsam beschlossen!«

»Doch, haben wir. Ich habe für uns beide entschieden. Und jetzt beruhige dich, bevor du noch etwas sagst, das du später bereust.«

Gabes Ruhe und Gelassenheit machten Huck noch wütender. Ihr Herz klopfte so heftig, dass sie den Puls in ihren Ohren rauschen hörte. Am liebsten hätte sie geflucht.

»Denk an etwas Schönes. Dann geht's dir besser.«

»An etwas Schönes?«, murmelte Huck. »An etwas Schönes denken?« Sie stampfte den Flur hinunter. »So was sagt man zu einem Kind. Gut ... Wenn Gabe mich wie ein Kind behandelt, werde ich mich auch so benehmen!«

Sie marschierte in die Küche und blieb vor den Schränken stehen.

Auf. Auf. Auf. Auf.

Peng. Peng. Peng. Peng.

Dann riss sie weitere vier Schranktüren auf, trat einen Schritt zurück und knallte sie schnell hintereinander wieder zu, dass es wie eine Maschinengewehrsalve klang. Geschirr klapperte. Wenn etwas von ihrem kostbaren Porzellan kaputtging, dann war das eben so. Wie konnte Gabe es wagen, ihr zu verbieten, den größten Ölboom in der Geschichte des Landes mitzuerleben? Begeistert zu sein über den Anblick der riesigen hölzernen Bohrtürme an jeder Straßenecke! Einzutreten in den plötzlichen Reichtum und das verrückte Treiben in einer Stadt, die auf einem der üppigsten Ölvorkommen der Welt stand.

Huck machte die ersten vier Schränke wieder auf, hielt inne und horchte. Keine Reaktion. Bestimmt saß Gabe immer noch auf dem Sofa, dachte sie. Immer noch mit gerunzelter Stirn. Immer noch rauchend. Nach fünf Jahren Ehe konnte das Verhalten dieses Mannes so ... so frustrierend sein!

Bei der dritten Runde Schranktürenknallen kam Huck eine Idee. Nein, es war eigentlich ein *schöner Gedanke*. Am Montag würde sie ihren eigenen aufregenden Ausflug unternehmen. An einen Ort, der zwar nicht so wild war wie Kilgore, aber ebenso reich an Ressourcen.

Die First National Bank.

Sie würde ein bisschen Geld von ihrem gemeinsamen Sparkonto abheben und sich dann ein paar hübsche neue Sachen zum Anziehen kaufen. Sie hatten vereinbart, Beziehungsprobleme gemeinsam zu lösen. Ebenso, dass über Abhebungen von diesem Konto gemeinsam entschieden wurde. Nun würde Huck diese Entscheidung mit Freuden für sie beide treffen.

Huck lachte. Gabe hatte wieder einmal recht. Sie fühlte sich besser. Vielleicht würde sie ihm später, wenn er nach Kilgore aufbrach, sogar einen Abschiedskuss geben.

*

Am Montagmorgen um elf näherte sich die Quecksilbersäule in der Innenstadt von Houston bereits der Marke von zweiunddreißig Grad. Huck stieg aus der stickigen Straßenbahn und war froh, dass sich die First National Bank auf der Schattenseite der Main befand. Vor einem Schaufenster blieb sie stehen und musterte ihr Spiegelbild.

Gut.

Sie sah nicht allzu mitgenommen aus. Zwei schlaflose Nächte, in denen sie sich um Gabes Sicherheit sorgte, hatten an ihren

Kräften gezehrt, aber ihre vor sich hinköchelnde Empörung weckte nun ihre Lebensgeister. Wie hatte Gabe es nur wagen können, sich über ihre Regel von den gemeinsamen Entscheidungen hinwegzusetzen und sich zu weigern, sie mit nach Kilgore zu nehmen!

Sich zu weigern!

Waren es nicht gerade die gemeinsamen Erlebnisse und Entscheidungen, die entscheidend dazu beitrugen, die »Reduzierung auf den kleinsten gemeinsamen Nenner« zu verhindern, oder hatte Gabe diese Theorie abgeschrieben und es ihr nur nicht gesagt? Anscheinend war ihre Meinung nicht mehr von Belang.

Am Anfang war ihr der Einkaufsbummel wie eine gerechte Entschädigung vorgekommen. Doch inzwischen hatte sie achtundvierzig Stunden über die ganze Sache nachgegrübelt und einen weiteren Entschluss gefasst: Geld von ihrem Sparkonto abzuheben, wäre lediglich ein Vorgeschmack auf das, was sie Gabe später verweigern würde.

Sie überprüfte ihr Aussehen ein letztes Mal und ging den halben Block bis zum Eingang der Bank. Die richtige Kleidung war wichtig, besonders für eine Frau, die etwas Geschäftliches zu erledigen hatte. Jeder wusste ja, dass ein unordentliches Äußeres einen verwirrten Geist bedeutete.

»Guten Morgen, Ma'am.« Der Portier tippte sich an den Hut. »Wird wieder ein heißer Tag.«

»Glühend heiß.« Huck rang sich ein Lächeln ab und schritt durch die Doppeltüren auf eine Reihe von Kassenschaltern aus Mahagoni zu.

»Was kann ich für Sie tun?«, fragte ein kahlköpfiger Kassierer mit einem dünnen Schnurrbart.

»Guten Morgen, ich bin Mrs. Gabe Alexander.«

»Natürlich. Und Mr. Alexander?« Der Kassierer blickte sich nach links und rechts um.

»Ihm geht es gut«, antwortete Huck und brachte noch ein Lächeln zustande. »Ich würde gerne fünfundzwanzig Dollar von unseren Ersparnissen abheben.«

»Selbstverständlich. Ich muss nur rasch auf Ihrem Konto nachsehen.« Er ging zu einem Tisch, auf dem ein gigantisches Kontenbuch lag.

Huck holte die Liste von Geschäften aus ihrer Handtasche, in denen sie sich umsehen wollte. Fünfundzwanzig Dollar waren weit mehr, als sie vorhatte auszugeben, doch es schadete nie, auf alle Eventualitäten vorbereitet zu sein. Sie hatte den ganzen Tag zu ihrer Verfügung – wer konnte da voraussagen, was ihr gefallen würde?

»Ähm ... Mrs. Alexander?« Der Kassierer war wieder hinter dem Fenster. »Mr. Alexander kommt gleich, nehme ich an?«

»Nein, er ist geschäftlich verreist.«

»Verstehe.« Der Kassierer überlegte und sagte leiser: »Sie wissen doch sicher, dass für eine Auszahlung von diesem Konto seine Unterschrift nötig ist, nicht?«

»Aber es läuft auf unser beider Namen.«

»Ihr Girokonto ist auf Ihrer beider Namen eingetragen, nicht das Sparkonto.«

»Nein, da irren Sie sich.« Andere Kunden warteten inzwischen hinter ihr, und Huck spürte, dass sie zu schwitzen anfing. »Bitte sehen Sie noch einmal nach.«

»Sehr wohl, Ma'am.«

Sie räusperte sich. In der Woche nach ihrer Heirat hatten sie alle ihre Konten in gemeinsame umschreiben lassen.

Der Kassierer kam zurück. »Tut mir leid, Mrs. Alexander«, flüsterte er. »Das Konto *wird* unter Mr. Alexander geführt, daher ist bei jeder Transaktion seine Unterschrift erforderlich. So ist die Vorschrift.«

»Aber ich bin seine Frau. Das muss ein Irrtum sein.«

»Offensichtlich.«

In der Schlange hinter Huck wurde gekichert.

»Ich ... Ich wollte nicht sagen, dass es ein Irrtum ist, dass Sie seine Frau sind«, stammelte der Kassierer. »Ohne Frage darf Mr. Alexander sich sehr glücklich schätzen.« Er rieb sich den kahlen Schädel. »Dennoch verlangen die Bankvorschriften die richtige Unterschrift.«

»Dann bestehe ich darauf, Ihren Vorgesetzten zu sprechen«, befahl Huck in einem Ton, den sie über Jahre an ungezogenen Schülern erprobt hatte.

»Aber, Ma'am, mein Vorgesetzter ist ...«

»In einer Besprechung«, sagte eine sanfte Stimme aus Hucks Vergangenheit. »Was für eine reizende Überraschung.«

Huck blieb das Herz stehen. Sie erkannte das Aftershave, noch ehe sie ihn ansah. Es war dieses Timbre, das sie wie ein Schlag in die Magengrube traf. »Aber ... Clark Richards?« Sie schluckte, während sich Panik in ihr breitmachte. »Du hast in deinem Brief geschrieben, du wärst nach Chicago umgezogen.«

»Da wohnen meine Frau und mein Sohn.« Er lachte leise. »Das Bankenwesen verlangt, dass mein Zuhause die Straße ist, zumindest zeitweilig. In der vergangenen Woche habe ich unsere Banken hier in Houston geprüft. Heute Nachmittag ziehe ich weiter.«

»Aha.« Er war schlanker, als Huck ihn in Erinnerung hatte. Und obwohl er lächelte, entdeckte sie in seinen Augen eine Spur von Traurigkeit. Sie sprach leise, damit die anderen Kunden sie nicht hörten. »Vielleicht solltest du dann einfach *weiterziehen*, wie du eben sagtest. Was zwischen uns war, ist längst vorbei.«

»Es ist sehr lange her, und ich habe mich entschuldigt, dich um Verzeihung gebeten ... in meinem Brief.« Clark wirkte ernst und verletzt. »Einem Brief, auf den du nie geantwortet hast.«

Huck spürte, wie ihre Knie weich wurden. »Kümmer dich

um deine Angelegenheiten, und ich kümmere mich um meine, okay?«

»Es ist mein ganzer Stolz und meine Freude, unseren Kunden dienlich zu sein.« Clark lächelte.

Der Kassierer beugte sich vor. »Verzeihen Sie, dass ich mich einmische, aber ...«

Clark legte die Stirn in Falten. »Mrs. Alexander darf jeden Betrag abheben, den sie wünscht, und ich werde unterschreiben. Verstanden?«

»Das ist sehr freundlich, Clark, aber mach dir meinetwegen bitte keine Umstände.«

»Das sind doch keine Umstände! Es ist mein Job.«

»Aber, Sir? Die Vorschriften der First National Bank ...«

Clark fiel dem Kassierer ins Wort. »Meine Unterschrift setzt jede starre Vorschrift außer Kraft. Ich schlage vor, dass Sie *Ihre* Arbeit machen und das zur Kenntnis nehmen.«

»Ja, Sir.«

»Sehr gut«, sagte Clark. »Ich denke, wir haben genug von Mrs. Alexanders kostbarer Zeit vergeudet. Um ihr weitere Unannehmlichkeiten zu ersparen, stecken Sie das Geld in einen Umschlag mit ihrem Namen, damit sie ihn später abholen kann. Sie wird mir beim Mittagessen im Club Prosperity Gesellschaft leisten.«

»Das werde ich ganz gewiss nicht«, sagte Huck ruhig, aber fest. Ihre Knie kamen wieder zu Kräften.

»Unsinn. Es ist das Mindeste, was ein Freund für den anderen tun kann.« Er lächelte. »Wir sind doch noch Freunde, nicht wahr?«

Huck merkte, dass die Leute in der Warteschlange sie anstarrten. »Wir sollten das bitte anderswo besprechen.«

»Ganz meine Meinung.« Er wandte sich wieder an den Kassierer. »Die Dame bekommt ihr Geld sofort.«

»Danke«, sagte Huck, als der Kassierer ihr einen Umschlag reichte. Dann trat sie vom Schalter zurück und stand Clark gegenüber. »Ich gehe jetzt. Meine Straßenbahn kommt gleich. Mach's gut.«

»Es könnte Jahrzehnte dauern, bis ich dich wiedersehe, falls überhaupt. Darf ich dich wenigstens bis zur Ecke begleiten?«

Huck überlegte einen Moment. Es war eher unwahrscheinlich, dass sich ihre Wege je wieder kreuzen würden, vor allem, wenn Gabe mitzureden hätte. Sie war nach wie vor wütend auf ihn.

»Nur bis zur Ecke«, sagte sie.

Auf dem Weg zur Haltestelle sprach Clark liebevoll über seine Frau und sein Kind und erkundigte sich freundlich nach Hucks Eltern. Er fragte sogar nach Gabe. Und so willigte Huck schließlich ein, ihn in den Club Prosperity zu begleiten, zwar nicht zum Mittagessen, aber auf ein kaltes Getränk.

*

Huck hatte von dem noblen Club mit dem Panoramablick auf die Stadt gehört, war aber noch nie dorthin eingeladen worden. Und obwohl noch die Prohibition herrschte, floss der Alkohol unter den Ölfinanziers, Börsenmaklern, Ranchern und Bankleuten in Strömen. Bevor Huck sich versah, stand ein Glas Rum Punch vor ihr, und Clark hatte Mittagessen bestellt.

»Erzähl mir von deiner Frau und deinem Sohn«, forderte Huck ihn auf. Sie hatte ein schlechtes Gewissen, weil sie sich ohne Gabe eine Hummercremesuppe schmecken ließ, aber schließlich war es seine Entscheidung gewesen, sie zu Hause zu lassen. Und dieser Punch war köstlich.

»Haroldson Lafayette Richards.« Clark nippte an seinem

Scotch und lächelte. »Ich habe meinen Jungen nach H. L. Hunt benannt.«

»Dem texanischen Ölbaron?«

»Genau dem. Es wird nicht mehr lange dauern, dann ist Hunt der reichste Mann in den Vereinigten Staaten. Er hat gerade seine eigene Pipeline eingeweiht. Nächstes Jahr um diese Zeit wird das meiste Geld aus dem Handel mit dem schwarzen Gold in Osttexas in seine Tasche wandern. Übrigens fahre ich heute Nachmittag in die Richtung.«

»Nach Osttexas?«

Clark lachte. »Es gibt da eine Bank in Kilgore, in der sie direkt durch den teuren Terrazzofußboden in der Eingangshalle nach Öl bohren wollen. Mein Job ist es, dafür zu sorgen, dass dabei keine krummen Sachen passieren.«

»Kilgore?« Huck konnte nicht glauben, dass sie richtig gehört hatte. »Ist das nicht gefährlich?«

»Ach, du weißt ja, wie in den Zeitungen alles aufgeblasen wird. Bestimmt kommt es da zu kleineren Diebstählen, aber das meiste sind nur Gerüchte.«

Huck lächelte. »Du wirst es nicht glauben ... Gabe ist in Kilgore.«

»Ich hab gehört, dass du sagtest, er sei geschäftlich verreist, aber ich habe mir nichts dabei gedacht. Bei welcher Ölfirma ist er?«

»Gulf. In leitender Position.«

»Das ist merkwürdig. Die meisten Unternehmen schicken ihre hohen Tiere nicht raus an die Front.«

»Ich nehme an, das gilt auch für deine Firma?«, fragte Huck lachend. »Aber da gibt's wohl immer auch Ausnahmen.«

»Natürlich.« Clark lachte leise und hob sein Glas. »Dann auf uns alle, die wir ›leitende Ausnahmen‹ darstellen.«

Huck lachte wieder und prostete ihm zu. Seit Clark verheiratet und Vater geworden war, hatte er einen reifen Charme entwickelt. Dass sich Huck so wohl fühlte, war zum Teil eindeutig auf das luxuriöse Essen zurückzuführen, aber konnte ein früherer Verehrer nicht erwachsen und ihm vergeben werden? Vielleicht konnten sie in ein paar Jahren sogar Freunde sein. Schließlich hatte sie ihn einmal geliebt, auch wenn es eine oberflächliche, selbstsüchtige Liebe gewesen war, bei der es eigentlich nur darum ging, dass sie sich selbst gut fühlte.

Auf die Hummercremesuppe folgten ein Shrimps-Cocktail, eine ganze Platte mit unterschiedlichen Meeresfrüchten, Crème brûlée, Kaffee und aromatisierter Brandy. Während sie aßen und tranken, drehte sich ihre Unterhaltung um die Kindheit und Jugend sowie die neuesten Gerüchte aus der Heimatstadt. Noch bevor der Brandy ausgetrunken war, hatte Clark sich noch einmal für sein unrühmliches Handeln entschuldigt. Er dankte Huck, dass sie ihn damals nicht angezeigt hatte, und erklärte, dass er sich für die Lügen schäme, die er verbreitet hatte.

»Hör lieber auf, solange du in Führung liegst«, sagte Huck. »Mutter denkt immer noch, dass ich in jener Nacht betrunken war.«

Clark lachte erleichtert. »Weil du nichts unternommen hast, konnte ich die ideale Frau für mich kennenlernen und heiraten«, flüsterte er. »Ich danke dir.«

»Ich bin so froh, dass wir uns ausgesprochen haben.« Huck wischte sich eine Träne aus dem Augenwinkel.

»Ich auch.« Clark leerte sein Brandy-Glas. »Also, wann kommt Gabe zurück?«

»Morgen. Ich hoffe, eines Tages könnt ihr beiden euch mal treffen. Du würdest ihn mögen.«

»Ja, bestimmt, aber Geschäft ist Geschäft.« Clark hielt inne. »Warte mal. Warum fährst du nicht heute Nachmittag mit mir nach Kilgore? Wir könnten Gabe ausfindig machen und gemeinsam zu Abend essen.«

»Ach, Clark, nein. Ich habe dir verziehen, aber Gabe …«

»Jetzt hör mal.« Er lehnte sich zu Huck hinüber und legte seine Hand auf ihre. »Wie ich schon in der Bank gesagt habe, kann es Jahre dauern, bis ich wieder in diese Gegend komme. Und ich würde die Dinge wirklich gerne wieder ins Lot bringen. Wenn Gabe der Mann ist, für den ich ihn halte, wird er mir verzeihen.« Sanft drückte er ihre Hand. »Außerdem könntest du eine faszinierende Stadt im Ölfieber sehen und morgen mit Gabe zurückfahren. Was sagst du dazu?« Clark nahm seine Hand weg und lehnte sich zurück.

Huck dachte kurz an die Szene, als Gabe sich geweigert hatte, sie mitzunehmen. Aber war Clarks Wunsch nach Vergebung nicht wichtiger als ein Einkaufsbummel, um ihre verletzten Gefühle zu beruhigen? Sie kannte seine Familie schon ihr ganzes Leben lang. Und die Ereignisse auf der Veranda von Mrs. Thompsons Pension waren passé. War sie es ihm nicht schuldig, ihn mit Gabe zusammenzubringen? Gabe würde zuerst wütend sein. Ja, er würde toben vor Wut, aber sie war inzwischen seit fünf Jahren mit ihm verheiratet und kannte sein Herz. Er würde rasch erkennen, dass sie richtig gehandelt hatte. »Ich müsste erst nach Hause und ein paar Sachen packen.«

»Wie wär's, wenn ich dich in einer Stunde abhole?«

»Gut. Hier ist unsere Adresse.«

*

Die Fahrt nach Norden war herrlich, und weil es im Sommer trocken geblieben war, gab es keine Probleme mit schlammigen oder ausgefahrenen Straßen. Es war heiß, und deshalb trug Huck ein leichtes, ärmelloses Kleid, das ihr nur knapp bis über die Knie reichte.

»Ich mag diesen Teil von Texas sehr«, sagte sie, als sie eine breite Straße entlangfuhren, neben der sich links und rechts smaragdgrüne Pinienwälder auf rötlichem Sandboden erstreckten. Sie hatten eben an einer Tankstelle in einem Dorf angehalten, und Huck trank eine kalte Limonade. Der Besitzer wohnte hinter der Tankstelle, und seine Frau verkaufte Getränke aus einem Eisschrank in ihrer Küche. »Willst du irgendwann mit deiner Familie nach Osttexas ziehen?«

»Zu heiß und zu schwül.« Clark warf seine leere Flasche aus dem Fenster.

»Clark Richards, ein Wagen könnte über die Flasche fahren und sich den Reifen aufschlitzen.«

»Nee. Vorher findet sie ein Landei und holt sich den Penny Pfand. Sieh es als Unterstützung für die ärmere Bevölkerung.«

Huck ging nicht auf die Bemerkung ein. »Was ich am meisten vermisse, sind die blühenden Hornsträucher im Frühling.«

»Was ich am meisten vermisse … bist du.« Er griff hinüber und rieb Hucks unbedecktes Knie.

Entsetzt schob Huck seine Hand weg. »Lass das!«

»Nur ein harmloses Tätscheln unter Freunden.« Er legte die Hand wieder ans Lenkrad. »Alte Gewohnheiten sind nicht totzukriegen, schätze ich.«

»Diese gefälligst schon!« Bisher war Clark der vollkommene Gentleman gewesen. Er hatte sogar in seinem eleganten Wagen gewartet, bis sie mit dem Packen fertig war, weil er meinte, die Nachbarn könnten auf falsche Gedanken kommen, wenn er mit ihr allein im Haus wäre. Huck rückte näher zur Beifahrertür. Sollte er sie wieder anfassen, würde sie darauf bestehen, dass er anhielt und sie aussteigen ließ.

Clark lächelte. »Als du die Getränke geholt hast, hat mir der Junge an der Zapfsäule erzählt, dass es bis Kilgore nur noch rund zwanzig Meilen sind. Wenn die Windrichtung stimmt, können sie die Ölfelder riechen, hat er gesagt.«

»Wie nett.« Huck starrte geradeaus. Warum legte ein verheirateter Mann seine Hand dorthin, wo sie nicht hingehörte? Was eine vertraute Geste gewesen war, solange sie verlobt waren, empfand sie nun als anstößig. Sie sah zu ihm hinüber. Hoffentlich blieb es bei diesem einen Ausrutscher.

»Ich finde, die Ölfelder riechen nach Geld, und einen angenehmeren Duft kann ich mir nicht vorstellen.« Er atmete tief ein. »Ausgenommen der Duft ... von dir.«

»Lass deine Nase besser auf der Fahrerseite.« Sie verschränkte ihre Arme.

»War nur ein Scherz.« Er hob beide Hände. »Hat dir die Ehe den Sinn für Humor genommen?«

»Ich glaube kaum, dass deine Frau es witzig fände.« Sie wandte ihm den Kopf zu. »Übrigens fällt mir auf, dass du ihren Namen nie erwähnt hast.«

»Ihr Mädchenname war Michaels, Eleanor Katrina Michaels. Die Familie nennt sie Elli. Ich hab sie auf einer Zugfahrt von Dallas nach Chicago kennengelernt. Sie ist in der ›Windy City‹ geboren und aufgewachsen und stammt aus einer Familie, die in altem Geld schwimmt. Ihr Vater ist ein großer Börsenmakler.«

»Was ist mit ihrer Mutter?«, fragte Huck, die sich bemühte, Clarks Gedanken in eine passendere Richtung zu lenken.

»Ich bin froh, dass du fragst. Ellis Mutter ist verrückt nach Körben.«

»Körben?«

»Sie sammelt Körbe aus aller Welt. Und sie hat von einer Frau gelesen, die in der Nähe von Kilgore irgendwo auf dem Land wohnt und Körbe aus Piniennadeln flicht. Die soll ich finden und einen Korb kaufen.«

»Mutter hat einen kleinen Korb aus Piniennadeln, aber den haben, glaube ich, Alabama-Coushatta-Indianer gemacht.« Huck entspannte sich. Bestimmt konnte sie Clark dazu bringen, die nächsten zwanzig Meilen lang über seine reichen Schwiegereltern zu reden. »Sammelt dein Schwiegervater auch irgendwas?«

»Haufen von Silberdollars.« Er lachte. »Aber stell dir vor, der Junge an der Tankstelle hat gesagt, dass die Körbefrau hier in der Nähe wohnt. Das ist mal ein Glück, was? Wir müssten jeden Moment ihre Straße erreichen.«

»Ihre Straße? Wir sind hier mitten in der Pampa.«

Clark nickte. »Ist wahrscheinlich eine von diesen einsiedlerischen Typen, die gerne in der Abgeschiedenheit wohnen.« Er fuhr langsamer. »Siehst du den kleinen Fluss da vorn?«

Huck nickte.

»Direkt vor der Brücke ist ein kleiner Tunnel, und da müssen wir lang.«

Sie bogen auf einen Feldweg ab, dessen Einfahrt teils von wilden Brombeerbüschen überwuchert war. Nach ein paar hundert Metern wurde der Weg zu einem schmalen Pfad, ehe er vollständig verschwand und nur noch Waldboden voller Pinienzapfen, toter Zweige und Unterholz übrig blieb.

»Ich glaube, wir sind falsch abgebogen.« Huck sah aus ihrem offenen Fenster in den trüben, stillen Schatten. Wenn Clark nicht anhielt, würden sie noch über einen Baumstumpf fahren und zwischen den Bäumen steckenbleiben. »Kehr um. Wir sind zu weit.«

»Genau das denke ich auch.« Clark bremste so scharf, dass sie rutschend neben einer riesigen Pinie zum Stehen kamen, deren Stamm nur Zentimeter von Hucks Tür entfernt war. Dann stellte er den Motor ab.

»Was machst du denn?«, fragte Huck und wollte ihre Tür öffnen. »Ich kann nicht aussteigen.« Plötzlich fühlte es sich an, als käme der dunkle Wald immer näher auf sie zu. »Leg den Rückwärtsgang ein. Mach den Motor an und fahr zurück!«

»Kann ich nicht. Wie du gesagt hast, wir sind schon zu weit. Viel zu weit.« Er drehte sich zu ihr, und in seinen Augen lag ein irrer Glanz.

»Clark, bitte, mir gefällt es hier nicht.« Gabe war nur dreißig Minuten entfernt, und sie brauchte ihn dringend.

»Fühlst du dich so weit von der Zivilisation nicht sicher?« Er fing an, sein Hemd aufzuknöpfen. »Warum rufst du nicht um Hilfe? Schrei doch so wie in der Nacht, als du mich aus deinem Leben geworfen hast.« Er schleuderte sein Hemd auf die Rückbank. »Mich weggeworfen wie ein Stück Müll.«

»Nein. Bitte nicht!«

»Ach, komm schon. Deine Stimme ist doch viel kräftiger.« Er legte eine Hand an sein Ohr. »Wo bleibt dieser teuflische Schrei? Nicht, dass es hier irgendwer hören wird.«

»Du bist ja verrückt!« Huck griff an den Türrahmen und schob ihren Oberkörper durch das offene Beifahrerfenster. Clark holte über den Sitz hinweg aus, grub seine großen Hände wie Fleischerhaken in ihre Taille, und Huck bekam keine Luft mehr.

Sie schrie.

»Ich bin enttäuscht. Der Schrei war nicht so gut wie beim letzten Mal.« Er drückte fester zu.

»Hilfe! Gabe!«

»So ist es recht. Ruf nur nach diesem erbärmlichen Versager, den du geheiratet hast. Der konnte dich damals nicht retten und kann es jetzt auch nicht.«

»Du tust mir weh! Lass mich los!«

»Nicht, bevor ich mir genommen habe, was mir rechtmäßig zusteht.«

»Du bist wahnsinnig!« Huck drehte sich um, stützte ihren Rücken gegen die Tür und trat mit beiden Füßen nach Clark, während sie mit den Händen auf sein Gesicht einhieb.

Clark packte ihre Beine und spreizte sie wie eine Schere. Er sprach stockend und atmete schwer. »Unser ganzes Leben. Und du hast … mich … abgewiesen.« Er kroch vorwärts, bis er Huck mit seinem gesamten Gewicht auf den Sitz hinunterdrückte. »Jetzt … ist es vorbei … damit.« Mit einer Hand umklammerte er ihre beiden Handgelenke, mit der anderen zerriss er ihr Kleid und ihren Schlüpfer.

»Nein«, schluchzte Huck. »Oh Gott. Hilfe!«

Clark knallte seinen Mund auf ihren.

Panisch biss Huck kräftig zu und erwischte ein Stück seiner Unterlippe. Sie schmeckte Blut.

Klatsch!

Das Geräusch seiner Ohrfeige hallte in ihren Ohren, bevor sie ein betäubendes Brennen spürte. Für einen Sekundenbruchteil sah sie ein Messer. Die Klinge sah exakt so aus wie die, mit der er auf Gabe losgegangen war. Dann wurde alles dunkel.

»Oh nein, das tust du nicht.« Sie kam wieder halb zu sich, während weitere Ohrfeigen auf sie einprasselten. Sie konnte Clarks Stimme hören, doch sein Gesicht war verschwommen. »Nicht so!«, brüllte er. Huck fühlte, wie er ihre Hände freigab. »Wach auf. Ich will, dass du dich an das hier erinnerst.« Clark packte ihre Schultern und schüttelte sie durch.

Als ihre rechte Hand den Boden berührte, fühlte sie etwas Glattes, Schweres. Sie umklammerte den Hals der leeren Limonadenflasche und schmetterte sie mit aller Kraft gegen Clarks Kopf.

Ein Scherbenregen ergoss sich auf den Autositz, und Clarks Körper erschlaffte.

Huck war unter ihm eingeklemmt und hatte nicht genug Kraft, um sich zu bewegen. Sie wollte um Hilfe rufen, aber sie bekam kaum Luft.

Die Lunge zu leer, um zu schreien.

Der Körper zu schwach, um zu weinen.

Etwas Warmes, Nasses sammelte sich unten an ihrem Hals und rann ihr über die Brust und die Schultern.

Schwindel, Müdigkeit. Wenn sie doch nur für einen Moment eindösen könnte. Wenn doch nur ...

Bilder von Gabe tauchten in ihrem benommenen Kopf auf. Seine meerblauen Augen. Sein schiefes Grinsen.

Das Grinsen wurde breiter und verwandelte sich in ein dröhnendes Lachen. Ein Lachen, das überhaupt nicht Gabes war und dennoch irgendwie vertraut klang. Es war ein mächtiges Beben, das bis in jene verborgenen Stellen drang, an denen ihre Träume wohnten. Auf einmal war Huck frei, schwerelos, trieb nach oben und sehnte sich danach, in die kühle blaue Feuchtigkeit aufzusteigen.

Und dann hörte sie eine Stimme.

Etwas Nasses war an ihrer Stirn.

Sie öffnete die Augen und versuchte, etwas zu erkennen.

»Ma'am? Geht's Ihnen gut?« Ein großer Mann mit einem Stetson tupfte ihr die Stirn mit einem nassen Taschentuch.

»Was? Wo ist Gabe?« Sie brauchte seine Arme, seinen Trost, nicht den eines Fremden.

»Ich bin Ranger Gonzaullas. Sie waren ohnmächtig. Ich habe Sie aus dem Wagen gezogen. Alles ist okay.«

»Wer?«

»Sie sollten nicht sprechen. Bleiben Sie einfach unter diesem Baum liegen. Der Mann, der Sie angegriffen hat, ist tot.«

»Angegriffen? Mich?« Und dann, so plötzlich wie Huck das Bewusstsein verloren hatte, war es wieder da. Sie war mit Clark nach Kilgore gefahren. Sie waren von der Hauptstraße abgebogen, und er war außer sich geraten. Ein Messer. Eine leere Flasche. Warmes Blut.

»Nein! Clark! Warum sollte er ...« Tränen strömten über ihr

Gesicht. Sie hatte ihn mit einer leeren Limonadenflasche umgebracht.

»Clark Richards ist tot«, wiederholte Gonzaullas. »Ein Schuss in den Kopf.«

*

Mehrere Stunden später betraten Huck und Gabe das Café unten in seinem Hotel.

»Nehmen Sie Platz, wo Sie möchten«, sagte eine Bedienung.

»Wir sind mit Ranger Gonzaullas verabredet«, sagte Gabe. »Er wird gleich hier sein. Wir sollen uns an seinen Tisch setzen.«

Die Bedienung nickte und führte sie zu einem Tisch am Fenster, wo sie weitab von den anderen Gästen saßen. »Möchten Sie die Speisekarte?«

»Nur Kaffee«, antwortete Gabe.

Nachdem die Bedienung zwei Tassen gebracht hatte, saßen sie schweigend da. Gabe zündete sich eine Zigarette an, und Huck sah nach draußen. Die Sonne würde bald untergehen, aber auf der Straße herrschte noch reges Treiben.

»Möchtest du reden?«, fragte Huck.

»Haben wir bereits. Es gibt nichts mehr zu sagen.«

»Dann lass uns wieder aufs Zimmer gehen.«

Gabe schüttelte den Kopf. »Wir müssen den Ranger treffen.«

»War er es, der Clark getötet hat?«

»Weiß ich nicht.« Gabe blies eine Rauchwolke aus. »Er ist tot, und du lebst. Nur das ist wichtig.«

Sie konnte nicht glauben, dass Clark tot war. Der Kummer darüber verdrängte das Entsetzen über sein Handeln, zumindest im Moment. Alles kam ihr wie ein furchtbarer Albtraum vor, überhaupt nicht real. Ein texanischer Ranger hatte Clark getötet und Huck aus dem Wagen gezogen, während sie noch bewusstlos war. Als sie wieder zu sich gekommen war, hatte ein anderer Ranger sie zu einem freundlichen Arzt gefahren, der ihr erklärte, dass sie zwar »angeschlagen, aber zum Glück unversehrt« sei. Dann war Gabe in der Arztpraxis erschienen.

»Und der Arzt ist sicher, dass Clark nicht ...« Huck sah über den Tisch zu Gabe. Eine Träne lief ihm über die Wange.

»Ja, ganz sicher. Dafür müssen wir den Rangers dankbar sein.«

»Woher wussten sie, dass ich zu dir gehöre?«

»In deiner Handtasche war ein Umschlag mit Geld und einem Auszahlungsbeleg, auf dem unsere Namen standen. Die Rangers wussten, dass ich hier für Gulf arbeite, also war es nicht weiter schwierig.«

Huck starrte aus dem Fenster. Hatte Clark geglaubt, die Polizei würde es nicht herausfinden? Oder dass Gabe ihn nicht jagen und dafür bezahlen lassen würde? Ihr tat Clarks Familie leid, und sie fragte sich, was einen Mann zu solch einem bitteren, tragischen Ende hatte treiben können.

Und wo war Mister Jack gewesen, als sie ihn am dringendsten gebraucht hatte?

»Hast du wirklich keinen Hunger?«, fragte Gabe.

»Nein, der Kaffee genügt.« Sie waren beide zu durcheinander, um zu essen. Huck langte über den Tisch nach Gabes Hand. Er hielt sie lose für einen Moment, dann zog er seine zurück. Huck spürte, wie ihr heiße Tränen übers Gesicht liefen. Tränen der Scham. War das, was passiert war, ihre Schuld? Hätte sie den Tag noch einmal von vorn beginnen können, sie würde es tun. Aber was geschehen war, ließ sich nicht ungeschehen machen. Und weil sie so kindisch, so impulsiv gewesen war, wäre sie um ein Haar vergewaltigt worden.

Und Clark war tot.

Gabe hielt ihr sein Taschentuch hin. Sie nahm es und vergrub das Gesicht in den Händen. Sie hielt es nicht aus, Gabe anzuschauen, denn noch nie hatte sie in den Augen eines Mannes solche Wut und solchen Schmerz zugleich gesehen.

In der Arztpraxis war Gabe eindeutig verärgert gewesen. Aber als er dann ihre Geschichte hörte, überkamen ihn die Gefühle. Mindestens ein Dutzend Mal sagte er, wie glücklich er wäre, dass sie lebte. Dann brachte er sie zu seinem Hotel, wo sie badete und sich umzog. Danach lagen sie gemeinsam auf dem Bett, und Gabe hielt sie über eine Stunde in seinen Armen. Huck hatte ein solch schlechtes Gewissen, dass sie ihm von Clarks Brief erzählte und ihm schluchzend erklärte, dass Clark sich darin nicht nur für die Vorfälle von früher entschuldigt, sondern sie beide um Vergebung gebeten hatte. Deshalb sei sie mit ihm nach Kilgore gefahren.

»Ich wollte dir ja von dem Brief erzählen ... als wir auf der ... *Cleopatra* waren«, sagte Huck schließlich, »aber dann hab ich ihn verbrannt. Es ... tut ... mir ... so leid.«

»Wenn ich den Brief gelesen hätte, wäre das alles nicht passiert«, schimpfte Gabe. »Ich hätte gewusst, dass die Entschuldigung nicht ernst gemeint war.« Er war aufgestanden und ans Fenster gegangen. Im nächsten Moment stand er wieder vor ihr.

»Sag mir die Wahrheit«, forderte er in einem wütenden Flüstern. »Hast du wirklich von mir erwartet, dass ich ihm verzeihe? Muss ich jetzt einem Toten vergeben?«

Bevor Huck antworten konnte, hatte Gabe das Zimmer verlassen.

Die Tür des Cafés öffnete sich mit einem Quietschen. Huck sah auf und wischte sich die Augen, als Ranger Gonzaullas hereinkam. Er trug immer noch seinen Stetson, und seine Uniform sah so sauber und glatt aus, als käme sie frisch aus der Reinigung. Der berühmte Einsame Wolf hatte sie gerettet.

Gonzaullas näherte sich ihrem Tisch und nahm seinen Hut ab. »Ich hab ein bisschen nachgeforscht, und da gibt's was, das Sie beide wissen sollten.«

»Setzen Sie sich doch bitte«, sagte Gabe mit verbissener Miene und stand auf. Die beiden Männer schüttelten sich die Hand. »Zigarette?«

»Nur einen Kaffee, danke.« Der Ranger winkte der Bedienung und setzte sich. »Wussten Sie, dass Richards in Chicago mit Kriminellen zu tun hatte? Und dass er vorhatte, die Kilgore National Bank auszurauben?«

»Du lieber Himmel, nein!« Huck starrte ihn ungläubig an. »Ich dachte, er wäre der Bankprüfer.«

»War er auch.« Der Einsame Wolf unterbrach sich, als die Bedienung seinen Kaffee brachte. Dann beugte er sich vor und senkte die Stimme. »Hat sich eine Menge Geld bei der Mafia geliehen. Dann hat er eine Rate nicht bezahlt, und sie haben ihm gedroht, Steine in seine Taschen zu packen und ihn auf eine Unterwassertour durch den Lake Michigan zu schicken. Daraufhin hat er angefangen, die Banken, bei denen er als Prüfer arbeitete, zu bestehlen.«

Gabe zündete sich eine neue Zigarette an. »Ich schätze, er hatte freien Zugriff auf sämtliche Konten.«

»Richtig.« Gonzaullas nahm einen Schluck Kaffee. »Zuerst hat er nur kleine Summen bei Leuten abgeschöpft, die es nicht merken würden. Dann wurde er gierig. Und die Mafia auch. Haben einen Deal gemacht und zusammengearbeitet. Und so sind wir auf ihn gestoßen.«

»Was ist mit seiner Frau?«, fragte Huck. »Wusste sie Bescheid?«

»Hat ihn vor drei Jahren verlassen. Der Hauptgrund, warum er sich überhaupt Geld geliehen hat, war der, dass er mit einer der reichsten Familien Chicagos um das Sorgerecht für seinen Sohn stritt. Der Junge ist vor sechs Monaten an einer Lungenentzündung gestorben.«

»Oh nein!«, hauchte Huck. »Wir wussten nichts von alledem.« Wenigstens hatten Clarks Untaten nicht nur mit ihr zu tun.

Gabe tippte mit seiner Zigarette auf den Rand des Aschenbechers. »Und wie haben Sie ihn gefunden?«

»Mein Partner und ich haben einen von den beiden Gangstern verhaftet, mit denen Richards sich treffen wollte. Hatten ein Fahndungsfoto gesehen und haben ihn wiedererkannt. Nach einem gründlichen Verhör hat sich der Mistkerl schuldig bekannt. Die Jungs in Chicago hatten erfahren, dass Richards sich nach dem Bankraub mit einem Großteil der Beute irgendwo unten an der mexikanischen Riviera niederlassen wollte. Die Mafia mag es nicht, wenn man sie reinlegen will, also haben sie beschlossen, dass Richards eine Kugel in den Kopf kriegt.«

»Dann waren das nicht … Sie?«, brachte Huck mühsam heraus.

»Nein, Ma'am. Wir vermuten, dass die beiden Mafiatypen mit Richards in der Stadt verabredet waren, aber er ist nicht aufgetaucht. Deshalb ist einer von ihnen in der Nähe der Bank herumgelungert, während der andere die Straße nach Houston absuchte. Als Richards mit einer Begleitung an ihm vorbeifuhr, ist er ihm gefolgt. Hat sich dann zu Fuß an den Wagen rangeschlichen und Richards durch die Heckscheibe erschossen. Zum Glück sind mein Partner und ich vorbeigekommen und haben den Schützen festgenommen, bevor er …« Er verstummte. »Ist ein Wunder, dass ich den alten Wirtschaftsweg überhaupt bemerkt habe. Dachte, ich hätte in der Ferne was gehört, obwohl mein Partner sagte, da wäre nichts gewesen. Und als wir zu der Brücke über den Sandy Creek kamen, haben wir die frischen Reifenspuren entdeckt.« Er runzelte die Stirn. »Es freut mich, dass es Ihnen gut geht, Ma'am.«

»Was haben Sie gehört?« Huck sah den Ranger an. »Bitte, erzählen Sie es mir.«

»Kann ich nicht genau sagen.« Er rieb sich das Kinn und dachte einen Moment nach. »Ein leises Grummeln, fast wie das, was man hört, bevor eine Ölquelle lossprudelt. Aber nicht ganz. Aber der nächste Bohrturm, den ich kenne, ist fünfzehn Meilen weit weg. Draußen im Westen hätte ich geschworen, dass es ein Erdbeben wäre. Das Seltsame ist, dass ich es gehört hab, bis ich vor Richards' Wagen stand, und dann war das Geräusch auf einmal weg. Schätze, diese Gegend geht mir an die Nieren.«

»Wir können Ihnen gar nicht genug danken«, sagte Gabe.

»Ach, und übrigens ...« Lone Wolf erhob sich und setzte seinen Stetson auf. »Ich hab vorhin mit Ihrem Büro in Houston gesprochen. Sie haben einen Kassierer bei der First National Bank befragt, der schwört, dass eine schöne Frau Richards heute Morgen abgelenkt hat. Wir denken, dass er deshalb nicht so lange wie geplant allein im Tresorraum war. Hat ihn daran gehindert, sich mit Tausenden davonzumachen.« Er tippte sich an den Hut. »Und da denken die Leute, Männer wären die besten Verbrechensbekämpfer.«

Als Gonzaullas gegangen war, winkte Gabe der Bedienung und bestellte zwei überbackene Käse-Sandwiches zum Mitnehmen.

»Das ist eine gute Idee«, sagte Huck. »Vielleicht kriegst du später Hunger.« Sie wusste nicht, wie lange das Café geöffnet hatte, aber sie waren inzwischen die einzigen Gäste.

»Die sind nicht für mich«, entgegnete Gabe.

»Ich kann nichts essen ...«

»Ich hab mit Cutter telefoniert. Die Baseball-Saison ist zwar in vollem Gange, aber die Exporters haben ein paar Tage frei. Er kommt von Beaumont her und bringt dich zu deiner Familie. Sollte in ungefähr zwanzig Minuten hier sein.«

»Was?« Huck fing wieder an zu weinen. »Wir fahren nicht nach Hause?«

»Ich muss noch eine Weile hierbleiben.«

»Wie lange?«

Er ignorierte die Frage. »Alles wird gut. Cutter weiß, was passiert ist. Deine Eltern allerdings nicht.«

»Aber was soll ich ihnen denn sagen?«

»Erzähl ihnen gar nichts. Darin bist du doch gut.«

*

Sie warteten in der Eingangshalle des Hotels auf Cutter. Als er ankam, nahm Gabe Hucks Tasche, und sie gingen nach draußen zum Wagen ihres Zwillingsbruders. Gabe umarmte Huck zum Abschied und hielt ihr die Tür auf. Keiner von beiden sagte ein Wort.

»Danke für das Essen.« Cutter ließ den Motor an. »Ich bringe sie am besten zu meiner Wohnung in Beaumont. Die Neuigkeiten werden sich garantiert bis Huntsville herumsprechen.«

»Gute Idee«, sagte Gabe. »Soll ich eure Eltern anrufen?«

»Darum kümmer ich mich.«

»Danke.«

»Weißt du, wann du sie wieder abholst?«, fragte Cutter.

»Irgendwann Ende der Woche. Ich muss hier noch ein paar Tage bleiben.«

»Am Donnerstag fahre ich mit dem Team weg. Ihr zwei könnt in meiner Wohnung bleiben, solange ihr wollt.«

Gabe nickte. »In der Tüte ist ein Sandwich für Huck, aber sie wird's wahrscheinlich nicht essen.«

»Darum kümmer ich mich auch.« Cutter trat die Kupplung und legte den Gang ein. »Ich bin am Stadtrand an einer kleinen

Eisdiele vorbeigekommen. Da halten wir und gönnen uns ein paar Root Beer Floats. Soll eine schwüle Nacht werden.«

Sie fuhren in der abendlichen Stille davon. Gabe sah ihnen nach. Als er Huck zum Abschied umarmt hatte, hatten beide so getan, als sei zwischen ihnen alles in Ordnung.

Doch zum ersten Mal in ihrer Ehe lagen die Dinge mächtig im Argen.

Und Cutter war nicht dumm.

*

In den folgenden drei Tagen arbeitete Gabe von Sonnenaufgang bis Sonnenuntergang in seinem behelfsmäßigen Büro in der Bank von Kilgore. Er redete nur das Nötigste und bestellte sich fertige Mahlzeiten, die er an seinem Schreibtisch aß. Die Gedanken an Huck ließen ihn die ganze Zeit über nicht los und verfolgten ihn selbst bis in seine Träume. Er glaubte, ihr Parfum noch in seinem Hotelzimmer zu riechen. Deshalb hatte er versucht, das Zimmer oder sogar das Hotel zu wechseln, aber es war alles ausgebucht. Also wanderte er bis zur nächtlichen Sperrstunde über die holprigen Bretter der Gehsteige und starrte mit leerem Blick in fremde Gesichter. Danach trieb er sich stundenlang auf den in der Nähe gelegenen Waldwegen und in dunklen Seitenstraßen herum. Es war gefährlich, und er hätte verhaftet und ins Gefängnis gesperrt werden können, wenn man ihn ertappte. Das war ihm ziemlich gleichgültig, und in gewisser Weise hoffte er sogar, dass irgendein finsterer Geselle auftauchte, der auf eine Prügelei aus war. Doch leider begegnete er nur herumstreunenden Tieren und ein paar müden Trunkenbolden.

Am Donnerstagabend beendete er seine Arbeit in Kilgore, und er musste erst an Montagmorgen wieder in seinem Büro in Houston erscheinen. Ihm war bewusst, dass er Huck wenigstens anrufen sollte. Nachdem sein anfänglicher Zorn einer dumpfen Benommenheit gewichen war, hatte er auch einige Anläufe unternommen. Aber die Benommenheit verwandelte sich bald in ein Schuldgefühl, das wiederum neue Wut entfachte. Und da Huck nicht versucht hatte, ihn zu erreichen, fragte er sich, ob es zwischen ihnen jemals wieder so sein würde wie früher.

Kurz vor Einbruch der Dunkelheit packte er seine Aktentasche und trottete zurück zu dem Restaurant neben seinem Hotel. Hunger hatte er keinen, doch ihm fielen die Käse-Sandwiches ein, die er für Cutter bestellt hatte. In den letzten vier Tagen hatte alles, was er aß, wie gebratene Sägespäne geschmeckt. Aus irgendeinem Grund klang überbackener Käse gut, und vielleicht bekam er ja in der Nacht Appetit. Er schlief im Moment ohnehin nicht viel und musste sich zusammenreißen, um die Kraft für die Entscheidung aufzubringen, was er als Nächstes tun sollte.

Nachdem er seine Bestellung bezahlt hatte, nahm Gabe die Tüte mit den Sandwiches, verließ das Restaurant und blieb vor dem Hotel stehen, um eine Zigarette zu rauchen. Er blickte die staubige Hauptstraße hinunter, die nun im fahlen Zwielicht lag. Hier hatte er Huck zuletzt gesehen. Die Erinnerungen an sie waren so unerträglich gewesen, dass er sie die meiste Zeit über aus seinem Kopf verbannt hatte. Kaum hatte er sich ihr Gesicht vorgestellt, sah er auch Clark, der sie bedrängte. Und dann brach Gabe in eiskalten Schweiß aus, und ihm wurde so übel, dass er sich am liebsten übergeben hätte.

Die Zigarette schmeckte nicht mehr, deshalb schnippte er sie in einen nahen Spucknapf. Es war ein Glück, dass Richards bereits tot war, denn sonst hätte Gabe ihn wahrscheinlich umgebracht. Der Gedanke war befriedigend und erschreckend zugleich. Als er im Ersten Weltkrieg in den Schützengräben kämpfte, hatte er sich geschworen, dass er für den Rest seines Lebens genug Morden gesehen hatte. Anscheinend konnte ein Mann seine Ansicht darüber ändern, was »genug« bedeutete.

»Haben Sie vor, die Sandwiches essen?«, fragte eine krächzende Stimme aus der Dunkelheit.

Erschrocken drehte Gabe sich um. Ein Mann mit einem dicken Backenbart und einem Holzbein – wahrscheinlich ein Säufer – saß auf einer Bank vor dem Hotel. »Können Sie haben«, antwortete Gabe und reichte ihm die Tüte. Der Mann hatte sie zweifellos nötiger als er.

»Danke auch. Krieg nicht oft überbackenen Käse.«

»Woher wissen Sie, was ...«

»Der Geruch.« Der alte Mann schnupperte an der Tüte und lachte. »Ich hopse vielleicht auf einem Holzbein rum, aber meine Nase tut's noch.«

Gabe fischte ein paar Münzen aus seiner Tasche. »Hier, für einen Kaffee.«

Der alte Mann winkte ab. »Verschwenden Sie nicht meine Zeit, mein Sohn, und Ihre. Es gibt Wichtigeres, über das Sie nachdenken müssen.«

Es lohnte nicht, zu fragen, was er meinte, dachte Gabe, aber dann fielen ihm die Augen des Alten auf – vermutlich die klarsten Augen, die er je gesehen hatte. Vielleicht war er doch kein Säufer.

Der Mann hob schnuppernd die Nase in die Luft. »Rieche ich da eine Schachtel Luckys?«

Gabe griff in seine Hemdentasche und holte die Zigaretten hervor.

»Investieren Sie noch ein Heftchen Streichhölzer, dann gebe ich Ihnen einen Rat für Ihr Problem.«

»Nehmen Sie mein Feuerzeug«, sagte Gabe. »Und behalten Sie Ihren Rat für sich.«

Das Lächeln des alten Mannes schimmerte in der Dunkelheit.

»Kein Mann kann nach vorne schauen, bevor er nicht nach hinten geguckt hat. Und dann kann er nach oben sehen.«

»Brauchen Sie sonst noch irgendwas?«

»Ich bin nicht der, der was braucht. Jetzt verschwinden Sie lieber von hier. Wie ich schon sagte, Sie haben Wichtigeres, um das Sie sich kümmern müssen.«

Gabe ging zurück ins Hotel. In der knappen Woche in dieser Stadt hatte er ein breites Spektrum der Menschheit gesehen. Soeben seinen ersten Verrückten. Dabei hatte der alte Mann auf eine seltsame Art recht. Aber es war ausgeschlossen, dass ein Wildfremder wissen oder verstehen könnte, was Gabe durchmachte. Der Rat des Mannes war reiner Zufall. Plötzlich bekam Gabe Angst und begriff, dass er vorsichtiger sein musste. Der Mann hätte durchdrehen und eine Waffe ziehen können. Statt wie üblich durch die Seitenstraßen zu wandern, ging er direkt auf sein Zimmer.

Gleich als er die Tür öffnete, fiel sein Blick auf das Bett, wo Huck gelegen hatte und das Kissen nass von ihren Tränen gewesen war. Er bekam einen Kloß im Hals. Er war ihr noch nie absichtlich aus dem Weg gegangen, und er wünschte, er könnte die letzten vier Tage ungeschehen machen. Aber das war nicht möglich. Und je länger er über den niederträchtigen Brief von Clark nachdachte, desto klarer erkannte er, wie unfair er selbst gewesen war.

Hätte er ihn gelesen, wenn Huck ihn ihm gezeigt hätte?

Wahrscheinlich nicht.

Und falls doch, wäre er beherrscht genug geblieben, ihn sachlich zu beurteilen?

Er kannte die Antwort.

Gabes Augen wurden feucht. Huck wäre um ein Haar vergewaltigt worden, und ein Freund aus ihren Kindertagen, den sie einmal geliebt hatte, war getötet worden.

Getötet.

Ob jemand den Tod verdiente oder nicht – für alle, die ihm nahestanden, war das Ergebnis das Gleiche.

Gabe rieb sich die Augen. Wegen seines dämlichen Stolzes hätte er Huck fast dorthin geschickt, wo sie überall mit den tragischen Ereignissen konfrontiert würde. Gott sei Dank, dass Cutter sie nach Beaumont brachte und nicht nach Huntsville.

Gabe sank auf die Knie und weinte.

Was hatte er getan?

Die Frau, die er mehr liebte als sein Leben, brauchte in diesem Moment seinen Schutz mehr denn je.

»Oh Gott, bitte verzeih mir«, sagte Gabe, während ihm die Tränen über die Wangen strömten. »Und bitte tröste Huck.«

Er stand auf und warf seine Sachen in den Koffer. Beaumont lag gute vier Fahrtstunden südlich von hier. Cutter würde nicht zu Hause sein, und Huck hätte vielleicht Angst im Dunkeln. Wenn er sich beeilte, könnte er noch vor Mitternacht alles wieder richten.

*

Huck lag auf dem Bett in Cutters Gästezimmer und starrte durch das offene Fenster in die Nacht hinaus. In den letzten drei Tagen hatte sie mehr geweint, als sie für menschenmöglich hielt, und immer noch rannen neue Tränen aus ihren geschwollenen Lidern. Am Nachmittag war ihr Zwillingsbruder mit den Beaumont Exporters weggefahren und würde erst in einer Woche wiederkommen. Cutter war sehr liebevoll mit ihr umgegangen und hatte sich fürsorglich um sie gekümmert. Aber er war nicht ihr Mann. Also hatte sie sich ein Lächeln abgerungen und behauptet, sie käme bestens zurecht, bis Gabe käme.

Gabe.

Würde er sie überhaupt holen kommen? In ihrem ganzen Leben hatte sie noch keine solche Angst gehabt.

Als er nicht anrief, hatte sie eigentlich einen Brief erwartet. Als sie an diesem Abend zum Briefkasten gegangen war, hatte sie im Stillen bei jedem Schritt gebetet, doch ihre Hoffnung war enttäuscht worden. Noch dazu fiel ihr ein, dass morgen Freitag wäre und keine Postkarte käme. Vielleicht nie mehr. Bei dem Gedanken war sie wieder in Tränen ausgebrochen.

Huck sah auf die Uhr neben dem Bett. Halb zwölf. Drei Tage und drei Nächte ohne Gabe kamen ihr wie eine Ewigkeit vor. Und dies war schon die vierte Nacht. Cutter hatte ihr geraten, Gabe nicht anzurufen, sondern ihn »tun zu lassen, was ein Mann tun muss«. Huck wusste, dass er meinte, Gabe brauche Zeit. Und doch war es ihr ungeheuer schwergefallen, ihn nicht anzurufen. Ihre Gedanken wanderten zurück zu Mister Jack und zu dem, was er sie über die Hoffnung gelehrt hatte. Aber da ihr Schutzengel es nicht für nötig gehalten hatte, in Kilgore zu erscheinen, blieb ihr einzig die Hoffnung, dass ihre Ehe nicht zerbrechen würde.

Sie setzte sich auf und trank einen Schluck Wasser aus dem Glas neben dem Bett. Cutter hatte ihre Eltern angerufen, die sehr betroffen reagiert hatten. Er hatte nichts von der versuchten Vergewaltigung erzählt, sondern nur, dass Huck mit Clark nach Kilgore unterwegs gewesen war, um Gabe zu besuchen, der sich im Auftrag von Gulf in dieser Stadt aufhielt. Jeder wusste, wie gefährlich solche Boomtowns waren, und Clark war von einem tödlichen Schuss getroffen worden. Cutter hatte lediglich erklärt, dass die Einzelheiten noch ermittelt würden, es Huck aber gut ginge und sie bei ihm in Beaumont bliebe, bis Gabe seine Arbeit in Kilgore beendet hätte.

Huck fröstelte.

Die Richards würden dafür sorgen, dass keine Details in die

Zeitungen gelangten, aber mit Sicherheit würden schon bald verschiedene Versionen der Wahrheit in der Stadt die Runde machen, und es wäre eine Glanzzeit der Klatschmäuler. So unwirklich es auch erschien, würde Clarks Tod nach und nach eine Tatsache werden. Deshalb betete Huck darum, dass sie, wenn die Benommenheit nachgelassen hätte, imstande wäre, nicht nur den tragischen Verlust eines Freundes aus Kindertagen zu verkraften, sondern den Schmerz wegen seines Verrats.

Plötzlich hörte sie draußen einen vertrauten Motor.

Der Blue Norther!

Ohne erst nach einem Morgenmantel zu greifen, rannte Huck im Nachthemd aus dem Haus und sank in Gabes Arme.

»Es tut mir leid«, sagte Gabe mit Tränen in den Augen. »Ich hätte nicht länger bleiben dürfen.«

»Nein. Es ist meine Schuld. Was passiert ist, war …«

Ehe sie ausreden konnte, küsste Gabe sie innig. Huck wusste nicht, wie lange sie in Cutters Vorgarten standen, aber sie hätte ewig in Gabes Armen bleiben wollen.

»Salzige Küsse sind die besten«, sagte er schließlich und tupfte ihnen beiden das Gesicht mit seinem Taschentuch ab. »Du hast nicht zufällig ein oder zwei Tassen Kaffee da, oder?«

»Für dich«, antwortete Huck, »brühe ich eine ganze Kanne auf.«

Während das Wasser kochte, duschte Gabe, und dann tranken sie becherweise Kaffee mit Sahne und redeten bis in die frühen Morgenstunden. Es war nicht alles perfekt zwischen ihnen, und sie kamen zu dem Schluss, dass es gefährlich war, die »Reduzierung auf den kleinsten gemeinsamen Nenner« aus dem Blick zu verlieren. Beide erkannten, dass ihr egoistisches Handeln sie um ein Haar auseinandergetrieben hätte, baten sich gegenseitig um Verzeihung und dankten dann Gott für seine allgegenwärtige Güte. Kurz bevor sie die Lampe neben dem Bett ausknipste, zitierte Huck die Zeile von den *zwei Herzen, in Hingabe vereint* aus Gabes Gedicht. Das sollte von nun an ihr Motto sein.

Als wenige Stunden später der Morgen anbrach, lag Huck mit weit offenen Augen in Gabes schützenden Armen. Auf ihrem Kissen lag eine neue Postkarte. Huck wusste nicht, wie er es angestellt hatte, aber sie las die Karte wieder und wieder, während sie an ihrem Rücken Gabes beruhigenden Herzschlag fühlte. Sie schmiegte sich enger an ihn, und vor lauter Dankbarkeit lief ihr eine Träne über die Wange. Es war Freitag, ihr Seelenverwandter war zurück, und sie fühlte sich sicher.

Seit dem schrecklichen Ereignis hatte sie nicht mehr geträumt. Nur manchmal war ihr ein traumähnlicher Gedanke, den sie nur mit einiger Mühe fassen konnte, durch den Kopf gegangen: Das Rumoren, das Ranger Gonzaullas zu Clarks Wagen geführt hatte, war weder eine Ölquelle noch ein Erdbeben gewesen. Es war dieselbe Vibration, die Huck in ihrer halben Ohnmacht gespürt hatte. Nur dass Gonzaullas sie zuerst wahrgenommen hatte.

Eine weitere Träne gesellte sich zu der ersten.

Das mysteriöse Geräusch war das Echo eines dröhnenden Lachens, das Huck zum ersten Mal in ihrer geheimen Bucht gehört hatte, als sie zehn war.

Ein kraftvolles Lachen, das alles Böse verscheuchte.

Ein Lachen, das zu Mister Jack gehörte.

Achtzehn

Lachen und Tränen der Liebe
Sind die Farben, die wir
Auf die Leinwand des Lebens malen.
Und sosehr sie sich auch bemühen,
Werden uns die Jahre, die vergehen,
Niemals verleiten, zu malen …
Was wir nicht sind.
Für immer, Gabe

Oktober 1940, Huntsville, Texas

»In diesem Jahr ist der Verkehr schlimmer denn je«, sagte Huck, als sie den Highway 75 in Richtung Huntsville entlangfuhren. »Wir brauchen bestimmt den ganzen Nachmittag, um einen Parkplatz zu finden.«

»Ja, weil der *Chronicle* das diesjährige Gefängnis-Rodeo als die wildeste Show von Gefangenen beworben hat.« Gabe warf Huck einen Blick zu. »Vielen Dank für die Überraschung.«

Sie lächelte. Es hatte einen Riesenspaß gemacht, ihren Mann zum fünfzehnten Hochzeitstag mit zwei der begehrtesten Eintrittskarten in ganz Texas zu überraschen. Obwohl das Rodeo an jedem Sonntagnachmittag im Oktober stattfand, wollten mehr Leute hingehen, als es Plätze gab. Gabe und sie hatten heute sogar den Gottesdienst ausfallen lassen, damit sie rechtzeitig zum Beginn um zwei Uhr dort waren.

»Ich kann mir keine schönere Art vorstellen, unseren Nachmittag zu verbringen, als Männern zuzuschauen, wie sie mit Tieren ringen.«

»Wenn Papa noch leben würde, wäre ich zu Hause geblieben und hätte Arbeiten korrigiert.«

»Hat er irgendwann mal ein Rodeo versäumt?«

»Nicht, dass ich wüsste.«

»Denkst du, deine Mutter – Gott hab sie selig – weiß, dass wir nicht in der Kirche waren?«

»Ich glaube eher, dass sie immer noch viel zu sehr damit beschäftigt ist, die Leute im Himmel anzugaffen, die sie da nie erwartet hätte.« Huck lächelte. »Und damit, Papa für die Art zu schelten, wie er die Ewigkeit verbringt.«

»Schwer zu glauben, dass deine Eltern schon vier Jahre tot sind.« Gabe tätschelte Hucks Bein.

»Ja.« Sie seufzte. »Und noch unvorstellbarer ist es, dass ihr altes Zuhause ans College verkauft worden ist. Molly Beninna sagt, es wird vielleicht abgerissen und ein Studentenwohnheim an der Stelle gebaut.«

Während sie schweigend weiterfuhren, dachte Huck an den friedlichen Tod ihrer Eltern. Es war im Sommer 1936 gewesen. Cutter war in die Oberliga aufgestiegen und spielte für die White Sox. Gabe und Huck hatten sich zwei Wochen freigenommen und waren mit dem Zug nach Chicago gefahren, wo sie drei herrliche Tage mit Besichtigungstouren verbracht und Cutter zugesehen hatten, als er im Comiskey Park spielte. Huck war ein bisschen unruhig gewesen, weil Clark vor seinem Tod in Chicago gelebt hatte, aber sie hatte diesen Gedanken verdrängt.

Am Ende ihres Urlaubs waren sie nach Huntsville gefahren, um Hucks Mutter beim jährlichen Einkochen und Einwecken zu helfen. Annise hatte Gabe längst so lieb gewonnen wie einen eigenen Sohn. Ja, in der Familie wurde sogar gescherzt, er wäre zum beliebtesten Huckabee-Kind avanciert. Am ersten Tag hatten sie bis nachmittags 25 Kilo Tomaten gehäutet und eingekocht, 40 Kilo Gurken in Zitronenwasser eingelegt und drei

Dutzend Pfirsichviertel in Dosen abgefüllt. Dann verkündete Annise, sie wäre »erledigt« und wolle sich einen Moment hinlegen. Das tat sie und stand nie wieder auf.

Zwei Wochen später starb Ethan. Er hatte sich nach dem Sonntagsfrühstück wie üblich auf die Veranda zurückgezogen, um in der Bibel zu lesen und anschließend ein Stückchen von seinem frischen Tabak Marke Brown's Mule zu kauen. Doch weiter als bis zur Bibellektüre kam er nicht mehr. Der Priem blieb ungeöffnet in seiner Hemdentasche.

Die Familie stimmte überein, dass beide mit ihren weit über achtzig Jahren ein gutes, erfülltes Leben gehabt hatten. Und nach achtundfünfzig Ehejahren und einer Schar Kinder waren ihre Kräfte schlicht erschöpft gewesen. So war es nur natürlich, dass Annise einen friedlichen Tod starb. Und ohne sie, die Ethan immer gesagt hatte, was er tun und lassen sollte, fehlte ihm einfach die Orientierung, um allein weiterzuleben.

Im Großen und Ganzen pflichtete Huck ihren Geschwistern bei. Allerdings war ihr Eindruck eher der gewesen, dass Ethan sein Leben nach seinen Regeln gelebt hatte und Annises Wünschen nur entsprochen hatte, weil er sie liebte. Im Gegenzug hatte sie seine Bedürfnisse erfüllt, weil sie ihn liebte. Ob die anderen es verstanden oder nicht, ihre Eltern waren irgendwie seelenverwandt gewesen.

In Huntsville fuhr Gabe über Nebenstraßen, um nicht in den Stau auf der Hauptstraße zu geraten. Es dauerte nicht lange, bis sie die Rodeo-Arena erreichten und eine Parklücke fanden.

»Extra für uns reserviert«, sagte er. Sie sprangen aus dem Blue Norther und gingen zum Haupttor. Gabe holte tief Luft. »Es riecht wie bei unserem ersten Rendezvous am Splash Day.«

»Bis auf die salzige Luft.«

»Und die gegrillten Maiskolben.«

Gabe zeigte auf eine lange Reihe von Buden. »Weißt du was?

Nächstes Jahr schmeißen wir unsere Jobs hin und machen eine Bude mit Grillmais auf. Dann müssen wir nur einen Monat im Jahr arbeiten.«

»Klingt verlockend«, sagte Huck, als sie durch das Tor gingen. »Aber Essen und ein Dach über dem Kopf für die restlichen elf Monate sind auch nicht zu verachten. Wo wir gerade vom Essen reden, wie wäre es, wenn du uns einen Snack holst, während ich schon mal zu unseren Plätzen gehe?«

»Okay. Was möchtest du?«

»Egal.«

»Ich habe schon von gerösteten Erdnüssen geträumt.«

»Abschnitt R«, sagte sie, als sie sich trennten. »Plätze 1207 und 1208. Ich winke, falls du dich verläufst.«

Huck sah ihrem Mann nach, als er in Richtung der köstlichen Düfte marschierte. Das Rodeo genoss sie vor allem, weil es sie an ihren Vater erinnerte. Am Rodeo-Tag hatte Ethan immer auf einem schnellen Mittagessen bestanden. Deshalb bereitete Annise vor der Kirche Sandwiches mit Roastbeef und allem Drum und Dran vor, einschließlich der Zwiebeln. Aus Tradition hatte Huck dieselben Sandwiches als Imbiss für unterwegs zubereitet. Die Regel lautete, dass, wenn einer von ihnen Zwiebeln aß, der andere auch welche nahm. Es machte keinen Spaß, allein nach Zwiebeln zu riechen.

Mit der Erinnerung an Papa kam automatisch auch die an ihre Mutter, die Huck schrecklich vermisste. Sie hatten ihre Differenzen gehabt, aber sie hatten sich von Frau zu Frau verstanden. Annises Tod hatte eine bleibende Lücke in Hucks Herz hinterlassen.

Als Huck an einer Gruppe von Sträflingen vorbeikam, die Müll aufhoben, erstarrte sie. Einer von ihnen war Clark wie aus dem Gesicht geschnitten. Manchmal hatte sie noch immer Albträume von Clarks Angriff in dem Wagen.

»Kann ich Ihnen helfen, Ma'am?«, fragte ein Wärter.

»Wie bitte?«

»Sieht so aus, als hätten Sie sich verlaufen.«

»Nein, ähm, danke. Alles o. k.« Sie sah auf ihre Eintrittskarte. »Abschnitt R.«

Der Wärter streckte den Arm aus. »Sie stehen direkt vor dem Eingang. Gehen Sie die Rampe rauf, da hilft Ihnen jemand, Ihren Platz zu finden. Viel Spaß.«

Huck stand stocksteif da, bis der Wärter und seine Mannschaft außer Sichtweite waren. Sie wusste absolut sicher, dass Clark tot war, und dieser Sträfling sah aus, wie Clark vor Jahren ausgesehen hatte. Dennoch war die Ähnlichkeit unheimlich. Sie war unter anderem nach Huntsville gekommen, weil sie sich die jüngsten Veränderungen in der Stadt ansehen wollte, vielleicht sogar dorthin fahren, wo früher ihr Elternhaus gestanden hatte. Es würde sie sicher hart treffen, das große alte Haus nicht mehr vorzufinden, aber die Gedanken an ihre Jugend hatten sie in letzter Zeit in ihren Träumen verfolgt.

»Meine Damen und Herren! Willkommen zum zehnten jährlichen Texas Prison Rodeo! Die verwegenste, verrückteste Show hinter Gittern.«

Huck fing sich wieder und ging die Rampe hinauf, während die Stimme des Ansagers über die laute Menge hinweghallte. Als sie den Abschnitt R gefunden hatte, stieg Huck die Stufen der groben Holztribüne hinauf zur Reihe 1200.

Der Ansager verkündete laut: »Teilnehmen dürfen nur solche Sträflinge, die ein Jahr ohne Akteneintrag und Nerven wie Drahtseile nachweisen können.«

Huck fand die Plätze 1207 und 1208 und hielt über die Tausende von Rodeofans hinweg nach Gabe Ausschau. Wenige Minuten später schlüpfte er auf den Platz neben ihr.

»Hattest du Probleme, mich zu finden?«

»Nee. Möchtest du eine geröstete Erdnuss?«

»Nur wenn du sie für mich knackst.«

»So wie einen Safe?«

»Sehr witzig. Vielleicht solltest du den Ansager machen.«

»Der Bursche an der Bude hat gesagt, die Rinder für das Rodeo stammen aus den Wildherden unten in den Niederungen am Trinity River«, rief Gabe ihr über den Lärm hinweg zu.

In diesem Moment verfiel ein Bulle in wilde Bocksprünge. Der Sträfling auf seinem Rücken verlor den Halt und landete beinahe unter mehreren tausend Pfund Fleisch auf donnernden Hufen.

»Oh, Gabe, ich kann gar nicht hingucken!« Huck hielt sich die Augen zu.

Über den Nachmittag gab es noch die üblichen Shows: Basketball, das von ungesattelten Pferden aus gespielt wurde, Kälber mussten mit Glocken versehen werden, Wildstutenmelken und – beim Publikum besonders beliebt – »Hard Money«. Bei diesem Spiel konkurrierten vierzig Gefangene in roten Hemden auf Zeit um einen geldgefüllten Bull-Durham-Tabakbeutel, der zwischen den Hörnern eines ruppigen Buckelrinds hing. Den Sieger erwarteten über hundert Dollar in dem Beutel, die größtenteils vom Publikum gespendet waren.

»Ein Dollar da war von uns«, sagte Gabe, als sie später wieder in den Blue Norther stiegen. »Ich hoffe, er schickt ihn seiner Familie.«

»Falls er das Glück hat, eine zu haben«, ergänzte Huck. Sie war froh, dass das Rodeo vorbei war. Auch wenn sie wusste, dass sich die Gefangenen jedes Jahr darauf freuten, taten sie ihr leid. Nicht wenige dieser Männer kamen aus guten Familien und hatten einfach irgendwann die falschen Entscheidungen getroffen, wofür sie jetzt büßen mussten.

Wie Clark.

Sie dachte wieder an den Sträfling von vorhin und erschauderte.

Clark wäre auf Jahre hinter die hohen roten Ziegelmauern verbannt worden, wenn man ihn nicht erschossen hätte. Soweit Huck wusste, war die Wahrheit über seinen Tod nie allgemein bekannt geworden. Die Zeitung von Huntsville, *The Huntsville Item*, hatte nur ein paar dürftige Einzelheiten darüber gebracht und berichtet, dass er bei einem Unfall in der Nähe von Kilgore zu Tode gekommen sei.

»Wie wär's mit einem Eis?«, schlug Gabe vor. »Du siehst ein bisschen traurig aus, und wir waren nicht mehr im King's Drug Store seit …« Er verstummte.

»Seit Papa gestorben ist?« Huck lächelte. Ihr Vater hatte sich immer so gefreut, wenn sie ihm ein Eis im Hörnchen mitgebracht hatten. Sie sah Gabe an. »Es geht mir gut. Aber was hältst du von einem Root Beer Float? Danach könnten wir zu unserem alten Grundstück fahren und uns an den Teich im Sam Houston Park setzen.«

Es war nicht weit bis zum King's. Sie hielten davor und hupten, damit eine Bedienung kam. Dreißig Minuten später saßen sie entspannt am grasbewachsenen Ufer des Teiches, der dieselben Umrisse wie Texas hatte. Ganz in der Nähe befanden sich das Sam-Houston-Museum und die früheren Wohnhäuser des Generals.

»Wir waren seit Jahren nicht mehr in dem Museum.« Gabe stand auf und streckte sich. »Es hat noch eine halbe Stunde auf. Wollen wir reingehen und sehen, was es Neues gibt?«

»Geh du ruhig.« Huck langte nach oben und drückte seine Hand. Das Rodeo, die Gedanken an ihre Eltern, an ihr altes Zuhause, an Clark … so vieles hatte sich verändert. »Ich möchte gerne noch ein bisschen hier sitzen.«

»Eine halbe Stunde, Liebste. Dann machen wir uns auf den

Heimweg. Wir müssen ja beide morgen arbeiten.« Gabe grinste. »Ich bin bald wieder da.«

Huck suchte sich einen flachen Stein und ließ ihn über die glatte Wasseroberfläche hüpfen. Er sprang mehrmals, bevor er versank und kleine Kreiswellen bis zurück ans Ufer schickte. Genau wie das Leben, dachte sie. Wir hüpfen von einer Phase zur nächsten, bis wir keinen Schwung mehr haben. Unsere Herzen hören auf zu schlagen, aber die Wellen unseres Handelns kehren zu jenen zurück, die uns lieben. Manche mit einem sanften Spritzer, andere schäumend und krachend.

Huck legte sich ins Gras und blickte zum Himmel. Eine Hand voll herbstlicher Sterne blinkte in der dunkelblauen Dämmerung, ein Zeichen, dass die Tage kürzer wurden.

Sie holte tief Luft und atmete langsam wieder aus. Alles veränderte sich zwangsläufig, das wusste sie.

Auch der Tod war unausweichlich.

Mister Jack kam ihr in den Sinn. Was hatte er damals gesagt? Ach ja! »Es gibt keine Garantien für ein langes Leben.«

Auch das wusste Huck.

Clark war jung gestorben. Einen gewaltsamen Tod, den sie schwerer akzeptieren konnte, als sie anfangs gedacht hatte. Damals hatte ihre Traurigkeit keinen Sinn ergeben, nach allem, was er getan hatte. Doch es war der »nette« Clark, der sich in ihr Gedächtnis eingeprägt hatte.

Der abenteuerlustige Clark.

Der Clark, der für jeden Spaß zu haben war.

Deshalb hatte Huck ihren Kummer in sich verschlossen, bis sie eines Samstagnachmittags, drei Monate später, als Gabe sich beim Friseur die Haare schneiden ließ, in hysterisches Weinen ausgebrochen war. Es war eines der wenigen Geheimnisse, die sie vor ihm hatte.

»Ach, liebster Gabe«, flüsterte sie. »*Mein* Seelenverwandter.«

Sie lächelte. Dieser Begriff stammte ebenfalls von dem weisen Mister Jack, der das Leben mit einem Pokerspiel verglichen und Huck ermahnt hatte, genau hinzusehen, damit sie die beste Karte erkannte.

Das hatte sie.

Sie hatte tief in Gabes Wesen hineingesehen und ein Ass entdeckt.

Die Vorstellung, ihn jemals zu verlieren, war … undenkbar. Folglich musste sie als Erste sterben. Nur empfand er wahrscheinlich genauso, was sie betraf. Vielleicht hatten sie Glück und durften zusammen gehen.

»Dreißig Minuten sind vorbei.« Gabes Stimme drang in ihre Gedanken. »Bereit, zu gehen?«

Langsam stand Huck auf und blickte in seine meerblauen Augen.

»Nur mit dir, Liebling. Ich will nur mit dir gehen.«

Neunzehn

Sommer 2006 – Adam Colby

Gerade hatte ich nach einem anstrengenden Tag mein Arbeitszimmer betreten, als das Telefon klingelte. Ich sah auf die Anruferkennung. »Hi, Yevette«, sagte ich und hoffte, dass sie beschlossen hatte, mich bald wieder zu treffen.

»Hast du schon zu Abend gegessen?«

»Ähm … Ich hab mir was beim Drive-in geholt, aber das ist noch in der Tüte.«

»Dann heb es dir für morgen auf«, entgegnete sie. »Kannst du zu Nummer 3315 Backstretch Road kommen? Die ist in der Nähe von der Jensen Road und dem Highway 59.«

»Backscratch?« Konnte eine Straße wirklich »Rückenkraulen« heißen?

Sie lachte. »Back*stretch*. S-t-r-e…«

»Schon kapiert«, sagte ich und griff nach einem Stift. »Hört sich an wie eine Rennbahn.«

»War es auch. Mal von Epsom Downs gehört?«

»In England? Pferde, richtig?«

»Pferde stimmt, aber *diese* Rennbahn war in Houston. Sie war nur ungefähr zehn Jahre in Betrieb. Huck und Gabe waren zur Eröffnung 1933 hier, und zwar an Thanksgiving.«

Ich überlegte einen Moment, konnte mich aber nicht an eine Postkarte erinnern, die mit einer Rennbahn zu tun hatte.

»Adam? Bist du noch da?«

»Ja«, antwortete ich. »Nummer 3315?«

»Dieselbe Nummer wie das Haus von Gabe und Huck in der Glen View Lane.«

»Das ist seltsam. Und wie sieht das Haus aus?«

»Kein Haus, nur ein verbeulter Briefkasten mit einer aufgemalten Adresse an der Seite.«

»Geht es um die letzte Karte?«, fragte ich mit einem nervösen Kribbeln im Bauch.

»Es geht um Mister Jack. Achte auf einen alten hellbraunen 63er Chevy Pick-up.«

»Seiner oder deiner?«, murmelte ich und rätselte, was das alles zu bedeuten hatte.

»Bitte? Es ist ein bisschen windig, und ich konnte dich nicht verstehen.«

»Bist du schon da?«

»Ja, oben auf einem kleinen Hügel. Ist mein Lieblingsplatz in der Stadt, um den Sonnenuntergang anzuschauen. Es gibt hier nicht viele Straßenlaternen, also beeil dich lieber, bevor es richtig dunkel ist.«

Diesmal legte ich als Erster auf. Yevette hatte anders geklungen als sonst. Vielleicht war ich in ihren Augen endlich richtig reell, so reell, wie Kuscheltiere manchmal in Kinderbüchern werden.

*

Die Backstretch Road sah völlig anders aus, als ich es erwartet hätte, ganz besonders die Nummer 3315. Der alte Pick-up stand dort, aber Yevette hatte vergessen, zu erwähnen, dass er gut hundert Meter entfernt von dem Briefkasten parkte. Das ganze Grundstück war mindestens so groß wie ein Fußballfeld, wenn nicht gar wie zwei Fußballfelder.

»Hast du mich gut gefunden?« Yevette hockte hinten auf der Ladefläche des Pick-up. Neben ihr standen eine Kühlbox und ein Kanister mit etwas, das wie Tee aussah.

»Ich hab noch nie ein so großes unbebautes Grundstück in einer Großstadt gesehen.«

»So hatte Gabe sich das auch nicht vorgestellt, jedenfalls nicht, als er es gekauft hat. Er hoffte auf mehr Wohnbebauung.«

»Du meinst eine schicke Aufteilung?«

»Genau. Aber dazu kam es nicht, also hat er das Grundstück nie verkauft. Wie du siehst, gibt es noch viele unerschlossene Parzellen.«

Ich schaute nach Westen. Die Sonne war fast untergegangen. »Warum hat ihr Anwalt dieses Grundstück nie erwähnt?«

»Weil sie es mir vermacht haben, bevor Gabe starb.« Sie stand auf. »Eistee?«

Ich nickte nur, weil mir nichts einfiel, was ich sagen könnte. Yevette trug wieder den schwarzen Opalanhänger, der mir bisher jedes Mal an ihr aufgefallen war. Und zum ersten Mal sah ich sie in Shorts. Ich hatte schon häufiger gehört, dass Reiterinnen tolle Beine haben sollen, und das war nicht gelogen. Aber es war nicht ihr Aussehen, was mich an Yevette am meisten faszinierte. Ich spürte mehr und mehr eine innere Schönheit, die schlicht und vielschichtig zugleich war.

Yevette nahm zwei große Plastikbecher und füllte sie mit Eis aus der Kühlbox. »Ich kann nicht besonders gut kochen«, sagte sie, »wohl, weil ich so viel unterwegs bin. Aber einen Sun Tea zu machen, das habe ich richtig raus.« Sie schenkte uns beiden ein.

»Köstlich«, sagte ich und hockte mich auf die Ladefläche.

Sie setzte sich neben mich.

»Als Kind fand ich es toll, hinten auf einem Pick-up mitzufahren.« Ich trank noch einen Schluck.

»Was heute verboten ist«, ergänzte sie.

»Ich glaube, uns war nicht bewusst, wie gefährlich es ist.«

»Wahrscheinlich nicht.«

Wir lachten.

Ich wollte sie nach ihrer Kindheit fragen, doch es fühlte sich nicht richtig an. Das Licht war fast verschwunden, und der Wind hatte sich endlich gelegt. Hoffentlich merkten das die Mücken nicht. »Also … Du wolltest mir etwas über Mister Jack erzählen?«

Sie nickte. »Es hat nichts mit einer Postkarte zu tun, zumindest nicht direkt. Trotzdem dachte ich, dass du es wissen musst.« Yevette sah mich an. »Hunger?«

Ehe ich antworten konnte, rutschte sie von der Ladefläche und öffnete die Beifahrertür. Dann kehrte sie mit einer Einkaufstüte und dem größten silbernen Kerzenleuchter zurück, den ich je außerhalb eines Dreißigerjahre-Films gesehen hatte.

»Wo hast du das her?«

»Aus einem Bioladen. Ich hoffe, du magst Vollkornbrot, Hummus, Möhren und Obst.«

»Das schlägt auf jeden Fall das, was ich mir besorgt hatte. Aber ich meinte nicht das Essen.«

Sie lachte. »Wie wär's, wenn du die Kerzen anzündest, während ich das Abendessen auspacke? Beim Essen erzähle ich dir dann von Mister Jack.«

Ich zündete die Kerzen an und betrachtete wieder diese ungewöhnliche Frau. Ein Candle-Light-Dinner aus dem Bioladen auf der Ladefläche eines alten Pick-up, und das am Ende der Welt, das wiederum mitten in der Großstadt lag. Es war genau das, was Huck und Gabe veranstaltet hätten.

»Okay«, sagte Yevette. »Was hältst du davon, wenn wir es vorher segnen?«

»Was? Ach, du meinst ein Tischgebet!«

Yevette verstand meine Bedenken und sprach ein einfaches, kurzes Dankgebet. Das einzige Mal, dass Haley und ich je gebetet hatten, war, als der Jackpot der texanischen Lotterie bei dreizehn Millionen stand. Und selbst da hatten wir eigentlich nicht *gebetet*, sondern uns darüber lustig gemacht.

»Dies hier ist der alte Epsom-Downs-Grund«, sagte Yevette. »Und der Wagen steht auf der hinteren Kurve der Rennbahn.« Sie stippte ein Stück Möhre in das Hummus. »Als das Wetten verboten und die Rennbahn geschlossen wurde, hat man das Land zu Schnäppchenpreisen verhökert.«

»Und Huck und Gabe haben es als Anlage gekauft.«

»Gabe schon, aber Huck wollte es wegen dem, was hier passiert ist.«

Ich lachte. »Und der Eröffnungstag war an Thanksgiving?«

»Es war die größte Rennbahn mit Totalisatorwetten und über tausend Zuschauerplätzen in Texas. Und zum ersten Rennen kamen fünfundzwanzigtausend Zuschauer.« Yevette knabberte an ihrer Möhre.

»Bist du Historikerin?«, fragte ich und stippte eine Apfelspalte ins Hummus.

»Eine *Huck*-Historikerin. Trotz ihrer Demenz hat sie nie wichtige Details vergessen. Zum Beispiel hat sie mir erzählt, dass vor der Rennbahn Stände aufgebaut waren, die alles, von Hotdogs bis Gebrauchtmöbeln, verkauften.«

»Dann haben sie diesen Kerzenleuchter auf der Rennbahn gekauft?«

Yevette nahm sich ein Stück Brot. »Greif nicht vor, sonst verpasst du was.«

»Jawohl, Ma'am. Reich mir bitte das Brot.«

Sie fuhr fort. »Stell dir vor, eine Gruppe von Seeleuten, die sich The Epsom Salts nannten, unterhielt das Publikum mit Texas Swing, genauer gesagt, mit Bob Wills' raffinierten Fiedelarrangements.«

»Der berühmte Bob hat ihnen den Kerzenleuchter verkauft?«

»Wohl kaum, sondern ein alter Cowboy. Während Huck dasaß und der Musik lauschte, ging Gabe hinüber zur nächsten Bude. Der Standbesitzer war ein Sattelmacher und Silberschmied. Ich weiß noch, wie Gabe lachend seinen Westernakzent nachmachte. Damals war ich noch klein und hatte keine Ahnung, wieso. Aber ich saß auf seinem Schoß und bettelte ihn an, so zu reden.«

»Na, kleines Fräulein«, sagte ich in meiner besten John-Wayne-Manier, »was habense denn dafür berappt?«

»Das ist das Komische. Es war mitten in der Weltwirtschaftskrise, und Gabe wollte nicht mehr als fünf Dollar ausgeben.«

»Fünf Dollar?« Ich verschluckte mich fast an dem Brot. »Selbst damals war so ein Kerzenleuchter aus echtem Silber von dieser Größe viel mehr wert!«

»Der Cowboy befahl Gabe, einen Fünf-Dollar-Schein mit *Mr. Abraham Lincoln* drauf auf Humdinger im vierten Rennen zu setzen.«

»Und Gabe hat gewonnen?«

»›Das Leben ist zu kurz, um keine Risiken einzugehen‹, sagte der Cowboy zu ihm, ›*vor allem, wenn man verliebt ist.*‹ Gabes Gewinn war exakt der Preis für den Leuchter, auf den Penny.«

»Und Huck dachte, der alte Cowboy war Mister Jack?«

»Sie hatte den Verdacht, aber sie hat es nicht laut ausgesprochen. Und dann, bevor sie die Rennbahn verließen, sah sie in der Ferne einen alten Cowboy in vertrauter Weise über den Weg humpeln.«

»Viele alte Männer humpeln«, sagte ich.

»Sie ließ Gabe stehen und rannte ihm nach, verlor ihn aber in der Menge aus den Augen. Dann fiel ihr der Schalter ein, zu dem Gabe gegangen war, und sie lief da hin. Der alte Cowboy war nicht da, aber in der Ecke lehnte ein handgeschnitzter gelber Gehstock.« Yevette sah mich an. »Na los, sag's schon.«

»Was?«

»Dass Tausende von Gehstöcken in dieser Gegend von Texas handgeschnitzt waren und die meisten aus gelber Pinie.«

Yevette erwiderte mein Lächeln und betrachtete dann die brennenden Kerzen. »Dieser besondere Stock war am Knauf mit Spielkartensymbolen verziert.«

Und wieder fehlten mir die Worte.

Yevette griff in den Beutel und reichte mir einen Umschlag.

»Was ist das?«, fragte ich.

»Gabes letzte Postkarte. Aber lies sie nicht jetzt.«

»Warum nicht?« Ich starrte den Umschlag an.

»Weil du eine Weile brauchen wirst, um darüber nachzudenken.«

Ich hatte das Gefühl, dass es Zeit war, zu gehen. »Und wenn ich darüber nachgedacht habe?«

Yevette streckte den Arm aus und drückte meine Hand, die den Umschlag hielt. »Ruf mich an. Dann treffen wir uns wieder, und ich erzähle dir ihre Geschichte zu Ende.«

»Vielleicht hier?«

Yevettes Lächeln strahlte heller als der Kerzenleuchter. »Wenn es dir recht ist, würde ich dich gerne in Texas City treffen.«

Zwanzig

Für manche ein Glück
Und das Alter, in dem ein Mann
Sein Glück beim Blackjack versuchen kann.
Doch für dich und mich ist die Zahl viel mehr,
Als Gesetz oder Zauber verkünden.
Unsere Liebe hat den »zweiten Punkt« errungen …
Denn wir haben die Feuer der Hölle bezwungen!
Für immer, Gabe

April 1947, Galveston, Texas

Huck und Gabe standen unter dem Marmorvordach des mondänen Hotel Galvez, als ihnen ein Page ihre dritte Version des Blue Northers brachte, ein neues Oldsmobile 98er Cabriolet. Mit seinem blendend weißen Segeltuchverdeck und dem himmelblauen Äußeren war es der schönste und edelste Wagen, den sie je besessen hatten. Die beiden vorherigen Exemplare mit dem festen Verdeck und der dunkleren Farbe waren mehr als ausreichend gewesen und hatten ihnen vom Beginn ihrer Ehe bis nach dem Zweiten Weltkrieg verlässliche Dienste geleistet; doch Gabe war bei Gulf zum leitenden Buchhalter befördert worden, und da hatten sie sich erlaubt, zu prassen.

Nachdem er Huck die Beifahrertür geöffnet hatte, gab Gabe dem Pagen ein Trinkgeld und ging um den Wagen herum zur Fahrerseite. Er setzte sich hinters Lenkrad, legte den Gang ein, und sie brausten den palmengesäumten Seawall Boulevard hinunter.

»Du hättest den Pagen die Tür für mich öffnen lassen sollen«, sagte Huck beiläufig. »Das gehört zu seinen Aufgaben.«

»Ich habe dem Mann ein Trinkgeld gegeben«, entgegnete Gabe lächelnd. »Warum sollte er auch noch das Vergnügen haben, dir die Tür zu öffnen?«

Huck erwiderte sein Lächeln und rückte näher. Nach einundzwanzig Jahren Ehe liebte er es immer noch, sie zu überraschen. »Und wohin führst du mich heute Abend aus? Zum Dinner? Zum Tanzen?«

»Da wir in Galveston sind, dachte ich, es würde uns Spaß machen, irgendwohin zu gehen, wo wir bei unserer ersten Verabredung waren.«

»Zum Internationalen Schönheitswettbewerb?«

»Nee. Diese Mädchen sind im Vergleich zu dir hässlich. Außerdem ist der Wettbewerb wegen der Wirtschaftskrise eingestellt worden.« Er sah hinüber zum Strand. »Mal sehen … Irgendwo da draußen über dem Wasser gibt es ein romantisches kleines Restaurant, in dem sie Champagner rosé servieren. Wir haben für sieben Uhr reserviert.«

»Das Mermaids?« Huck zwickte ihn ins Bein. »Sei nicht albern. Das ist doch bei einem Hurrikan zerstört worden.«

»Genau, und deshalb waren wir auch nie wieder dort.« Er sah sie mit hochgezogenen Brauen an. »Aber als ich letzten Monat den Besitzer angerufen und ihm erklärt habe, dass wir für drei Tage auf der Insel sind, haben sie es nur für uns wieder aufgebaut.«

»Wenn du es sagst, Liebling.« Huck küsste ihn auf die Wange. Es hatte etwas in der Zeitung gestanden, dass die beliebtesten Strandlokale in Galveston wieder aufgebaut werden sollten, doch Huck hatte nicht weiter darauf geachtet.

»Was denn? Glaubst du mir nicht?« Gabe grinste.

»Kein Wort. Allerdings muss ich sagen, dass es mir schwerfällt, an jemandem zu zweifeln, der so wenig ernst aussieht.«

»Eben … wie bitte?«

Huck lachte. Sie freute sich, mitten in der Woche aus Houston herauszukommen. An der Sidney Lanier waren Frühjahrsferien, und sie musste nicht unterrichten. Die nächsten beiden Vormittage hatte Gabe geschäftlich in Texas City auf der anderen Seite der Bay zu tun, und sie würde in der Zeit Arbeiten korrigieren. Aber die Nachmittage konnten sie gemeinsam verbringen.

Sie betrachtete das kantige Profil ihres Mannes. Der Ansatz seiner Haare war etwas weiter hinten als früher, und an den Schläfen wurden sie allmählich grau. Vor einem Jahr oder so hatte Huck entdeckt, dass sie selbst grau wurde, und seitdem ließ sie sich ihr Haar einmal im Monat im Lady Texan Beauty Salon färben, einem schicken Laden in der Innenstadt, auf dessen Firmenschild stand: »Bei uns sind Männer die Ausnahme, und die Damen werden ausnahmslos schön.«

Ein paar Minuten später bog Gabe auf den neu gepflasterten Parkplatz des Mermaids. Das Restaurant war viel größer, als Huck es in Erinnerung hatte. Neben dem Innenraum gab es nun eine weitläufige Terrasse, in deren Mitte eine hübsche Blondine in einem Meerjungfrauen-Kostüm in einem riesigen Champagnerglas schwamm. An einem Tisch in der Nähe saßen ein paar Matrosen vor Cocktails und wetteiferten um die Aufmerksamkeit der Schönen.

»Die sieht ja schon fast unanständig aus«, flüsterte Huck, nachdem der Oberkellner sie an ihren Tisch geführt hatte. »Seit dem Schönheitswettbewerb sind die Badeanzüge immer gewagter geworden.«

»Dies ist ein Meerjungfrauenanzug«, antwortete Gabe und lachte. »Und er ist der Grund, weshalb die Jungs von der Marine da sitzen.«

Huck rümpfte die Nase mit gespielter Empörung. »Alle Männer haben eine schmutzige Fantasie, sogar du.«

»Wir bemühen uns, euch nicht zu enttäuschen.«

Sie bestellten eine Flasche Champagner rosé und entschieden sich für die Spezialität des Hauses: gegrillten Red Snapper mit scharfer Chili-Limonen-Sauce.

»Puh«, machte Huck nach dem ersten Bissen und griff zu ihrem Glas. »Ich habe noch nie einen Fisch gegessen, der so … gegrillt war.«

»Eine würzige Variante von unseren mexikanischen Nachbarn.« Gabe lachte leise. »Es schmeckt wirklich ganz anders als die gebratenen Fische, an die wir gewöhnt sind.«

Huck schaffte nur die Hälfte ihrer Portion und schob Gabe den Rest hin. Sie nippte an ihrem Champagner und schaute hinaus auf den weiten Golf von Mexiko. Sonnenuntergänge über dem Meer hatten etwas Majestätisches. Das strahlende Licht, das alle Farben des Regenbogens annahm, bevor es im sich verdunkelnden Ozean versank. An ihrem ersten gemeinsamen Abend hatten sie um diese Zeit jene Verandaschaukel gefunden, die Gabe später für ihre Flitterwochen nachbauen ließ.

»Welch reizende Gedanken verbergen sich hinter diesen kaffeebraunen Augen?«, fragte er, nachdem er sich eine Zigarette angezündet hatte.

»Ach, ich denke nur gerade daran, wie wir das Strandhaus entdeckt haben.«

»Und du den Abtritt benutzen musstest?« Er lachte.

»Klar, dass dir das wieder einfällt.« Sie nahm seine Hand. »Erinnerst du dich an die Verandaschaukel?«

»Vage.«

»Gabe Alexander!«

Er atmete aus, und die sanfte Meeresbrise wehte den Rauch landeinwärts. »Ich nehme an, wenn nicht ein Sturm jenen Strandabschnitt überspült hat, ist unsere besondere Schaukel noch da.«

»Gehen wir hin und sehen nach.«

»Heute Abend? Aber ich muss morgen früh arbeiten.«

Huck beugte sich über den Tisch und flüsterte: »Weißt du noch, wie wir uns auf der Schaukel eng zusammengekuschelt haben?«

»Das werde ich nie vergessen.«

»Und dass du dich wie ein vollendeter Gentleman benommen hast?«

Gabe nickte.

Huck drehte sich kurz zu der Meerjungfrau um, dann sah sie wieder zu Gabe. »Heute Abend musst du kein Gentleman sein ... Matrose.«

Gabe drückte seine Zigarette aus. »Herr Ober«, rief er. »Zahlen bitte!«

*

»Ich glaube, ich hab zu viel gegessen«, sagte Gabe, als sie in westlicher Richtung über die Insel fuhren. »Entweder das, oder meine Hose ist eingelaufen.«

»An unserem Hochzeitstag haben wir uns geschworen, auf die Linie des anderen zu achten«, sagte Huck lachend.

»Das Gespräch muss mein Magen verschlafen haben.«

Wie vorausgesagt, war die Schaukel noch an ihrem Platz unter der einfachen Hütte auf Pfählen. Und obwohl weiter oben am Strand eine Reihe neuer Wochenendhäuser gebaut worden waren, fanden Huck und Gabe die Stelle mühelos wieder, an der sie einander zum allerersten Mal ihre Seelen geöffnet hatten.

»Ist unbefugtes Betreten nicht aufregend?« Ohne auf Gabes Antwort zu warten, sprang Huck aus dem Wagen, streifte ihre Schuhe ab und drehte sich im Kreis. »Ich glaube nicht, dass diese Hütte jemals benutzt wird.«

»Wir haben die ganze Welt für uns.« Gabe stieg aus und ging hinüber zu der Schaukel. »Da ist sie. Ein bisschen mehr verwittert, als ich sie in Erinnerung hatte, und voller Sand.«

»Notieren wir uns die Adresse und schicken dem Besitzer ein anonymes Dankeschön«, schlug Huck vor und tänzelte zurück zum Wagen. Sie klappte das Verdeck zurück und stellte das Radio an, allerdings so leise, dass sie noch das sanfte Plätschern der Wellen am Strand hörten.

Gabe fegte mit den Händen den Sand von der Schaukelbank und lachte. »Sehr geehrte Damen und Herren, danke für die Benutzung Ihrer sandigen Schaukel und Ihrer altmodischen Sanitäranlagen.« Er machte eine Pause. »Also, jetzt sieh dir das an! Das Klohäuschen ist weg. Was soll meine liebe Frau nun nach all dem Champagner machen?«

»Sei still und zieh deine Schuhe aus, damit wir tanzen können«, befahl Huck. »Der DJ hat gerade ›Moonlight Serenade‹ angesagt.«

»Okay, aber vorher muss ich meinen Gürtel weiter stellen. Du willst schließlich nicht mit einem Mann tanzen, der sich elend fühlt.«

Während am Himmel die Sterne zu glitzern begannen, tanzten sie barfuß zu einer Auswahl romantischer Bigband-Balladen. Und genau wie vor vielen Jahren, verfiel Huck hilflos dem Zauber ihrer Seelenverwandtschaft. Nur dass es diesmal egal war, wie sehr sie ihm ihre Zuneigung zeigte.

Diesmal war sie nicht mit einem anderen verlobt.

Diesmal war sie mit ihrem Ehemann zusammen.

Sie blickte in seine meerblauen Augen und küsste ihn. Im Laufe ihrer Ehe hatte sie es für angemessen gehalten, dass er den ersten Schritt machte, doch heute nicht.

Nicht heute Abend. Mochten sich andere Paare in ihrem Alter längst auseinandergelebt haben, so waren sie sich über die Jahre beständig nähergekommen und bemühten sich nach wie vor nach Kräften, die »Reduzierung auf den kleinsten gemeinsamen Nenner« zu verhindern. Dank gegenseitiger Bereitschaft zur Vergebung und ihrer ungebrochenen Sehnsucht nach Romantik genossen sie ihre Zweisamkeit noch immer. »Zwei Herzen, in Hingabe vereint«, flüsterte Huck und küsste Gabe wieder.

»Wow«, sagte Gabe. »Ich wusste gar nicht, dass du so ...«

»Mutig sein kannst?« Huck lachte. »Willst du sehen, wie mutig?«

Die melodische Stimme des DJs schwebte sanft durch die Nacht. »Und nun für alle verheirateten Paare da draußen: Hier ist eine Nummer, die eure Herzen schneller schlagen lässt. Diese Woche neu in der Hitparade von Mr. Al Jolson ›The Anniversary Song‹.«

»Das ist ›Donauwellen‹«, rief Huck. »Aus unserer Hochzeitsnacht, nur mit Text!«

»Dieser verflixte Jolson.« Gabe setzte sich auf. »Hoffentlich ist es gut.«

»Schhh! Ich kann nichts hören.« Sie lief zum Wagen und drehte Al Jolson lauter. Als das Lied zu Ende war, stellte Huck das Radio aus und kehrte zur Schaukel zurück. »Ich kann nicht fassen, dass es zu unserer Musik einen Text gibt.« Sie küsste Gabe zum dritten Mal, inniger denn je.

»Meine wunderschöne Mondscheinserenade«, flüsterte Gabe, als Huck in seine Arme sank.

Mit einem lauten Krachen fiel die Schaukel auf den Boden.

Beide brachen in prustendes Gelächter aus.

Plötzlich ging über ihnen ein Licht an.

»Oh nein!«, schrie Huck. »Wir sind nicht allein.«

»Wer ist da unten?«, ertönte eine mürrische Stimme direkt über ihnen, gefolgt von lauten, polternden Schritten.

»Schnell, ich hole meine Jacke und Schuhe. Du rennst zum

Wagen!« In dem Moment, als Gabe aufsprang, platzte der Knopf von seiner Hose ab, und sie rutschte ihm hinunter bis zu den Knöcheln.

»Mein Schuh! Gabe, ich kann meinen zweiten Schuh nicht finden!«

»Jetzt ist keine Zeit, Aschenputtel zu spielen. Lass ihn für den Märchenprinzen da oben liegen!«

Huck erreichte den sicheren Wagen als Erste. Schon zuckte der Strahl einer Taschenlampe durch die Dunkelheit. Sie sah sich nach Gabe um. Er hatte die Arme voll, und seine Hose schlotterte um seine Knöchel. Er bewegte sich wie ein Pinguin in Panik. Huck lachte hysterisch.

»Rutsch rüber hinters Lenkrad und fahr los«, wies Gabe sie schon auf zehn Schritt Entfernung an. »Lass den Motor an!«

Ohne anzuhalten, stürzte er sich mit einem Hechtsprung über die Beifahrertür. Dabei schaffte er es nur halb in den Wagen, sodass sein Hinterteil mit der weißen Unterhose leuchtend aufragte.

»Ihr unzuchttreibenden Rabauken!«, rief die wütende Stimme. »Ich blase euch gleich eine Ladung Steinsalz in den Hintern!«

Der Motor röhrte auf, und Huck trat aufs Gaspedal. Zurück blieb ihr »Märchenprinz« mit nichts als ihrem einzelnen Schuh.

*

Am nächsten Morgen küssten sich Huck und Gabe zum Abschied vor den Aufzügen in der Hoteleingangshalle. »Bis heute Abend«, sagte Gabe und zwinkerte Huck zu, bevor er durch die schwere Eingangstür zu seiner Neun-Uhr-Sitzung in Texas City verschwand.

»Nach oben?«, fragte der Liftboy.

»Ganz oben, bitte.«

Während der Fahrstuhl aufwärtskroch, spielte Huck in Gedanken die Ereignisse der letzten Nacht durch. Im Nachhinein war sie ein bisschen schockiert über ihre eigene Kühnheit. Die Plätze ihres ersten gemeinsamen Abends wieder aufzusuchen, hatte ihr wieder einmal bewusst gemacht, wie sehr sie Gabe liebte. Manchmal fühlte es sich an, als könnte sie gar nicht tiefer für ihn empfinden, und doch wuchs ihre Liebe zu ihm Tag für Tag.

Als sich die Fahrstuhltür öffnete, hatte Huck eine Idee. Anstatt Arbeiten zu korrigieren, würde sie einen kleinen Einkaufsbummel machen. Nicht weit vom Hafen, in einer Gegend, die die Einheimischen »The Strand« nannten, hatte sie eine Damenboutique entdeckt, wo es Seiden-Negligés aus Paris gab. Da die letzte Nacht anders als geplant verlaufen war, wollte sie lieber auf Nummer sicher gehen und Gabe am Abend in ihrem Hotelzimmer eine kleine Überraschung bereiten.

Eine Stunde später stieg Huck aus einem Taxi und tauchte ein in das bunte Treiben im historischen Viertel von Galveston, dem Geschäftszentrum der Stadt. Sie sah auf ihre Uhr. Punkt neun. Doch statt ihren Geschäften nachzugehen, standen die Leute auf den Bürgersteigen und starrten gebannt auf eine riesige orangefarbene Rauchwolke, die sich auf der anderen Seite der Bucht über Texas City erhob.

Huck wollte schon fragen, was diese wunderschöne Farbe verursacht hätte, als die Rauchwolke plötzlich explodierte und zu einem dicken schwarzen Pilz aufquoll. Der Bürgersteig schwankte unter Hucks Füßen, und sie wurde auf das harte Pflaster geworfen. Menschen schrien, als Schaufenster zerbarsten. Huck versuchte aufzustehen, wurde jedoch von einem Nachbeben erneut zu Boden geschleudert.

Benommen setzte sie sich halb auf, während noch mehr Glas

und Putz herabregneten. Der Rauch verdunkelte den Himmel und erstickte das Sonnenlicht. Blut tropfte Huck von der Stirn.

»Texas City ist weg!«, brüllte jemand. »Einfach von der Landkarte weggepustet!«

Sirenen heulten, und ein ganzes Bataillon von Feuerwehr- und Krankenwagen kam aus dem Nichts vorbeigebraust.

»Oh Gabe! Nein!«, schrie Huck. Endlich gelang es ihr aufzustehen, doch ihr Kopf schwankte hin und her, und sie verlor das Gleichgewicht. Im Fallen stützte sie sich mit den Händen ab. Scharfkantige Scherben schnitten in ihre Haut, aber sie spürte keinen Schmerz.

Eine Reihe kleinerer Explosionen drang von der anderen Seite der Bucht herüber wie eine Serie von Feuerwerkskörpern, und die rauchige Dunkelheit wurde nun von einem Inferno hoher Flammen erhellt. »Gabe!«, flehte Huck. »Oh Gott, bitte nicht. Ich muss ihn finden.«

Sie rappelte sich auf und stolperte an mehreren Leuten vorbei, die mit entgeisterten Mienen dastanden. »Bitte, helfen Sie mir«, bat Huck jeden, an dem sie vorbeikam, aber es war, als hätte sie eine Welt voller Zombies betreten.

Eine weitere Sirene heulte, als ein Krankenwagen einen halben Block entfernt auftauchte.

Huck rannte auf die Straße und winkte mit beiden Armen, wobei ihr das Blut von ihren verletzten Händen über die Unterarme lief. Der Krankenwagen versuchte, um sie herumzufahren, doch sie versperrte ihm den Weg, sodass der Fahrer schließlich mit kreischenden Bremsen anhielt.

»Sind Sie wahnsinnig?«, rief der Fahrer aus dem Seitenfenster. »Gehen Sie aus dem Weg!«

»Mein Mann. Bitte, helfen Sie mir.«

»Ich sagte, aus dem Weg!« Der Motor jaulte auf, und der Krankenwagen bewegte sich langsam vorwärts.

»Nein, Sie dürfen mich nicht hierlassen.« Huck stemmte ihre blutenden Hände gegen die Kühlerhaube. »Mein Mann braucht mich.« Sie griff nach unten und hob eine lange Scherbe auf, die sie wie ein Messer umklammerte. Dann kletterte sie auf die Kühlerhaube und krabbelte bis zur Windschutzscheibe, durch die sie den Fahrer erbost anstarrte.

»Runter da!«, befahl er.

»Nicht, bevor Sie mich zu meinem Mann bringen.« Sie hob die Scherbe hoch. »Bringen Sie mich zu ihm, oder ich verletze mich hiermit.«

»Verfluchte Irre!«

Huck presste die Scherbenkante auf ihr Handgelenk.

»Steigen Sie runter. Bitte!«

Sie fixierte den Mann, zog die Scherbe nach hinten und schloss die Augen.

»Okay!«, schrie der Fahrer. »Wo ist er?«

»In Texas City.« Huck warf die Scherbe auf die Straße. »Bei der Monsanto Chemical Company.«

»Da wollen wir hin.« Der Fahrer schüttelte den Kopf. »Ich darf das nicht, aber, bei Gott, Ma'am, Sie haben echt Mumm. Steigen Sie ein.«

Ein Sanitäter sprang aus dem Wagen und half Huck hinein.

»Flick sie zusammen«, sagte der Fahrer. »Ich schätze, sie kommt mit uns.«

Zum Glück waren Hucks Wunden nicht tief und mussten nicht genäht werden. Aber es verstopften so viele Krankenwagen die Straße, dass die Fahrt länger dauerte als erwartet. In der Ferne konnte Huck einen riesigen Frachter sehen, der aufs Trockene geworfen worden war.

»Bitte sagen Sie mir, was passiert ist«, bat Huck den Fahrer, kaum dass sie auf den Beifahrersitz geklettert war. »Das hilft mir, meinen Mann zu finden.«

»Wir wissen nur, dass ein Schiff im Industriehafen explodiert ist, Ma'am, und mit ihm sind ein paar Öltanks in der Nähe in die Luft geflogen. Die Schockwellen haben zwei leichte Flugzeuge geradewegs vom Himmel gerissen. Bevor wir aus Galveston los sind, hieß es, dass eine fünfzehn Fuß hohe Wasserwand über die Stadt hinweggerollt ist.«

»Was ist mit Monsanto? Mein Mann arbeitet nicht da, aber er hatte dort eine Sitzung um neun Uhr.«

»Davon weiß ich nichts, Ma'am.« Seine Stimme zitterte. »Ehrlich gesagt, hab ich eine Schwester, die da arbeitet, und sie sieht Ihnen irgendwie ähnlich und ... Ich hab noch nichts Näheres gehört.«

Als sie den Stadtrand von Texas City erreichten, konnte Huck überall Feuer sehen. Gruppen von Menschen, die von dickem Ölschlick bedeckt waren, liefen ziellos umher. Eine Polizeisperre winkte sie durch, und das Bild der Zerstörung wurde noch schrecklicher. Einige Häuser waren durch die Explosion buchstäblich auseinandergerissen worden. Andere sahen aus, als wären sie unter Tonnen von herumfliegendem Schutt zerquetscht worden.

Ein Stück weiter vorn stand ein County Deputy an der Einfahrt zum Geschäftsviertel. Er hielt die Hand hoch, damit sie stoppten.

»Alle Krankenwagen zum Konzertsaal«, rief er. »Da sind die Schwerverwundeten.«

»Was ist mit Monsanto?«, fragte der Fahrer.

»Das hätte ebenso gut das Zentrum der Explosion sein können. Die Staatstruppe und die Soldaten holen immer noch Leichen raus. Aber für eure Fahrzeuge ist der Bereich gesperrt. Ist noch zu gefährlich.«

Der Fahrer nickte und sah zu Huck und dem Sanitäter. »Festhalten!« Mit quietschenden Reifen raste er an dem Deputy vorbei und auf Monsanto zu. »Wir finden Ihren Mann, Ma'am. Und meine Schwester.«

Huck war zu aufgelöst, um etwas zu sagen, und nickte nur.

Ein Großteil des Geschäftsviertels lag in Schutt und Asche. Soweit Huck es beurteilen konnte, lag das Explosionszentrum etwa eine Meile entfernt und stand nach wie vor in Flammen. Als sie die großen Parkflächen des Industriegebiets erreichten, sahen sie hunderte von Wagen, die zu Haufen aus Gummi und Stahl zusammengeschoben worden waren. Ein offener Militärlaster fuhr an ihnen vorbei, auf dessen Ladefläche sich Leichen stapelten. Der Gestank von verbranntem Fleisch war kaum auszuhalten. Huck würgte.

Der Fahrer hustete. »Das da vorn ist das Monsanto-Gebäude, gleich rechts. Es brennt noch. Was für einen Wagen fährt Ihr Mann?«

»Ein blaues Oldsmobile-Cabriolet. Neu.«

»Sie sagten, er wollte zu einer Sitzung. Vielleicht hat er sich verspätet.«

»Er kommt nie zu spät.«

»Na gut, ich halte die Augen auf.« Er streckte eine Hand aus dem Fenster. »Ziemlich heiß hier. Ich weiß nicht, wie viel näher wir ohne Schutz noch ran können.«

Sie umfuhren den dachlosen Rumpf eines großen blauen Wagens.

Bei dem Anblick wurde Huck schlecht. War das der Blue Norther? Könnte Gabe in der Nähe sein? »Ich glaub, das ist unser Wagen!«, schrie Huck. Sie wollte die Tür öffnen, doch der Fahrer packte ihren Arm. »Was machen Sie denn? Lassen Sie mich los!«

Der Krankenwagen blieb schlitternd stehen. »Sie bringen sich und uns noch um!«, brüllte er und fügte ruhiger hinzu: »Wenn Ihr Mann keinen Lieferwagen fährt, ist er das nicht.«

Über die nächste Viertelmeile kamen sie nur langsam voran. Große Stahltrümmern ragten wie gezackte Meteoriten aus dem Boden auf. Ein paar Wagen brannten noch, andere standen rauchend in riesigen Lachen aus öligem Meerwasser. Kalter Schweiß brach Huck zwischen den Schulterblättern aus und rann ihr den Rücken hinunter. Das Ausmaß der Katastrophe wurde ihr erst jetzt klar, und sie fing an, von Kopf bis Fuß zu zittern.

Weiter vorn hatte ein Army-Jeep mitten in der Verwüstung angehalten. Ein Soldat in einem grünen Kampfanzug stand hinten an dem Wagen und hielt ein Funkgerät in der Hand. Der Krankenwagenfahrer fuhr neben ihn. »Können Sie uns irgendwas über Monsanto sagen?«

»Sehen Sie den leeren Laster da drüben?«, erwiderte er und zeigte nach rechts. Dreißig Meter von ihnen stand ein offener Militärlaster. Er sah aus, wie der, der mit Leichen beladen an ihnen vorbeigefahren war. »Der soll die Toten aus dem Monsanto-Gebäude aufladen. Für Krankenwagen ist es zu spät.« Ohne ein weiteres Wort stieg der Soldat in seinen Jeep und fuhr weg.

Diese furchtbare Nachricht war mehr, als Huck ertragen konnte. Wenn Gabe tot war, musste sie es jetzt sofort wissen! Sie stieß die Tür auf, sprang nach draußen und rannte in Richtung des großen Pritschenwagens. Sengende Hitze schlug ihr entgegen. Ihr wurde schwindlig, und für einen Moment verlor sie die Orientierung. Sie stolperte über etwas, das wie ein Herrenstiefel aussah, und bemerkte dann, dass das Bein noch drinsteckte … nur das Bein. Huck sank auf die Knie und übergab sich. »Oh Gott, hilf mir!«, schluchzte sie. »Mister Jack, wo sind Sie?«

Sie fing sich wieder und lief weiter in die Richtung, die sie für die richtige hielt. Als sie an einem Haufen aus zerquetschtem Metall vorbeirannte, stand der Krankenwagenfahrer vor ihr.

Direkt hinter ihm war der offene Lastwagen. Mehrere Leichen lagen nebeneinander unter einer Plane. »Gabe!«, schrie Huck. Unfähig, sich der möglichen Wahrheit zu stellen, vergrub sie ihr Gesicht in den Händen.

»Da drunter ist er nicht«, sagte der Fahrer. »Diese Männer wurden alle als Dockarbeiter identifiziert.«

Er half Huck zurück zum Krankenwagen und reichte ihr eine Feldflasche. »Trinken Sie einen Schluck Wasser.«

Huck lehnte sich an die Motorhaube und versuchte, etwas von der warmen, geschmacklosen Flüssigkeit herunterzubekommen. Weiter weg konnte sie den Teil von Monsanto sehen, der noch brannte. Mehrere Feuerwehrleute in Asbestanzügen spritzten in hohem Bogen Unmengen von Wasser in die höllischen Flammen. Auf einem Schild unweit von ihnen war zu lesen »Monsanto – Betriebseigener Parkplatz«. Der hintere Teil des Parkplatzes war unter öligem Schlamm und Schutt begraben. Mitten in einem trockenen Bereich lag eine große Segeljacht namens *Blackjack Betty*, die es an Land gespült hatte. Ein Mann von der Staatstruppe erschien hinter dem gerissenen Rumpf und lief hinüber zum Krankenwagen. »Schnell!«, rief er. »Ich hab einen Mann in seinem Wagen hinter dem Boot gefunden. Fast hätte ich ihn übersehen, weil er unter dem Armaturenbrett eingeklemmt war.«

»Wo ist er jetzt?«, brüllte der Fahrer zurück.

»Ich hab ihn rausgezogen und auf den Boden gelegt. Ich dachte erst, er sei tot, aber dann hat er die Augen aufgemacht.«

»Können wir mit dem Krankenwagen näher ran?«

»Nein, viel zu viele Trümmer. Schnappt euch eure Trage und kommt mit.«

Kurz darauf stapfte Huck durch ein Labyrinth der Verwüstung, diesmal hinter drei Männern her. Ihre Knie fühlten sich an, als würden sie jeden Moment nachgeben, doch Tränen hatte sie keine mehr. Allen Anzeichen zum Trotz hoffte sie auf die winzige Chance, dass der Überlebende Gabe sein könnte, obwohl seine Sitzung zur selben Zeit stattgefunden hatte wie die Explosion. Falls er durch ein Wunder noch lebte, war er eher unter den Trümmern in der Fabrik gefangen.

Dann, als sie um den Bootsrumpf herum kamen, sah sie den Blue Norther!

Sämtliches Glas war zerborsten, das Segeltuchverdeck verschwunden, aber der Wagen war noch heil. Und der Mann, der daneben auf der Erde lag, war ... Gabe!

Huck lief zu ihm und kniete sich hin. »Oh, Gabe. Ich dachte schon, ich hätte dich verloren.«

Er schlug die Augen auf und flüsterte leise: »Ich wusste, dass du mich findest. Du hast noch nie etwas verloren, außer einem Schuh.«

»Ma'am«, sagte der Sanitäter. »Wir müssen uns um seine Verletzungen kümmern und ihn in den Krankenwagen bringen.«

Huck trat zurück. Sie konnte nicht aufhören, ihren Mann anzusehen. Sein Haar und sein Gesicht waren von einer Mischung aus Blut, Schmiere und Ruß bedeckt, und in seinem Anzug waren zahlreiche große Brandlöcher.

»Der Puls ist kräftig«, sagte der Sanitäter. »Aber er hat einiges an Blut verloren. Das rechte Bein ist gebrochen. Außerdem sehe ich mehrere Abschürfungen von dem herumfliegenden Glas und ein paar kleinere Verbrennungen.«

»Dann wird er ...?« Huck brachte den Satz nicht zu Ende, weil ihre Kehle eng wurde.

»Wie es aussieht, wird er wieder, Ma'am«, antwortete der Sanitäter. »Wir sind rechtzeitig hier gewesen.«

»Er hat Glück, dass die *Blackjack Betty* da an Land geschoben wurde«, fügte der Mann von der Staatstruppe hinzu, »auch wenn mir schleierhaft ist, wieso da ein Segelboot im Industriehafen gelegen hat. Es hat wahrscheinlich wie ein Schutzwall gewirkt und diesen kleinen Bereich vor der Flutwelle abgeschirmt. Aber bei all den herumfliegenden Trümmern war es vor allem dieser große blaue Wagen, der Ihren Mann gerettet hat.«

Nicht einmal zehn Minuten später war Gabe verbunden, hatte etwas gegen die Schmerzen bekommen und lag im Krankenwagen. Huck blieb an seiner Seite und hielt seine Hand.

Der Fahrer ließ den Motor an. »Haben Sie irgendwelche weiblichen Überlebenden aus dem Monsanto-Gebäude kommen gesehen?«, fragte er den Trooper.

»Ja, einige. Aber das Feuer blockiert noch viele der Ausgänge.«

Der Fahrer nickte und fuhr los.

Huck griff mit ihrer freien Hand nach vorn und drückte seine Schulter. »Einmal hat mir ein Mann meine Zukunft prophezeit. ›Greif nach der Hoffnung‹, hat er gesagt, ›und lass sie niemals los‹«, flüsterte sie.

»Und, haben Sie?«

Sie schaute zu ihrem Mann, der zwar verwundet, aber am Leben war. »Diesmal, ja, diesmal hab ich es.«

Einundzwanzig

Zu den größten Freuden, dein Mann zu sein,
Gehört es, dir Schönes für drunter zu schenken.
Ein Negligé? Ein Bustier? Welches Dessous?
Ruf mir ein schallendes »Beides!« zu.
Wie gut, dass du lerntest die Wäsche nicht kennen,
Die Franzosen »Lustige Witwe« nennen.
Für immer, Gabe

November 1960, Dallas, Texas

Der Freitag nach Thanksgiving war einer der beliebtesten Tage des Jahres, um Weihnachtseinkäufe zu tätigen, doch Huck störte das Gedränge nicht. Das nasskalte Wetter samt all den würzigen Düften schenkte ihr ein Gefühl von Behaglichkeit. Gabe und sie waren schon vor Tagesanbruch aufgewacht und nach Dallas gefahren, um im größten Kaufhaus von Texas einzukaufen: Neiman Marcus.

»Ein Kollege im Büro hat mir erzählt, dass die Gründung dieses Ladens auf einen Fehler zurückgeht«, sagte Gabe und hustete heftig, als sie den Trinity River an der Stadtgrenze von Dallas überquerten.

»Schwer zu glauben.« Weit vor ihnen erkannte Huck das fliegende rote Pferd, das Markenzeichen von Magnolia Oil, auf dem Firmengebäude. Es stach aus der Skyline heraus, die sich über der Blackland Prairie erhob. Sie waren fast da, und Huck klappte die Sonnenblende mit dem Schminkspiegel herunter, um ihr Make-up zu kontrollieren. Sie war fünfundfünfzig und Gabe sechzig, aber sie beide sahen deutlich jünger aus. Gabe hatte elegante graue Schläfen und nur ein paar Lachfältchen, und sie selbst konnte – dank ihres Schönheitssalons – immer noch als Frau Mitte vierzig durchgehen.

»Der Kollege schwört, dass es stimmt«, fuhr Gabe fort. »Er sagt, als die Besitzer 1907 beschlossen, das Kaufhaus zu eröffnen, hatten sie kurz zuvor ein Angebot abgelehnt, ins Erdgeschoss einer neuen Limonadenfirma zu ziehen: Coca-Cola.«

»Ich bin froh, dass sie Coke abgesagt haben.« Huck klappte die Sonnenblende hoch und lächelte. »Ich mag unsere jährlichen Ausflüge zu Neiman's und du doch auch.«

Ihr Gespräch verknüpfte Hucks Gedanken sofort mit der großen Katastrophe in Texas City vor dreizehn Jahren. Als Gabe sich so weit erholt hatte, dass er Fragen stellen konnte, wollte er als Erstes wissen, wie sie es fertiggebracht hatte, einen Krankenwagen zu beschlagnahmen. Dass es damit zusammenhing, dass sie verführerische Wäsche kaufen wollte, entzückte ihn ungemein. Seither bestand er jedes Jahr im November darauf, dass sie mit ihm zu Neiman Marcus fuhr, wo er ihr »femininen Putz« kaufte, wie er es nannte, vor allem, weil dieser ihm letztendlich das Leben gerettet hätte.

Huck hatte eingewandt, dass er sein Leben mehreren weiteren Umständen in Texas City verdanke – einem schützenden Boot namens *Blackjack Betty*, ihrem wunderschönen Wagen und einem Verkehrsstau, der dafür gesorgt hatte, dass Gabe zum Zeitpunkt der Explosion noch auf dem Parkplatz gewesen war. Und sie erklärte, dass Mister Jack etwas mit der Jacht zu tun gehabt haben müsse, die zufällig im Industriehafen lag – und in deren Namen auch noch »Jack« vorkam. Aber Gabe hatte nur gelacht. Worüber er allerdings nicht lachte, war Hucks Wunsch, den Blue Norther niemals zu verkaufen. Sie hatten ihn wieder herrichten lassen, und inzwischen war der Wagen fast schon ein Klassiker.

Gabe hustete wieder. »Wir sind da«, sagte er und hielt vor dem üppig geschmückten Kaufhaus an. »Vor heute Nachmittag können wir nicht im Adolphus Hotel einchecken.« Er hustete noch immer. »Entschuldige. Muss an dem feuchten Wetter liegen.« Er zog ein Taschentuch aus dem Anzugjackett. »Willst du hier schon mal aussteigen, und ich suche einen Parkplatz?«

»Ich glaube, du kriegst eine Erkältung, Gabe.«

Ein Portier trat auf den Bürgersteig und öffnete Huck die Tür.

»Mir geht es gut, Liebling. Falls ich bis zum Mittagessen nicht auftauche, bin ich mit der Politesse durchgebrannt.«

»Meinetwegen, aber lass unseren Wagen da. Sie könnte ihn nie so lieben wie ich.«

»Bin gleich wieder bei dir«, rief Gabe, bevor er weiterfuhr.

Huck schlenderte ins Kaufhaus. Es beunruhigte sie, dass Gabes Husten wieder schlimmer geworden war, ein rauer, trockener Husten, der kam und ging. Er hatte sich wenige Tage nach der Explosion entwickelt, in den drei Wochen, die Gabe im Krankenhaus lag. Die Ärzte sagten, die Ursache wären der viele Staub und die Chemikalien, die Gabe bei der Explosion eingeatmet hatte. Und sie rieten ihm, mit dem Rauchen aufzuhören. Das hatte er auch. Nur, wenn er sich langweilte oder unter großem Druck stand, rauchte er ab und zu eine Zigarette. »Willkommen bei Neiman Marcus.« Ein Verkäufer mit glatt nach hinten gekämmtem Haar und in einem teuren dreiteiligen Anzug verneigte sich vor Huck. »Darf ich Ihnen den Mantel abnehmen?«

»Bitte«, antwortete Huck und erlaubte ihm, ihr den Mantel von den Schultern zu streifen. Er schnippte mit den Fingern, worauf eine junge Frau herbeigeeilt kam, den Mantel nahm und ihm eine Garderobennummer gab.

»Darf ich Sie in eine bestimmte Abteilung führen?«

»Nein, danke«, sagte Huck lächelnd. »Ich warte noch auf meinen Mann.«

»Sehr wohl.« Er reichte Huck die Garderobennummer. »Möchten Sie sich inzwischen vielleicht unsere Thanksgiving-Angebote anschauen? Sie finden sie gleich hier drüben.« Er zeigte auf eine hell erleuchtete Auslage in der Nähe der Aufzüge. »Hier haben wir zum Beispiel eine reizende Silberplatte, hervorragend geeignet, um im nächsten Jahr den Truthahn zu servieren.«

»Was ist mit meinem Mann?«

»Nur, falls es ihm nichts ausmacht, gestopft und gebraten zu werden.« Der Verkäufer lachte kurz über seinen Versuch, lustig zu sein, und räusperte sich. »Wenn ich einen Herrn sehe, der sich nach einer schönen Frau umschaut, schicke ich ihn in Ihre Richtung.«

Die Servierplatte war so gediegen wie der Humor des Verkäufers. Huck strich mit der Hand über die schimmernde Oberfläche und schmunzelte. Die Platte würde wunderbar zu dem Silberleuchter passen, den sie am Thanksgiving-Tag 1933 bei der Eröffnung von Epsom Downs gekauft hatten.

Lächelnd dachte Huck an jenen wunderbaren Tag zurück. Ihre Liebe war über die Jahre immer stärker geworden. Dann holte Gabes Stimme sie zu Neiman Marcus zurück. Sie zuckte zusammen.

»Ich dachte schon, bei diesem Trubel find ich nie eine Parklücke«, sagte Gabe.

»Du hast mich erschreckt. Ich hab gerade daran gedacht, wie du unseren Leuchter gekauft hast.«

Gabe lachte und sagte im breitesten Texanisch: »Na, hättse wohl nicht gedacht, dass so ein Klepper wie der gewinnt, was?«

»Schätze, es war der alte Cowboy, der das gewusst hat«, entgegnete Huck grinsend im gleichen Tonfall. Diesen Dialog hatten sie schon oft geführt, und mittlerweile war er ein Spiel geworden, auch wenn Huck nach wie vor glaubte, dass es Mister Jack gewesen war.

»Und wer hat gewusst, dass das verdammte Geld, das wir gewonnen haben, genauso viel war, wie der olle Leuchter gekostet hat?«

»Der alte Cowboy hat's gewusst«, antwortete Huck. »Aber jetzt genug mit den alten Geschichten. Zeit zum Einkaufen!«

Gabe begleitete Huck in die Wäscheabteilung, setzte sich in eine hübsche Sitzecke und blätterte durch den Weihnachtskatalog des Kaufhauses. Es war Mittagszeit, und es gab nur wenige Kunden.

Gabe lachte leise in sich hinein. Man konnte nicht wissen, welche Art von Dessous sich seine Frau aussuchen würde. Sie war immer noch so schön, dass er manchmal, wenn er sie ansah, Bauchschmerzen bekam.

Er blätterte einige Seiten weiter und hielt inne. Eines der Mannequins hatte Ähnlichkeit mit ihrer netten Haushaltshilfe, Priscilla, die zweimal wöchentlich zum Putzen zu ihnen kam. Priscilla hatte leider kein gutes, beständiges Zuhause gehabt, aber dennoch im Frühjahr als eine der Besten die Highschool abgeschlossen. Ihr Plan war, hart zu arbeiten und genug zu sparen, um aufs College gehen zu können. Huck und Gabe hatten ihr angeboten, einen Teil ihrer Ausbildungskosten zu übernehmen, aber das hatte sie höflich abgelehnt. Sie war zwar erst seit einem halben Jahr bei ihnen, aber in gewisser Weise war sie wie die Tochter, die sie nie gehabt hatten.

Gabe blickte von dem Katalog auf, als sich Schritte näherten. »Du darfst es nicht vor heute Abend sehen, aber rate mal, was ich gekauft habe!« Huck hielt eine silberne, mit Schneeflocken verzierte Schachtel hoch.

»Priscillas Weihnachtsgeschenk?«

»In dieser Abteilung? Sei nicht albern. Frauen schenken anderen Frauen keine Dessous, es sei denn zu einer Feier für eine angehende Braut.« Sie tippte auf die Schachtel. »Schon eine Vermutung?«

»Kratzige rote lange Wollunterhosen mit eingebauter Falltür hinten?«

»Sicher doch, und die trage ich ganz allein für dich.« Sie stellte die Schachtel ab und setzte sich neben ihn. »Was Interessantes gefunden?«

»Findest du nicht auch, dass dieses Mädchen wie Priscilla aussieht?« Er zeigte auf das Mannequin.

»Wenn sie abnimmt, vielleicht. Priscilla ist ein bisschen rundlicher.«

»Irgendwo in diesem Katalog kann man sich sein eigenes Privatflugzeug bestellen.«

»Mir genügt unser kleines Segelboot.« Huck schmiegte sich an Gabe. »Ich bin müde. Lass uns einen Happen zu Mittag essen und sehen, ob unser Hotelzimmer bereit ist.«

Gabe blätterte zu einer Seite, die er sich gemerkt hatte. »Bist du zu müde, um dieses Kleid anzuprobieren?« Nachdem er ihr vierunddreißig Jahre lang Kleider gekauft hatte, war er ziemlich gut darin, Farben und Schnitte zu finden, die Hucks Schönheit zur Geltung brachten.

»Oh Gabe! Dieser weite Rock hat einen wunderschönen Rosa-Ton! Es wäre das ideale Kleid, um ins neue Jahr zu tanzen. Und das rückenfreie schwarze Samtmieder macht so schlank.«

»Was ist mit den Punkten auf dem Rock? Machen die auch schlank oder eher rund?« Er grinste. »Möchtest du es anprobieren?«

Blitzschnell hatte eine Verkäuferin das Kleid in Hucks Größe herbeigeholt und sie hinter den Vorhang zu den Umkleideräumen geleitet. Erneut fand sich Gabe in einem Wartebereich für

Ehemänner wieder. Er hätte gern eine Zeitung gelesen, denn den Katalog hatte er schon von vorne bis hinten durchgeblättert.

»Ich bin in zehn Minuten zurück, meine Liebe«, hörte Gabe die Verkäuferin rufen. Sie kam hinter dem Vorhang hervor, als er gerade in seinen Anzugtaschen nach einer verirrten Packung Zigaretten suchte. »Ihre Frau sieht in dem Kleid bezaubernd aus. Aber sie sagt, dass Sie es nicht vor Silvester sehen dürfen.«

Gabe beobachtete, wie die Verkäuferin um die Ecke verschwand, dann stand er auf und schaute sich um. Weit und breit war niemand zu sehen. Und den Umkleidebereich hatte auch keiner betreten oder verlassen. Offensichtlich war Huck also allein.

Er grinste.

Auch wenn sie nicht wollte, dass er das Kleid sah, warum sollte er warten? Schließlich war es seine Idee gewesen, dass sie dieses gepunktete Kleid mit dem schwarzen Samtmieder anprobierte. Und was wäre dabei, sie mit einem kurzen Hineinspähen zu überraschen? Sie würde vielleicht ein bisschen verärgert sein, es dann aber gewagt finden. Ja, sogar lustig.

Gabe schlüpfte hinter den Vorhang und spähte durch den kleinen Korridor mit den Kabinen links und rechts. Hier sah es nicht viel anders aus als im Umkleidebereich einer Herrenabteilung, nur dass es überall Spiegel gab und Ständer voller Kleider, die wieder nach vorn gebracht werden mussten.

Er sah auf seine Uhr. Acht Minuten, bis die Verkäuferin wiederkam. Es war lächerlich für einen Mann seines Alters und seiner Stellung, sich wie ein Schuljunge aufzuführen, aber die Ehe mit Huck hatte ihn gelehrt, das Leben zu genießen. Risiken einzugehen. Und sollte er hinter den feindlichen Linien ertappt werden ... na, dann musste er sich eben etwas ausdenken.

Als er eine Bewegung hinter einer Tür rechts hörte, schlich er hin und öffnete sie.

Eine matronenhafte Dame schrie auf! Zum Glück war sie angezogen.

Gabe schnappte sich ein Kleid von einem Ständer in greifbarer Nähe. »Ich bin Mr. Marcus«, sagte er in überheblichem Ton. »Das hier würde an Ihnen umwerfend aussehen!« Mit diesen Worten schleuderte er ihr das Kleid entgegen und schloss die Tür.

»Ah … danke«, hörte er eine leise Stimme.

»Was machst du denn hier?« Huck steckte den Kopf zur Tür nebenan heraus. Gabes Gesicht war röter als das Pferd auf dem Magnolia-Firmengebäude.

Er legte einen Finger an seine Lippen. »Ich suche nach dir«, flüsterte er und reichte ihr seine Brieftasche.

»Hast du gedacht, ich bin in *der* Kabine?« Ein breites Grinsen breitete sich auf ihrem Gesicht aus. »Da habe ich eben eine Dame reingehen sehen, die es bestimmt nicht schätzen würde …« Huck hielt sich den Mund zu und schüttelte sich vor Lachen. »Und? Bringt sie dich jetzt um, oder schreit sie nach dem Kaufhausdetektiv?«

»Weder noch, falls ihr mein Kleidergeschmack zusagt«, erwiderte er flüsternd. »Ich warte draußen im Wagen … und rauche eine.«

Huck zog sich wieder in die Kabine zurück. Das Kleid passte hervorragend. Sie zog es aus und ihre anderen Sachen wieder an, doch anstatt zu gehen, sank sie auf den Chippendale-Stuhl in ihrer Kabine. Sie hatte feuchte Augen. Womit hatte sie einen Mann verdient, dem es ebenso viel Freude machte, ihr Kleider zu kaufen, wie anderen Männern, einen neuen Wagen auszusuchen? Sie kramte in ihrer Handtasche nach einem Taschentuch. Gabes Husten machte ihr große Sorgen. Er klang anders als noch vor einem Monat.

Tiefer.

Bedrohlicher.

»Wie viele Silvester bleiben uns noch?«, flüsterte sie.

Mister Jack würde es wohl wissen. Aber würde er jetzt in die Kabine kommen und ihr verraten, wie viele Jahre ihr noch mit ihrem Seelenverwandten blieben? Nein. Das war nicht seine Art. Und da einzig Gott allwissend war, tat Mister Jack womöglich schon alles, was er konnte.

»Ma'am?«, rief die Verkäuferin vor der Tür. »Ist alles in Ordnung?«

»Vorerst ja«, antwortete Huck.

Zweiundzwanzig

Mit all den Jahren, die verstreichen,
Schreiten wir voran im Alter.
Doch wie Silbermünzen und Kerzenhalter
Bleiben wir geliebte Schätze,
Unbezahlbar und begehrt.
Noch manches hält das Leben bereit
Für Liebende, nutzen sie kühn ihre Zeit:
Abenteuer ohne Zahl!
Denn wie der Blue Norther wurden auch wir
Nur neu be-reift!
Für immer, Gabe

Januar 1974, Houston, Texas

Huck sah aus ihrem Küchenfenster und hoffte darauf, wirbelnde Schneeflocken zu sehen, die am Nachmittag aus den stahlgrauen Wolken fielen. Der Wetteransager auf Kanal 13 hatte gesagt, es bestünde eine fünfzigprozentige Chance. Aber selbst mitten im Winter war jede Art von gefrorenem Niederschlag in Houston ungefähr so wahrscheinlich wie eine Hitzewelle am Nordpol.

Sie löffelte Teeblätter in eine blaue Kanne und goss kochendes Wasser darauf. Als der Tee gezogen hatte, schenkte sie zwei Tassen ein und gab extra viel Honig und Zitrone in Gabes Tasse. Es war ein guter Tag gewesen, denn ihm fiel das Atmen leichter. Auch der Tee schien ihm zu helfen, besser Luft zu bekommen.

Sie seufzte.

Man konnte nie vorhersehen, wie er sich fühlen würde. So war das bei einem Emphysem. Wäre sich Gabe doch nur der Gefahr bewusst gewesen, dann hätte er bestimmt nie geraucht, erst recht nicht nach dem Husten, den er sich bei der Explosion in Texas City geholt hatte. Seit der Diagnose vor drei Jahren hatte er erst einen richtig schlimmen Anfall gehabt. Dennoch würde seine Lunge, wenn nicht ein Mittel dagegen gefunden wurde, allmählich ihre Elastizität einbüßen und am Ende versagen.

Aber bis jetzt hatten sie Glück gehabt, Gott sei Dank. Die Krankheit schritt langsam voran. Das Einzige, was sich dadurch verändert hatte, war, dass er nicht mehr so viel reisen konnte und alle anstrengenden Tätigkeiten stark einschränken musste. »Es ist verdammt ärgerlich, wie schnell ich aus der Puste bin«, hatte er eines Morgens beim Frühstück gesagt. »Und ich rede nicht vom Rasenmähen!«

Nachdem Huck den Tee auf ein Tablett gestellt hatte, brachte sie alles in Gabes Arbeitszimmer. Durch den Flur klang ihr das Hacken und Klingeln seiner alten Schreibmaschine entgegen. Das Emphysem mochte seinen Körper langsamer gemacht haben, nicht aber seinen Geist. Es verging kein Tag, an dem er nicht irgendetwas tippte – sei es eine Einkaufsliste, einen Brief oder ein Gedicht.

Huck lächelte. Im Laufe der Jahre hatte er ihr Hunderte schöner Gedichte auf Postkarten geschrieben. Und sobald sie einige ihrer Aufgaben beim Verband pensionierter Lehrer von Texas abtreten konnte, würde sie diese Karten chronologisch in Alben sortieren. Sie hatten die Postkarten immer versteckt gehalten, sogar vor Priscilla. Wenn Huck sie also in Alben sortierte, die sie zwischen die anderen Fotoalben stellte, würde sie niemand entdecken ... zumindest nicht, solange sie beide lebten.

»Bereit für den Tee?«, fragte Huck und betrat das Arbeitszimmer.

Gabe nickte gedankenversunken.

Lächelnd stellte sie seine Tasse mit Untertasse auf den Schreibtisch, trat hinter Gabe und strich ihm mit den Fingern durchs Haar. Er hatte noch immer volle Locken, nur waren sie inzwischen silbergrau. Seine meerblauen Augen waren noch immer so klar und strahlend wie an dem Tag, an dem sie sich zum ersten Mal gesehen hatten.

»Ah, das tut gut.« Gabe unterbrach sein Tippen. »Aber nach einer Woche solltest du damit aufhören.«

»Das sagst du jetzt, aber wenn die Woche vorbei ist, fällt dir sicher ein Grund ein, weshalb ich weitermachen soll.« Sie fing an, seine Schultern zu massieren. »Und, was schreibst du gerade?«

»Ich beantworte nur Charlies Brief. Wir hatten keinen Kontakt mehr, seit wir uns mit Chloe und ihm zum Frühstück bei Benny's Diner getroffen haben, kurz bevor sie in dieses Seniorenheim umgezogen sind. Jetzt will er ganz genau wissen, was letztes Jahr in La Grange mit der berüchtigten Chicken Ranch passiert ist. Ich schätze, solche Etablissements sind in Florida nicht eben zahlreich.«

»Gabe Alexander!« Sie tippte ihm mit dem Finger auf den Kopf. »Das ist kein besonders anständiges Thema.«

»Es geht ja auch um keine besonders anständige Tätigkeit.«

Wieder tippte sie ihm auf den Kopf. »Was ist, wenn Chloe oder eines ihrer Enkelkinder deinen Brief lesen?«

»Sie werden denken, dass ich über Geflügel schreibe.« Er lachte. »Erinnerst du dich, dass Charlies Ältester bei der Invasion in der Normandie dabei war?«

Huck nickte.

»Ich hatte vergessen, dass er auf dem Marineschiff *Texas* gedient hat. Jedenfalls hat er Charlie erzählt, dass sie vorhaben, den alten Kahn aufzumöbeln. Er wurde 1914 in Betrieb genommen.«

»Dann braucht er sicher dringend ein Face-Lifting«, sagte Huck.

Beide lachten.

»In einer Woche oder so«, fuhr Gabe fort, »soll das Wetter milder werden. Was hältst du davon, wenn wir mit dem Blue Norther einen Tagesausflug dahin machen, wo das Schiff liegt, und ihm unseren Respekt erweisen?«

»Eine schöne Idee.« Huck hörte auf, ihn zu massieren, und küsste Gabe auf die Wange. »Aber nicht, dass du übermütig wirst und bei der Marine anheuern willst.«

»Keine Chance. Die haben mich nach Pearl Harbor abgelehnt, und ich bin bis heute deswegen beleidigt.«

»Genau wie die anderen Teile der Streitkräfte, mein Lieber. Gulf hat dich sowieso nötiger gebraucht.« Sie nahm das Tablett und zog sich in ihr privates Wohnzimmer zurück. Dort setzte sie sich auf das kleine Sofa, trank ihren Tee und schaute aus dem Fenster.

Von nebenan war wieder Gabes Schreibmaschine zu hören. Es war hart für ihn gewesen, als er sich wieder zum Militärdienst melden wollte und nicht durfte. Auch wenn er im Ersten Weltkrieg gekämpft hatte, war das Kriegsministerium der Ansicht gewesen, mit seinen dreiundvierzig Jahren könne er seinem Land besser dienen, indem er bei Gulf blieb.

Huck nippte an ihrem Tee und spürte eine vertraute Leere in ihrem Bauch. Cutter war fünf Jahre jünger als Gabe und extrem sportlich, weshalb er angenommen worden war. Nach der Grundausbildung hatte er sich bei der Flugnavigation hervorgetan, und so wurde er zur Achten Air Force ausgeschifft, die in Südengland stationiert war. 1943 wurde sein gesamtes B-17-Geschwader hinter den deutschen Linien abgeschossen. Da Cutter ihr Zwillingsbruder war, hatte Huck das empfunden, als wäre ein Teil ihrer selbst gestorben. Gabe und sie hatten beide monatelang getrauert. Jede Nacht in diesem endlosen Krieg hatten sie einander fest in den Armen gehalten, und Huck wusste, dass Gabe sich in den meisten Nächten mit Schuldgefühlen herumschlug, weil er am Leben war. Zusammen mit dem Rest der Nation hatten sie für die Sicherheit der Soldaten und ein rasches Ende des Wahnsinns gebetet. Huck jedoch betete besonders für Gabe, der den Horror seiner Zeit in den Schützengräben noch einmal durchlebte. Oft wachte er schweißgebadet auf und verfiel über Stunden in ein unkontrollierbares Zittern. Dann schlang Huck die Arme um ihn und sprach ihm seine Lieblingspsalmen vor. Psalmen über göttlichen Beistand, Trost und Kraft.

Huck sah wieder aus dem Fenster und beschloss, an glücklichere Zeiten zu denken.

Immer noch kein Schnee.

Als Kind hatte sie oft davon geträumt, auf einem Schlitten einen pudrig weißen Hang hinunterzufahren. Das einzige Mal, dass es je genügend geschneit hatte, um diesen Wunsch wahr werden zu lassen, war in dem Winter gewesen, bevor sie ihre geheime Bucht entdeckt hatte.

Ihr Vater hatte damals ein Stück ihres Landes an einen Mann namens Colonel Blue verpachtet. Er war eigentlich kein Colonel und Blue nur sein Spitzname. In seiner Jugend hatte er als Trommler am Bürgerkrieg teilgenommen. Huck liebte es, seinen aufregenden Abenteuergeschichten zu lauschen, und so verbrachte sie manchen kalten Nachmittag neben einem rostigen Bollerofen und trank bei Blue und seiner Frau Stella »Hot-Water-Tea«. Weil Kinder keinen Kaffee trinken durften, rührte Stella Sahne und Zucker in heißes Wasser und gab gerade so viel Kaffeepulver hinein, dass es sich karamellbraun färbte.

An einem kalten Nachmittag kurz vor Weihnachten hatte Huck wieder einmal bei ihnen gesessen und gebannt einer Geschichte gelauscht. Als Blue zum Ende seiner Erzählung kam, fielen große, duftige Schneeflocken vom Himmel. Rasch lag der Schnee mehrere Zentimeter hoch, und Blue forderte Huck und Stella mit einem schelmischen Blitzen in den Augen auf, ihre Mäntel anzuziehen und ihm nach draußen zu folgen. Hinten auf der Veranda stand ein kleiner selbst gebauter Schlitten. Den Rest des Tages verbrachten sie damit, abwechselnd den Hang eines nahen Hügels hinunterzusausen. Am ersten Tag des neuen Jahres waren Blue und Stella dann weitergezogen. Huck erinnerte sie noch immer daran, wie die beiden, die längst das Rentenalter überschritten hatten, im Schnee umhergetollt waren wie sorglose Kinder.

Deshalb liebte sie den Schnee. An Blue und Stella zu denken, machte das Älterwerden sehr viel angenehmer.

Huck trank noch einen Schluck Tee und genoss das süße Aroma. So vieles hatte sich seit ihrer Kindheit verändert! Heutzutage fanden Profi-Baseballspiele in Hallen statt, und ein Mann war tatsächlich auf den Mond spaziert – der Astrodome und die NASA waren gar nicht weit von ihrem Zuhause entfernt. Huck hatte nie vergessen, was eine von Priscillas Freundinnen gesagt hatte: Wenn tatsächlich ein Mann die Oberfläche des Mondes betreten hätte, müsste man seine Fußspuren in einer klaren Nacht sogar ohne Teleskop erkennen können.

Priscilla.

Was für eine schwierige junge Frau!

Und nun war sie seit zwei Monaten Mutter.

Huck schüttelte den Kopf. Priscilla war eine Chaotin, aber Huck und Gabe liebten sie wie eine Tochter. Und ihr Kind würde für sie wie ein Enkelkind sein.

Yevette Galloway.

Das hübscheste Baby, das Huck je gesehen hatte.

Als sie ihren Tee ausgetrunken hatte, hörte sie immer noch Gabes Schreibmaschine. Im Laufe ihrer Ehe, besonders als sie noch jung waren, hatten sie darüber gesprochen, ein Kind zu adoptieren, es aber nie getan. Und jetzt, vor allem mit Gabes Krankheit, wünschten sie, sie hätten sich ernsthafter mit dem Gedanken beschäftigt. Hucks größte Angst war natürlich, ihn zu verlieren. Aber gleich danach kam der Albtraum, in einem erbärmlichen Pflegeheim allein auf ihren Tod zu warten.

Huck merkte, wie sie immer niedergeschlagener wurde. »Ich weigere mich, den Mut zu verlieren«, sagte sie laut. »Nicht heute.« Mister Jack hatte gesagt, dass man mit dem Blatt spielen müsse, das man ausgeteilt bekommen hatte. Und für Huck stand außer Zweifel, dass er immer noch ein paar Karten im Ärmel versteckt hielt und ihr unter dem Tisch eine zuschob, wenn Huck sie am dringendsten brauchte. Vielleicht würde er ihr auch bei Gabes Emphysem wieder ein Ass zuschieben.

»Liebling?« Gabe kam in das kleine Wohnzimmer. »Ich habe gerade den Wetterbericht gehört. Die ganze nächste Woche sollen es um die zwanzig Grad werden, also können wir uns auf unseren Ausflug freuen.« Er schaute zum Fenster. »Jetzt sieh dir das an ... Schnee!«

Dreiundzwanzig

März 1986, Houston, Texas

Aus dem Fernseher im Wartebereich der Intensivstation vom Hermann Hospital ertönte plärrend die Anfangsmelodie der Sechs-Uhr-Nachrichten. Huck sah auf ihre Armbanduhr. In einer Viertelstunde durfte sie Gabe wieder besuchen. Sie blickte hinauf zum Fernseher und wünschte, jemand Großgewachsenes würde den Krach abstellen. Irgendwann in ihren späten Siebzigern hatte sie angefangen zu schrumpfen.

Huck gähnte.

Um halb elf wäre die Besuchszeit schon wieder vorbei, doch Huck war es wichtig, rund um die Uhr hier zu sein. Priscilla hatte natürlich darauf bestanden, sie jeden Tag für eine Weile abzulösen, aber Huck war es lieber, die Nächte dösend in einem zugigen Warteraum zu verbringen, als sich zu Hause schlaflos im Bett zu wälzen. Manchmal ließen die Schwestern sie in den frühen Morgenstunden für eine Stunde oder so bei Gabe sitzen, wenn alles ruhig war. In seiner Nähe zu sein, war alles, was zählte.

Der geölte Bariton eines Nachrichtensprechers erregte Hucks Aufmerksamkeit. »Heute Nachmittag wurde der St. Patrick's Day am Shamrock Hotel in Houston völlig anders begangen als die Jahre zuvor. Die Menschen feierten den vierzigsten Jahrestag des ersten Spatenstichs mit einer Demonstration. Anstelle der üblichen ›Grünen Gala‹ trugen sie Protestschilder gegen den geplanten Abriss des Hotels.«

»Abriss?«, murmelte Huck. »Das darf nicht wahr sein!« In den letzten Monaten hatte sie Gabes Krankheit so sehr mitgenommen, dass sie keine Lust gehabt hatte, die Zeitung zu lesen. Was sie allerdings gelesen hatte, waren seine wöchentlichen Postkarten – liebevoll und witzig wie immer. Die Karten waren ihr kostbarster Besitz.

Hucks Magen zog sich zusammen.

Es war traurig, fast zum Verzweifeln gewesen, dass sie in der vergangenen Woche, am ersten Freitag seit sechzig Jahren, keine Karte bekommen hatte. Aber ihr armer Mann lag auf der Intensivstation! Sie konnte wohl schlecht Unmögliches von ihm erwarten.

Sie seufzte. Ihrer beider Leben veränderte sich, ob es ihnen gefiel oder nicht.

Die größte Veränderung hatte es vor etwas über einem Jahr gegeben, als Gabe wegen seines Emphysems ständig Sauerstoff bekommen musste. Die lästigen Tanks machten Reisen praktisch unmöglich, und so hatten sie seither nur ein oder zwei kürzere Ausflüge unternommen, bei denen Gabe mit kleinen, tragbaren Sauerstoffgeräten auskam. Inzwischen verbrachten sie den Großteil des Tages mit dem Versuch, seine Lunge mit genügend Sauerstoff zu versorgen, dass er den Weg vom Esstisch in sein Arbeitszimmer bewältigen konnte. Selbst das Tippen kostete ihn oft schon zu viel Kraft.

Huck sah wieder hinauf zu dem Nachrichtensprecher, der an einen Reporter vor Ort übergab. »Dieses berühmte Wahrzeichen wurde am St. Patrick's Day 1949 eröffnet und bestätigte wieder einmal den alten Spruch: Im Lone Star State *ist* alles größer.«

Gabe würde das lustig finden, dachte Huck. Der Bau des Shamrock, benannt nach dem Kleeblatt, dem irischen Nationalsymbol, war monatelang das Gesprächsthema schlechthin in Bayou City gewesen. Und Huck und Gabe hatten an allen großen Eröffnungsfeierlichkeiten teilgenommen. Tausende hatten sich hineingedrängelt, um einen ersten Blick in den prächtigen, fast protzigen Wolkenkratzer zu werfen. In dem kunstvoll angelegten Park gab es unter anderem einen Swimmingpool, der so groß war, dass man darauf Wasserski laufen konnte. Dutzende glamouröser Hollywoodstars waren mit Filmleuten aus Los Angeles und einem Heer von Journalisten zur Eröffnung angereist. Die Schauspielerin Dorothy Lamour musste wegen des ganzen Aufstandes eine Live-Radiosendung absagen.

Der Bericht im Fernsehen endete, und Huck sah wieder auf ihre Uhr.

Noch zehn Minuten.

Sie sehnte sich nach den Zeiten zurück, als sie jünger waren und Gabe gesund war. Doch vielleicht war dieser Fernsehbericht ja ein Zeichen, dass noch gute Zeiten vor ihnen lagen. Schließlich sollten Kleeblätter ja Glück bringen, nicht? Jedenfalls hatte der Arzt gesagt, dass die Intensivstation hauptsächlich eine Vorsichtsmaßnahme für eine Nacht wäre.

Nur hatte Gabe in jener »einen Nacht« eine Lungenentzündung bekommen, und seine Prognose hatte sich verschlechtert. Inzwischen waren aus der einen Nacht sieben geworden.

»Mrs. Alexander?« Ein Arzt, den Huck nicht kannte, kam in den Warteraum. »Darf ich kurz mit Ihnen über Ihren Mann sprechen, bevor Sie zu ihm gehen?«

»Wo ist Dr. Sloan?«

»Er hat einen Notfall, und ich bin für ihn eingesprungen. Ich bin Dr. Larifee.«

»Oh.« Huck hatte noch nie einen so jungen Arzt gesehen. Er sah kaum alt genug aus, um das College abgeschlossen zu haben, geschweige denn ein Medizinstudium.

»Können wir uns unterhalten?«

»Natürlich.« Sie hatte darum gebeten, dass man sie über Gabes Zustand auf dem Laufenden hielt.

»Kommen Sie bitte mit nach hinten.« Dr. Larifee führte Huck durch die automatischen Doppeltüren in die Intensivstation und bot ihr in einem abgetrennten Bereich gegenüber dem Schwesternzimmer einen Stuhl an.

»Danke«, sagte Huck, »aber ich habe schon viel zu lange gesessen.«

»Mr. Alexanders Verfassung hat sich leider verschlechtert«, sagte der Arzt und räusperte sich. »Das passiert manchmal bei einer Lungenentzündung.«

»Was bedeutet das?«

»Er hat extreme Schwierigkeiten zu atmen, und seine Vitalfunktionen lassen nach.«

»Aber heute Nachmittag …« Plötzlich überfiel Huck dieselbe schreckliche Angst wie damals in Texas City: diese Benommenheit, von der ihre Knie weich wurden. Sie setzte sich.

»Geht es Ihnen gut?«

»Sagen Sie mir einfach die Wahrheit«, brachte Huck hervor. »Ich möchte die Wahrheit wissen.«

»Ma'am, Ihr Mann liegt im Sterben. Er hat bereits das Bewusstsein verloren und wird diese Nacht vermutlich nicht überleben. Da er sich schriftlich gegen lebenserhaltende Maßnahmen entschieden hat, können wir nichts mehr für ihn tun.«

»Dann muss ich zu ihm.« Huck stand auf. Wenn ihnen nach sechzig gemeinsamen Jahren nur noch weniger als eine Nacht blieb, durfte sie keinen kostbaren Moment davon vergeuden.

»Geht es Ihnen wirklich gut?«

Was für eine dumme Frage, dachte Huck und nahm all ihre Kraft zusammen. »Tun Sie Ihre Arbeit, junger Mann, und ich tue meine.«

Als sie in Gabes Zimmer kam, sah sie sofort, dass seine Haut einen gräulichen Blauschimmer angenommen hatte. Obwohl er Sauerstoff bekam, ging sein Atem schnell und flach.

»Ich bin hier, Liebling«, sagte Huck, hockte sich auf die Bettkante und nahm seine Hand. Sie spürte, wie ihr Tränen in die Augen stiegen, und hörte das Zittern ihrer Stimme, doch sie blieb stark.

»Vor ein paar Minuten habe ich einen sehr schönen Bericht über das Shamrock Hotel gesehen. Weißt du noch, wie viel Spaß wir bei der Eröffnung hatten? Und wie dieser Zeitungsmann aus San Antonio uns für Filmstars gehalten hat?« Ihr war bewusst, dass sie plapperte und Gabe sie wahrscheinlich nicht hören konnte, aber sie redete weiter. Eine einzelne Träne stahl sich aus ihrem Auge.

Sie schniefte.

»Erinnerst du dich, Liebling? Wir haben uns verrückte Hollywoodnamen ausgedacht und vor diesem lächerlich großen Swimmingpool posiert, damit er Fotos von uns machen konnte.« Mit ihrer freien Hand streichelte Huck Gabes eingefallene, stoppelige Wange, strich ihm übers Haar und wickelte eine silberweiße Locke um ihren Finger. »Und am nächsten Tag haben wir uns die Zeitung aus San Antonio gekauft. Als wir sie durchgeblättert haben und unser Foto fanden, haben wir uns kaputtgelacht.«

Gabes Körper schien sich ein wenig zu versteifen, dann entspannte er sich wieder.

»Ich bin hier«, sagte Huck wieder und kämpfte mit den Tränen. »Ganz nah bei dir, so wie ich es immer war.«

Eine Schwester kam herein. »Brauchen Sie irgendwas?«

Ohne den Blick von Gabe abzuwenden, tätschelte Huck seinen Arm und antwortete: »Alles, was ich jemals gebraucht habe, ist hier.«

Ohne ein weiteres Wort verließ die Schwester den Raum.

Huck fuhr fort: »Hab ich dir in letzter Zeit eigentlich mal gesagt, mein liebster Mann …« Sie schluckte. »Dir gesagt, dass du genau der bist, nach dem ich gesucht habe, seit ich ein kleines Mädchen war? Und dass ich es schon in der ersten herrlichen Nacht auf der Verandaschaukel ganz sicher wusste?« Ihre Gefühle übermannten sie, sodass sie diesmal eine etwas längere Pause einlegen musste, um sich wieder zu fangen. »Na ja, um ehrlich zu sein, wusste ich schon vorher, dass du mein Seelenverwandter bist. Ich wusste es, als du bei unserer ersten Begegnung diesen albernen Witz über die Austern gemacht hast.«

Plötzlich öffnete Gabe die Augen und sah Huck direkt an, bevor er sie wieder schloss. Sein Mund bewegte sich, doch es kam kein Ton heraus.

Huck neigte ihren Kopf, bis ihr Ohr an seinen Lippen war, und lauschte. Nichts.

»Was? Bitte, sag es mir.«

Sie fühlte, wie sich Gabes Hand kaum merklich bewegte. »Ich ...« Seine Stimme war nur ein sehr leises Flüstern.

»Sprich weiter«, sagte Huck, und ihre Tränen tropften auf Gabes Brust.

»Ich ... komme ... wieder.«

»Ja, ich weiß«, flüsterte Huck, »und ich warte auf dich. Also lass dir ja nicht einfallen, herumzutrödeln!«

Sie drehte den Kopf und küsste ihn auf die Lippen. Dann spürte sie ein zartes Wehen seines Atems.

Sie zog tief die Luft ein und fing den letzten Atemzug ihres Seelenverwandten auf.

*

Am Tag nach Gabes Beerdigung in Houston zog Huck ein Kleid an, das Gabe zuletzt am liebsten gemocht hatte, stieg in den Blue Norther und fuhr nach Huntsville. Trotz ihrer einundachtzig Jahre war sie noch bei guter Gesundheit, fuhr allerdings ungern auf der Autobahn. Die meisten Fahrer auf der I-45 hatten keine Hemmungen, schneller zu fahren als erlaubt, deshalb nahm Huck lieber den alten zweispurigen Highway, wo die gesetzlichen Regelungen noch galten. Das dauerte zwar länger, aber Huck hatte das Gefühl, dieser Weg wäre für sie bestimmt.

Als der Verkehr nachließ, wanderten ihre Gedanken zurück zu den schrecklichen Ereignissen der letzten Tage. Sie war zu betäubt, um zu weinen, hatte seit jener Nacht, in der Gabe starb, keine Träne vergossen. Ihn gehen zu lassen, war das Schlimmste gewesen, was sie jemals tun musste. Aber sie hätte ihn auch nicht länger leiden sehen können. Warum sollte man einen Mann an der Schwelle zum Tod festhalten, wenn seine Hand bereits an der Türklinke lag?

Natürlich waren bald Freunde und Verwandte gekommen, die Huck umschwirrten wie die Fliegen. Und sie hatte sich nach Kräften bemüht, ein freundliches Gesicht zu machen, Eistee zu trinken und ein paar Happen von der King Ranch Casserole herunterzubekommen, wie es von ihr erwartet wurde. Dabei hatte sie sich unentwegt gefragt, wie sie auch nur einen weiteren leeren Moment ohne Gabe überstehen sollte.

Als sie die Randbezirke von Huntsville erreichte, lenkte sie ihre Gedanken zurück in die Gegenwart. Früher hatte immer Gabe am Steuer gesessen, deshalb hatte sie nie sonderlich auf die Route geachtet, und seit ihrer Kindheit hatte sich vieles verändert. Die Hauptstraße war wegen Bauarbeiten gesperrt, sodass Huck durch mehrere Seitenstraßen fahren musste, bis sie endlich den Seiteneingang zum Sam-Houston-Museum fand.

Es war ein Wochentag und der Parkplatz kaum besetzt. Huck suchte sich eine abgeschiedene Lücke unter einem riesigen Pekannussbaum aus. Zum Glück waren keine Besucher in der Nähe. Gabe hatte den Blue Norther so makellos in Schuss gehalten, dass sie häufig von bewundernden Passanten auf den alten Wagen angesprochen wurden.

Es war windig und warm mit winzigen weißen Wolken, die den Himmel sprenkelten. Huck öffnete die Tür, stieg aus und blinzelte in die Richtung, in der ihre geheime Bucht gelegen hatte. Seit Bulldozer die kleine Bucht vor über fünfundsechzig Jahren zerstört hatten, weil dieser Park angelegt wurde, hatte Huck nie wieder versucht, die Stelle zu finden.

An diesem Tag war es etwas anderes.

An diesem Tag musste sie wieder dorthin.

Huck ging zügig den Kiesweg entlang, passte allerdings auf, wo sie hintrat. Menschen ihres Alters stürzten dauernd aus Unachtsamkeit, und sie wollte ganz sicher kein weiterer solcher Fall sein. Von dem Kiesweg aus folgte sie einem sandigen Pfad, der zu ein paar Picknickplätzen in einem bewaldeten Bereich führte. Nach der zweistündigen Fahrt schmerzten ihre Beine und ihr Rücken mehr als sonst. Sie setzte sich einen Moment hin, um zu verschnaufen, und ging dann weiter. Hinter den Picknicktischen lag ein dichter Hain mit Kiefern, Laubbäumen und dichtem Unterholz.

Da muss ich hin, dachte Huck, die nach wie vor fest auf ihren Orientierungssinn vertraute. Sie versuchte mehrmals vergeblich, einen Weg durch das Dickicht zu finden, aber sie war entschlossen, nicht aufzugeben. Sie schaute sich noch einmal um und bemerkte eine kaum erkennbare Spur, die sie vorher übersehen haben musste. Sie folgte ihr, bis sie verschwand.

»Es ist zu lange her«, sagte sie laut. »Wie dumm von mir, es überhaupt zu versuchen. Dumm, immer noch daran zu glauben.«

Sie drehte sich um und wollte in die entgegengesetzte Richtung zurückgehen, als sie über eine Wurzel stolperte und unsanft auf dem Boden landete. Ein toter Zweig riss ein riesiges Loch in den Saum ihres Kleides.

»Das war Gabes Lieblingskleid!«, schrie sie. »Ich bin nicht den weiten Weg gefahren, damit zerstört wird, was er geliebt hat!«

Und dann strömten ihre aufgestauten Tränen wie ein sommerlicher Platzregen. »Ich war nicht bereit, ihn zu verlieren«, schluchzte sie. »Ich bin nicht stark genug. Ich will auch gar nicht stark genug sein!«

Sie nahm eine Handvoll Kiefernnadeln und schleuderte sie gen Himmel. »Ich wusste, dass Sie nicht hier sein würden«, sagte sie wütend. »Und was könnten Sie auch schon tun? Engel sind nicht Gott.«

Sie wischte sich das Gesicht mit dem Saum ihres Kleides ab. »Falls Sie es noch nicht gehört haben, Gabe ist tot! Ich habe Ihr bescheuertes Kartenspiel gespielt und verloren.«

Mehr gab es im Moment nicht zu sagen, und so blieb Huck stumm auf der Erde hocken. Seltsamerweise fühlte sie sich nach diesem kleinen Wutausbruch besser. Gabe hätte das alles äußerst amüsant gefunden: eine Frau in ihrem Alter, die auf dem Waldboden saß und ein einseitiges Gespräch mit einer Kindheitserinnerung führte. Eine Erinnerung, die vielleicht nicht mehr gewesen war als ein entflohener Sträfling.

Auf einmal ging ein Windstoß durch die Luft. Aus dem Augenwinkel nahm Huck die Bewegung einer schlanken Pflanze wahr. Sie rutschte näher hin und entdeckte etwas Rosafarbenes. Eine einzelne Anacacho-Orchidee – die vollkommenste Blüte, die sie je gesehen hatte.

Bei näherem Hinsehen stellte sie fest, dass hier ursprünglich zwei Orchideen gestanden hatten. Zwei kleine Knospen, die sich von derselben Pflanze nährten und dann zu einer verschmolzen waren. Ja, eine solch prachtvolle Orchidee konnte nur aus zwei Pflanzen entstanden sein.

»Zwei Herzen, in Hingabe vereint«, sagte Huck und musste wieder weinen.

In diesem Moment wurde ihr schließlich die wahre Tiefe ihrer Liebe bewusst. Es war eine reine Liebe gewesen, gewachsen in einem langen, gemeinsamen Leben. Ihre Ehe hatte sie beide zu einer einzelnen Pflanze vereint. Und mit jedem Jahr war ihre Beziehung gereift, wie es diese Pflanze getan hatte, verwurzelt in einer Hoffnung, die zwei schöne Blüten hervorgebracht hatte. Als Gabe starb, war seine Blüte nicht verwelkt, nein, sie blühte weiter in Hucks Herzen ...

Und hatte eine prachtvolle Blume erschaffen.

Vierundzwanzig

Bayshore-Pflegeheim, 2004 – Mrs. Alexander

Mühsam öffnete Huck die Augen, als ihr jemand sanft an die rechte Schulter tippte. »Oh Gabe, Liebling, bist du das?«, murmelte sie. »Ich habe die ganze Nacht auf dich gewartet, ich konnte vor lauter Aufregung gar nicht schlafen.«

»Entschuldige, dass ich dich wecke, Huck.« Yevette strich ihr zart über den Arm. »Aber ich habe noch eine Frage zu meiner Mutter. Und ich muss dir was vorlesen.« Sie stockte. »Hast du von Gabe geträumt?«

»Ach, Yevette.« Huck zog sich die Bettdecke bis zum Hals hoch und drückte einen Knopf, sodass das Kopfteil ihres Bettes ein wenig nach oben fuhr. »Wie spät ist es, meine Liebe?«

»Neun Uhr morgens. Hast du gefrühstückt?«

»Ein oder zwei Bissen. Dann muss ich eingenickt sein.« Sie lächelte. »Ich fahre ungern mit vollem Bauch.«

»Fahren? Ich dachte, die Friseurin kommt zu dir?«

Huck runzelte die Stirn. »Ich weiß nicht, wie die Leute in diesem furchtbaren Heim auf die Idee kommen, dass ich mir das Haar lieber im Bett machen lasse. Eine Dame geht hin und wieder auch gerne aus dem Haus.«

Yevette zog sich einen Stuhl heran und setzte sich neben Huck. »Vielleicht möchten sie dir nur guten Service bieten.«

»Pah. Aber ab morgen müssen sie sich um mich keine Gedanken mehr machen.« Sie lächelte. »Hab ich dir erzählt, dass Gabe mich abholen kommt?«

»Als ich vor ein paar Wochen hier war, hast du gesagt, dass er sich vielleicht zu uns gesellt.«

»Stimmt, du warst ja unterwegs. Wie war es? Hast du gewonnen?«

»In einigen Rennen hab ich ganz gute Platzierungen gehabt, vor allem oben in Ruidoso. Zumindest sind meine Ausgaben gedeckt.«

»Gabe und ich haben diesen Teil von New Mexico sehr gemocht. Gabe liebte es, dort in den Bergen herumzufahren. Aber wir waren immer froh, wenn wir wieder in Houston waren.« Huck reckte den Kopf und sah auf die Uhr neben ihrem Bett. »Heute ist Freitag, weißt du.«

»Ja, ich weiß«, sagte Yevette.

»Gabe hat versprochen, dass er wiederkommt. Normalerweise kommt er direkt vor Sonnenaufgang.«

»Vielleicht ist er aufgehalten worden.«

»Offensichtlich.« Huck seufzte. »Manchmal muss man sich wirklich über diesen Mann ärgern. Aber ich bin angezogen und bereit.« Sie schlug die Decke zurück und Yevette sah, dass sie ein leichtes rosafarbenes Kleid und passende Schuhe trug. »Diese Frau von der Nachtschicht heute Morgen um fünf war kein bisschen hilfsbereit.«

»Die Nachtschwester, meinst du?«

Huck antwortete nicht darauf. »Ich hatte ihr angedroht, dass ich die Polizei rufe, wenn sie mir nicht beim Anziehen hilft.« Huck bedeutete Yevette, näher zu kommen. »Das habe ich schon mal gemacht«, flüsterte sie.

»Zweimal«, entgegnete Yevette.

Huck lächelte. »Bevor du mir das vorliest, möchte ich dir noch etwas geben. In der obersten Schublade meiner Kommode liegt eine kleine Samtschachtel. Würdest du mir die bitte holen?«

Yevette ging zur Kommode, holte die Schachtel heraus und kehrte damit zu ihrem Stuhl zurück.

»Nicht aufmachen«, befahl Huck. »Noch nicht.«

»Jawohl, Ma'am.«

»Erinnerst du dich an Gabes Postkartengedicht über die zwei kleinen Muscheln?«

»Das war eines meiner liebsten.«

»Und an die Kette, von der ich gesprochen habe, als wir es lasen?«

»Du hast erzählt, dass Gabe die Muscheln zu einem Juwelier gebracht hat, der sie poliert und auf eine Goldkette aufgezogen hat.« Yevette betrachtete die Schachtel.

»Wir waren noch nicht lange verheiratet, als wir einmal ein Wochenende am Strand verbrachten. Damals hat er die Muscheln heimlich in die Tasche seiner Badehose gesteckt.« Huck seufzte. »Ich wusste nie, welche romantischen Streiche sich der Mann als Nächstes ausdachte.« Sie lächelte Yevette an. »Jetzt darfst du die Schachtel öffnen.«

»Ist die schön!« Yevette hielt die Kette ins Licht. »Aber ich hab sie nie an dir gesehen.«

»Ich habe sie ausschließlich für meinen Seelenverwandten angelegt«, sagte Huck und wartete, bis Yevette sie ansah. »Und eines Tages, hoffe ich, trägst du sie für deinen.«

»Danke, ich ...« Yevette wischte sich eine Träne weg, beugte sich vor und umarmte Huck. »Das werde ich«, flüsterte Yevette, »eines Tages.«

Huck gähnte. »Ich bin ein bisschen duselig. Vielleicht mache ich ein kleines Nickerchen. Kannst du mit dem Vorlesen noch warten?«

Yevette nickte. »Soll ich das Kopfteil wieder runterfahren und die Jalousien schließen?«

»Das wäre nett. Aber lass mich nicht zu lange schlafen.«

Im Schlaf gingen Huck schöne Bilder aus ihrer Kindheit durch den Kopf. Keine bestimmten Gesichter, sondern größere

Veranstaltungen wie Familienfeiern, Gemeindefeste, Weihnachten. Einmal war sie wieder in ihrer geheimen Bucht und redete mit Mister Jack.

»Huck?«, unterbrach Yevettes Stimme ihre Träume.

»Was ist, meine Liebe?«

»Ich dachte, dass du dein Mittagessen nicht verpassen willst. Es wird gleich gebracht. Soll ich dein Bett wieder höher stellen und die Jalousien aufmachen?«

»Nein, so ist es gut.« Huck war nach wie vor schläfrig und ein bisschen schwindlig, fast als würde sie im Wasser treiben. »Ich hatte gerade den wunderschönsten Traum. Ich war wieder ein kleines Mädchen, und meine ganze Familie und alle Freunde waren da. Sogar Mister Jack hab ich gesehen.« Sie stockte. »Aber wolltest du mich nicht etwas fragen?«

»Ja.«

»Dann musst du dich beeilen, meine Liebe. Gabe könnte jeden Moment kommen.«

»In der Woche, als er auf der Intensivstation lag, hat meine Mutter ihn da besucht?«

»Priscilla hat zu Gabe aufgeblickt wie zu einem Vater.« Wieder stockte Huck, und ihre Worte klangen ein bisschen tonlos. »Priscilla ist tot.«

»Weißt du, worüber Gabe und sie zu der Zeit geredet haben?«

»Ich habe keine Ahnung, meine Liebe. Aber ich erinnere mich, dass er mir erzählt hat, sie hätte ihm die Zeitung vorgelesen. Das hat er sehr genossen.«

»Hat sie ihm auch mal etwas aus der Bibel vorgelesen?«

Huck lächelte. »Ach, wie dieser Mann die Psalmen geliebt hat!«

»Wie bitte?«, sagte Yevette. »Ich hab dich nicht verstanden. Ich glaube, du schläfst wieder ein. Was war das mit den Psalmen?«

»Gabe glaubt, dass die Poesie in der Bibel den Sinn des Lebens enthält«, sagte Huck so leise, dass es kaum zu verstehen war. »Wenn er heute kommt, bringt er mir eine Postkarte mit einem neuen Gedicht mit.«

»Ich habe in Mamas Bibel eine Karte gefunden, die an dich adressiert war, Huck. Vorne drauf ist ein Bild von der schönsten Orchidee, die ich je gesehen habe. Und auf der Rückseite steht ein handgeschriebenes Gedicht von Gabe. Ich bin nie auf die Idee gekommen, in ihrer Bibel zu blättern, bis gestern Abend. Er muss das Gedicht geschrieben haben, als er auf der Intensivstation lag, und dann ist Mama gestorben, bevor sie dir die Karte geben konnte.« Yevettes Stimme zitterte. »Möchtest du, dass ich es dir vorlese?«

»Das wäre wunderbar, meine Liebe.«

Als Yevette zu lesen begann, sah Huck Gabe. Seine meerblauen Augen ließen das ganze Zimmer leuchten.

Ein letzter Freitag, ein letztes Gedicht,
Und deinem Mann gelang es nicht,
Die zahllosen Wege zu erproben,
Dich zu halten unter Sternenzelten.
Doch das Leben ist kurz, und so muss ich warten
(Ich stehe gleich vor dem Himmelsgarten),
Denn ist eine Liebe »für immer«,
So stirbt sie niemals!

»Oh, mein liebster Gabe«, sagte Huck. »Du bist zurück, strahlender als die Sonne. Und dieses Gedicht ist das schönste von allen.«

Dann schloss Huck Alexander die Augen und glitt fort in das makellose Blau der Ewigkeit.

Fünfundzwanzig

Sommer 2006 – Adam Colby

Ich las Gabes letzte Karte und dachte darüber nach, wie Yevette mich gebeten hatte. Dann rief ich sie an. Sie war in der Stadt, also verabredeten wir uns für den nächsten Nachmittag vor dem Doyle Convention Center in Texas City an einem großen Brunnen.

»Wunderschön, nicht?«, fragte Yevette, den Blick auf den Brunnen gerichtet. Aus dem Wasser erhob sich die Statue eines gigantischen Phoenix. »Hast du eine Ahnung, warum wir hier sind?«

»Keinen Schimmer«, antwortete ich und zerbrach mir den Kopf darüber, ob ich je ein Gedicht von Gabe über einen Phoenix gelesen hatte.

»Hier wäre Gabe fast gestorben«, sagte Yevette ernst.

»In dem Brunnen ertrunken?«, spöttelte ich.

»Nicht witzig. Du weißt, was hier passiert ist?«

»Meinst du die große Explosion?« Mir kam der Gedanke, dass sie mich eben absichtlich zu einem blöden Scherz verleitet hatte. »Ich habe hin und wieder Bemerkungen über eine Katastrophe in den 1940ern aufgeschnappt, aber Näheres weiß ich nicht.«

»Lass uns ein Stück gehen«, sagte sie. »Ich mache mit der Geschichte da weiter, wo ich das letzte Mal aufgehört habe. Und am Ende kommen wir wieder hierher.«

Sie hatte wieder kurze Shorts an, und diesmal war ihr Haar zu einem Pferdeschwanz gebunden. Statt des schwarzen Opalanhängers trug sie eine schlichte Goldkette mit zwei polierten

Muscheln um den Hals. Die winzigen Muschelschalen schienen das Licht in ihren Augen zu reflektieren.

Während wir um das Kongresszentrum herumschlenderten, erzählte Yevette von Kilgore und Clark Richards' Tod. Wir lachten über das spektakuläre Gefängnis-Rodeo, bevor sie in allen Einzelheiten beschrieb, was hier in Texas City geschehen war. Umso dankbarer war ich, dass die nächste Anekdote – vom Einkauf der beiden bei Neiman Marcus – uns wieder zum Lachen brachte. Aber dann sprach Yevette über Gabes Emphysem, seine Beerdigung und Hucks letzten Besuch in ihrer geheimen Bucht. Ihr Gesicht wurde noch trauriger, als sie mir erzählte, wie Huck gestorben war, als sie ihr die letzte Postkarte vorgelesen hatte.

»Ich bin fassungslos«, war alles, was ich sagen konnte. Erst jetzt fiel mir auf, dass wir wieder am Brunnen waren.

Yevette blieb stehen. »Hast du je wieder von Haley gehört?«

»Äh, nein«, antwortete ich, denn mit dieser Frage hatte ich nicht gerechnet. »Sie ist wieder verheiratet und möchte keinen weiteren Kontakt.«

»Das tut mir leid.«

»Muss es nicht. Wir waren beide schuld.«

Eine Weile lang schwiegen wir.

»Siehst du, wie der Phoenix aus dem Brunnen aufsteigt?«, fragte Yevette schließlich.

Ich betrachtete den eindrucksvollen Vogel und nickte.

»Er ist ein Sinnbild dafür, wie diese Stadt aus der düsteren Katastrophe wiederauferstanden ist. Dieser Vogel bist du.«

Dann nickte Yevette mir zu und wandte sich zum Gehen.

»Warum gehst du?« Ich wollte, dass sie blieb.

Sie drehte sich auf dem Absatz um und sah mich an. »Die Geschichte der Alexanders ist zu Ende. Du weißt nun alles.«

»Und ich kann die letzten Punkte verbinden«, antwortete ich und sah sie an. »Aber ich … kenne dich nicht.«

»Wenn du dir über einiges klar geworden bist, ruf mich an.« Sie lächelte. »Vielleicht rufe ich auch dich an.« Dann wandte sie sich wieder um, ging auf den Eingang des Kongresszentrums zu und verschwand im Innern.

*

»Ich stehe auf dem Buffalo Speedway im Stau!«, rief Yevette.

»Was ist los?«, fragte ich und schüttelte mein Handy, als würde das helfen. Entweder war die Verbindung erbärmlich, oder sie fuhr mit offenen Fenstern.

»Hallo? Adam, hörst du mich?«

»Laut, aber nicht deutlich. Bist du in deinem Pick-up?«

»Bist du bei Bering's?«

»Ich steh davor. Hast du nicht gesagt, das ist ein Eisenwarenladen?«

»Ist es auch. Aber da gibt's nicht nur Hämmer und so. Kauf zwei Kaffee zum Mitnehmen.«

»Kaffee?«

»Frag nicht, warum. Tu's einfach. Ich bin bald da. Bye.«

Sie *hatte* mich zuerst angerufen.

Ich klappte mein Telefon zu und ging in den Laden. Es war eine vornehme alteingesessene Eisenwarenhandlung, ziemlich angesagt, in der es lauter ausgefallenes Werkzeug, Küchenzubehör und Geschenkartikel gab. Und natürlich verkauften sie auch Kaffee. Ich bestellte und bezahlte zwei Becher, sagte der jungen Frau hinter dem Tresen allerdings, dass ich sie erst in ein paar Minuten bräuchte. Dann setzte ich mich auf einen Barhocker, dachte an Yevette und lachte leise in mich hinein.

Wer im Hochsommer ohne Klimaanlage durch Houston fuhr, konnte es nur auf einen Hitzschlag anlegen. Andererseits war Yevette eine ungewöhnliche Frau.

Nach unseren Treffen in Texas City konnte ich die letzten Puzzleteile von Hucks und Gabes bemerkenswerter Geschichte zusammenfügen. Und plötzlich merkte ich, dass ich immer seltener an Haley und immer öfter an Yevette dachte. Ich hatte mich so sehr an das Selbstmitleid, an den bittersüßen Trost des Leidens gewöhnt, dass ich kaum meinen Alltag auf die Reihe gebracht hatte. War ich nun tatsächlich auf dem Weg, das Geschehene zu akzeptieren, oder zwang ich mich einfach nur dazu, loszulassen? Wie auch immer, dank Huck und Gabe wusste ich nun, dass ich den Mut finden würde weiterzumachen.

Als ich die Postkarten entdeckt und mich auf die Suche nach dem Geheimnis einer dauerhaften Ehe gemacht hatte, wollte ich eine Art Formel finden, einen Heiligen Gral der glücklichen Zweisamkeit. Dann war ich Yevette begegnet und hatte angefangen, die Puzzleteile von Hucks und Gabes Leben zu einer Geschichte zusammenzufügen. Sie waren zwar seelenverwandt gewesen, aber im Grunde waren sie einfach zwei verliebte Menschen, ein Mann und eine Frau, die – sosehr sie sich auch bemühten – die »Reduzierung auf den kleinsten gemeinsamen Nenner« nicht immer hatten vermeiden können, denen es nicht immer gelungen war, ihre Selbstsucht zu unterdrücken oder ihre Hingabe vollkommen zu beherrschen. Folglich war das *Geheimnis* eigentlich gar keine Formel, sondern die Summe aller Dinge, die eine Ehe am Leben erhielt. Absolutes Vertrauen. Ein unzerreißbares Band. Ganzheit. Dennoch hatte ich das Gefühl, als fehle mir noch ein Puzzleteil.

Und dann fand ich es. Ich hatte Gabes letzte Karte zigmal gelesen, war aber nicht darauf gekommen, bis ich endlich verstand, dass sie auf das hinwies, was ich gesucht hatte.

In dem Gedicht hieß es, dass Hucks und seine Liebe ewig währen würde. Und weil Huck um die Stärke des Bandes zwischen ihnen wusste – und Gabes Liebe in ihrem Herzen überlebte –, konnte sie noch achtzehn Jahre ohne ihn leben. Doch es war Hucks allerletzte Erkenntnis, die mir den Schlüssel bot. Es war etwas, über das ich schon nachgedacht hatte, das ich aber erst jetzt begriff.

Als Huck ein Kind war, hatte ihr Mister Jack geraten, die Hoffnung zu *packen* und nie loszulassen. Ich hegte nach wie vor meine Zweifel, dass der Mann mehr gewesen war als ein Landstreicher. Doch als ich die Kette der späteren ungewöhnlichen Zufälle verfolgt hatte, kam ich zu der Überzeugung, dass Mister Jacks Weisheit von großer Bedeutung war. Vielleicht glaubte ich allmählich auch an Engel. Der Obdachlose, dem Gabe in Kilgore begegnet war, könnte *sein* Schutzengel gewesen sein. Oder die Engel schoben bei Seelenverwandten eben Doppelschichten.

Von Anfang an hatte Huck *gehofft*, ihren Seelenverwandten zu finden. Dann lief es darauf hinaus, dass der Blue Norther zu einem Symbol dafür wurde, diesen Seelenverwandten vor Schaden zu bewahren. Und als Gabe starb und Hucks Welt einstürzte, entdeckte sie eine völlig neue Hoffnung.

Wir Menschen hoffen auf so vieles. Auf Glück, Gesundheit, Arbeit, Kinder, Partner, Ewigkeit. Dann werden wir älter, erkennen langsam, dass eine geheimnisvolle Kraft ein wesentlicher Teil in jedem von uns ist und so viel mächtiger als wir selbst.

Diese Kraft ist die Hoffnung, der wahre Grundstein unserer Seelen.

Die Hoffnung hat Kriege gewonnen, Nationen ernährt, Krankheiten besiegt. Hoffnung befeuert den unstillbaren menschlichen Wissensdurst.

Für jeden von uns ist sie verschieden und dennoch gleich. Für Huck war es ihr Glaube an Gott und die Gewissheit, Gabe wiederzusehen. Für mich – und ich haderte bei dem Teil mit Gott – war Hoffnung eine zweite Chance, ein Neuanfang. Das Schöne daran war: Ganz gleich, welche Fehler ich früher in meiner

Beziehung gemacht hatte, mit der Hoffnung lag ein neuer Weg vor mir.

Das entscheidende Puzzleteil? Die Kraft der Liebe durch Hoffnung.

Ich lachte vor mich hin. Ein einfaches Konzept, wirklich! Und eines, das eine Ehe über sechzig Jahre lebendig gehalten hat.

»Sir?« Das Mädchen hinter dem Tresen tippte mir auf die Schulter. »Ihr Kaffee.«

Ich konzentrierte mich wieder auf die Gegenwart. »Danke«, antwortete ich, als Yevette durch die Tür trat.

»Und, warum *dieses* Treffen hier?«, fragte ich und blickte mich um. »Wollen wir irgendwas bauen?«

»Kann sein. Nimm den Kaffee und komm mit. Weißt du, was für eine Kaffeesorte das ist?«, fragte sie, als wir hinaus auf den sonnigen Parkplatz traten.

»Was?«

»Admiration.« Sie grinste. »Das ist eine Houstoner Marke, übrigens, von der damaligen Admiration-Firma, Duncan Coffee.«

Es war wirklich witzig, dass ein Kaffee »Bewunderung« hieß.

»Willst du andeuten, dass ich dich bewundere?«

Sie blieb stehen und sah mich direkt an. Ihre Augen waren so grün wie Smaragde. »Das hängt ganz davon ab, ob du mit mir eine Fahrt unternimmst.«

»Wohin?«

»Nach Galveston. Ich dachte, wir könnten dort Meeresfrüchte essen.«

»Im Mermaids? Mit Champagner rosé?«

»Die Antwort auf den ersten Teil ist nein, weil das nicht meine Art von Restaurant ist. Die Antwort auf den zweiten Teil lautet, ja, falls der nach richtig leckerem Bier schmeckt.«

Als wir an einem großen SUV vorbeikamen, hätte ich um ein Haar die beiden Kaffeebecher fallen lassen. Keine zehn Meter entfernt stand ein himmelblaues 1947er Oldsmobile Cabriolet. Der Blue Norther.

»Ich glaub's nicht«, sagte ich, ging hinüber und strich mit der Hand über den spiegelblanken Lack. »Ich wäre nie auf die Idee gekommen, dich nach dem Wagen zu fragen.«

Yevette öffnete die Fahrertür und stieg ein. »Falls du darauf wartest, dass dir ein Page die Beifahrertür öffnet: Der kommt nicht.«

Ich stieg ein. Der ganze Wagen, innen wie außen, sah aus, als wäre er eben aus einem Autosalon gerollt.

»Was meinst du? Bringt uns diese alte Kiste dahin, wo wir hinwollen?« Yevette lächelte und startete den Motor.

»Ich hoffe es«, antwortete ich und grinste zurück. »Ja, das hoffe ich wirklich.«

Danksagung

Der Traum, ein Buch zu schreiben, kann eine ziemlich lange Reise bedeuten. Deshalb bin ich folgenden Leuten auf ewig dankbar, die mir geholfen haben, meinen Traum Wirklichkeit werden zu lassen.

Jodi Thomas, die mich überzeugte, dass ich Talent hätte, und mir dann die Grundlagen des Schreibens beibrachte. Ich danke dir für deine Freundschaft, dein Wissen und deine Freundlichkeit. Du hast mich herausgefordert, mich höher aufzuschwingen, als ich es mir je vorgestellt habe.

Helen Bass, die wusste, dass ich schreiben musste, lange bevor ich selbst überhaupt eine Ahnung davon hatte. Danke für deine hartnäckigen Gebete und deine Ermutigung.

DeWanna Pace, deren konstruktive Kritikfähigkeit mir half, meine Stimme zu finden. Danke, Dee, für deine sanfte Geduld.

Cori Deyoe, meiner fähigen und verständnisvollen Agentin, die das Potenzial des Buches erkannte und daran glaubte. Dank für deinen Rat, deine Freundschaft und deine aufmunternde Anfeuerung, mit der du mich um jedes Schlagloch herumgeführt hast.

Shannon Marchese, meiner außergewöhnlichen Lektorin, die an meine Stimme, mein Manuskript und meine Berufswahl glaubte. Ich danke dir, Shannon, für dein Verständnis, deine professionelle Anleitung und deine Empathie.

Dem Waterbook-Team – Ken Peterson, Pamela Shoup, Amy Haddock, Beverly Rykerd, Mark Ford, Kendall Davis und

Heather Brown. Mich verblüffen eure unglaublichen Fähigkeiten, eure unermüdliche Kreativität und euer Wissen!

Nicci Jordan Hubert und Caleb Rexius, ihr seid Meister in dem, was ihr tut!

Meine tollen ersten Leser: Ginger Porter, Lisa Rutledge, Rebecca Holmes-Smart, Susie und Rick Culver, Mike und Debi Nichols, Jen Gursky, Joan Gursky, Debbie und Carroll Marriott, Harold Hurry, Suzanne Adams, Millie Otwel, Carmen Terrepp, Lyn Dicherson, Bonnie Thorne, Jane Wagner, Terry Beasley, Jan Fulton, Marsha Bigham, Steve Vandiver, Brenda Alcala, Jean Pray, Sandra Cixon, Sara Dixon, Cindy Leiws, John und Susan Clark, Heather Fuller-Jones, Mary Sue Rix, George Rix, Laquitta Doak, Amy Gardner, Cathy Michael, Judy Kelln, Laura Smith, Chandler Shaw, Joleen Walsh, Nancy Sales, Nick und Becky Nichols, Paul und Rose Ferris, Lindsey Moss, Lisa French, Melissa Burns, Marty Farris, Melinda Conway, Michelle Sherrod, Linda Claytor und Fred Blalock.

Ein besonderer Dank geht an Dr. Darrell Bledsoe, der jeden öst- und westlich des Mississippi kennt.

Von Herzen danke ich meiner Familie – der engen und der weiteren. Es wären entschieden zu viele Namen, um sie hier aufzuführen. Ihr wisst ja, wen ich meine.

Meinen Eltern, Davis und Mary, die mich dazu ermuntert haben, unbeirrt meinem eigenen Weg zu folgen, möchte ich dennoch gesondert danken. Meine Mutter hat mir beigebracht, das Lesen zu lieben, und meine Fantasie mit hunderten guter Bücher genährt.

Unserer Tochter Lana gebührt Dank dafür, dass sie sich mit einem Vater als Hausmann abgefunden hat, der immer nur schreiben musste und sein Bestes gab, ihr einen Pferdeschwanz zu machen.

Und vor allem danke ich meiner Frau Dinah, die mir das

größte Geschenk gemacht hat: die Freiheit, zu gewinnen oder zu versagen. Ohne deine unermüdliche Ermutigung, deinen Glauben an mich, deine bedingungslose Liebe und deine täglichen Gebete wäre dieses Buch niemals entstanden.

Vor allem aber danke ich Gott, dem Autor von uns allen!

Anmerkung

Die Geschichte in diesem Buch beruht in groben Zügen auf der Biografie meines Großonkels und meiner Großtante. Beim Verkauf ihres Anwesens entdeckte ich eine Sammlung alter Postkarten – ich zog die Alben buchstäblich aus dem Mülleimer. (Alle hatten gedacht, es wären Schnappschüsse von Leuten, die niemand aus der Familie kannte.) Es stellte sich heraus, dass meine Großtante sechzig Jahre lang jeden Freitag eine Postkarte mit einem originellen Liebesgedicht bekommen hatte und dass diese Sammlung geheim gehalten worden war. Mir war bewusst, dass ich eine unglaubliche Liebesgeschichte entdeckt hatte, aber es gab keinen Konflikt, keine fesselnde Handlung. Also stellte ich die Alben ins Regal in meinem Arbeitszimmer und wartete darauf, dass mich die Liebesgeschichten-Muse küssen würde, während ich an anderen Dingen schrieb. Etwa fünf Jahre später rief mich ein Freund an, dessen Frau ihn nach über zwanzig Jahren Ehe ohne Vorwarnung verlassen hatte. Er sagte: »Ich glaube nicht mehr an die Liebe.« Ich weiß noch, dass ich zu dem Regal mit den Postkartenalben hinübersah und dachte: *Da stehen sechzig Jahre Liebe. Eheglück.* Und plötzlich … hatte ich meine Geschichte gefunden.

Die Gedichte meines Großonkels waren bedeutsam, aber sie waren nicht in dem Stil verfasst, den ich für den Roman wollte. Deshalb habe ich meine eigenen geschrieben und dabei auf ein paar Gedichte zurückgegriffen, die ich schon früher verfasst hatte. Das Gedicht von den zwei kleinen Muscheln im Prolog habe ich kurz nach unserem ersten Date in Galveston für meine

Frau Dinah geschrieben. Und das am Anfang des dreizehnten Kapitels war ursprünglich ein Lied, das ich für unsere Trauung komponiert habe.

Jetzt werden Sie sicher wissen wollen, ob es anschließend wirklich Flitterwochen mit einer Verandaschaukel gab. Hmm. Da müssten Sie Dinah fragen!